KB035298

약편

仙道 체험기

22

신선神仙되는 길이 보인다
경이적인 현상이 눈앞에 펼쳐진다!!
선도수련의 현장을 체험으로 파헤친 충격과 화제의 소설

약편 선도체험기 22권을 내면서

『약편 선도체험기』 22권은 『선도체험기』 97권 [이메일 문답]부터 100권까지의 내용에서 선별하여 구성하였다. 시기적으로는 2009년 11월부터 2010년 11월 사이에 일어난 삼공 김태영 선생님의 선도 체험 이야기, 수련생과의 수행과 인생에 대한 대화, 이메일 문답 내용 등이다.

특히 첫 번째 현묘지도 화두수련 완료자인 도육 님의 차원 높은 수련 이야기, 21번째부터 24번째 현묘지도 수련 체험기가 포함되는데, 이 내용들을 통해 수행에 많은 도움을 얻고 동기부여가 될 것으로 기대한다. 22권에 수록된 내용 중 일부를 편집하여 아래 인용한다.

수련이 잘 안되는 이유는 마음이 편안하지 않기 때문이다. 마음이 편안한 사람은 비록 지옥의 아비규환 속에 있어도 혼란을 일으키지 않고 안정을 찾을 수 있을 것이다. 그가 처한 곳이 어디든 그 자신이 주인이고 그 자리가 바로 열반이 될 수 있다.

구도자에게 있어서 수행의 만족이나 완성이란 있을 수 없다. 만약에 수행의 결과 부동심과 평상심을 완전히 거머쥘 수 있었다면 그 수행자는 이미 지상의 사람은 아닐 것이다. 지구상에 태어나 존재하는 것 자체가 업장으로 인한 미완성체이기 때문이니까. 그러니 지구상에 사는 한 우리는 부지런히 밥술 놓는 그 순간까지 부동심과 평상심을 얻기 위해 용맹정진하는 길밖에 없다.

이렇게 평생 수행함에 있어서 『약편 선도체험기』가 경전 역할을 하는 데 부족하지 않을 것으로 확신하는 바이다. 이번에도 교열을 도와준 후배 수행자 일연, 따지, 별빛자 님들께 고마운 마음을 전하며, 『약편 선도체험기』를 발행해 주시는 글터사 한신규 사장님에게도 감사의 인사를 드린다.

단기 4355년(2022년) 7월 12일
엮은이 조 광 배상

차 례

Contents

【이메일 문답】

〈97권〉

【이메일 문답】

다시 찾아뵈려 합니다

인사 올립니다. 삼공 선생님, 그동안 무고하셨는지요. 인천 만수동에 사는 홍승찬입니다(34세, 76년생). 97년도에 단전호흡을 알게 되었고, 모 단체에서 수련 후 98년도에 처음 인사를 드리게 되었습니다.

삼공 선생님께 직접 생식을 구입한 적도 있고, 수련이 안되는 상황에서 부끄럽기에 찾아뵙지 못하고 오행생식을 구한 적도 있었습니다. 제가 1권에서 81권까지 『선도체험기』를 모두 읽고 최근 90권에서 95권까지 구매하여 읽고 있습니다.

글을 올린 이유는 선생님을 찾아뵙고, 직접 생식도 지도받고, 82권부터 89권까지의 책도 구매했으면 해서입니다. 제 소개를 잠시 드리자면, 대학 4년차(98년)에 처음 삼공재에 방문을 드려서 수련을 지도받았었는데, 당시 미숙한 제게 실력을 키우라고 말씀해 주셨었고, 그 당시 제 인생에 큰 조언이 되었었습니다. 당시에 모 단체에 소속되어서 해외 진출도 고려 중이었기 때문입니다.

다시 숙고 끝에 대학원 진학을 하고(99년), 2001년에 졸업과 함께 지금 다니는 영국계 제약회사에 다니게 되었습니다. 2001년부터 부산 지사에서 근무를 시작하여, 2003년에 인천으로 오게 되었습니다.

동시에 2002년에 결혼하여 결혼생활을 6개월간 부산에서 하다가 이혼하여(인연이 거기까지인 것 같습니다) 현재 그 후로 싱글로 지내고 있습니다. 그때에도 인생을 고심하다가 이메일로 상의 드린 적이 있었습니다.

꾸준하게 삼공재를 찾아가지는 못했지만 책은 꾸준히 읽어 왔는데, 2005년부터는 그것도 유지를 못해서 81권까지 읽고, 저는 속세의 인생살이에 깊숙이 빠져들게 되었습니다(회사생활, 재테크 욕심 등).

2004년경에 빙의가 심하여 자력으로 해결하려 했으나 안 되어, 찾아뵈어야 할 것 같아서 뵌 적이 있었고 생식도 꾸준히 시도하였는데 실패했었습니다. 실패의 원인은 결국 깊은 이해가 부족해서였다고 생각됩니다. 이제는 어떤 일이 있어도 꼭 생식의 생활화에 성공해 볼 생각입니다.

물론, 지금의 제 수준에서 선생님처럼 최고의 수준을 따라 하기는 불가능이라고 생각되고, 회사생활에서 접대 문화로 인한 술도 큰 장애지만 이번만은 제 수준에 맞게 꾸준히 시작하여, 점차적으로 상승시켜서 하루 2식의 수준에 도달할 수 있도록 연마할 생각입니다

이번 도전이 가능한 이유는 꾸준히 관을 한 결과 결국 생식이 올바르게 사는 길이라는 것을 알게 되었기 때문입니다. 채식은 육식보다 독이 적고, 생식이 화식보다 불필요한 부분이 적고, 기가 더욱 많기에 결국 건강하게 오래 살게 된다는 것을 다시 한 번 상기합니다.

몸공부는 강한 의지로 해 오다가 최근에는 일요일에 등산을 하는 정도로 느슨해졌습니다. 반면 마음공부는 매우 강하고 깊어졌습니다. 회사생활 10년과 꿈을 향해 달려온 10년 동안 마음의 긴장을 잘 풀지 않고

팽팽히 달려왔기 때문입니다.

저에게는 짧지만 치열하게 살아온 인생이었습니다. 저를 반성하게 하는 좌절과 시련, 그리고 극복을 통해서 제 내면과 친해질 시간은 충분했었습니다. 선생님께서 강조하시는 생사일여, 유위계와 무위계, 자아의 본래면목, 존재 등을 흔들림 없이 알 수가 있습니다.

강조하셨던 부동심, 평상심, 그에 걸맞는 관하는 능력 등을 모두 알게 되었습니다(비록 매우 미숙하지만요). 제 입장에서는 결국 10년을 해서 그리고 『선도체험기』 95권이 나올 때에야 비로소 제 내면에 깊이 뿌리를 내려서 존재와 참자아를 바탕으로 볼 수 있게 되었고 바로 그만큼 힘 있는 관이 가능하게 되었는데 모든 것이 감사할 뿐이고, 특히 갈팡질팡할 때에 정신 차리게 해 주신 선생님께 깊이 감사를 드립니다.

수련 초기에 제3의 눈, 영안, 심안, 빙의 천도 능력 등에 제 마음이 많이 동요되었었지만, 자신 안에서 찾으라는 선생님의 지도로 결국 부동심과 평상심에 조금이나마 깊이 뿌리를 내리게 되었기 때문입니다.

기공부에 있어서, 요즘에는 케이블 TV에 자주 등장을 해서 익숙하지만 '빙의'라는 단어조차 잘 쓰이지 않던 2004년도에 선생님 책을 통하여 처음 빙의를 알게 되었고 결국 나에게도 해당된다는 것을 알게 되었습니다.

그 당시 매우 미숙하지만 분명히 제 몸에 들어왔다가 백회를 통해 나가는 '영'들을 빈번히 확인했기 때문입니다. 뿐만이 아니라 제 생활을 흔들어 놓기에 충분히 강한 영들이 빙의되었을 때에 선생님을 찾아뵈었고, 특히 제 전생의 업보로 집단 빙의되는 경우가 종종 있었는데 그때는 자력으로 하기에는 너무 힘들어서 지금 생각해도 도움과 지도가 필요하지 않았을까 하는 생각이 듭니다. 그런 어려운 시기에도 찾아뵐 때마다 도움이 되어 주신 선생님께 감사드립니다.

2008년도 8월에 휴가차 중국 청도에 갔었는데, 그곳에 중국 5대 사원이라는 도교 사원에 방문하였습니다. 한눈에 기가 살아 있었고, 그 신령한 기운이 지금도 유지되어 많은 제자들을 지도하고 있었습니다. 그 사원 위로 강하게 형성된 구름보다 큰 기운을 느낀 이후에 집으로 돌아온 후에, 가족들의 빙의를 빼 준 적이 있습니다.

그동안은 제게 있는 빙의를 빼고 다른 분의 빙의는 그냥 자업자득이겠거니 하고 못 본 체해 왔는데, 이번에는 용기를 내서 실행을 했던 것입니다. 처음 평생토록 아버지를 괴롭혀 온 빙의들 일부와 생활에 지친 누나를 더욱 힘들게 하고 괴롭게 했던 영들, 어머니의 건강을 위협하는 빙의를 일부 뺐었고, 애인의 컨디션을 매우 악화시켜서 졸리고 지치게 하는 빙의령을 뺀 적이 있습니다.

그때는 상대가 너무 힘들어해서 돕기 위해서 그렇게 했던 것일 뿐, 과욕을 부리거나 잘난 체하기 위해서 한 것은 아니었기에 기억에서 흘려보냈습니다. (선도수련 10년간 내공이 꾸준히 쌓여서 가능했던 것 같습니다.)

한번은 오랜만에 만난 친구에게 전화가 왔는데, 무려 20명은 족히 되는 영들이 몰려왔고, 그중에 천신도 하나 있었는데, 아들을 찾기 위해서 왔다가 못 가고 있었는데 저를 통해서 천도하게 된 적이 있습니다.

상식일 수 있지만, 대부분의 영은 나갈 때에 백회에서 금방 나가서 어느새 벌써 천도되고 있는 마지막을 보는 경우도 많은데 영력이 강한 경우는 백회로 나가는 시간도 길어서 이 지구를 벗어나고 은하계를 벗어나는 정도는 되어야 백회에서 그 마지막이 다 나가는 것을 확인한 적이 있습니다.

천신처럼 오래되고 영력이 높은 여자분(여자 도인, 무속인)도 나가는 시간이 굉장히 길었던 적이 있었습니다. 이런 기억과 경험으로 빙의에 대해서는 자신이 있고 도력도 나름대로 탄탄히 높일 수 있었습니다.

2007년에는 저의 재물운이 궁금하여 상, 중, 하로 되어 있는 1500페이지의 역학 책을 본 적이 있는데, 이를 바탕으로 다른 사람 사주를 보려 하니까 자꾸 신장이 내려와서 제 기를 앗아가기에 적당히 제 것만 보고 손을 뗀 적이 있었습니다.

빙의는 백회로 천도되는데 신장은 왔다가 그냥 천도되지 않고 빠지는 것을 보면서 지금 온 것이 빙의가 아니라 신장이라는 것을 느꼈기 때문입니다. 그리고 다른 사람 운을 보는 것도 대가를 치러야 하며, 허락을 받아야 볼 수 있다는 것도 그때 신장을 통해서 알 수 있었습니다. 다만, 제가 제 운을 보고 다른 사람의 운도 볼 수 있게끔 허락받을 수 있는 존재라는 것에 감사할 뿐입니다(물론, 다시 볼 필요는 없지만요.)

반면, 호흡 수련 시에 단전이 매우 뜨거워지거나 하는 적은 없었으나, 단전에 주먹만한 힘이 서려 있고 그 단전이 온몸에 연결되어 하나의 에너지로 있다는 것을 느낍니다. 기는 더욱 강하고 힘 있고 날카로울 정도로 몸에 서려 있는데, 며칠 전 책을 읽으면서 단전에 집중하고 『천부경』을 암송하니 단전이 달아오르려 했습니다.

다만 최근에 사람은 아니고 땅속 지신이 빙의되어 현재 노력하고 있습니다. 많이 힘든 것은 아닌데 생소한 일이라 여쭙고 싶습니다. 관을 통해 물으니 영상으로 볼 때에 사람은 아니고, 두 눈은 있는데 형체는 '고스트 버스터즈'에 나오는 유령처럼 검게 흐느적댔고, 땅속에 매우 오랜 시간 동안 있었던 것 같습니다. (만일, 산삼이나 오래된 칡이 영험한 효과가 있다면 이러한 지신들에 의해서 영험하게 된 것이라고 느껴졌습니다.)

책에서 빙의령들이 동물(조류, 포유류, 호랑이, 물고기 등등)과 사람인 경우(천신, 선녀, 무속인 포함)는 읽어 봤는데, 혹시 땅속에 사는 지신도 본 적이 있으신지 여쭙고 싶습니다. 실제로 이번 일 전에는(3달 전쯤) 전염병 바이러스 신(독감으로 추정)이 들어왔었고, 물어봤더니 자신은 자신의 역할을 할 뿐이라고 대답을 했었고, 저에게 며칠 있다가 나간 적이 있었습니다. (갈 때는 천도가 아니라 그냥 이동했음.)

이번에 두 번째로 온 땅속 신은 제 몸에 빙의될 때는 인간 영과 다르게 매우 농도 짙고 힘 있게 붙어 있는데, 그렇다고 사람의 영이 빙의된 것처럼 통증이 있거나 감정적으로 화가 잘 나거나 하는 것은 적습니다. 하지만 몸에서 느껴지는 그 빙의령의 힘은 사람 빙의의 수십 배는 되는 것 같고 덩치는 코끼리보다 커 보입니다. 왜 왔냐고 하면, 천도되려고 왔다고 하고 말은 안 합니다. 생소하지만 어렵지 않게 잘 헤쳐 나아가도록 하겠습니다.

이상이며, 이번 주는 회사일로 어렵고 다음주 목요일인 19일 3시경에 인사드렸으면 합니다. 찾아뵐 때는 108배 절 수련을 하여 심신을 깨끗이 하도록 하겠습니다. 감사합니다.

2009년 11월 11일

홍승찬 올림

【필자의 회답】

메일을 읽으면서 옛날 고객 카드를 찾아보니 홍승찬 씨는 1998년에서 2003년까지 세 번 생식을 지어간 일이 있었습니다. 후리후리한 몸매의 젊은이의 모습이 생각이 납니다. 삼공재를 찾지 않는 지난 6년 동안『선도체험기』를 읽으면서 꾸준히 공부를 해 왔다니 다행입니다.

그리고 많은 기적 체험을 한 것 같습니다. 너무 현혹되지 말아야 할 것입니다. 어쨌든 다시 찾아오는 것을 환영합니다. 그러나 이번에는 반드시 체계적인 기 수련을 단계를 밟아 차근차근 해 나가야 할 것입니다. 선도수련의 요체는 무엇보다도 기공부에 있습니다. 소주천, 대주천, 연정화기, 피부호흡, 현묘지도, 양신, 출신을 차례로 밟아 나가시기 바랍니다. 그래야만 영가 천도 능력도 확실해질 것이기 때문입니다.

간결하면서도 오차 없는 지도

메일 잘 받았습니다. 삼공 선생님.

인천 만수동의 홍승찬입니다. 의사들이 환자를 보고 스스로 진단을 내리듯이, 제 메일을 보고 어떤 처방을 내리실지 매우 궁금했는데, 역시 간결하면서도 오차 없이 지도를 해 주셔서 감사합니다.

삼공 선생님의 저서를 통해서, 수련도 결국 자력으로 하겠다는 의지가 매우 중요하기에 그렇게 실천을 해 왔습니다. 아직 젊어서인지 체력, 생식 등의 중요성을 깊이 알기에는 미숙했지만, 빙의는 수련 시에 매우 악착같이 힘들게 했습니다.

때가 되어 빙의가 되어도 별로 힘들지 않고, 가족이라는 이유로 식구들의 빙의를 몇 번 빼 준 적이 있었지만 저는 조금의 영가 천도 능력도 있다고 말하고 싶지도 않습니다. 다만 제가 아는 이 사회는 원칙을 추구하고 합리성을 추구하지만 언제나 야생의 상태를 유지하는 정글이라고 보여졌고, 이러한 정글에서 생존하듯이 도의 세계에서 빙의에 휘둘리지 않게 된 것만도 정말 감사할 뿐입니다.

선생님께서 기 수련이 선도수련 중에서도 요체라고 하셨는데, 역시 새삼 크게 느꼈습니다. 어느새 기 수련보다 마음 수련에 집중이 되어 있었던 것 같고, 동시에 기 수련에서 큰 진전이 없다 보니 자연 미루게 된 것은 아닌가 합니다.

저도 이번만큼은 큰 배움이 있기를 간절히 기대하게 됩니다. 제가 삼공 선생님의 책을 통해서 그렇게도 많이 배우면서도 매우 인연이 약했던 것이 제 전생과 관련이 있다고 생각됩니다. 저는 영상을 통해서 스님이었던 것이 보여서 그 순간 "앗, 나구나~~" 하고 매우 놀란 적이 있었습니다.

그 스님의 표정을 보니 스님 이전의 생에서 많은 업을 져서 갈 길이 멀어 보였습니다. 그때 자성에게 물어본 결과, 유럽 귀족에서 다시 동양의 권력 있는 자리에 앉게 되는 생을 통하여 많은 업을 쌓았기 때문입니다. 권좌에 기대어 혼자서 많은 사람들을 업신여기고, 정치의 반대편에 있는 사람들을 짓밟는 행위를 소리 없이 했었습니다.

사실, 200년 전만해도 노예는 사람도 아니고 가축 취급을 했기 때문에, 자기 노예를 죽이든 괴롭히든 누가 뭐라 할 얘깃거리가 아니었습니다. 아직도 그때에 많이 남을 괴롭혔던 자국이 느껴졌습니다. 그때에는 사람이 아닌 자기 노예, 노비를 무참히 혼내고 죽이고 했던 것도 그냥 생활이었고 그때 그 사회가 그랬습니다.

그래서 이번 생에서는 제가 자라 오면서 아버지께서 항상 약주 드시고 주사를 부려서 어머니, 누나, 저는 매우 힘들었습니다. 지금 사회의 관점에서는 가정폭력 방임이었으나, 그때에는 먹고 살기 바쁘고 집안일은 그저 집안일일 뿐이었습니다. (물론, 지금은 좋아지시고 자식들도 잘 풀려서 집안 걱정은 한결 없어졌지만요.)

지금도 빙의되면 한 명씩 오는 경우는 드물고 항상 집단으로 찾아오는 경우가 많은 것도 그런 이유에서입니다. 얘기가 길어졌습니다만 요즘은 제가 불교 쪽으로 이미 수준에 도달한 적이 있었기에 선도를 그냥 하나의 도로 봤던 것입니다.

제 이름이 승찬인데, 별로 많지 않은 이름입니다. 그런데 달마 대사, 혜가 스님에 이은 3대조가 승찬 스님입니다. 6대조께서 쓰신 『육조단경』도 선생님께서 책에 실으셔서 봤지만, 그쪽 불교계에서도 굉장히 높은 단계가 유지되었습니다.

일전에 이홍지의 『법륜공』 책을 읽으시고, 선생님께서 지도하신 선도와 가장 유사하다고 하셨었습니다. 그 책에 이홍지도 불교를 택할지 도(신선도)를 택할지를 고민하다가, 불교를 택해서 이름도 법륜공이 된 것이라고 스스로 밝혔습니다. (『법륜공』 책 226p 참조)

어쩌면 이홍지가 법을 전하기 전에 선도를 택할지 불교를 택할지를 고민하듯이, 제가 수련법을 정하는 데 있어서 고민을 한 것도 같습니다.

그래서 선뜻 적극적으로 배우기에 앞서 조심스러웠던 것 같습니다.

불교와 요가가 태양이고 양이라면, 선도는 분명 음이고 달일 것입니다. 불교는 큰 태양을 밀어붙일 때에, 선도는 제자들마저도 가려서 가르치는 은은한 달이 맞을 것입니다. 불교가 성명쌍수에서 성을 수련한다면, 도는 명에 집중을 하게 됩니다.

전생에 이가 갈리도록 불교 수행을 했고, 불교의 요체를 '공덕'이라 한다면 저는 너무 불교에 젖어 있는 것 같습니다. (물론 현세에는 5권 정도의 불교 서적만을 봤지만요, 절에서 수련한 적도 없습니다.)

이상으로 제가 삼공재에 들러서 직접 수련을 지도받는 부분에 대해서 조심스러웠던 이유를 말씀드렸습니다. 아무튼, 열심히 해 보고 싶습니다. 성은 불교적인 것에 깊이 사무쳤지만, 명은 매우 선도적인 것들이 깊이 뿌리내렸기에 괜히 양다리 아닌 양다리가 아닌가 해서 글을 쓰게 된 것 같습니다(글 쓰면서 정리도 많이 됐습니다.) 읽어 주셔서 감사합니다. 삼공 선생님.

p.s. 본성에 관한 책은 시중에 널려 있어서 성명쌍수에서의 성은 쉽게 접할 수 있었으나, 기(호흡), 생식, 몸 수련 등 명 수련과 관련해서는 이렇게 체계적이고, 집대성한 책은 유일무이합니다. 91권에는 생식을 통한 배변의 양까지 지적하실 정도로 물샐틈없는 지도를 해 주셨습니다.

그래서, 저도 이 유일무이한 책 덕분에 선생님을 뵙게 되었습니다. 명과 관련, 유화양의 『혜명경』(대주천), 『금선증론』(소주천)등 최고의 고서가 있었으나, 선생님께서 가르쳐 주신 생식, 몸공부가 받쳐 주지 않는 기공부는 화력이 턱없이 약했습니다. (물론 기공부에 있어서, 마음공부가 깊어서 관이 깊을수록 좋겠지만요.)

어쩌면 성명쌍수의 성(본성, 심성)은 흔했지만, 그동안 인류는 명에 있어서는 매우 미개했다가 이렇게 명을 체계화시키셨기에 이제야 밝은 불이 들어오게 되는 국면으로 가게 됨을 알게 됩니다. 감사합니다.

2009년 11월 12일
홍승찬 올림

【필자의 회답】

거듭 말하지만 이제부터는 부디 선도의 정도를 걷기 바랍니다. 소주천, 대주천, 현묘지도 화두수련, 연정화기, 양신, 출신의 과정을 한 단계, 한 단계씩 밟아 나가시기 바랍니다. 새로운 단계에 올라설 때마다 의식도 사고방식도 바뀌게 될 것입니다.

종교와 신앙의 차이

삼공 선생님 안녕하신지요? 특히, 모 수련단체와의 법정 공방은 순리대로 되어 가고 있는지요? 인천 만수동에 사는 홍승찬입니다. (95권까지 모두 읽음) 최근 선생님께 다시 생식을 처방받고 꾸준히 생식을 하고 있습니다.

생식 덕에 몸속 깊은 곳에서부터 정기가 쌓이고 양기가 축적되는 것을 실감하고 있습니다. 동시에, 이렇게 좋은 것을 저의 수준이 못 미쳐서 그만뒀던 것을 생각하면 지금이라도 생식을 하게 되어서 참 다행이라고 여기고 있습니다. 결국 생식도 당사자의 의식 수준이 받쳐 줘야 충분한 효과를 느끼고 몸소 체험할 수 있다는 것을 확인하였습니다.

직업이 영업 관리여서 고객을 상대로 술도 마시고 밤늦게 다니다 보니 일에 빠져서 자기 관리가 소홀할 때가 있는데, 이처럼 크게 존경받는 선생님의 책을 읽고 직접 찾아뵙기도 하고 하면서 삶의 중심이 다시 세워집니다.

최근 시리즈 중에 몸살림 운동을 많이 강조하셨는데 그 또한 매우 신령스럽게 체험하고 있으며, 배달민족에게 계승되는 지혜라는 확신도 들었습니다. 항상 단전이 따뜻하냐고 물으셨는데, 현재 매우 양호한 상태입니다. (그렇다고 뜨겁지는 않습니다.)

몇 달 전에는 회사 일과 그로 인한 술 문화로 아랫배가 차갑기까지 했었는데, 지금은 몰라볼 정도로 운기가 잘되고 있습니다. 회사생활이 조직생활이다 보니 여러 관점이 복잡하게 엮이고 부딪칠 일도 많습니다.

역지사지하는 훈련이 결국 저의 앞을 열어 주어 회사생활이 많이 조화롭게 되기도 했습니다. 사람으로 태어났으면 어울려야 하는데 이때에 역지사지가 모든 것을 푸는 근본이라는 것을 철저하게 알게 하는 회사생활 10년이었다고 생각됩니다.

최근 여러 책을 읽고 내년을 준비하면서 몇 가지 궁금한 것이 생겨서 여쭈어봤으면 합니다.

1. 신선도에서는 왜 인격신을 얘기하지 않는 것인지요? 『천부경』의 일시무시 일석삼극, 기독교의 삼위일체, 천지신명, 삼신처럼 일신이면서 동시에 다신인 '신관'이 정립되어야 한다고 보여집니다.

불교가 마음의 집착을 놓고 불사(不死)의 본성을 가르치는 데는 훌륭하지만, 단순히 니르바나, 법, 깨달음, 해탈, 열반 등을 가르치다 보면 어느새 우주 절대신이자 동시에 인격을 소유한 신을 부정하게 되는 것 같아서 아쉬운 것 같습니다.

일전에 선생님께서도 강화 참성단에서 제사지내실 때에 조화주께서 친히 오셨다고 책에 기재하신 적이 있으십니다. 부연하자면, 기독교는 수련법도 부재하고 지금 보면 미신에 가깝지만 그래도 하느님 아버지라고 부르다 보니 불교나 다른 종교보다 성령을 쉽게 불러들이고 있습니다.

당연히 사람이 사람(인신)을 부르는 것이 하늘(천신)과 땅(지신)을 부르고 통하는 것보다 자연스럽기 때문입니다. 어쩌면 기독교에서는 하느님 아버지라고 하면서 인격신을 불렀기 때문에 성령과 보다 쉽게 통했습니다. 기독교를 믿는 많은 사람이 성령과 통하는 체험을 나름대로 했기에 기독교가 번창했다고 생각됩니다.

항상 음양이 있기 때문에, 선생님께서 천지를 통하셔서 인중천지일을 하시고 많은 사람들이 선생님을 극진히 존경하듯이, 천지를 깨닫고 실천하여 지고의 경지에 이르신 많은 신들이 모두 인격신으로 존재하고 있고, 따라서 일신이면서 삼신이기도 하고 다신이기도 한 절대신이 있지 않을까요?

그래서 분명히 하느님 아버지, 옥황상제, 알라신 같은 절대자가 있다고 생각됩니다. 불교에는 인격신이 없고, 기독교는 그 체계가 미흡하지만 하느님 아버지를 찾았습니다. 그렇다면 신선도는 불교처럼 깨달음, 해탈, 열반만을 얘기할 것인지 아니면, 다신이면서 일신이고, 하느님이면서 삼신인 신관을 알려 줄 것인지가 신선도의 숙제라고 생각됩니다.

현재 신선도는 '도'를 닦아서 신선이 되는 것이 신선도라고 합니다만, 어떻게 보면 선도는 궁극적으로 『천부경』의 '일'과 『삼일신고』의 '신'을 알리는 것이 아닐까 합니다. 모든 것은 내 안에서 찾을 수 있다고 하시면 할말은 없겠지만, 그래도 한 수 가르쳐 주셨으면 합니다.

2. 역사가 바뀌고 있고 시대도 많이 바뀌고 있습니다. 여권 신장이 됐고, 남북관계는 지구촌의 최대 이슈로 남아 있습니다. 하늘의 신명이 한민족을 돕고 있고 많은 사람들을 깨우고 있습니다. 선생님께서는 한민족 고유의 수련인 신선도를 체계화하셔서 큰 보은을 널리 베푸셨기에 은덕이 끝이 없으십니다.

반면에 저희 같은 까마득한 후배들은 어떻게 하는 것이 제 역할을 하는 것일까요? 생계를 확보하기 위해서, 10여 년을 회사생활하고 이제 경제적으로는 여유가 잠시 생기고 있습니다. 제가 대단한 도력이 있는 것도 아니고 일개 회사원일 뿐이지만, 새로운 우주의 역사를 맞이하는 이 시점에서 벅찬 감동을 느끼기도 합니다.

『선도체험기』의 앞부분에서, 선생님께서 한웅천황을 만나는 꿈같은 내용을 기재하신 적이 있습니다. 그리고 선생님의 역할을 받아 오신 걸로 기재하셨었습니다. 그렇다면 저희 같은 무명의 작은 개인들은 어떤 일을 할 수 있을까요?

모두의 안녕을 위하고 공익을 위해서 일해 보고 싶은데, 시대가 아직 준비가 안 돼서인지 아직 구체적으로 떠오르지는 않습니다. 저도 인류에 덕을 쌓고 싶고 보은하고 싶은데, 꿈같을 뿐입니다.

내용을 다 쓰고 나니 말이 길어서 괜히 썼나 하는 생각도 듭니다만, 한민족의 고유 수련법인 신선도를 체계화하시고 한민족 역사의 큰 물꼬를 트신 분으로서의 입장을 듣고 싶을 뿐입니다. 다소 엉뚱하고 능력 없으면서도 꿈을 갖는 제 모습을 용서하시고 아직은 순수하고 착한 영혼의 질문으로 생각해 주셨으면 합니다.

1월 둘째 주 정도에 찾아뵀으면 합니다. 아무쪼록 새해에 건강하시고 큰 복이 함께 하시길 바랍니다. 생명력 넘치는 가르침을 잘 배우며.

2010년 1월 1일

흥승찬 올림

【필자의 회답】

질문 1에 대한 회답.

선도는 구도자를 위한 수련 방법입니다. 따라서 인격을 갖춘 신을 숭배하는 종교적 신앙과는 근본적으로 다릅니다. 구도란 구도자 자신이 존재의 실상을 파고들어 진리에 도달함으로써 깨달음을 얻어 진리와 우주 그 자체와 하나가 되는 수련입니다.

진리와 하나가 되면 천상천하유아독존(天上天下唯我獨尊), 삼세개고오당안지(三世皆苦吾當安之)하게 됩니다. 요컨대 우주의 주인 자리에 오른다는 얘기입니다.

구도자의 입장에서 보면 인격신은 우주의 중심, 하나 즉 하느님의 쓰임인 방편이나 도구와 같은 존재일 뿐입니다. 구도자는 우주와 하나가 됨으로써 시간과 공간 그리고 물질의 구속에서 완전히 해방이 되어 생사유무(生死有無)에서 벗어나자는 것이 목표입니다.

그러나 종교인과 신앙인은 인격신을 숭배하고 그에게 얽매임으로써 그에게 구속되는 악순환을 되풀이할 뿐입니다. 그러나 구도자는 인격신을 이용은 할지언정, 그에게 구속당하는 일은 있을 수 없습니다.

구도자는 우주의 주인이 되자는 것이고 종교인은 아무리 날고 기어 보아야 우주심의 방편에 지나지 않는 인격신의 부림을 당하는 자의 한계를 벗어날 수 없습니다. 선택은 자유입니다.

질문 2에 대한 회답.

내가 보기에 홍승찬 씨는 지금 수련의 체계를 논할 처지가 아니라고 생각합니다. 왜냐하면 아직도 대주천은 말할 것도 없고 소주천의 경지에도 도달하지 못했기 때문입니다. 우선 급한 것은 기를 느끼고 운기를 하고 축기를 하여 소주천, 대주천, 연기화신, 피부호흡, 양신, 출신의 단계부터 밟아야 할 것입니다.

그런데 홍승찬 씨는 1998년 7월에 한 번, 2000년 1월에 한 번, 2003년 3월, 그리고 2009년 11월에 한 번씩, 몇 해 만에 어쩌다가 가물에 콩 나듯 삼공재에 찾아왔을 뿐입니다. 그래가지고는 수련이 지속적으로 향상되지 않습니다.

직장생활을 해야 하므로 시간이 없어서 그렇다고 말할지 모르지만 삼공재에 나오는 수련자들은 거의 다 직장생활인들입니다. 대주천, 현묘지도 수련에 통과한 구도자들도 대부분 직장인들입니다. 분발하시기 바랍니다.

정액이란 무엇입니까?

인격신과 관련된 선생님의 답변 감사드립니다. 사실 제 질문이 핵심에서 벗어나 정확한 핵심을 말씀드리지 못한 것 같습니다. 행주좌와어묵동정 염념불망의수단전을 하고 타력이 아닌 자력으로 수련을 하여 몸공부, 기공부, 맘공부를 하고 스스로 깨달아 우주에 끝없는 공덕을 쌓은 연후에 하화중생을 하는 것이 선도의 핵심입니다.

다만, 위에서 말한 것처럼 하지 않고 타력으로 수행을 해서 예수(성령), 부처(법신), 김태영 선생님(가피력)을 섬기고 따르기만 한다고 해서 수행이 성장하기는 어려울 것입니다. 마치 스승이나 성인을 따르고 섬기기만 하면 운이 좋고 천국에 갈 수 있는 것처럼 생각한다면 그것은 분명히 사이비 종교일 것입니다.

다만, 우리 구도자 스스로가 행주좌와어묵동정 염념불망의수단전을 우선적으로 하면서 자력으로 헤쳐 나갈 생각은 하지 않고 스승이나 성인을 모시고 섬긴다고 해서 되는 것이 아닌데도 우리 스스로 그렇게 해왔기 때문에 오히려 진정한 성인(인격신)들이 많이 훼손되지 않았나 생각합니다.

역사가 많이 왜곡되었듯이 우리의 성인들과 한인, 한웅, 단군과 같은 분들의 인격신들이 많이 훼손되었다고 생각됩니다. 특히 예수, 부처보다도 우리 조상의 삼황천제는 더욱더 훼손된 것 같습니다.

무슨 말만 나왔다 하면 민족 종교다 미신이다 하면서 외국 성인보다도 혐오스럽게까지 생각하는 사람들도 있는 것 같습니다. 여기서 저는 가뜩이나 많은 종교가 있는 대한민국에서 또다시 민족 종교를 부활하자는 얘기는 아닙니다.

다만, 행주좌와어묵동정 염념불망의수단전 하고 스스로 구도를 해 나가서 진리의 자리에 도달하려고 하는 자력 구도자라면, 당연히 왜곡된 현실을 바로 보고 우리의 조상이자 지구에 문명을 심은 한민족의 후예로서 왜곡된 역사와 함께 훼손된 한민족 성인들의 이미지도 올바르게 정립하는 것이 어떨까 해서입니다. 이상입니다.

1월 4일 현재 눈이 최고치로 내린 날이라 상황을 봐야겠지만 빠른 시일 내에 찾아뵙고 수련하면서 더욱 분발하도록 하겠습니다.

p.s. 그리고 요지에서 벗어나서 혼날 것 같지만 그래도 질문해 보고 싶습니다.

연정화기에서 '정'이 남성의 정액으로 대표되고 있습니다. 수련을 하면서 느끼는 것인데 혹시 그 '정'은 인간의 몸안에 있는 모든 '정'(진액, 정수)을 얘기하는 것은 아닌지요? 인간의 침, 호르몬, 분비물을 포함한 생명활동과 관련되어 생명이 녹아 있는 모든 '진액'을 정액이라고 해야 하지 않는지요?

제가 대주천도 아니고 연정화기도 당연히 아니지만 수련이 될수록 온몸이 구석구석 바뀌는 것을 느끼고 있습니다. 멀쩡히 일하다가 과로로 갑자기 쓰러지는 사람들을 많이 보고 TV에서도 자주 접합니다.

자신의 정이 고갈되는 것을 느끼지 못하다 보니 멀쩡히 있다가 쓰러지는 것입니다. 이럴 때는 눈에 보이지 않는 정을 보하기 위해서 보약을 먹기도 하지요. 또한 몸이 약해지고 당연히 그 안의 정액이 약해지면 당장 입안의 침도 마르고 입술도 마릅니다.

생명활동이 약해서 정이 약하고 그러니 정액이 부족하여 침도 마르고 입술도 마르는 것입니다. 눈에 보이지 않는 정이 대표적으로 눈에 보이는 것이 남성은 고환을 통한 '정액'이지만 수련 시에는 고환의 정액뿐 아니라, 온몸의 정액(진액, 정수)이 모두 연정화기 되는 것은 아닌지요? 삼가 어렵게 묻사옵니다.

2010년 1월 4일

홍승찬 올림

【필자의 회답】

넓은 의미의 정은 온몸에서 분비되는 진액을 말합니다. 그러나 연정화기(煉精化氣)를 말할 때의 정(精)은 남성의 경우 고환에서 생성된 정액을 말합니다. 선도에서 소주천(小周天) 이상의 운기조식(運氣調息)이 되는 수행자는 생식(生殖)을 위한 정을 수련 에너지인 기(氣)로 바꿀 수 있습니다. 이것을 연정화기라고 합니다.

수련이 안되는 이유

선생님, 사모님 안녕하십니까? 사모님께서는 건강이 어떠신지요? 환절기이고 신종 플루 확산철이라 조금은 조심스러워집니다. 선생님께 가끔 소식 전해 드린다 해 놓고 벌써 한 달이 지나 버렸네요. 죄송합니다.

그간 가을철 수확(감, 은행, 대추 등)하느라 조금 바빴습니다. 감나무는 제가 아주 어릴 때부터 있던 나무라 지금은 고목이 되어 올라가서 따기가 힘이 많이 듭니다. 감도 그리 크지 않은 토종 곶감용 감이지만 부모님께서 놔두면 썩어 버리니 조금이라도 깎아서 말려 두었다 제사나 명절 때 사용합니다.

지난달에 저의 집 주변에 무당집과 소음 등으로 수련에 지장이 많이 있었다 말씀드렸는데 선생님과의 메일 교신 이후로는 아주 조용해졌습니다. 오래된 집이라 창문을 전부 교체한 이유도 있지만 교체하기 전보다는 옆집에서 싸우는 일도 이제는 거의 없어졌습니다. 오히려 너무 조용해서 이상할 정도입니다.

아무리 생각해도 선생님께서 교통정리를 해 주신 것 같다는 생각에 감사드리고 있습니다. 조용하니까 수련이 더 잘될 줄 알았는데 큰 차이는 없는 것 같습니다. 수련이 안되는 것은 영가들의 방해가 심한 때문인 걸로 생각이 됩니다. 물론 제 노력도 부족하구요.

지난주에는 무등산에 혼자 갔다가 내려오는 길에 작년부터 통증이 약간씩 있던 오른쪽 무릎에 의식을 집중해 보았습니다. 통증은 무엇이고 어디에서 오며, 누가 그 통증을 느끼고 있는가? 지수화풍 사대가 뭉쳐서 만들어진 몸뚱이에서 나오는 거라면 다시 지수화풍 사대로 흩어져 버리면 통증도 사라지는 것 아닌가? 그러면 본래 몸도 통증도 없는 것이 아닌가?

그러면서 아픔이 사라지고 편안했습니다만 약 30분 정도 지나니 다시 또 통증이 생기더군요. 그 집중의 상태가 오래 지속되지는 않았습니다. 혼자서 계속 교정을 해 가며 조심을 해도 상태가 호전되지를 않습니다. 특히 나무에 올라가서 일을 하고 나면 더욱 심해집니다. 겨울철 동안 확실하게 교정을 해 봐야 할 것 같습니다.

선생님, 사모님 환절기 건강 유의하시기를 바랍니다. 안녕히 계십시오.

2009년 11월 12일

광주에서 도림 양정수 올림

【필자의 회답】

집사람 걱정을 해 주어서 감사합니다. 요즘은 위기는 넘기고 평소의 페이스를 되찾은 듯합니다. 양정수 씨가 염려해 준 덕분이라고 생각합니다.

수련이 안되는 이유를 생각해 보았습니다. 수련이 안되는 이유는 빙의령 때문도 노력이 부족해서도 아니고 마음이 편안하지 않기 때문이라고 봅니다. 마음이 편안한 사람은 비록 지옥의 아비규환 속에 있어도 혼란을 일으키지 않고 안정을 찾을 수 있을 것입니다.

왜냐하면 마음이 편안한 사람은 생사를 초월해 있으니 불안이나 불편을 느낄 이유가 없을 것이기 때문입니다. 그가 처한 곳이 어디든 그 자신이 주인이고 그 자리가 바로 열반이 될 수 있을 것입니다. 부동심과 평상심의 유무가 관건이 될 것입니다.

계절적으로 무릎 통증이 온다면 그 통증이 있는 곳을 계속 관하시기 바랍니다. 의학으로 해결할 수 있는 것이라면 해결책이 떠오를 것입니다. 그렇지 않다면 그곳에 의식만 집중해도 자연치유 작용이 일어날 것입니다.

아직도 마음속에 이기심이

답장 감사합니다. 사모님께서도 안정을 찾으셨다니 다행입니다. 조금씩이나마 좋아지시기를 기원합니다.

사실은 수련 초기에 저의 목표가 선계로부터 보호를 받는 것이었습니다. 이제 보호를 받고 보니 수련의 고삐가 늦추어지지 않았나 생각됩니다. 선생님께서 지적하신 대로 생사를 초월한 부동심과 평상심이 쉽게 잡히지를 않습니다.

요즘도 빙의가 되면 조금씩 귀찮아하고 짜증스럽고 합니다. 아직도 제 마음속에 이기심이 많이 남아 있나 봅니다. 만물만생이 나와 하나라고 입으로는 되뇌이면서도 실제로는 하나가 되지 못하고 있습니다. 더욱더 이타행을 하며 아상을 털어내고 하나가 되어야겠지요? 선생님 가르침 등불 삼아 열심히 뚫고 나가겠습니다.

무릎은 쑥뜸을 두 차례 정도 하고 나니 많이 좋아졌습니다. 이것도 하나의 공부 재료라 생각됩니다. 꿀 채취가 시작되어서 무척 바쁘게 하루가 지나갑니다. 끝나면 찾아뵙도록 하겠습니다. 선생님 사모님 안녕히 계십시오.

2009년 11월 16일

광주에서 도림 양정수 올림

【필자의 회답】

구도자에게 있어서 수행의 만족이나 완성이란 있을 수 없습니다. 만약에 수행의 결과 부동심과 평상심을 완전히 거머쥘 수 있었다면 그 수행자는 이미 지상의 사람은 아닐 것입니다. 지구상에 태어나 존재하는 것 자체가 업장으로 인한 미완성체이기 때문이니까요.

그러니 지구상에 사는 한 우리는 부지런히 밥술 놓는 그 순간까지 부동심과 평상심을 얻기 위해 용맹정진하는 길밖에 없습니다. 그리하여 바로 그 구도 행위 자체를 즐기시기 바랍니다. 계속 분발하시기 바랍니다.

『선도체험기』 읽고 마음이 편안합니다

김태영 선생님께, 안녕하십니까? 바쁘신 중에도 저에게 빠른 답장을 주셔서 대단히 감사합니다. 선생님의 편지를 받아 들고 나서부터 왠지 저의 가는 길이 뜻있는 일이 되어 많은 사람들을 도와줄 수 있을 것 같은 마음이 들어서 기쁨을 감출 수가 없습니다.

저 자신은 원래 남을 무조건 믿는 성격이 아니기 때문에 기다리던 책이 더디어서 우선 의심을 해 보았던 것은 사실입니다. 우선 배호영 사장님께 죄송스럽고 사과의 말씀을 드리고 싶군요. 선생님께도 무리한 편지까지 보내 드려 번거로움을 끼쳐 드려 정말 쑥스럽기 짝이 없습니다.

죄송합니다. 그런데 선생님의 편지가 늦게나마 제게 들어왔습니다. 쓰신 날짜를 보니 11월 19일인 것을 보니 편지가 제 손에 쥐어지기까지 많은 시간이 지체되었던 듯합니다. 이메일이 보다 신속하고 편리하겠다는 생각입니다. 이제부터는 이메일로 소식 드리겠습니다.

저의 생활에 대해 궁금하시리라 생각합니다마는 저는 요즘 부동산 일을 하고 있으며 남편과는 이혼 중에 있습니다. 남편에 대해서는 많은 이야기할 필요성을 느끼지 못합니다마는 궁금하실 것 같아서 대강 말씀을 드리겠습니다.

저는 남편과 십오 년을 살았습니다마는 남편의 독단적이고 이기주의적인 성격 때문에 자유를 상실한 상태에서 불안한 결혼생활을 하다가 지난 오월에 남편의 가출로써 이혼이 시작되었습니다. 육 개월 동안 큰

비용을 들여 가면서 시작된 이혼이 쉽게 결말이 나지 않는 것은 남편의 요구가 어처구니없이 상식을 벗어난 것이어서 더욱 기간이 길어질 듯합니다. 그러나 선생님의 『선도체험기』를 읽고 단전호흡을 하고부터는 마음은 항상 여유가 있고 편안한 것이 마치 기적인 듯싶습니다.

십 년 전에 남편과 헤어져서 8개월을 별거한 일이 있었는데 그때는 마음이 너무 괴로웠습니다. 그리고 작년에 남편이 나갔을 때도 마음이 어수선했었는데 이번에는 마음이 기적적으로 편안하고 안정이 되어 있고, 나간 남편과의 미련은 찾아볼 수 없이 깨끗하게 정리가 되어 있어서 저 자신도 놀라울 정도였습니다. 남편과의 사이에 둔 초등학교 일 학년생의 어린 아들이 있지만 도무지 지탱해 갈 수 없었던 결혼생활을 이제야 끝내게 되는 데 대해서는 이제 아무런 이의가 없고 후회하지 않습니다.

직업의 귀천이 없다고는 하지만 많은 사람들이 의사라고 하면 우러러 보는 것은 사실입니다. 우선 의사가 되려면 많은 공부와 시간을 요구함은 물론이지만 재정적으로도 여유가 있어야 하기 때문일 것입니다. 그러나 만일 그 의사가 인간적으로 기본적인 바탕이 제대로 되어 있지 않다면 의사의 자격은 오로지 돈을 만드는 기계적인 수단일 뿐 더이상의 가치는 없다고 생각합니다.

왜 많은 사람들이 스테레오 타입의 판단으로 소문을 중심으로 남에 대해 왈가왈부하는 것일까요? 그것은 우선 자신에게 해당된 일이 아니며 남의 문제에 대해 부담없이 즐기며 이야기를 나눌 수 있기 때문일 것입니다. 많은 사람들의 다른 삶을 이야기한다는 것은 마치 소설책을 즐기는 형식으로 말로써 실재의 소설적인 life story를 즐기기 때문일 것입니다.

그러기에 저는 남의 소문에 대해 크게 관심을 가지는 편이 아닙니다.

특히 살아오면서 어느 때부터인지 남의 말 하는 것을 별로 즐기지 않게 되었습니다. 제가 생각하기에는 선생님의 『선도체험기』를 읽고부터는 인생을 보는 눈이 변한 듯합니다. 이제는 모든 사람을 평등하게 하나로 볼 수 있다는 것이 희한하지요.

생활이 생활인 만큼 현재 저의 생활은 썩 안정이 된 것은 아닙니다마는 원래 안정도 마음에서 오는 것이기 때문에 별로 걱정은 하지 않습니다. 저는 원래 기적인 일을 많이 체험하면서 살아왔기 때문에 이번에도 기적적으로 선생님과 연결이 되어 이렇게 저의 한 편의 삶이 이어지고 있는 것이지요. 아무튼 정말 선생님과의 대화로써 저에게는 많은 좋은 일들이 이어질 듯한 느낌이며 감사한 마음 금할 길 없습니다. 아무쪼록 저를 좋은 길로 이끌어 주시기를 부탁드리면서 이만 두서없는 글 여기서 줄이겠습니다. 환절기에 몸조심하시며 안녕히 계십시오.

2005년 12월 5일

고미순 올림

【필자의 회답】

『선도체험기』를 읽으시고 수련을 하시면서 마음이 편안해지셨다니 무엇보다도 반가운 일이고 글 쓰는 사람으로서 보람을 느낍니다. 내가 『선도체험기』라고 하는 긴 시리즈물을 쓰는 이유들 중에 으뜸가는 것이 무엇인지 아십니까? 그게 바로 이 책을 읽은 독자들이 몸 건강해지고 마음

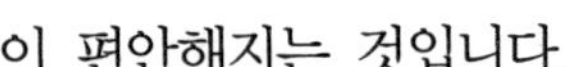

이 편안해지는 것입니다.

제아무리 호화스러운 저택에 사는 부자라고 해도 우선 마음이 편안하지 못하다면 비록 빈민가에 살망정 마음이 편안한 사람의 행복과 어찌 비교가 될 수 있겠습니까? 마음이 편안한 사람은 무엇보다도 사물을 정확하게 관찰할 수 있으므로 올바른 판단을 내릴 수 있습니다. 따라서 고미순 님께서 하시는 사업도 앞으로 잘될 것이라고 생각합니다.

수련을 하시다가 문제가 생기면 지체 없이 메일 보내 주시고요. 부디 책이 빨리 도착하여 하루속히 지금까지 나온 『선도체험기』 시리즈를 전부 다 읽으시기 바랍니다. 그렇게 되면 더 많은 이야깃거리가 생길 것입니다. 부디 수련 잘되시기 바랍니다.

감사의 말씀

존경하는 김 선생님께.

안녕하십니까? 답장을 지체 없이 보내 주시니 무엇이라고 감사의 말씀을 표현할 길이 없군요. 제가 요즘 곤경에 빠져서 마음이 분주해 있습니다만 꿔어준 돈을 못 받을까 봐서 마음을 졸이고 있는 중입니다.

동업을 한답시고 시작하는 것으로 알았지만 아차 하는 마음으로 그 돈을 돌려받을 궁리를 시작해서 이틀 동안은 굉장한 마음고생을 했지만 이제 안정을 찾았습니다.

받을 수 있다고 마음을 다스리고 있고 될 수 있는 대로 긍정적으로 생각하고 있는 중입니다. 선생님의 격려 정말로 감사합니다. 배호영 사장님에게도 감사의 말씀 전해 주시기 바랍니다. 오늘은 이만 간단히 줄이겠습니다. 안녕히 계십시오.

2009년 12월 8일
고미순 드림

【필자의 회답】

꿔어준 거금을 못 받게 되었다고 해도 마음이 흔들리지 말아야 프로급 구도자라고 할 수 있을 것입니다. 마음고생을 한다고 해서 변하는 것은 아무것도 없으니까요. 그리고 어떠한 역경(逆境) 속에서도 마음이 평온해야 사태를 객관적으로 관찰할 수 있고 그래야만 제때제때에 효과적인 대책을 세울 수 있을 것입니다. 배호영 사장님한테도 소식 전해 드렸습니다. 부디 수련 잘되시기 바랍니다.

포기하지 않습니다

안녕하십니까? 김 선생님과 대화한 지도 오래되고 해서 잠깐 선생님의 door를 노크해 봅니다. 저는 요즘 회사를 바꾼 뒤로 더욱 바빠서 뛰어

다니다 보니 『선도체험기』도 별로 많이 읽지도 못하고 있는 실정입니다. 우선 기반을 닦아야 하기 때문에 동분서주하면서 열심히 뛰고 있습니다. 부동산 일이 재미도 있고 저의 적성에 잘 맞으니 참으로 다행스러운 일이 아닐 수 없어요. 저의 손님들은 대부분 저의 나이 또래입니다. 그분들은 대부분 미국에서 오래 사시고 기반이 잘 닦인 분들이기 때문에 마음도 편하고 어렵지 않게 손님들을 확장하고 있는 것이 얼마나 다행인지 몰라요. 신문에 광고 내는 것으로 별로 효과가 없는 듯했지만 그래도 하나둘 저를 기억하고 꾸준히 전화가 오고 또한 동네에서도 집을 내놓는 분들도 있고 해서 오히려 다른 동업자들보다는 유리한 입장에 있는 듯한 느낌입니다.

등산을 적어도 일주일에 두 번은 다녔었는데 요즘은 마음만 원할 뿐 못 간 지가 거의 한 달이나 되었어요. 작년까지만 해도 스키를 많이 즐겨서 자주 갔었는데 올해는 겨우 한 번밖에 못 갔어요. 스키장만 지날 때마다 산의 스키 trail만 바라보면서 부러워할 뿐입니다. 시간만 있으면 되는데 시간이 안 맞는 것이 안타까울 뿐이지요.

단전호흡도 열심히 해 보려고 아침에 걸을 때 단전호흡을 하는데 전처럼 쉽게 되지 않습니다. 그러나 포기하지는 않습니다. 그냥 꾸준히 조금씩 생활로 하기로 했기 때문에 조바심이라든지 하는 마음은 전혀 없지요. 오늘 아침에는 선생님과 대화해 보려고 잠깐 컴퓨터에 앉아 봅니다. 그럼 오늘은 이만 간단히 여기서 줄이겠습니다. 안녕히 계십시오.

2010년 1월 23일

펜실베니아 포코노에서 고미순 드림

【필자의 회답】

다정했던 친구와 어쩐지 서먹서먹해지는 것은 그 친구에게서 자신도 모르게 마음이 멀어져 있기 때문입니다. 이때 그 친구와 가까워지고 싶으면 그 친구를 찾아가 그 친구의 환심도 사고 같이 놀기도 하여 자주 접촉을 해야 할 것입니다.

그와 마찬가지로 수련이 잘되지 않는 것은 수련에서 마음이 떠나 있기 때문입니다. 이때 수련과 가까워지는 방법은 수련을 직업과 병행하여 아예 일상생활화 하는 것입니다. 그러자면 수련을 규칙적으로 하고 수련에 관한 책을 읽되 계획을 세워서 읽어 나가는 습관을 길러야 할 것입니다.

이처럼 수련을 규칙적으로 생활화하다가 보면 생생한 체험들이 쌓이고 반드시 발전이 있게 될 것이고 문제가 발생할 수도 있을 것입니다. 그래야 나와도 대화할 수 있는 밑천이 생기게 될 것입니다. 그렇게 하지 않고 무계획적으로 수련을 하다가 말다가 하면 어느새 수련과는 멀어지게 될 것입니다. 어느 쪽인지 잘 판단하셔서 지혜롭게 처신하시기 바랍니다.

정신분열증 앓는 아들

안녕하세요. 이렇게 선생님께 메일로 인사를 드립니다. 저는 선생님이 쓰신 『선도체험기』라는 책을 23권까지 읽고 이렇게 제 이야기를 선생님께 전하고 선생님께 도움을 받고자 펜을 들었습니다. 저는 경남 김해시에 사는 47살 주부 오현주라고 합니다.

저는 1남 1녀를 두고 있는데, 큰애는 딸아이로 21살이고 작은애가 남자아이인데 16살입니다. 우리 작은애 때문에 선생님의 책을 읽게 되었습니다. 작은애가 지금 중3인데 중1 때 정신분열증이라는 병으로 판정을 받고 난 후부터 지금까지 온 가족이 너무나도 힘든 나날을 보내고 있습니다.

병원에서는 너무 어린 나이에 병이 와서 나을 가망성을 희박하게 보고, 난치성 질환으로 나을지 안 나을지는 신만이 알 수 있다는 말을 했습니다. 병원에서 처방해 주는 약을 계속 복용하고 있는데, 심할 때는 폭력적이고 살기까지 느껴질 때도 있었습니다. 지금은 늘 자기 손을 보고 있고, 무슨 일을 자신 스스로 할 생각이 없고, 무엇인가를 시키면 겨우 하는 정도입니다.

선생님, 우리 아이가 빙의가 되어서 그런 건지, 제가 정말 깊게 수련을 해서 어미인 제가 낫게 해 주고 싶은 마음이 정말 간절합니다. 선생님의 책을 읽고 제가 살아온 과거를 후회하며 반성하고 또 얼마나 위안을 많이 받았는지 모릅니다.

제가 이 『선도체험기』가 출판되었을 당시에 바로 읽어 보았더라면 우리 아이가 이런 병에 걸리지 않았을 것이라는 생각이 들면서 끝없는 욕심과 속에 화가 꽉 차서 살았던 과거가 너무 많이 후회됩니다.

지금은 선생님의 책을 통해 제 마음을 많이 다스리고 있습니다. 선생님, 정말 제가 어떻게 해야 우리 아이가 나을 수 있을지 가르쳐 주십시오. 앞길이 구만리 같은 아이인데 나아서 살아갈 수 있어야 되지 않겠습니까?

끝으로 선생님, 제가 이 책을 읽으면서 너무 많은 마음 정리를 하고 새로 태어난 느낌입니다. 너무너무 감사합니다. 정말 책 한 권이 사람의 생각을 바꿀 수 있다는 것을 가슴 깊이 느낍니다.

선생님, 저에게 그리고 제 아이에게 꼭 선생님의 도움이 필요합니다. 두서없이 쓴 글을 끝까지 읽어주셔서 감사합니다. 답장 기다리겠습니다.

2009년 12월 10일
오현주 올림

【필자의 회답】

오죽 답답하셨으면 그 방면의 전문의도 아닌 저에게 이런 메일을 다 보내셨습니까? 비전문가인 제가 보아도 아드님의 병은 하루아침에 나을 병은 아닌 것 같습니다. 그래도 『선도체험기』를 23권까지 읽으셨다니 다행입니다.

만약에 그 책에서 도움을 받으셨다면 가능하면 지금까지 나온 95권을 전부 다 읽어 주시기 바랍니다. 책에서 가르치는 대로 단전호흡도 하시고 등산, 달리기, 걷기, 도인체조를 하시기 바랍니다. 그러시는 동안에 건강도 좋아지시고 마음도 평안해지시고, 본격적으로 수련을 하시기로 작정을 하신다면 수련에 관한 한 제가 도와드릴 수 있을 것입니다. 그렇게 된다면 아드님의 병을 호전시킬 수 있는 계기가 생겨날 수도 있을 것입니다.

속병이 많이 좋아진 것 같습니다

30년이 넘게 아파 오던 속병이 일주일 전부터는 어쩐 일인지 아주 많이 좋아진 것 같습니다. 속이 아파서 술을 먹지 않고는 거의 잠을 잘 수가 없을 정도였는데 선생님 책들을 읽으면서 마음공부가 많이 되어서 그런지 나 자신도 모르게 들떠 있던 마음이 착 가라앉으면서 속병이 서서히 나아져 가고 있는 게 아닌가 생각됩니다.

『선도체험기』를 읽으면서 단전호흡하고 잠자리에 들어서도 『천부경』, 『삼일신고』, 대각경 그리고 한을 외우다가 보면 어느새 잠이 들곤 했습니다. 항상 잠을 자고 일어나면 피곤하곤 했었는데 어느 순간부터는 깊은 숙면을 취하곤 합니다.

이 모든 것이 선생님 덕분입니다. 감사합니다. 그리고 좋은 책을 읽으면서 변변하게 인사 한 번 못 드린 것이 항상 맘에 걸렸었습니다. 그럼 선생님 추운 겨울 날씨에 건강 유의하시고 항상 강녕하시길 빌면서...

2009년 12월 20일

대구에서 사숙하는 제자 구오영 올림

【필자의 회답】

부뚜막에 있는 소금도 입에 집어넣어야 짜다는 말이 있습니다. 아무리 좋은 방편이 옆에 있다 해도 그것을 자기 것으로 만들어 이용하지 않으면 무슨 소용이 있겠습니까? 구오영 씨는 내 책을 읽고 열심히 수련을 했기 때문에 좋은 성과를 올린 것입니다.

나는 아들네 식구까지 합쳐서 여섯 식구가 한 공간에서 살지만 내가 쓴 『선도체험기』를 읽고 선도수련을 하는 사람은 나 하나밖에 없습니다. 아내와 며느리는 『선도체험기』는 간혹 읽는 일이 있어도 수련은 하지 않습니다. 그런데 『선도체험기』를 읽고 삼공재에 찾아와 수련을 하는 사람들은 기문이 열린 이상 누구나 다 건강해지고 마음이 편안해진 것은 사실입니다.

구오영 씨의 메일을 읽고 내가 하고 싶은 말은 다른 게 아닙니다. 그것은 지병이 없어지고 마음이 편해진 상태에 만족하여 거기에만 머물러 있지 말고 거기서 한 걸음 더 나아가 적극적인 수련에 정진하여 소주천, 대주천, 피부호흡, 연정화기, 양신(養神), 출신(出神)의 경지까지 계속 정진하여 하화중생(下化衆生)하는 길을 찾자는 것입니다.

바가지 들고

선생님 말씀 무슨 뜻인지 잘 알고 있습니다. 처음 『선도체험기』를 대하고 저도 열심히 하면 되겠지 하는 마음에 시작했지만 그게 어디 만만한 일이겠습니까? 하룻강아지 범 무서운 줄 모르는 것과 같이 아무것도 모를 때는 하면 되는 줄 알았습니다.

하지만 첩첩산중이었습니다. 가면 갈수록 아무것도 보이지 않는 미로와 같은 것이었습니다. 그래서 생각만큼 진전도 없고 하여 중간에 그만두려고 한 적이 한두 번이 아니었습니다. 다른 사람들은 얼마 수련하지 않아 기를 느끼고 소주천, 대주천을 하는데, 2년이 넘도록 기 한 번 느껴보지 못한 저로서는 참 암담한 심정뿐이었습니다.

쉽게 포기하는 성격이었으면 벌써 포기했겠지만 그렇게 되지 않는 것도 병 아닌 병이 아닌가 생각됩니다. 그렇다고 전혀 소득이 없는 것은 아니었습니다. 30년 지병도 거의 다 나았으며 중단이 꽉 막혀 그렇게도 안 되던 호흡이 되고 있습니다.

선생님, 지금까지 해 왔던 공부 다 잊어버리고 새롭게 시작하려고 합니다. 물 담을 준비가 되면 바가지 들고 찾아뵙겠습니다.

2009년 12월 22일 대구에서

『선도체험기』를 방편 삼아 사숙하는 제자 구오영

【필자의 회답】

30년 지병이 거의 다 낫고 막혔던 중단이 열리는 것을 보니 이제 곧 기운을 느끼게 될 것입니다. 기다리겠습니다.

가슴을 치고 후회를 하니

스승님 안녕하십니까? 부산에 박순미입니다.

일전에 써 놓은 장문의 메일이 어디론가 날라가 버렸습니다. 스승님, 수련이 어렵습니다. 여차저차하여 7단계 화두를 받았건만 왜 이리도 첩첩산중인지 모르겠습니다. 깨고 가야 할 습과 업이 너무 두텁습니다. 늘 제 생활 패턴의 무엇이 잘못인지 머리로만 인지를 하고 있다가 똑같은 실수로 곤란을 겪은 후에야 가슴을 치고 후회를 하니 말입니다.

현묘지도 수련 중에는 집착과 욕심을 버려야 하는데 이것이 집착인지 열의인지 분간도 잘 가지 않습니다. 요는 저의 아들 녀석 문제입니다. 올해 초등학교 1학년에 입학하여 겨울방학이 지나면 2학년이 됩니다. 솔직히 큰아이가 학교 입학하면서 수련이 답보 상태입니다. 12월생인데다가 늦되기까지 해서 올해 입학을 시킬까 말까 고민 중에 1학년에 들어가게 되었습니다.

저의 원래 교육관이 '일체의 사교육을 시키지 않겠다'였기에 학원에 보내지 않고 24시간 제가 끼고 학교를 같이 오가며 교육을 시키는 중입니다. 문제는 체험활동이나 박물관, 전시회 등 제가 데리고 다녀야 하는 빈도수가 많아지면서 빙의와 손기로 실컷 수련으로 맑아진 정기가 탁기로 흐려지기 일쑤였습니다.

저 또한 아이들 교육 문제라면 열성 엄마 대열에 합류할 만큼 열의가 강한 편이지만 득보다 실이 많은 지금의 상태가 과연 옳은 처사인지 모르겠습니다. 나 자신에게 있어서는 자식에게 하느라고 열성을 보이는데 따라와 주지 않는 자식과 너무 한 아이에게만 편중된 생활 패턴으로 둘째, 셋째에게 죄책감마저 드는 아이러니한 상황이 연출되네요.

어차피 자식이라고 해도 내가 어찌해 주지 않아도 자기 프로그램대로 살아갈 것이지만, 부모 된 도리로 내가 할 수 있는 최선은 다해 주자가 저의 교육관이었습니다. 그것마저 저의 욕심일까요? 이번 화두에서는 영력이 강한 빙의령이 장난을 치며 화두수련을 방해하네요.

나는 최선을 다해 열심히 아이를 키우고 있다고 생각했지만 그것 또한 집착이네요. 지혜롭게 사는 길은 지름길이 없나 봅니다. 무수한 시행착오와 경험이 뒷받침되어야 하니 말입니다. 남은 화두수련에 더욱 정진하도록 하겠습니다.

2009년 12월 23일
박순미 올림

【필자의 회답】

빙의령으로 인한 고생은 무한정 오래가지 않습니다. 축기가 많이 되어 도력이 향상될수록 빙의령으로 고통을 느끼는 일은 점점 줄어들게 될 것입니다. 아마 몇 해 동안의 시간이 필요할 것입니다.

지혜롭게 사는 방법을 말해 볼까요? 무슨 일이든지 가슴을 치고 후회하는 일은 한두 번으로 족합니다. 같은 일을 세 번 네 번 반복하고 또 가슴을 치고 후회한다면 지혜로운 사람이라고는 말하기 어려울 것입니다.

나는 박순미 씨가 부디 한두 번의 실수로 충분히 깨닫고 더이상 같은 실수를 저지르지 않으시기 바랍니다. 똑같은 실수를 세 번 네 번 자꾸만 저지르는 일은 웬만한 중생들도 하지 않거늘, 그걸 어떻게 구도자가 해야 할 일이라고 할 수 있겠습니까?

그리고 구도자는 비록 실수를 해도 가슴을 치고 분통해하는 짓은 하지 않습니다. 분통해하는 바로 그 시간에 냉정하게 사태를 파악하고 보다 나은 대책을 강구하여 실천에 옮길 궁리를 할 뿐입니다. 이렇게 말하면 너무 비인간적이고 냉정하다고 말할지도 모르지만, 그것이 바로 도 닦는 사람들이 가야 할 길인 걸 어떻게 하겠습니까?

심한 진동

삼공 스승님

스승님 안녕하십니까? 부산에 박순미입니다.

삼공재에서 수련 중에 진동하시는 분은 여럿 보았지만 직접 체험해 보니 신기하면서도 민망했습니다. 속에 있는 내장기관들까지 모두 들썩이며 훌라후프하듯 회전했는데 허리 밑쪽으로 특히 자궁 쪽이 안 좋았었나 봅니다. 마지막 화두이니 만큼 성심을 다해 수련에 임하겠습니다. 그럼 안녕히 계십시오.

2010년 1월 17일
박순미 올림

【필자의 회답】

8단계 화두수련을 시키기 위해서 선계 스승님들이 박순미 씨의 몸의 컨디션을 조정하고 있는 것입니다. 오장육부 중 미진한 부분들은 선계 스승님들에 의해 자연치유가 될 것입니다.

박순미 씨가 현묘지도 화두수련에 들어간 지도 어느덧 1년 5개월이 되었습니다. 그동안 우여곡절도 있었지만, 아무쪼록 유종의 미를 거두기 바랍니다. 지금부터라도 후배 수련자들을 위해서 짬나는 대로 그동안 겪은 생생한 체험들을 잘 정리하여 컴퓨터에 입력했다가 수련 끝나는 대로 보내 주시기 바랍니다.

불생불멸

삼공 선생님 전 상서

늘 가르쳐 주심에 깊은 감사를 드립니다. 그동안 사모님과 선생님께서는 잘 지내셨는지요?

지난 연말 휴가 때 삼공재에 들러 96권을 구입하여 훑어보았습니다만 마지막의 금언과 격언 부분에서의 "부모지년불가부지야(父母之年不可不知也), 일즉이희일즉이구(一則以喜一則以懼)"의 해설에 대한 선생님의 가필 부분인 "진정한 구도자라면 그런 일에 기뻐하고 두려워하는 대신에 부모님이 운명하시기 전에 불생불멸의 자성을 깨치지 못하는 것을 안타까워해야 할 것이다"에서 모국에서 홀로 집을 지키시는 저의 어머님이 생각이 났고, 지난번 방문 때 칠순 기념 가족모임이 있었습니다.

그러나 늘 뵐 때마다 세상 뜬다고 모든 것이 끝나는 것이 아니라 잠시 옷 갈아입으려 갱의실에 들어가는 것과 같다고 말씀드리면, "죽어 봐야 알지" 하시던 말씀이 생각납니다. 즉 죽음과 더불어 모든 것이 끝난다고 인식하면 얼마 길지 않은 인생이 몹시 바쁘고 자기 것 챙기기에 여유가 없이 바둥거리는 삶이 되지만, 영혼은 늘 살아 있고 연극에의 각 1장 1막들이 한평생씩이라는 진리를 알면 각자 맡겨진 오늘의 삶에 대한 충실함과 다음 생의 진화를 위한 목표가 주어질 수 있는데 하는 마음이 듭니다.

그러나 불생불멸의 영혼이 단지 텔레파시(예를 들어 한글이라는 언어는 시대와 지역에 따른 가변성이 있기에 생물 공용수단으로서의 의사소통 수단으로)로써만이 의사소통을 할 수 있으니 무명중생에게는 난해할 수밖에 없다는 생각 또한 해 봅니다.

아무튼 제 어머님께는 어떻게 노후를 보내셔야 하는지 또한 사는 목적이 흔히들 말하는 호의호식(호강)이 아니라 업을 하나하나 해소하는 것이요 궁극적으로는 업이 하나도 없는, 태어나시기 전의 본모습으로 되돌아가기 위함이라는 등 많은 이야기를 나누고 또한 많은 것에 대하여 공감하십니다만, 결정적인 불생불멸은 아직 숙제로 남겨 놓은 상태입니다.

그리고 며칠 전 불생불멸을 화두로 잡고 조깅을 하였습니다만, 이미 세상을 떠난 아버님을 비롯한 선인들의 영혼과 자유자재로 대화가 되었고, 아버님과는 늘 대화를 하며 저를 비롯한 어머님과 형제분들을 포근하게 감싸시고 계십니다.

또한 아버님뿐만 아니라 선인들의 영혼들 중 박정희 전 대통령이 나타나시더니 한반도 개조론이라는 화두를 주시더군요. 그와 동시에 현재 모국에서 시끄러운 행정부 이전에 대하여 언급했습니다. 행정부를 하나씩 각각 지방에 내려보내 분산 배치하여 지방의 균형 발전 및 특성 있는 지역 분권의 중심적인 역할을 하도록 함이라고 하십니다.

사실 IT의 발전으로 물리적인 거리가 완전히 없어지고, 각 부서간의 융합은 서울 사무소 개설로 얼마든지 거리감을 좁혀지리라는 생각이 들고, 한번 연구해 볼 만한 개조론이라는 공감이 듭니다. 아무튼 먼저 가신 선인들뿐만 아니라 현존하며 멀리 떨어져 있는 사람들과도 언제든지 영적인 만남과 대화로 시공을 초월한 생활을 하고 있습니다.

아마도 이제부터는 영적인 능력의 함양이 당분간의 화두가 될 것 같습니다. 또한 진행되는 대로 메일을 올리겠습니다. 그럼 선생님과 사모님 두 분 모두 몸 건강히 안녕히 계십시오.

2010년 1월 18일
나요로에서 제자 도육 올림

【필자의 회답】

메일 잘 읽었습니다. 행정부의 지방 분산에 대한 의견에는 찬성할 수가 없습니다. 우리나라가 아무리 정보통신이 발달했다고 해도 서울에 있는 행정부를 지방에 분산하면 아무래도 행정의 효율성이 떨어지게 되어 있습니다.

지금도 엎어지면 코 닿을 곳인 과천에 있는 경제부처 장관들은 중앙청 회의에 참석차 남태령 고개 넘어 오가는 데 거의 하루 종일을 소비한다고 불평이 이만저만이 아니고, 더구나 중앙청 근처에 출장소를 운영하고 있다고 합니다.

그 때문에 과천 청사마저 다시 중앙청으로 옮겨야 할 형편이라고 합니다. 대통령과 국무총리 그리고 장관들 사이에는 통신 수단만으로는 해결할 수 없는 의사소통 분야가 있다는 것을 말해 줍니다. 이것은 우리나라뿐만이 아니라 행정부가 베를린과 본으로 나뉘어져 있는 독일에서도 골칫거리가 되고 있습니다.

주방에는 상하수도, 가스렌지, 냉장고가 한군데에 있어야 주부가 편리하게 요리를 할 수 있습니다. 그런데 상수도는 주방에 놓고 하수도는 베란다, 냉장고는 안방, 가스렌지는 현관에 분산시켜 놓는다면 주부가 일하는 데 얼마나 불편하겠습니까?

더구나 통일을 앞두고 있는 우리나라가 막대한 국고를 들여 수도를 분산하는 것은 국익을 위해서는 백해무익한 일입니다. 세종시 원안이야말로 국익을 도외시한 정치인의 득표욕과 충청도민의 이기심이 야합하여 만들어 낸 흉악한 괴물로서 반드시 뽑아 버려야만 할, 과거 정치인들이 박아 놓은 대못이라는 것이 내 생각입니다.

행정 부처들을 찢어내어 비능률을 초래하고 과천과 같은 유령도시를 하나 더 만들 가능성이 있는 원안보다는 차라리 교육기관과 기업체들을 유치하여 자족적인 교육 경제 도시로 만드는 수정안이 국익에 훨씬 더 보탬이 될 것입니다.

주제넘는 참견

삼공 선생님 전 상서

늘 가르쳐 주심에 깊은 감사를 드립니다. 결론부터 말씀드리면 주제넘는 참견이었던 것 같습니다. 왜냐하면 생사의 근본을 깨우치는 일과는 전혀 상관이 없는 일이요, 또한 심심풀이로 참견한다고 해도 자기 생각이 아니었고 또한 책임이 따르는 문제이기 때문입니다.

잠시 영적인 능력이 발동한다고 해서 떠벌리고 다니면 결국 자기 자신만이 피폐해지니 삼가야 할 사항인 것 같습니다. 옛 선인들이 세속사를 멀리하고 제 갈 길에만 매진한 것을 조금은 깨우친 것 같습니다. 결국 진리가 아니면 돌 보듯 해야 함이 이번 체험의 핵이었습니다.

앞으로도 많은 가르침을 부탁드립니다. 안녕히 계십시오.

2010년 1월 20일
나요로에서 제자 도육 올림

【필자의 회답】

너무 그렇게 겸손할 필요는 없습니다. 세속사라고 하지만 선거권과 피선거권이 있는 한 사람의 국민으로서 잘못되어 가는 정치를 보고 침묵만 지킨다는 것은 비겁한 짓일 수도 있습니다. 정치판에 직접 뛰어드는 것도 아니고 단지 의견을 개진하는 것 정도야 무슨 상관이 있겠습니까?

박종칠 씨의 부고

김 선생님, 오인환입니다. 그동안 별고 없으셨는지요? 사모님께서도 평안하시겠지요? 새해에 복 많이 받으시길 바랍니다. 저는 이번 2월 22일에 법원으로 복귀하게 됩니다. 서울고등법원이나 대법원으로 가게 될 것 같습니다.

둘째 아이가 놀이학교에 다니고 있는데 아내가 첫째 아이 공부를 뒷바라지한다고 하여 제가 시간 날 때마다 둘째를 돌보고 있습니다. 수련에 예전만큼 정진할 수 없지만 그 끈을 놓지 않으려고 노력하고 있습니다.

그런데 최근에 주위에 여러 가지 사건이 일어난 것 같습니다. 작년 연말에는 박종칠 도우의 사망 소식을 접하였고, 올 초에는 OOO에 대한 신동아 기사 그리고 새해 벽두부터 시국사건 관련 법원 판결로 세상이 시끄럽습니다.

박종칠 씨는 수련에 열중하셨는데 어떻게 돌아가셨는지 궁금합니다. 명예 훼손 사건은 3월경에 재판 기일이 잡혀 있던데 잘 처리되길 빕니다. 용산 철거민 사건의 수사기록 공개가 이 사건에도 적용되길 바랍니다. 좌파 정권 10년 세월이 사법부조차 오염시켜 사법부도 중심을 잃고 정치 집단화되어 가고 있는 것이 안타까울 따름입니다.

오행생식이 떨어져 육기생식 4개와 오행젤리 1개, 『선도체험기』 95권(96권도 나왔으면 함께 보내 주십시오)도 함께 다음 주소로 보내 주시기 바랍니다. 총 금액을 알려주시면 곧바로 입금하도록 하겠습니다. 항상 건강하십시요.

2010년 1월 20일
오인환 올림

【필자의 회답】

지난해 그믐날인 12월 31일이었습니다. 청주의 조한영 씨로부터 박종칠 씨가 사망하여 구로 고려대 병원 영안실에 안치되어 있다는 휴대전화 문자를 고인의 아들에게서 받았다는 전화가 왔습니다. 사인은 위암 4기라는 것이었습니다. 1951년생이니까 나보다 19세나 연하인데 그렇게 갑자기 세상을 등지다니 내 귀를 의심할 정도로 놀랐습니다.

하도 심성이 착실하고 수련과 등산을 열심히 하기에, 3년 전부터 고령으로 근력이 달리자 내가 하던 삼공 등산팀 리더를 그에게 인계했습니다. 나보다 적어도 20년 이상은 더 오래 살 줄 알았는데 너무나도 뜻밖의 소식이었습니다.

나는 내 나이가 80에 가까워지면서 이제 한국인의 평균 수명을 살았으니 죽음에 대해서 가끔 생각하게 됩니다. 그때마다 내가 죽었다는 소식을 들으면 박종칠 씨야말로 열 일 제쳐놓고 제일 먼저 달려올 것이라고 늘 생각해 왔었는데 이렇게 갑자기 먼저 떠나다니 이만저만한 충격이 아니었습니다.

하긴 근래에 그는 삼공재에 그전처럼 적어도 일주일에 한 번씩 나타나지 않았고, 한 달에 한 번 아니면 어쩌다가 드문드문 나타나곤 했습니다. 그러다가 작년 12월 3일에 나왔는데 자리에 앉다가 비칠하고 쓰러지려다가 간신히 몸의 균형을 잡았습니다.

전에 없던 일이라 이상하다는 생각이 들어 왜 그러냐고 물었더니 무슨 모임에 가서 밤샘을 했더니 피로가 덜 풀려서 그런 것 같다고 말했습니다. 영안으로 보았더니 전에 없이 수많은 빙의령들이 우글거리고 있었습니다.

사람 많이 모이는 곳에 절대로 가지 말고 건강이 회복될 때까지라도 삼공재에 자주 나와서 축기를 하라고 했습니다. 그래서 그 후엔 적어도 일주일에 한 번 이상씩 나왔습니다. 그랬는데 12월 22일까지 네 번째 나온 것을 마지막으로 31일 마침내 그의 부음을 접하게 되었습니다.

그 소식을 받은 것이 31일 낮 12시경이었습니다. 혼자 장례식장에 찾아가기가 힘들 것 같아서 김영준 씨에게 연락하여 같이 갔습니다. 구로 고려대 병원 장례식장에 택시로 도착한 것이 오후 1시 반이었습니다.

식장에는 은행 동료들인 것 같은 문상객들이 식탁에 앉아 있었고, 조위금 접수하는 사람은 있는데 상주는 보이지 않았습니다. 나는 가끔 등산할 때 박종칠 씨의 부인과 아들과 딸은 만난 일이 있어서 내 얼굴을 알아보면 고인의 사망 원인이라도 물어보려고 했는데 그들은 아무도 보이지 않았습니다.

접수하는 사람에게 모두 어디 갔느냐고 물었더니 시신을 염하는 데 갔다면서, 조금 기다리면 올라올 것이라고 말했습니다. 김영준 씨와 나는 식탁에 앉아서 기다리기로 했습니다. 키가 크고 몸이 호리호리한 처녀가 먹을 것을 갖다 놓는 등 시중을 들었습니다. 우리는 고인과는 등산 친구인데 댁은 누구시냐고 물었더니 예비 며느리라고 말했습니다.

고인의 근황을 물었더니 위암으로 갑자기 돌아가신 것 외에 구체적인 것은 모른다고 말했습니다. 우리는 식탁에 앉아서 견과와 인절미를 몇 개 집어 먹으면서 고인의 아들과 부인이 돌아오기만을 기다렸습니다.

한 20분 지나자 유족 일행들이 우르르 몰려 들어왔습니다. 우리는 자리에서 일어나 그들 쪽으로 갔습니다. 그러나 그들은 제사를 지낸다면서 제상 차리기에 분주하게 돌아가는가 하면, 한편으로는 고인의 돌연한 사망에 슬픔이 북받쳐 오른 친척들이 울음들을 터뜨리는 통에 고인에게 분향하고 문상할 수 있는 분위기가 아니었습니다.

시간은 벌써 두 시를 넘기고 있어서 삼공재에서 기다릴 수련생들을 생각하니 집으로 돌아갈 수밖에 없었습니다. 수련 시간에 늦지 않으려고 우리는 택시보다 빠른 전철을 이용하였습니다. 고인의 아들이 고인의 수첩에 적혀 있는 전화번호에 빠짐없이 문자를 보내었는지 삼공 등산 팀은 말할 것도 없고 많은 수련생들이 문상을 했다고 합니다. 문상 갔다 온 사람들이 유족들에게서 들은 말을 종합해 보면 다음과 같습니다.

금년 가을 전까지는 아주 건강했다고 합니다. 인천에서 의류상 하는 수련생 임성택 씨에 따르면 작년 여름에 고인과 함께 팔봉 등산을 했는데 자기보다 7세나 연상인 그가 팔공 난코스를 얼마나 씩씩하게 잘 타는지 그를 따라가는 데 무척 애를 먹었다고 말했습니다. 적어도 여름까지만 해도 그의 건강에는 이상이 없었던 것이 틀림이 없습니다.

그런데 아마 가을쯤부터 몸에 이상이 온 것 같습니다. 그래도 한사코 병원은 찾지 않았다고 합니다. 그리고 가족들에게도 자기가 갑자기 쓰러지는 일이 있어도 병원엔 절대로 데려가지 말라고 신신당부를 했다고 합니다. 이번 일이 있기 며칠 전에 그가 졸도하여 피를 토하고 의식을 잃자, 그때 비로소 가족들이 황급히 병원에 운반하여 검사에 들어갔다고 합니다. 결과는 말기 위암 4기였다는 것입니다.

지금도 추우나 더우나, 비가 오나 눈이 오나 근 10년 동안 그와 함께 우리 팀이 등산할 때의 갖가지 추억들이 문득문득 떠오르곤 합니다. 한 번은 내가 그에게 난코스를 오를 때는, 먼저 오른 사람의 뒤를 따르는 사람은 반드시 슬립당할 때를 대비하여 준비 자세를 취해야 한다고 그에게 가르친 일이 있습니다. 그 후 그는 내가 먼저 난코스에 오르면 반드시 뒤에서 준비 자세를 취하고 내 뒤를 쳐다보던 모습이 지금도 눈에 선합니다.

현묘지도 통과자가 지금까지 22명이 나왔는데 그중에서 그가 제일 먼저 저세상 사람이 되었습니다. 지금까지 대주천 수행자는 449명인데 그중에 두 사람이 고인이 되었습니다. 한 사람은 폐암으로 돌아가신 유OO 씨이고 다른 한 분은 유방암으로 사망한 재미교포 천OO 씨였습니다.

두 분은 비록 나에게서 대주천 수련을 받기는 했지만 삼공재에 끝까지 꾸준히 나와서 수련을 하지는 않았습니다. 그러나 고인만은 시종일관 삼공재 수련을 쉬지 않았었는데 그런 일을 당하고 보니 아쉽기 짝이 없습니다. 대주천이 되어 720여 개 경혈이 모조리 다 열리면 오장육부에 병이 생길 리가 없는데, 무슨 이유인지 수수께끼입니다. 혹시 그의 수련에 무슨 허점이 있었는지 알 길이 없습니다.

하긴 수행의 천재로 알려진 석가모니도 하필이면 식중독(食中毒)으로 갑자기 세상을 하직했다고 하니 인명은 재천이라는 말이 틀림이 없는 것 같습니다. 이래서 사람은 태어날 때는 순서가 있지만 죽을 때는 순서

가 없다고 하는 것 같습니다.

어쨌든 고인은 죽어서도 영혼만은 계속 수련의 연장선상에 있었습니다. 내가 왜 이런 말을 하는가 하면 31일 낮 12시에 부고를 듣는 순간 나를 찾은 그의 영혼은 계속 머물러 있다가 밤 9시에야 떠났기 때문입니다.

그는 평소에 삼공재를 찾듯 마지막으로 나를 찾은 것입니다. 이것을 보면 그는 죽어서도 수련의 끈을 놓지 않은 것을 알 수 있습니다. 그가 불생불멸(不生不滅)의 도를 그가 터득한 것이 틀림없다는 직감이 들어 한결 위안이 됩니다.

몸 상태를 관찰하면서 수련을 해야

보내 주신 생식과 책 잘 받았습니다. 저도 고인의 부고를 접했을 때 상당히 충격적이고 안타까운 생각이 들었습니다. 함께 등산하거나 수련하면서 남을 배려하는 마음이 지금도 가슴에 선합니다.

고인은 평소에 적은 생식으로 수련에 전념하다 보니 몸에 무리가 와 세상을 먼저 등진 게 아닐까 하는 생각도 해 보았습니다. 저도 수련하면서 무리하게 식량을 줄이거나 수면 시간을 줄이다 보면 몸이 쇠약해짐을 느끼곤 했는데 고인은 그러한 수련을 최근에 해 왔을지도 모릅니다.

한편으로는 어차피 벗어야 할 옷을 좀 일찍 벗었다고 본다면 그렇게 통탄할 일도 아닐 것입니다. 다만, 김 선생님의 뒤를 이을 제자 중에 한 분이었는데 일찍 하직하신 것이 애석합니다. 고인의 사망을 타산지석으로 삼아 자신의 몸 상태를 잘 관찰하면서 수련해야겠다는 다짐도 해 보았습니다.

신동아에 ○○○의 실상이 공개되고, ○○○측의 테러 공작이 시작되었다는 기사를 본 적이 있습니다. 이제 사이비 수련 단체의 종말이 가까워 온 것 같기도 한데 워낙 전방위 로비, 테러 등으로 무장한 단체라 쉽지 않으리라 생각됩니다.

명예 훼손 사건에서 검찰 측 기록이 공개되고, ○○○의 실상이 제대로 알려져 법원의 현명한 판결이 나오길 바랍니다. 용산 사태와 관련하여 검찰측 수사기록 전부를 공개하라는 결정도 나왔으니 기대도 해 볼 만합니다. 그럼 항상 건강하십시오.

2010년 1월 22일
오인환 올림

【필자의 회답】

소식(小食)을 하는 것이 몸에 좋기는 하지만 몸에 무리가 갈 정도가 되어서는 결코 안 될 것입니다. 나에게 현묘지도를 전수해 준 분은 이 수련만 받으면 무병장수할 것이라고 했는데 그 말은 그분의 희망 사항일 뿐, 곧이곧대로 믿는 것이 도리어 어리석다는 생각이 듭니다. 아무리 수련을 많이 했다고 해도 건강은 끝까지 자기 자신이 책임져야 한다는 교훈을 얻은 느낌입니다.

현묘지도 수련 체험기 (21번째)

권 오 중

『선도체험기』와 다른 저서들을 통하여 선생님을 뵙게 된 지 거의 18년 가까이 되었지만 수련에 전력투구할 의지도 자신도 없었고 수련을 해도 기운도 확실히 느끼지 못해서 주변인으로 맴돌아 왔습니다.

그동안 몇 번인가 삼공재 수련을 권유받았지만 선생님을 비롯하여 다른 수련생들에게 피해를 드릴 것 같은 마음에 늘 발걸음을 멈추고 도우의 수련 과정을 부러움으로 지켜보기만 했습니다. 이런 저에게 기회가 찾아왔습니다. 주위에 생식을 하고 싶어 하는 분들이 계셔서 이분들을 모시고 삼공재를 방문하였을 때였습니다.

2009년 4월 24일

일행 중에 3살 난 아이가 있어서 그 아이와 함께 밖에서 기다리고 있는데 갑자기 서재로 들어오라고 하신다. 선생님께서 점검을 해 보신 후 "백회가 열릴 때가 되었다"고 하시며 선생님과의 정면에 가부좌를 하고 앉아 인당으로 기운을 받아서 단전으로 다시 내려보내라고 하신다. 그렇게 의념하자 하단전이 뜨거워진다.

열기가 확 밀려들어 온다. 늘 긴가민가하는 느낌만 있다가 이렇게 뜨겁고도 확실한 실체를 느끼다니 꿈만 같다. 단전에 세로로 길게 뜨겁기도 하고 수정처럼 시원하기도 한 기운이 칼날처럼 선다.

"백회가 열렸습니다" 하시며 동전 구멍만하게 크기를 조절하고 벽사문을 설치해 주셨다. "벽사문 설치합니다" 하는 순간 정수리 전체에 3초 정도 강한 전류가 흘렀다. 순식간에 설치하시고 위치 교정도 해 주셨다. 정신이 없었다.

내게 이런 일이 일어나다니! 『선도체험기』를 읽으며 마냥 부러워만 하던 일이 실제로 내게 일어나다니! 멍하게 있는데 옆에서 수련하시던 도우님들이 축하한다며 박수를 쳐 주신다. 감사함에 고개 숙이고 인사드렸지만 믿어지지 않았다. 진짜로 내게 일어난 일인가? 꿈만 같았다. 전혀 생각하지도 않았던 일이 내게 일어났다.

수련을 도와주고 있는 보호령 두 분과 선계 스승님들께 삼배하라고 하셔서 3배를 드리자 가까이 오라고 하신다. 삼공재에서 445번째로 백회가 열렸다고 하시면서 현묘지도 수련 1단계 화두를 내려 주셨다.

2009년 4월 25일

오전에 108배를 마치고 화두에 집중했다. 아직 실감이 안 나고 집중이 잘 안된다. 과연 현묘지도 수련을 할 수 있을 정도의 기운을 느끼고 마음이 닦여 있는가 하는 생각에 화두를 자꾸 놓치게 된다. 마음을 차분히 가라앉히고 수련에 집중해 보지만, 삼공재에서 느꼈던 강렬한 기운이 안 느껴져서 아쉽다.

2009년 4월 26일

화두수련에 들자 조금 후 머리에 기운이 느껴진다. 머리를 조이는 느낌과 함께 여기저기서 스파크가 일어난다. 약 2~3초간 폭발이 일어난 후 왼쪽 일부를 제외하고 머리 윗부분 전체가 활짝 열리고 시원한 기운이 쏟아져 들어온다. 또 백회와 단전 사이가 깔때기 두 개를 양쪽으로 붙여서 이은 것처럼 연결되고, 이것을 통로로 기운이 힘차게 들어온다. 백회 가장자리에서 오색실이 치렁치렁 내려와 중단에서 한 다발로 묶여 단전까지 연결된다.

2009년 4월 27일

백회와 단전 사이가 옅은 자색으로 채워진다. 가슴 전체가 박하사탕처럼 화하고 청량한 기운이 흐른다. 머리는 뒤쪽 여기저기 욱신거린다. 잠시 후 백회에 연꽃 한 송이가 떠 있는 광경이 보인다.

2009년 4월 28일

머리 여기저기가 찌릿찌릿하고 조이고 콕콕 쑤신다. 왼쪽 갈비뼈 아래쪽에 통증도 온다. 빙의가 아닌가 하는 생각이 들어 한참 관찰을 해 보니 아버님 영가. 위암으로 돌아가신 아버님이 아팠던 자리였다. 종일 알 수 없는 분노, 좌절감, 초조함, 비애감이 든다.

혼란스럽게 마음이 요동을 친다. 폭발할 것 같았다. 거의 느껴 보지 못했던 생소한 감정들이다. 계속 화두에 집중하며 좋은 곳으로 가시라고 기도드렸다. 밤늦게 천도되면서 통증도 사라지고 마음도 진정되었다. 하루 종일 평소의 마음 상태가 아니었다.

2009년 4월 29일

오늘은 간 쪽으로 통증이 오면서 또다시 마음 상태가 불안정해진다. 알 수 없는 분노와 함께 슬픔과 울화 등으로 가슴이 미어진다. 오늘은 어머님 영가. 오후쯤 괜찮아졌다. 밤늦게는 가슴에 통증이 온다.

차례로 줄지어 오신다. 『선도체험기』와 생식에 연을 맺게 해 준 아프고 아팠던 인연 영가. 하지만 기억 속에 밀봉해 둔 인연. 밤늦게 천도되었다. 늘 기도해 왔던 분들이라 좋은 곳으로 가셨으리라. "왕생극락하십시오." 그리고 그곳에서 더욱 닦고 닦아서 윤회의 사슬을 끊어 버리소서.

2009년 4월 30일

임맥을 통해 강한 기운이 흘렀다. 회음 쪽으로도 기운이 뻗친다. 나와 함께하는 모든 영가님들 극락왕생을 빌어 본다. 기운이 안정되고 호흡도 한결 편해지고 고르게 되었다.

2009년 5월 1일

오늘은 석탄일이다. 다니던 절에 가서 부처님께 참배 드린 후 산신각에서 좌선에 들었다. "佛" 자가 인당과 백회에서 빙글빙글 돌다가 단전으로 내려와 자리를 잡는다.

2009년 5월 14일

1단계 화두가 마무리되었지만 2단계 화두 받으러 가기가 참 힘들었다. 감당하기가 벅찬 사건 사고가 자꾸 터진다. 서울 가기로 마음먹는 날 아침이면 어김없이 일이 터진다. 방해가 만만치 않다.

한순간도 방심 말라는 가르침인가 보다. 어떤 난관이 있어도 끝까지 갈 수 있나 하는 자성의 시험. 우여곡절 끝에 도착해서 경과를 말씀드리자 2단계 화두를 내려 주신다. 좌선에 들자 마음이 편안해지며 부드러운 기운이 감싼다.

2009년 5월 15일

오늘은 화두수련에 들자 바다가 보인다. 거친 폭풍이 휘몰아치는 카오스 상태였다. 울부짖는 바다 상공에 삼족오와 용이 뒤엉켜 있다. 한참 후 바다가 잔잔해지면서 마음도 고요해진다. 한 1년 전 꿈에 삼족오가 나타나서 불덩이처럼 이글거리는 야구공 정도 크기의 영단(靈丹)을 내게 주었다. 그때 꿈에서 영단을 삼켰었는데 이제 비로소 내 단전에 자리 잡았다는 영감이 온다.

2009년 5월 16일

화두수련에 들자 백학이 한 마리 날아든다. 유유자적 혼자서 여기저기 걸어 다닌다. 아무것도 부러울 것 없이 한없이 여유로운 걸음걸이다. 편안한 상태가 쭉 지속되었다.

2009년 5월 17일

화두수련 시 백호, 기린, 코끼리, 공작 등이 차례로 나타났다가 사라진다. 기운은 계속 강하게 들어온다.

2009년 5월 18일

오늘은 화두수련에 들자 삼족오가 다시 보였다. 삼족오는 이승과 저승을 이어 주는 전령이라는 메시지가 들어온다. 염라대왕의 사자, 정의를 수호하고 불의를 멸하는 존재, 수행하는 자들을 수호하는 영물이라는 느낌. 그 삼족오랑 합쳐져서 한 몸이 된다. 장차 어떤 역할이 있을 거라는 메시지가 있었다.

2009년 5월 19일

수련 중에 말간 태양빛과 같은 색깔의 봉황이 나타났다. 옅은 금빛 단색으로 빛나는 봉황이 하늘을 유유히 날다가 이윽고 나랑 한 몸이 된다. 깃털처럼 몸과 마음이 가볍다. 허공에서 2단계 수련이 끝났다는 메시지가 들려온다.

2009년 7월 4일

2단계 이후 한 달 보름 만에 삼공재를 찾는다. 참으로 힘든 길이다. 마음의 수양이 부족하고 수행의 의지가 부족한 거다. 다 핑계일 뿐. 내려놓고 가지 못하고 잔뜩 걸머지고 가려고 하니까 힘든 거다.

모든 것이 시간이 지나면 아무것도 아님을 잘 알면서도 막상 일이 닥치면 안절부절 노심초사 한다. 내려다보지 못하고 빠져서 허우적거린다. 지나고 나면 내가 해결한 것이 아니라 시간이 해결해 주었음을 알면서도 스스로가 회오리를 몰고 다니며 허우적거린다. 3단계 화두를 내려 주신다.

2009년 7월 5일

화두수련에 들자 기운이 강하게 들어온다. 의식에는 현생의 삶이 녹아 있고 무의식에는 전생의 업장이 녹아 있는 것. 무의식에서 나오는 행동들을 철저히 경계해야겠다.

2009년 7월 8일

화두수련에 들자 의존심을 버리라는 의식이 든다. 의존심, 기대는 마음, 쉽게 성취하려는 마음, 이 마음들이 모여서 사이비 종교, 사이비 교주를 양산하는 거다. 무소뿔처럼 혼자서 가야 한다. 스승님이나 선계 신령님들은 이정표일 뿐.

2009년 7월 9일

수련 시 많은 기운은 들어오는데 아직 변화는 없다. 화면도 전음도 없다. 꿈에 흰옷을 입은 분이 금색으로 새겨진 도장을 2개 주셨다. 한 자씩 새겨져 있고 글자는 못 보던 글자이다. 꿈에서 깨자 글자도 잊어버렸다.

2009년 7월 10일

수련 시 기운이 불꽃처럼, 유성이 쏟아지는 것처럼 흘러내려서 몸을 관통한다. 스쳐 지나가는 부위의 모든 업과 나쁜 기운을 다 태우고 지나간다. 금빛이 온몸을 감싸고 넘실거린다. 포근한 기운이 온몸을 감싼다.

2009년 7월 12일

인당을 중심으로 머리 부분이 다시 작업에 들어간 것 같다. 온종일 여기저기 감전된 것처럼 찌릿찌릿하고 시원하다.

2009년 7월 13일

수련 중 인당으로 강한 기운이 들어오면서 언뜻 컴퓨터 자판 같은 직사각형 물체가 보인다. 인당에 장착하려는 건가? 화면이 잘 안 보여서 업그레이드하려는 건가?

2009년 7월 14일

화두수련 중 태어남과 죽음이 떠오른다. 그 두 관문 사이에 있는 삶은 무엇일까? 과거 시간, 현재 시간, 미래 시간. 아무것도 존재하지 않았다.

2009년 7월 16일

수련 중에 백회에 백두산 천지가 내려앉았다. 천지와 단전이 연결되자 강하고 뜨거운 기운이 들어온다. 조금 후 한라산 백록담이 내려앉더니 역시 단전과 연결되고 부드럽고 시원한 기운이 쏟아져 들어온다.

2009년 7월 18일

한동안 소강상태. 기운은 꾸준하게 들어온다. 화두수련 중 갑자기 "관밖으로 부처님 발이 나와 있다"라는 구절이 들려온다. 나도 모르게 계속 그 말을 염하고 있다. 존재, 무존재, 삶과 죽음, 앞과 뒤지만 하나.

2009년 7월 19일

기운이 바뀌었다. 많이 부드러워졌다. 고개도 까딱거리고 몸도 흔들거린다. 마음도 많이 편해졌다. 저녁 걷기 운동 중 사지가 감전된 것처럼 전기가 통한다. 가슴도 묵직해졌다가 콕콕 쑤시기도 한다.

2009년 8월 1일

삼공재에 도우님과 함께 가서 그동안 경과를 간략하게 말씀드리고 4단계 호흡 수련화두를 받아 수련에 들었다. 오늘 4단계 마치고 5단계 화두 받아 가라고 하신다. 호흡 수련 순서 그대로 수련이 진행되었다.

2009년 8월 2일

화두수련 시 도선사라는 글자가 떠올라서 한동안 머물다가 사라진다. 무슨 인연이 있었을까?

2009년 8월 3일

아득한 과거 생에서 내가 무심히 던진 말들, 행했던 행동들, 품었던 생각들이 허공에 흩어져 맴돌다가 업에 의하여 인연따라 뭉친 것이 현생의 이 몸이 아닐까? 그리고 내 사주와 운명을 만든 것이 아닐까?

이 몸을 굴리고 있는 마음은 무엇일까? 생각을 일으키는 주체는 무엇일까? 끝없이 일어나는 이 많은 생각은 누가 하는 것일까? 과거 생에서 내가 행했던 모든 행동, 생각들이 업장이란 덩어리로 뭉쳐 있다가 순간순간 상황에 따라 모습을 나타내는 것이 생각이요 마음이다.

주인은 늘 집을 비우고 있고 객들이 주인처럼 행동하고 있다. 주인은 늘 객들의 시종처럼 살아왔구나. 마음이 분주하고 생각이 많음을 인식하는 그대는 누구? 저것도 객인가?

2009년 8월 5일

수련 중에 부처님이 허공에 나투셔서 황금빛을 온 사방에 비추신다. 그 빛이 나를 통과하자 내 몸도 금빛으로 빛난다. 한참 동안 빛나면서 내 몸안의 모든 잡스러운 것을 태운다. 이윽고 그 빛이 흰색으로 변했다가 이슬방울처럼 영롱한 빛으로 변했다가 그것초차 허공으로 흩어진다. 무.

2009년 8월 7일

생각이 머물지 않는 자리였구나. 온갖 끈적임이 사라진 자리. 바람처럼 자유롭고 머물지 않는 자리.

2009년 8월 10일

어떤 상황에서 망설임 없이 바로바로 반응하는 어린아이들의 순진무구한 마음. 대승 고덕들의 어린아이 같은 마음자리. 아무런 의식 없이 행하여도 순리에 따르는 행. 생각 없이 행하여도 벗어남이 없는 행. 생각 속에서 나오는 행과 무의식으로 나오는 행. 탈바가지와 진면목. 너였구나.

2009년 8월 11일

일상이 조금은 편해진 거 같다. 마음에 바람이 들었나? 혼자서 실실거린다.

2009년 8월 15일

아침 수련 중에 인당이 활짝 열린다. 영가들이여! 그대들은 내 생각의 한 자락일 뿐. 천도란 내 생각의 정화, 내 마음에 자리잡은 영가와 일치한 어떤 파장을 해소하는 것. 내 마음이 맑아져서 투명해지면 그대들은 신기루. 내가 깨달아야 그대들도 깨우치고 천도되는 것.

2009년 9월 8일

삼공재에서 6단계 화두를 받고 수련하는 중에 들려온 메시지. "너의 탐욕이다." 집에 돌아와서도 계속 이 말이 맴돈다.

2009년 9월 10일

바르고 착하게만 살아온 생활. 늘 남에게 듣던 선하고 착한 사람, 좋은 사람, 절대로 남에게 피해 안 주고 늘 타인을 배려해 주고 늘 양보만 하고 살아온 사람, 법 없이 살 사람. 넌 누구니? 너의 마음속에 감추어진 그늘지고 어두운 그 녀석은 누구? 그 속에 도사리고 있던 감추어진 마음은 무엇? 지독하게 오만하고 거만하며 또한 나약하고 연약하고 초라한 모습. 바로 이것이 너야. 숨고 숨기지 마.

2009년 9월 11일

3년 전 알게 된 장강 님이라는 불자님 댁에 초대를 받아 방문하였다가 부인 되시는 심천 님에게 전생에 관하여 한마디 들었다. 딱 한마디 듣는 순간에 전율이 흐르면서 나의 현재 모습과 삶, 업장 등 모든 것이 확 밝아졌다. 나의 현재 모습이 이해되었다.

2009년 9월 12일

수련 중 5~6세 정도쯤인 어린 시절로 돌아갔다. 그 시절부터 지금까지 살아오면서 겪었던 중요한 사건들이 하나씩 다시 떠오른다. 7살쯤으로 보이는 내가 가을 햇살을 받으며 툇마루에 앉아 있었다. 앞뜰에 서 있는 나무의 잎은 다 떨어지고 빨간 감만 주렁주렁 매달린 감나무를 바라보고 있었다. 죽음을 생각하며 자살을 생각하며... 자살을 해서 내가 죽으면 힘들고 고통스러운 것이 다 사라지고 해결되는 것일까?

참 심각하게 고민하고 있었다. 어느 순간 타협한다. 그래 내가 죽어도 저 감나무는 빨간 감을 매달고 서 있을 거고, 앞산에 나무들도 바람결에 살랑거리고 있을 것이고, 세상 사람들 모두가 고통과 아픔을 안고 살아갈 것이고. 그럼 내가 죽어도 해결되는 것이 없네? 나만 손해군. 세상 모든 것이 또 다른 나인데 죽어 봤자지 뭐. "하하" 웃음이 나온다. 꼬맹이가 별생각을 다 하고 살았군. '어라 혹시 그때 이미~~~ 벌써 해탈?'

나는 인생에 있어서 중요한 갈림길에서나 선택의 순간들에서 어쩜 그렇게도 찍기를 못 했을까? 하나같이 다 돌아가는 길만 선택했다. 지금의 나와 나의 주변 환경은 결국은 스스로의 선택에 의한 것. 그 누구 탓도 아닌 나의 책임.

2009년 9월 15일

밝고 맑은 빛이 도끼날이 되어서 정수리를 쪼갠다. 인당이 확 갈라지면서 금빛 광채가 쏟아진다. 사방을 금빛으로 비추다가 이윽고 맑고 투명한 빛으로 머릿속이 채워진다. 사방이 다 편안해진다.

2009년 10월 8일

백두산 천지에 올랐다. 하루 종일 구름 한 점 없이 맑은 날. 축복이었다. 정상에서 내려다보이는 광활한 대지. 거칠고 뜨거운 기운을 내뿜는 선조들의 숨소리가 들린다. 피가 끓는 느낌. 잃어버린 시간과 공간들. 다물.

한없이 깊고 푸른 천지를 마주하고 선정에 들자 천지 한가운데에 문이 보인다. 선계로 가는 길, 조상님들의 지혜와 원력이 후손들에게로 이어지는 통로. 그리고 자작나무같이 생긴 흰 노송이 세 그루가 보인다. 천지에 감추어진 신단수. 천제님들의 상징으로 보여 주신 것 같다. 돌아서는 순간 화면에 황금색 털로 온몸을 감싼 영물이 나타나 조심해서 돌아가라고 인사를 한다.

2009년 10월 17일

7번째 화두를 받고 선정에 들자 인당에 새 한 마리가 날아든다. 운기가 활발해진다.

2009년 10월 19일

아침 수련 시 인당에서 새소리가 들린다. 그러다가 인당에서 봉황이 긴 꼬리를 단전에까지 드리우고 알을 낳는다. 수도 없이 많은 황금색 알을 낳아서 단전에 차곡차곡 쌓는다.

2009년 10월 20일

단전이 둥글고 붉은 기운으로 뭉치고 그 주위를 푸른 기둥이 감싸고, 또 그 기둥을 노란 기둥이 감싸고 있다. 이윽고 그 기둥에서 희고 투명한 빛이 쏟아진다.

2009년 10월 21일

지금의 나를 만든 전생의 인과를 6단계에서 보았고, 이번에는 전생을 있게 한 그 전생을 보았다. 인과의 그물은 한 치의 오차도 없었다. 그 생에서는 스님이었다. 도를 닦는다고 무위도식. 그 업장으로 전생에서는 불구의 몸으로 머슴살이. 윤회의 고리에서 벗어나서 대자유인이 되어야겠다고 다시 한 번 발원. 초발심으로 돌아가자.

2009년 10월 22일

선정에 들자 인당에서 날아오른 봉황이 천지를 유유히 날고 있다. 아무 걸림도 없고 시간과 공간을 초월해서 노닐고 있다. "대자유" 유유자적하고 있다.

2009년 10월 25일

호랑이와 용, 학들이 차례로 나타났다가 사라진다. 마지막에는 황금색으로 빛나는 봉황이 나타나서 오색영롱한 빛 무리를 뿜으며 날다가 인당으로 들어와 나와 하나 되어 사라진다.

2009년 11월 3일

한라산 백록담에 올랐다. 설경이 참 아름다웠고 하늘은 시리도록 푸르렀다. 현묘지도 수련 단계마다 백두산에 이어 한라산까지 순례를 할 수 있게 해 준 조상님과 천지신명님께 감사드리며 잠시 선정에 들었다.

3단계 수련 시 보았던 그 화면이 다시 떠오른다. 백두산 천지와 한라산 백록담이 백회에 차례로 내려앉아서 단전과 연결되어 기운을 전해주던 그 장면이 다시 떠오른다. 백두의 기운은 창조의 기운이면서 오행의 기운이 잘 혼합되어 있었다.

우리 민족의 끝없는 에너지원. 또한 백두의 천지는 우리 민족과 영토를 지탱해 주는 에너지를 받아들이는 입구이고 한라산 백록은 그 에너지가 원활히 쓰이고 남은 찌꺼기를 배출해 주는 출구 같은 느낌이었다. 그래서 제주는 휴양의 도시이고 지친 영혼과 육체를 쉬게 하고 정화시켜 주는 곳.

2009년 11월 16일

비비상처 화두를 받아 선정에 들자 바람이 불어온다. 인당에 일어난 바람이 천지를 자유롭게 살랑이며 스쳐간다. 노송의 나뭇가지에 내려앉아 쉬고 있는 바람 냄새가 코끝을 스친다. 그 바람이 살랑이며 스쳐가는 들판에 흐드러지게 무리 지어 핀 꽃들. 이름 모를 수많은 들꽃에서 피어오르는 향기가 천지를 포근히 감싼다. 바람과 꽃향기가 어울려져 춤을 춘다.

대지의 오케스트라의 선율에 따라 음표들이 허공을 떠돌며 춤춘다. 오색영롱한 비눗방울들 하나하나가 온 세상을 오롯이 다 머금고 웃으며 떠다니고 있다. 두 세상이 한 세상이 된다. 하나가 터지자 한 세상이 사라진다.

바람과 꽃의 정령들이여!
대자유의 화신들이여!
깨달음의 그림자들이여!

2009년 11월 17일

현재의 나와 인연되고 연결되어 있는 전생들. 그 수많은 전생들을 기억할 수는 없지만, 많은 생이 있었고 비록 전생 속의 나를 현재의 내가 알아보지 못하지만 또 다른 나의 존재로 인정한다. 수직적인 시간 속에 존재하는 수많은 나인 것이다. 시간을 수직에서 수평으로 뉘여 보자.

나와, 나의 전생들과, 다음 생들이 역시 내가 알아보지 못하는 타인의 모습으로 지금 이 순간 함께 살고 있는 것이다. 바로 내가 무수히 많은 생들을 동시에 살고 있는 것이다. '뫼비우스의 띠' 속에서 나는 종으로 횡으로 이합집산하며 존재하고 있는 것이다.

2009년 11월 20일

설악산 봉정암에 올랐다. 현묘지도 수련 마지막 시간을 산사에서 보냈다. 철야 기도를 통하여 나를 돌아보는 여행. 산사의 밤은 고요했고 아침은 밝았다.

그녀를 보내고 나서 나를 지탱해 주었던 마음들을 잊고 있었습니다. 다시 찾아온 이 순간을, 이 느낌을 잊지 않겠습니다. 불보살님 고맙습니다.

수련을 허락해 주시고 이끌어 주신 선계 신령님, 삼공 스승님 정말 고맙습니다. 진심으로 삼배 올립니다. 지도령, 보호령님, 조상님, 인연 영가님 고맙습니다. 참 힘들었던 시기에 『선도체험기』를 소개해 준 유영욱 님과 수련을 도와주신 설연희 도우님, 단비 님 감사드립니다. 이 글을 읽어 주신 모든 분들 성통공완하세요. 회향합니다.

【필자의 논평】

또 한 분의 현묘지도 통과자 권오중 씨를 내보낸다. 2006년에 여덟 번째로 화두수련을 통과한 설연희 씨가 삼공재에 나타난 것은 지금으로부터 14년 전인 1995년 4월 8일이었다. 그녀가 삼공재에 나오게 된 것은 순전히 부동산 중개업을 하는 권오중 씨의 권고에 의해서였다. 설연희 씨는 권 씨의 고객 중의 한 사람이었던 것이다.

권오중 씨가 먼저 『선도체험기』를 읽고 설연희 씨에게 소개해 주었던 것이다. 그러나 막상 삼공재에 꾸준히 나와서 수련을 한 것은 설연희 씨였다. 그동안 권오중 씨는 삼공재에 몇 차례 나왔을 뿐 삼공재 수련자는 아니었다. 그렇다고 해서 권오중 씨가 수련을 중단한 것은 아니었다. 혼자서 『선도체험기』를 읽으면서 나름대로 열심히 공부를 해 왔다.

그러나 막상 설연희 씨가 대주천 수련을 마치고 현묘지도 화두수련까지 통과되자, 자기를 삼공재에 나오도록 소개해 준 도반을 잊지 않고 금년(2009년) 4월 24일 데리고 왔다. 먼저 된 사람이 나중이 되고 나중에 온 사람이 먼저 된 사람을 데리고 온 것이다. 도반(道伴)으로서의 의리를 지킨 것이다.

금년에 삼공재에 나올 때쯤에는 권오중 씨는 이미 본격적인 수련 준비가 다 되어 있는 상태였다. 위에서 본 체험기가 그것을 잘 말해 준다. 그의 수련은 거의 완벽할 정도다. 티 하나 없이 해맑고 깔끔하여 전연 빈틈이 없다. 이만하면 스물한 번째로 나가는 삼공재의 현묘지도 수련자답다고 필자는 자부하는 바이다. 선호는 정화(靜和).

현묘지도 수련 체험기 (22번째)

위 선 녀

제1단계 화두, 2009년 12월 13일 (일요일)

여느 때와 다름없이 삼공재에서 선정에 들었다. 스승님께서 『선도체험기』를 몇 권까지 읽었느냐고 물어 보신다. 다 읽었다고 하자 첫 번째 화두를 주셨다. 스승님으로부터 화두를 받고 떨리는 마음을 추스르며 화두를 염송하자 예전과는 비교되지 않는 강한 기운이 특히 독맥 부위에 마치 용광로의 불길처럼 강렬하게 흐른다.

이러한 기운의 흐름을 느끼며 너무나 행복하고 편안함에 젖어 있는 가운데 인당에서 툭툭툭하면서 '삐약삐약' 하는 소리가 들린다. 수련 중 몇 회에 걸쳐 보았던 선녀들의 모습이 보인다. 그전에는 폭포에서 수련하는 나의 전생 모습이었다면 이번에는 수많은 선녀들이 도열해 있는 가운데 이들 선녀들을 지도하고 있는 모습이다.

긴 머리와 하얀색 바탕에 분홍 꽃무늬가 수놓아진 옷을 입고 아름답고 기품이 넘치는 지도 선녀의 모습이 보이는데, 그 모습에 매료되어 자세히 보니 내 얼굴과 같아 놀라웠다. 궁금하여 선계 스승님께 "이 화면이 무엇입니까?" 하고 질문해 보았다. 너의 모습이라고 하셨다. 계속해서 선정에 들자 이번에는 너무나 그립고 반가운 얼굴이다. 어머니와 언니가 오셨는데 수련하고 계신단다. 너무나 편안한 모습이어서 행복했다. 이전에도 삼공재에서 수련 중 선계에 계신 어머니와 언니를 본 적이 있는데 그때에는 오빠의 수련을 도우라고 하셨고, 나는 걱정 마시라고 했다.

궁금한 것은 이번에도 아버님이 안 보인다. 안타까운 마음이다. 오빠로부터 스승님 생신날(단오날) 어머니가 스승님에 의해 천도되셨다는 말을 들었다. 그래서 우리의 기운줄을 타고 수련하시는 걸까? 어쨌든 편안한 모습을 보니 행복하다.

언니는 병으로 19살 때 하늘나라로 갔다. 언니의 병으로 꽤 잘살았던 우리집은 어려워졌고, 난 초등학교 4학년 때부터 언니 병간호로 병원에 계시는 부모님을 대신해 오빠들 도시락이며 식사 등 집안일을 챙겨야 했다.

어머니가 해 놓으신 오이지 두 단지, 밥상에는 늘 오이지였다. 지금도 오빠는 오이지만 보면 손사래를 친다. 이 생활은 죽음이 임박해지자 치료를 중단하고 부모님과 함께 언니가 집에 올 때까지 계속되었다.

2009년 12월 14일

아침에 산에 올라 선정에 들었다. 백회로 빛이 쏟아져 들어오더니 인당까지 연결되어 임독맥이 뜨거워진다. 넓은 궁궐이 보이는데 꽤 무거운 분위기이며 눈부신 황금빛 왕관을 쓰시고 양 어깨에 용무늬가 수놓아진 옷을 입고 왕좌에 앉아 계시는 인자한 얼굴의 왕이 보이는데 스승님이시다.

나는 그 옆 우측에 화려한 옷을 입고 있었다. 나에게 와서 앉으라 하신다. 긴박한 분위기에 긴장감을 느끼며 간신히 의자에 앉았다. 왕의 좌측 옆에서 연한 군청색 갑옷에 투구와 큰 칼을 허리에 차고 장검을 손에 잡고 무섭게 호통을 치는 장군이 있는데 오빠의 얼굴이다.

수많은 장수와 군사, 대신들이 도열해 있는 장수들 속에 삼공재에서 보아 온 도반들의 얼굴이 보인다. 선계 스승님께 "이 화면은 무엇입니까?" 하고 여쭈어보았다. 너의 전생이란다. 궁금하여 시대며 왕의 이름, 왕비, 왕의 옆에서 호통치고 있는 장군의 이름을 여쭈어보았다. 신라 시대 35대 경덕왕이란다. 왕 옆에 있는 장군은 대정, 왕비의 이름은 만월태후라고 하신다.

왜 현묘지도 수련에 전생 화면이 뜨는 걸까? 스승님께서 화두수련 때 가급적 전생 화면을 보지 말라고 하셔서 걱정이 되었다. 혹시 잘못 뜬 화면일까 하여 큰 딸에게 전화하여 신라 시대 경덕왕의 존재 여부와 만월, 대정 등의 존재 여부에 대해 인터넷에서 검색해 보라고 하고는 일을 하고 있었다.

저녁에 큰 딸이 인쇄된 용지를 들고 와서는 "엄마! 관련된 인물 다 나오는데..." 하면서 인쇄된 용지를 주었다. 삼공재 수련생들 중에 스승님과 인연 있는 사람이 많다고 하신 스승님의 말씀이 생각났고 실제로 그것이 확인되는 순간이다. 대다수가 갑옷을 입고 있는 것은 어떤 사태를 진압 나가기 직전인 듯하다. 스승님의 모습을 보니 지금의 성품과 너무나 같다는 생각이 든다.

2009년 12월 15일

아침 공기가 차다. 산에서 선정에 들었다. 화두를 외우자 태양으로부터 오는 빛의 기운이 인당으로 들어온다. 황금알이 박히며 병아리가 "삐약삐약" 하는 듯한 소리가 울린다. 오색찬란한 불빛이 보이며 꽃사슴,

꽃별들이 나타난다.

별빛들의 군무라 할까? 우주 성단이 보인다. 내 자신이 우주와 일치되는 모습이다. 계속 염송하자 태양이 비추는데 그 속으로 빨려 들어가는 느낌이다. 선계 스승님께서 오셨는데 신통력을 다시 주신다.

왜 이 능력을 주시냐고 묻자, 너의 영이 맑고 착하기 때문이란다. 나는 초능력에 연연하지 않는다. 초능력이 생겨도 수련 이외의 목적에 이용하지 않을 것이다. 수행에 오히려 해가 될 뿐 백해무익하기 때문이다. 19살 때부터 영안이 열렸고 어느 정도의 능력도 있었다.

그러나 지금의 삼공 수련과는 현격히 다른 차원이다. 단독 수련의 길목에서 혼자 해결할 수 없는 어려움에 봉착했을 때 스승님께서 바른길로 인도해 주셨다. 수련의 길목에서 빗나갈 때마다 내치지 않으시고 이끌어 주셨음을 누구보다 잘 알고 있다.

2009년 12월 16일

아침 수련 중 화두에 집중하자 보름달이 뜨며 구름, 반달, 꽃, 달, 별, 꽃사슴이 보인다. 이어진 화면에서 우주계 전체가 다 보이는데 그 모습이 너무나 아름답고 평화로운 느낌이다. 행성의 순환하는 모습이 펼쳐진다. 점심에 가게에서 선정에 들었다.

선계 스승님께서 말씀하신다. 나의 탐욕으로 인해 악연이 된 인연들에게 참회하라신다. 시기심, 분노, 인색함, 비방, 원망, 거짓, 집착하는 마음과 남에게 상처 준 말과 행동을 참회하라신다. 지금 살고 있는 지구를 생각하지 않은 것, 병든 사람, 슬픔에 빠진 사람, 가난한 사람에 대한 자비심이 부족함을 참회하라신다.

2009년 12월 17일

화두에 집중하자 단군왕검께서 오셨는데 의자에 앉아 계신다. 반겨주시며 3배하라신다. 반갑고 친근한 느낌이다. 이어서 삼태극이 보인다. 계속 주시하며 천계를 바라보았는데 스승님께서 부처님과 함께 계시는 모습이 보였다. 그대로 받아들인다.

제가 너무 부족하여 현묘지도 수련을 마칠 수 있을까 걱정을 하자, 선계 스승님께서 도와주신다고 걱정하지 말라고 하신다. 화두를 염송하자 엄청난 기운들이 휘몰아치는데 감당하기 어려울 만큼 강력한 힘이다.

이윽고 우주 행성의 대폭발이 일어나고 황금빛 불빛이 펼쳐진다. 하늘에 떠 있는 규모가 엄청난 우주선(비행선)이 보인다. 더욱 강하게 화두에 집중하자 한라산, 제주도, 제주 바다가 보인다. 구름, 보름달, 반달, 꽃, 달, 별빛이 보이며 우주계 전체가 다 보인다. 보인다고 하기보다는 나 자신이 우주인 듯하다.

2009년 12월 19일

새벽 화두수련. 날씨가 추워지고 가게 일이 바쁘니 힘이 부친다. 오늘은 삼공 스승님께서 깨우신다. 대단한 가피력이시다. 산에서 운동하는데 하단전이 가득한 게 꽉 찬 느낌이다. 이것이 백회로 해서 하늘 기운과 주천이 이루어진다.

인당에 하얀 광원이 박힌다. 운동을 끝내고 화두에 몰입했다. 중국의 대평원이 보이는데 한마디로 아비규환의 생지옥이 펼쳐진다. 고려 군사와 원나라 군사의 전투 장면이다. 고려 장수는 자기 옆에 꼭 붙어 있으란다.

화살이 날아가고 창으로 찌르고 칼 부딪치는 소리하며 평원은 피로 물들고, 끝없이 펼쳐지는 전투, 나뒹구는 주검들. 내가 타고 있던 마차는 불이 붙어 넘어져 뒹굴고 그 옆에서 아기를 안고 울면서 살생은 그만하라고 애원한다.

나의 애원은 죽어 가는 병사들의 비명소리와 고함소리에 묻히고 전투는 계속된다. 고려 장수를 보니 오빠다. 나를 보호해 준다. 이제야 끝이 보이나 보다. 결국 고려군의 승리다. 원나라 군사는 거의 전멸된 듯 눈에 띄지 않았다. 핏빛으로 물든 대평원의 싸움. 승리의 기쁨도 패배의 아픔도 없다. 산 자와 죽은 자가 있을 뿐이다.

원나라 군사에게 납치된 나를 구해 준 전쟁이다. 나로 인해 이 많은 군사가 죽었다는 게 너무 가슴 아프고 슬프다. 이때부터 끝도 없이 오빠로부터 들어오는 빙의령이 굉장하다. 고려 군사, 원나라 군사 그 수를 헤아릴 수 없다.

일요일 오빠 차를 타고 삼공재로 향하는 중에도 계속 들어오는 군사들. 원나라 군사는 많이도 들어온다. 왜 오빠의 전쟁 화면이 뜨는 걸까? 이 이야기를 하자 오빠의 눈시울이 젖는다. 전쟁터에서 돌아오지 않는 아들을 기다리는 그들의 부모와 가족들을 생각하니 가슴이 아프단다.

내 아들도 봄에 군에 입대한다. 자식 잃은 부모의 아픔이 가슴으로 전해지며 마음이 아프다. 전쟁 없는 나라에 태어난 것만으로 감사하다는 생각이 든다. 가게 일을 끝내고 잠시 선정에 들었다.

어마어마하게 큰 위성이 발사대에 대기하고 있다. 한라산이 보이고 제주도가 영안에 들어온다. 내가 하늘을 유영하며 보는 듯하다. "너의 본체! 너의 본체! 너의 본체!"라는 천리전음이 들린다.

제2단계 화두, 2009년 12월 20일 (일요일)

스승님으로부터 두 번째 화두를 받고 염송하자 인당으로 강한 에너지가 들어오는데 온몸으로 그 기운이 휘몰아친다. 툭 툭 투둑 하는 소리가 들린다. 그 빛과 에너지로 수련하는 나의 모습이 보인다.

삼공재 수련 중 향내를 풍기며 고향에 온 느낌처럼 편안한 가운데 전신유통이 된다. 이유 없이 행복하다는 것이 무엇인지 알 듯하다. 아침운동을 마친 후 바위에 앉아 집중했다. 보름달이 보인다. 눈꽃이 보이고 독수리가 보이다가 화면이 이어지는데 신선도에서나 볼 것 같은 평화로운 강을 오빠의 나룻배를 타고 가는 모습이다.

배가 선착장에 다다르자 긴 머리와 긴 수염의 흰 도포를 입으신 백발이 성성한 대도인께서 기다리고 계시는데 오빠는 나를 도인께 인도하고는 보이지 않는다. 나는 도인의 손을 잡고 수련하러 동굴 속으로 들어간다. 화두에 집중하자 동물들이 보인다. 호랑이, 사자, 양, 기린, 물소, 하마, 악어. 마지막 동물은 꽃사슴이다.

2009년 12월 22일

화두수련하자 강화도가 보이는데 나는 참성단에 올라 삼황천제님께 제를 올리고 9배 드린다. 내가 고인돌 모양의 큰 돌에 앉아 수련하고 있는 모습이다. 스승님들께서 기뻐하신다. 이번에는 하늘에서 봄, 여름, 가을, 겨울 4계절이 보인다. 남편은 강화도 사람이다. 서울 태생인 내가 강화도로 시집을 가게 된 것도 우연이 아닌 인연이었다는 생각이 든다.

2009년 12월 23일

아침에 일어나 좌정하고 화두를 염송하자 경주의 아름답고 화려한 궁궐이 보인다. 불국사, 석굴암, 기림사가 보이는데 절에서 선무도 수련을 하고 있는 도인 스님들이 보이고 절의 계단에 올라가자 '마애여래불좌상'이 보인다. 하늘에서 미소를 짓는 듯한 느낌이다.

다음 화면. 분황사의 '약사여래입상'이 보이며 약그릇을 들고 계시는데 불상의 모습은 둥글고 육감적이어서 세속적 느낌이며 한편 어린이의 얼굴이 연상되기도 한다. 그 약그릇을 나에게 주신다. 감사히 받았다.

경주가 화면에 들어오니 일전에 스승님을 모시고 오빠와 두 도반과 함께 경주에 갔던 생각이 났다. 불국사에서 스승님은 "자성을 깨우쳐라"고 말씀하셨다. 자성이란 무엇인가? 그것은 미망과 아상을 다 벗어 버린, 이기심과 욕심 등을 다 걷어 버린 진아일 것이다.

스승님께서는 경주에 머무르시는 동안 신라 시대의 왕들을 비롯하여 많은 영들을 천도해 주셨고, 선덕여왕릉에 갔을 때는 입구까지 마중나온 선덕여왕의 영을 천도하시기도 하는 믿지 못할 일도 있었다. 여러 사찰하며 왕릉 등을 두루 보고 저녁 늦게 귀경했다.

이어지는 화면에는 30여 년 전 어린 아들이 자주 놀러가던 용인 용주암의 스님이 오셨다. 만월 보살님이 공부 열심히 한다고 좋아하신다. 늘 나를 만월 보살이라고 하셨는데 다시 들으니 옛 생각이 난다.

지금 대학에 다니는 아들은 그 스님이 계시는 절에 자주 놀러가곤 했다. 절에 가면 자기 또래의 친구들이 많았기 때문이다. 스님은 고아들을 보살펴 주셨고 우리 아들이 없어지면 늘 절에 가서 찾아오고는 했다. 넉살 좋은 아들이었다.

스님께서 농담으로 스님하고 절에서 같이 살자고 하면 기겁하며 나에게 달려오던 착한 아들이다. 아들이 인연이 되어 그 고아들이 불쌍해 옷이며 음식 등을 한동안 챙겨 주며 지낸 적이 있었다. 너무 반가웠다.

2009년 12월 24일

화두수련에 들자 임독맥이 뜨거워 견딜 수 없을 것 같은 느낌이다. 백회로는 청신한 기운이 들어온다. 황금빛 새가 왔는데 그 새를 타고 선계에 갔다. 선계 스승님께서 기뻐하신다. 선계 스승님의 인도로 계속해서 들어가고 또 갔다.

단계 단계를 지나가고 가고 또 갔다. 체력전이다. 삼공 스승님께서 왜 몸공부를 강조하시는지 알 것 같다. 현묘지도 수련을 하면서 더욱 절실히 느껴진다. 이제 마지막 단계까지 온 것 같다. 아무나 여기까지 오지 못한다며 대단하다고 하시며 천안통이 열려야 올 수 있다고 했다. 선계 스승님께서 황금빛 금궤를 열어 화려한 왕관을 꺼내 씌워 주셨다. 여러 가지 진귀한 물건이 보이고 황금으로 된 보물이 보인다.

낮에 가게에서 선정에 들었다. 계룡산의 갑사가 보이는데 내가 오랜 세월 수련하던 곳이다. 산신령이 마중 나오신다. 사자암으로 가서 청룡 두 마리를 몸에 감고 기 수련하고 있다. 수련 중에 '약사여래입상'이 몸으로 들어온다. 이어서 동물들이 보인다. 나비, 메뚜기, 개미, 지렁이, 개구리, 뱀, 토끼, 닭, 너구리, 고라니, 다람쥐, 비둘기, 딱따구리, 소쩍새, 원숭이가 보이는데 계속 염송하자 하늘에 독수리가 날아가는 모습이 보인다. 내가 산에서 삼선(三仙)의 도(道)를 수련하고 있다.

삼선(三仙)의 도(道)란? 첫째는 마음으로 닦고, 두 번째는 신(神)으로 닦고, 세 번째는 우화(羽化)로 닦는 것. 수련하고 있는 내 모습 주위에 무지개가 선명하게 뜬다. 12호법 신장이 내 몸을 감싼다.

2009년 12월 25일

화두를 염송하자 성모 마리아가 아기 예수님을 안고 있는 모습이다. 19살 때 돌아가신 언니가 마지막으로 의지하던 종교가 천주교다. 몸이 좋지 않자 수녀가 되려 했다. 용인에서 세탁공장을 했는데 힘이 부칠 때 한마음 선원에 나가 마음공부를 하곤 했다. 대행 스님의 법문을 들으면 마음이 편해졌고 법문을 쉽게 해 주셔서 알아듣기 쉬웠다.

언니의 인연인지 몰라도 꽃동네 신부님, 수녀님, 몸이 불편한 형제자매님들의 세탁 봉사를 서울로 올라오기 전까지 꽤 오랫동안 한 적이 있다. 우리 가족이 힘들 때 포근하게 감싸 주시던 성모 마리아다. 평온한 마음이 들며 백회로부터 회음까지 일직선으로 강한 기운이 내리꽂힌다.

2009년 12월 26일

새벽 수련에 화두를 잡자 중국의 만리장성이 보인다. 넓고 화려한 왕궁이 보이는데 아름다운 모습의 양귀비가 꽃비녀를 꽂고 아름다운 옷을 입고 있다. 계속 염송하자 당 현종과 같이 옥황전에서 제를 지내는 모습이 보인다. 마차를 타고 여행하는 모습도 보이는데 마차며 옷이며 화려하다. 지금의 내 현실과는 너무나 다른 모습이다.

제3단계 화두, 2009년 12월 27일 (일요일)

스승님으로부터 세 번째 화두를 받고 삼공재에서 염송했다. 왕과 같이 백마가 끄는 마차를 타고 중국에 있는 이화원으로 간다. 북쪽으로는 만수산이 보이는데 다리 난간에 사자 문양의 장식이 되어 있다. 다리를 지나자 연못, 연꽃이 보인다. 이어서 흑룡, 공룡, 사자 탈 같은 탈이 보인다. 유유자적하며 한가롭고 행복한 모습이다.

2009년 12월 28일

화두를 외우자 시원한 기운이 들어오더니 하단전에 기운이 몰린다. 호흡이 저절로 이루어지는 것 같다. 3단으로 이루어진 폭포수 밑에서 스승님의 지도하에 수련받고 있는 모습이다. 가게 일을 끝내고 새벽 1시 우이동 도선사 석불에서 화두수련 중 황금새가 내 주위를 맴도는데 금부처가 보이며 선계 스승님들께서 기뻐하시는 모습이 보인다.

일전에 보았던 계룡산 갑사 사자암이 보인다. '삼선의 도'를 수행하고 있다. 뜻하지 않은 어려움으로 운영하던 봉재공장을 정리하고 지금의 가게를 열기 전 상호를 삼선으로 하라는 메시지가 있어 가게 상호를 '삼선'으로 했었다. 하루 종일 손님들로부터 "삼선" 소리를 한 30번은 듣는 것 같다.

2009년 12월 30일

큰 봉우리가 3개로 되어 있는 으리으리한 궁전 안이 보이는데 용머리 문양으로 장식된 황금 의자가 보이고, 기둥들도 황금빛을 띠고 있고 궁전 바닥에는 금가루가 뿌려져 번쩍번쩍 화려하다. 화면이 끊기더니 다시 한적한 산사가 보이는데 느낌이 적막하다. 스님들이 수행하는 모습이다.

가게에서 일하던 중 선정에 들었다. 금실로 수놓아진 용무늬가 들어간 비단옷과 황금 신발을 신고 선계에 올라간다. 선계에서 수련하고 있는 화면이다. 백회로부터 하단전까지 뜨겁게 기운이 들어오는데 원통형의 기운으로 구멍이 뻥 뚫린다.

동굴 속에서 수련하는 모습이 보인다. 백호 암수 한 쌍이 주위를 맴돌며 나를 보호해 준다. 이번에는 중국 황산이 보이며 산신령 두 분이 마중나오신다. 난 선녀의 모습으로 보선교 구름다리를 지나 산으로 올라간다. 사자암에 앉아 수련하고 있다. 원숭이 돌상이 나를 따뜻하게 반겨 준다.

제4단계 화두, 2010년 1월 2일 (토요일)

스승님 새해 복 많이 받으세요. 성통공완을 기원하며 세배를 드렸다. 11가지 호흡법이 적힌 종이를 주셨다. 하나하나 호흡을 했다. 진동에서부터 저절로 이루어진다. 다양한 호흡인데 참 신기한 것은 생소함에서 오는 두려움 없이, 편안히 다 잘된다.

선계 스승님께서 도와주시는 듯하다. 계속해서 호흡을 하자 양손에 우주가 돌아가더니 우주의 문이 열린다. 황금새가 우주 안으로 빨려 들어간다. 하늘과 몸이 함께 돌며 호흡이 이루어진다. 인당에 하얀빛의 광원이 들어오며 천계와 연결된 듯 하나의 빛의 기둥이 형성된다. 11가지 호흡이 끝났다고 말씀드리자 제5단계 화두를 주셨다.

제5단계 화두, 2010년 1월 2일 (토요일)

삼공재에서 은은한 향기가 난다. 화두 집중이 더욱 잘되는 듯하다. 하단전에 밝은 광채가 들어온다. 중단에는 황금알 같은 기운이 들어와 밝은 빛이 반짝인다. 색다른 경험으로 새해에는 수련이 더 한층 잘될 듯한 느낌에 행복해지며 온 세상이 다 아름답게 느껴진다. 스승님께서 삼공재 수련하시던 분이 돌아가셔서 다녀오셨다는 말씀이 있으셨다.

수련을 마치고 오빠 차를 타고 도반 한 분과 북한산 승가사 훈사 스님을 만나러 가는 중 돌아가신 분의 영가가 계속해서 따라오셨다. 그 도반의 영은 곧 천도되셨다. 오빠는 차량 고장으로 정비소에 갔고 우리는 걸어 올라갔다.

좀 늦은 시간이었으나 승가사에 도착해서 '철야 정진 기도'를 이끌고 계신 훈사 스님을 만나 반갑게 인사를 나누었다. 맑고 아름다운 용모에 자상하신 스님이시다. 철야 수행 중이신 신도 분들과 차를 마시며 뜻깊은 시간도 보낼 수 있어 좋았고, 수행에 용맹정진하시는 스님을 뵐 수 있어 좋았다.

스님 생일 또한 정월대보름 내 생일과 같다. 또 하선우 회장님과 스님은 보호령이 같다고 한다. 기가 막힌 인연이다. 훈사 스님과 하선우 회장님은 삼공재에 오기 전에 철야 정진 기도를 자주 했다고 한다. 대단한 구도심이다.

좀 어두웠으나 경내의 마애불하며 약사전, 대웅전, 석탑 등을 둘러보았는데 모두가 국보급이란다. 뒤늦게 차량 수리를 마치고 오빠가 올라왔는데 절을 둘러보고는 좋아하는 빛이 역력하다. 어두운 밤길 초행길임에도 동생이 걱정이 되었는지 단숨에 올라왔다.

또 절의 위쪽에 위치한 마애불 쪽으로 올라갔는데 추운 겨울임에도 철야 수행 중인 신도들을 보니 그 구도심이 대단함을 느꼈다. 마애불의 강한 기운을 느끼며 훈사 스님과 신도들의 성불을 기원하며 하산했다.

2010년 1월 3일

새벽 수련. 운동 후 화두를 잡자마자 곧 화면이 뜬다. 푸른 바다가 보이며 흰옷을 입은 할머니가 섬에서 바다 가운데 있는 배를 바라보고 있다. 이어서 원시 시대에 온 듯한 느낌이다. 처음에 기러기로부터 각종 조류, 흙, 세균이 보이더니 기체가 안개처럼 휘돌며 액체로 변하다가 사라진다.

그러고 나서 두개골, 거북이, 뱀, 지렁이, 개미 등... 미생물로부터 생물, 동물이 다 보인다. 그런데 모두가 아름답다는 감흥이 든다. 인당으로 황금빛 불기둥이 들어와 밝아진다. 윤회의 과정을 보여 주시는 듯하다.

2010년 1월 4일

폭설에 추위까지 겹쳐 마을버스, 택시 등 모두 운행 중단되어 가게 갈 일이 걱정이다. 남편은 넘어진다며 등산화에 아이젠까지 챙겨 준다. 늘 고마운 남편이다. 미끄러질까 조심조심 가게로 가는 중 화두를 염송했다.

우주인이 보이는데 흰빛에 투명한 남녀 우주인이다. 꽤 친근한 느낌이 드는 건 왜일까? 이어서 두 번째 화면이 보인다. 향나무, 소나무, 동백나무가 빼곡한 숲속이다. 수풀이 무성하여 공기가 상쾌하며 한가롭다. 사슴 한 쌍이 보이는데 다정하고 평화롭다. 살아 숨쉬는 듯 자연의 숨결이 느껴진다.

계속 집중하자 백회로부터 하단전까지 기운이 일치되며 인당과 태양이 연결된 듯 기운이 들어온다. 특히 인당으로 들어오는 기운은 강렬하고 크다. 나는 없어지고 인당과 상, 중, 하단전이 원통으로 된 큰 기운에 일치된다.

2010년 1월 6일

선계에서 내가 흰색 보석이 빛나는 흰색 왕관을 쓰고 신부들이 입을 듯한 흰 드레스를 입고 수련을 지도하고 있다. 걸어 다니면서 수련생들을 어루만져 준다. 한 분 한 분 이야기하며 사이사이를 걸어간다. 선계 스승님께서도 흰옷을 입고 계셨는데 나를 보고 기뻐하신다. 이어서 안개에 싸여 있는 폭포 밑에서 수련하는데 백발 도인께서 선물을 주신다. 두 손을 모아들어 받았는데 인삼 3뿌리다.

2010년 1월 7일

가게에서 선정에 들자 기운에 휩싸인 듯 고요하다. 주위가 좀 어둡긴 했으나 신비한 느낌을 갖게 하는 하늘에 구름이 떠 있다. 갑자기 하늘이 밝아지면서 무지개가 보인다. 화면이 사라지는 듯하더니 우주계의 수많은 별들이 보이는데 7개의 별이 가장 선명하게 보인다.

구름 속에서 투명한 한 쌍의 황금색 용이 보인다. 연속해서 갓난아이가 보이는데 이란성 쌍생아다. 유모차에 태우고 시장에 간다. 시장에서 볼 수 있는 각종 물건들이 다 보인다. 손님들이 오셔서 화두수련이 중단되었다.

2010년 1월 8일

가게에서 화두 염송하자 거울처럼 맑고 깨끗한 기운이 들어온다. 고요하며 한적한 호수가 보인다. 한 폭의 동양화를 보는 듯 하늘, 구름, 나무 등 아름다운 모습이다. 태양빛이 내려오며 호수 바닥이 노랑, 초록, 갈색, 빨간색, 비취색으로 변한다.

우주에 연결된 듯 그곳으로 빨려 들어간다. '파다닥' 온몸이 떨리더니 고요함에 빠져드는데 "공즉시색(空卽是色) 색즉시공(色卽是空)" 여덟 글자가 보인다. 버려라. 모두 다 버리는 공부. 가진 것도 별로 없으니 버리기도 쉽다. 공은 색과 다르지 않고 색은 곧 공과 다르지 않다. 다 놓아 버리니 편안하고 기쁘다.

2010년 1월 9일

선정에 들었다. 기운이 온몸을 에워싸듯 감싸 온다. 순간 밝은 광원에 휩싸인 듯 단전이 뜨거워진다. 중국 대륙이다. 왕과 나, 오빠. 화려한 마차를 타고 하늘 문을 지나 산으로 접어든다. 산의 풍경은 시야가 넓으며 기세가 웅장하다.

안개에 싸여 있는데 산천초목이 우거진 그 아름다움에 빠져 자신도 모르게 이 광대한 자연 속에 그대로 동화되어 버리고 말 것 같다. 산을 지나 협곡을 지나 대평야가 나오는데 꽃이 만발해 유연하면서도 부드럽고 우아한 풍경은 여성의 모습을 빗댄 듯하며 평야를 가득 채운 유채꽃이 아름답다.

태평세월인 듯 마차는 천천히 간다. 이윽고 백두산 천지가 보이는데 그 '푸르름'이란 투명한 아름다움이다. 맑은 물에 빠져들 것만 같은 느낌이다. 왕과 함께 하늘의 제를 지내는 모습이다. 계림에 도착해 배를 타고 동굴로 들어간다. 주위가 좀 어둡긴 하나 다양한 색깔의 영롱함에 신비함을 갖춘 아름다움이다. 그리고 화면이 사라진다.

제6단계 화두, 2010년 1월 10일 (일요일)

삼공재에서 6단계 화두에 집중하자 화면이 보이는데 푸르고 싱그러운 숲을 지나 산, 들, 호수 등이 눈앞에 펼쳐진다. 이번에는 모래사막이 보이는데 기린, 사자, 범, 코끼리, 늑대, 낙타가 나타났다가 사라진다. 동물은 선계 스승님들을 상징한다는 말씀을 삼공 스승님으로부터 들었다. 모든 것이 부족하다 보니 많이 도와주시는 것 같다. 감사할 따름이다.

2010년 1월 11일

선정에 들자 귀엽고 사랑스러운 풍산개가 보인다. 다음 화면이 보이는데 산소 가는 길하며 성모 마리아상이 영안에 들어온다. 부모님 산소가 보이는데 남편이 심어 놓은 진달래, 개나리 나무, 오빠가 심은 향나무, 회양목, 철쭉이 뚜렷이 보인다.

부모님 산소의 유골함이 보이는데 유골이 황금빛으로 보인다. 돌아가신 친정아버지가 오셨다. 반가웠다. 어머니, 언니, 두 분 다 선계에서 수련하고 계신다고 말씀드리고 편안히 가셔서 만나 보시라고 하자 수련 잘하라고 하시고는 떠나시는데 너무도 편안한 모습이다.

"왜? 이제야 오셨을까? 내가 도력이 생길 때까지 기다리셨나?" 아버님 고향은 이북 함경남도 원산이다. 부잣집 외아들이셨던 아버님은 1·4 후퇴 때 월남하셨다가 이산가족이 되었다. 부인과 자식을 이북에 두고 온 죄책감에 늘 통일이 되면 이북으로 가신다고 하셨다.

그때마다 착한 어머니는 애들 걱정 말고 잘사시라고 하셨다. 나는 그런 아버지가 늘 안쓰러웠다. 우리는 늘 외로움을 안고 살아야 했고, 특히 명절 때면 더욱 그랬다. 착한 어머니를 오빠는 돌아가실 때까지 기꺼이 보살펴 드렸다.

친정아버님은 결국 고향 땅을 밟아 보지 못하고 안타깝게 병환으로 돌아가셨다. 선계에서는 어머니, 언니와 행복해하시는 모습, 수련하고 계시는 모습도 볼 수 있어 너무 행복하고 기쁘다. 또한 스승님께서도 고향이 이북이시라고 생각하니 더욱 친근감이 든다. 스승님의 도움이 없었다면 친정아버님을 천도할 수 있는 도력을 쌓을 수 있었겠나? 생각하니 저절로 고개가 숙여진다.

2010년 1월 12일

겨울철이다 보니 일이 더 바쁘다. 겨울옷은 아무래도 손이 더 많이 간다. 오늘은 가게에 오신 분들이 가는 법이 없다. 가게 안이 동네 분들로 거의 반상회 수준이다. 일이 힘들어 지칠 때는 괴롭기도 하지만 다들 좋으신 분들이다.

늘 감사하는 마음으로 대하니 지상낙원이 따로 없다. 다들 삼선 사장한테 얼굴도장 찍으러 왔냐고 넉살 좋은 전기회사 언니가 한마디한다. 그러면 다들 알아서 나간다. 내가 힘들다며 늘 걱정해 주는 언니다.

다들 돌아가고 손님이 없는 틈을 타 화두를 염송하자 황금 궁궐이 보이는데 금가루가 날린다. 일전에 스승님과 관악산에 갔을 때 꽃비가 내린 적이 있다. 스승님과 오빠, 두 도반과 잠시 선정에 들었을 때 무지개가 뜨며 황금 궁궐이 보이며 금가루가 날린 적이 있다.

스승님께서 도인들이 온 것을 알고 하늘에서 꽃비를 내려 주신 것이라고 말씀하셨다. 화면이 이어지는데 부처님을 비롯해 지장, 문수, 관세음보살...이 내 모습으로 변하고 생각하는 대로 다 된다.

2010년 1월 13일

오빠와 목요일 삼공재 가기 위해 통화를 했다. 여지없이 빙의령이 넘어온다. 이번에도 뒤죽박죽 많은 빙의령이 들어온다. 현묘지도 수련을 하는데 오빠 빙의령까지 천도하면 힘드니까 요즘은 전화도 잘 안 한다.

내일 약속 시간을 정하고 선정에 들자, 흙속의 나무뿌리가 보인다. 산딸기나무 뿌리와 잎이 화면에 잡히면서 갯벌에 지렁이가 기어가는 모습이다. 다시 구름 한 점 없는 푸른 하늘이 보인다. 12간지 동물이 다 부처로 변하며 그 모습이 내 모습으로 된다.

화면이 사라지는 듯하더니 화랑 수련장에서 무술 수련하고 있는 화면이다. 남녀 천지화랑(天指花郞)들이 보는 가운데 대련하고 있다. 남자들은 황금색 옷을 입고 있고 여자들은 흰옷을 입고 있다. 나를 비롯하여 다들 긴 칼을 차고 있다. 늘 선도 수련하는 모습이었는데 이 무슨 수련일까? 천지화랑들의 동작이 춤을 추는 듯 유연하다. 가게 일을 마치고 수련에 임했다. 달이 보인다. 그 속에 생명체가 살고 있다는 생각이 든다. 고요하고 적막하며 평화롭다.

제7단계 화두, 2010년 1월 14일 (목요일)

수련에 몰입했다. 빛의 소용돌이가 이는 듯하더니 나 자신이 뜨거운 빛의 기운에 휩싸인다. 중국 위나라의 화려한 황실 모습이다. 명랑하고 효심 깊은 공주가 왕과 황실에서 행복해하며 즐거운 한때를 보내고 있다.

계속 화두를 염송한다. 태아가 발로 "툭 툭" 찬다. 여인의 자궁이 보이며, 웅크린 태아의 모습이 앙증스럽고 사랑스럽다. 순수하고 맑고 깨끗한 영혼의 모습이 사라지는 듯하더니 여러 전생이 연결되어 스쳐지면서 순식간에 사라져 버린다.

내 모습도 없어지며 텅 비어 버린다. 이어서 시골 전경이 보이는데 전형적인 옛 모습에 초가집하며 전답하며 평화롭다. 부엌에 걸려 있는 무쇠솥, 외양간의 황금 소, 황금 돼지가 뚜렷하게 나타난다.

여인은 무명실을 짜는 것 같고 왕골로 돗자리를 만드는 광경이다. 집 뒤뜰에는 돌하루방, 꿩과 사슴이 있다. 내가 살았던 것 같은 느낌이 든다. 외롭고 쓸쓸한 느낌이 든다.

2010년 1월 15일

큰딸이 가게 일을 도와주러 왔다. 약간의 여유가 있어 가게에서 화두수련했다. 자전거를 타고 가는 아이가 평화롭다. 자전거 바퀴가 눈에 들어오고 10개, 100개로 바뀌더니 바퀴가 우주로 변하면서 돌고 돈다.

인당에 황금 알이 박히는가 싶더니 "일묘연 만왕만래(一妙衍 萬往萬來)" 『천부경』의 글자가 보인다. "하나가 묘하게 펴져 나가 온갖 것이 오고 온갖 것이 가도다."

2010년 1월 17일

날씨가 좀 풀렸다는데 아직도 찬 기운이 몸으로 스며든다. 마지막 화두

받으러 스승님께 가는 날이다. 남편과 의정부 망월사로 해서 아침 산행에 나섰다. 아직도 눈길에 조심조심 기온이 차갑다. 도봉산 백운대로 향하던 중 두꺼비 바위에 앉아 잠시 선정에 들었다. 웅성웅성하는 소리에 깨었다. 눈을 떠 몸을 움직이자 '푸드득'하며 새가 나는 소리가 들렸다.

머리, 어깨, 양팔에 7마리의 새가 앉았었나 보다. 등산객들이 보고는 박수를 쳐 주었다. 새엄마니 도인이니 하며 호들갑이다. 남편도 놀랜 듯 "당신이 도인은 도인인가 보다"며 고개를 갸우뚱하며 간다.

계속해서 산행 중에 새들이 쫓아오는데 배낭에 있는 생식이며 과일 등 다 줘 버렸다. 즐거운 날이다. 빨리 삼공재로 가서 마지막 8단계 화두를 받을 생각에 마음이 바쁘다. 하산길에도 화두를 놓치지 않았다. 신통자재라 할까? 다 되는 것 같다.

새면 새, 동물이면 동물, 식물, 꽃 등 무엇이든지 다 된다. 되고 싶은 것, 하고 싶은 것, 모두 다 된다. 모두가 내 속에 있으며 기운 자체가 확 바뀌어 늘 편안하다.

제8단계 화두, 2010년 1월 17일 (일요일)

7단계 수련 내용을 말씀드리고 8단계 화두를 받고 집중했다. 포근한 기운이 감지되는데 인당이 환하게 맑아지며 천계와 연결된다. 황금빛 태양의 기운이 온몸으로 유통되면서 우주 공간과 일치된다. 내 몸이 함께 휘돌다가 없어지며 사라진다. 산천초목이 눈에 들어온다. 그림처럼 펼쳐지는 대자연의 장엄함에 빠져든다. 백두산 천지의 푸른 물이 맑게 빛난다.

2010년 1월 18일

새벽에 선계 스승님께서 깨우신다. 일어나 선정에 들었다. 수많은 연꽃이 갖가지 색으로 보이며 그중 한 송이가 가슴으로 들어온다. 계속 집중하는데 "툭 툭" 인당에서 소리가 들리며 뜨겁게 밝아지더니 기운이 포근하게 온몸 구석구석 전신으로 돌아 편안하다.

큰 배가 보이는데 그 속에 온갖 세상 만물이 실려 있다. 동물, 식물, 조류, 양서류, 사람에 이르기까지 다 싣고 가는 배가 있는데 그 큰 배가 안개 속에 사라지더니 텅 빈 허공만 남는다. 계속해서 화면이 보이는데 내 육신이 변하여 용이 되어 하늘로 올라가 우주를 유영하더니 없어진다.

동시에 불꽃이 튀고 대폭발이 일어나며 삼라만상, 온 천지가 다 잿더미가 되어 보이는데 양손에 잿더미를 쥐고 있고 화면이 사라진다. 모두가 텅 빈 '공(空)'의 상태가 되며 모든 것을 버리라는 소리가 들린다. 공즉시색(空卽是色) 색즉시공(色卽是空)이요. 진공묘유(眞空妙有)다. 그리고 수련이 끝났다.

선계 스승님께 모든 것이 부족한데 여기까지 이끌어 주셔서 고맙다고 말씀드리자 황금가루가 날리며 선계 스승님들께서 기뻐하시고 손을 흔들며 춤을 추신다.

현묘지도(玄妙之道) 수련을 마치며

내 마음 깊은 곳에서부터 모든 것에 감사함과 더 많이 버림으로써 더욱 다져진 나를 느낀다. 꽤 오랜 세월 단독 수련의 한계를 뼈저리게 느끼며 기진맥진 힘겨워하던 나에게 '삼공선도'는 어둠 속에 광명으로 다가왔다.

'삼공재'에서 이 시대의 진정한 구도자들을 만날 수 있어 행복했고 그런 가운데 '현묘지도 수련'을 받게 되었다. 이 수련을 통하여 수많은 전생을 보았다. 행복하고 부귀와 영화가 영원히 내 것인 양 많은 것을 소유한 전생도 보았으며, 어떤 생에서는 나로 인해 많은 인명이 희생되는 아쉽고 한 많은 생도 보았다.

부귀영화가 한낱 꿈이요 물거품임을 눈으로 가슴으로 직접 확인할 수 있었다. 그동안의 삶을 다시 되돌아보는 계기가 되었으며, 깨우침에 환희와 법열에 휩싸여 가슴으로부터 솟아오르는 감동도 맛보았다.

더욱이 현묘지도 수련을 통하여 한 많은 생을 살다 가신 친정아버님도 만나 뵙고 천도할 수 있어 기뻤고, 천계에서 즐거워하시며 수련하시는 모습에 행복했다. 이제 선계 스승님들께서 직접 지도해 주시고 늘 함께 하심을 알았기에 외로움 없이 수련에 매진할 수 있어 든든하다.

이 수련의 진미는 존재의 실상을 찾아 결국은 있지도 않은 미망을 걷어내고 수없는 세월을 통해 쌓이고 쌓인 찌꺼기들을 다 씻어 버리고 자성의 빛이 더욱 빛날 수 있도록 갈고 닦아 반복되어진 윤회의 소용돌이에서 벗어나 공아(空我)를 찾는 데 있다고 본다.

이제는 흔들림 없이 보림에 힘써 욕심과 이기심을 다 버리고 대자유를 얻을 것이다. 부족한 저를 지도해 주신 삼공 스승님, 선계 스승님들께 감사의 3배를 올립니다. 또 삼공재로 인도해 주신 오빠와, 곁에서 도와주신 도반들께도 감사드리며 성통공완하시길 기원합니다.

2010년 1월 19일
제자 위선녀 올림

【필자의 논평】

22번째 현묘지도 화두수련 통과자로 위선녀 씨를 내보낸다. 그녀는 1남 2녀를 둔 중년의 평범한 가정주부로서 세탁소를 직접 운영하는 또순이형이다. 그러나 이것은 어디까지나 겉보기에 그렇다는 말이지 알고 보면 기구한 사연의 주인공이었다. 그녀가 삼공재에 나타난 것은 지금으로부터 7개월 전인 2009년 5월 24일 오빠의 손에 이끌려서였다.

그녀는 원래 신기가 있었던지 일찍부터 영안이 뜨여 눈앞에 보이는 사람들의 길흉화복(吉凶禍福)을 족집게처럼 알아맞히는 신통력이 있었다. 그러니 무당신들이 이러한 그녀를 가만히 놓아둘 리가 없었다. 어떻게 하든지 자기네가 부려먹기 위해서 신내림을 받으라는 재촉이 성화같았다. 가만히 있으면 꼼짝없이 무당이 되어야 할 판이었다.

무당신들의 요구에 고분고분 순응했더라면 그녀는 틀림없이 영험한 무속인이 되어 큰 명성을 얻는 것은 말할 것도 없고, 졸지에 돈방석에 충분히 올라앉고도 남았을 것이다. 그러나 그녀는 무당이 되는 것을 한사코 거부하고 자기 혼자 힘으로 어떻게 하든지 평범한 현모양처로 바르게 살려고 갖은 노력을 다 하였다. 그러나 그 장벽이 그녀 혼자의 노력만으로 뚫을 수 있는 것이 결코 아니었다.

때마침 이 사실을 알게 된 그녀의 친오빠인 위재은 씨가 심사숙고 끝에 여동생을 이끌고 삼공재를 찾아온 것이다. 택시 운전사인 위재은 씨는 1998년부터 삼공재에 나오기 시작한 수련자로서, 단시간에 용맹정진하는 승부형은 아니지만 유달리 끈질긴 인내력으로 두드러진 삼공재 12년 베테랑이었다.

어쨌든 삼공재 수련 7개월 만에 그녀는 무속인이 되는 길을 끝내 거부하고 한 사람의 구도자요 도인으로 거듭나는 길을 택하여 열심히 수련한 결과 오늘의 열매를 거두게 되었다.

이 체험기를 읽으면서 유달리 인상적인 것은 나의 전생의 한 면모를 그녀가 화면으로 본 것이다. 더욱 흥미 있는 것은 삼공재 수련생들 중에는 전생의 나의 막료였던 사람도 있다는 것이다. 나는 수련 중에 내 전생에 삼국 시대에만 네 번 왕 노릇을 했던 것을 알고 있었지만 굳이 어느 나라의 무슨 왕이었는지에 대해서는 일부러 알아보려고 하지 않았다. 그런데 수련 중에 우연히 그중 하나는 알아내었지만 나머지 셋은 모르고 있었는데 이번에 그중 하나를 또 알게 되었다.

또 하나 인상적인 것은 그녀가 이번 수련 중에 화면으로 본 것으로 고려군과 원나라(몽골) 군이 중국 평원에서 치열한 전투를 벌인 장면이다. 반도사관에 젖어 있는 사람이라면 거짓말이라 할 것이지만, 역사의 실상을 알고 있는 사람이라면, 고려가 한반도에 있었던 것이 아니라 중국 대륙에 있었다는 알고 있으므로 지극히 당연한 일로 받아들였을 것이다.

어쨌든 위선녀 씨는 이제 산에 가면 뭇 야생조들이 그녀의 품속으로 거리낌 없이 날아들 정도의 도인으로 거듭나게 되었다. 삼공재로서는 경사이고, 필자로서는 유달리 보람을 느끼지 않을 수 없다. 그러나 본격적인 수련은 이제 막 시작 단계에 들었다는 명심하고 대각을 위해 평생 겸손하게 보림에 정성을 다해야 할 것이다. 선호는 묘공(妙空).

〈98권〉

다음은 단기 4343(2010)년 2월 5일부터 단기 4343(2010)년 4월 30일 사이에 있었던 필자의 수련 과정과, 필자와 수련생들 사이에 오고간 수련과 인생에 대한 대화 그리고 필자와 독자 사이의 이메일 문답을 수록한 것이다.

지혜란 무엇입니까?

우창석 씨가 말했다.

"선생님, 지혜란 무엇입니까?"

"바르고 착하고 성실하게 이 세상을 살아나가는 겁니다."

"그러나 정직하고 성실하고 부지런한 사람은 이 세상을 요령껏 사는 사람보다는 항상 가난하거나 궁핍하게 살아가지 않습니까?"

"삶의 지표를 부자에 맞춘다면 요령껏 남을 속이고 사기도 치면서 살아갈 수도 있겠지만 한 번 남을 속이기 시작하면, 그 속인 것이 들통 나지 않게 하려고 계속 속이지 않으면 자기 체면을 유지할 수 없으므로 끊임없이 거짓말을 하지 않을 수 없게 됩니다. 마침내 거짓말 산더미에 깔려 신음하는 생활을 하게 될 것입니다. 그때 가서 후회해 보았자 무슨 소용이 있겠습니까? 그런 후회를 하느니 차라리 처음부터 거짓말을 하지 않는 것이 마음 편하니까 그것이 지혜로운 것이지요."

"그렇지만 정직, 성실, 근면하면 너무나 고식적이고 답답하다고 생각지 않으십니까?"

"그렇다고 해서 바르지 못하고 게으르고, 남을 속이면서 한번 살아 보세요. 어떠한 결과가 오나. 실제로 체험을 해 보면 정직하고 부지런하고 성실하게 사는 것이 바로 천당이고, 거짓말하고 게으르고 사기쳐 가면서 사는 것이 영락없는 생지옥이라는 것을 깨닫게 될 것입니다.

그래서 구도자의 생활은 정직, 근면, 성실에서 시작되어야 자기 존재의 실상을 깨닫는 지름길이요 정도를 달려갈 수 있습니다. 이 길을 가는 사람 쳐놓고 수행에 실패하는 사람은 없으니까요."

"깨달음이란 무엇입니까?"

"수행자가 자기 자신의 존재의 실상, 다시 말해서 자신의 실체를 알아차리는 것을 깨달음이라고 말합니다."

"그렇게 깨달아서 무슨 이득이 있습니까?"

"우창석 씨는 시각 장애인이 되는 것이 좋습니까? 아니면 그 장애를 극복하고 정상적으로 눈을 뜬 사람으로서 사물을 있는 그대로 보면서 살아가는 것이 좋습니까?"

"그야 물론 눈뜬 사람이 되는 것이 좋지요."

"깨닫는다는 것은 시각을 잃은 사람이 길을 가다가 이리 부딪치고 저리 부딪치고 넘어지고 자빠지면서 부상을 당하기도 하고, 남의 욕을 먹기도 하는 불편한 생활을 하다가 어떻게 하든지 눈을 뜸으로써 이러한 불편에서 벗어나야겠다고 결심하고 눈뜨는 수련을 10년 이상이나 열심히 하다가 어느 한순간 눈을 번쩍 뜨게 되어 세상만물을 있는 그대로 보게 되는 것과 같습니다.

눈이 멀었을 때는 이리저리 부딪치기만 하던 물건들이 눈을 뜨고 보니까 하나같이 제대로 있어야 할 자리에 있어서 지극히 자연스러운 것임을 알게 될 것입니다. 보이지 않을 때는 불편하기만 했던 물건들도 아주 편리하게 이용할 수 있는 것이었습니다.

그와 마찬가지로 깨닫기 전에는 이 세상 모든 것이 당장 뜯어고쳐야 할 개혁의 대상이었지만 일단 깨닫고 보니 세상만물은 모두가 당연히 있어야 할 자리에 있다는 것을 알게 되는 것이 바로 깨달음입니다.

그리고 이 세상은 마음먹기에 따라 얼마든지 달라질 수 있다는 진리를 알게 됩니다. 우주만물은 알고 보니 그 모두가 나와는 한 몸이라는 것도 알게 됩니다. 전체는 하나고 하나는 전체라는 것도 알게 됩니다. 진리가 무엇이냐고 누가 물으면 똥 막대기라고 서슴지 않고 대답하는 사람을 보아도 전연 저항감이 일지 않을 뿐 아니라 크게 고개를 끄덕일 수 있게 됩니다.

수처작주(隨處作主)요 입처개진(立處皆眞)입니다. 다시 말해서 내가 있는 곳의 주인이 바로 나 자신이요, 내가 서 있는 곳이 바로 진리의 세계요 극락인 겁니다. 시간과 공간과 물질을 초월한 그곳에는 생사가 없으므로 죽음의 공포 따위도 없습니다.

그러므로 마음은 항상 평온을 유지할 수 있습니다. 이러한 마음의 상태를 부동심(不動心)이라고도 하고 평상심(平常心)이라고도 합니다. 이러한 마음을 가진 사람을 일컬어 우리 조상들은 철인(哲人)이라고도 하고 '밝아진 사람', 선인(仙人) 또는 신선(神仙)이라고도 했습니다.

우리나라 상고 시대에 배달국은 1565년, 단군조선 2096년이나 긴 역년(歷年)을 이어 올 수 있었던 것은 수행을 통하여 마음이 밝아진 철인(哲人)들이 정치를 했기 때문이었습니다. 그래서 우리나라는 세계 역사상 희귀하게도 도인들이 임금도 되고 신하가 되어 정치를 했으므로, 그렇게 오랜 동안 나라가 망하지 않고 유지될 수 있었던 것입니다. 중국의 왕조들이 제아무리 오래가 보았자, 겨우 3백 년을 넘지 못했던 것과 잘 비교됩니다."

"그렇다면 선생님, 앞으로도 도인들이 정치를 하면 그렇게 장기간 평화와 번영을 누릴 수 있을까요?"

"당연한 일이 아닐까요? 미래를 설계하려면 과거를 잘 살펴보아야 합니다. 그 속에 미래의 싹이 보이므로 큰 교훈을 얻을 수 있을 것입니다."

"도인들이 공직자가 되면 한인 시대 3301년, 한웅 시대 1565년, 단군 시대 2096년처럼, 한 국가 체제가 그처럼 세계 역사상 가장 오래 망하지 않고 유지될 수 있는 비결이 무엇일까요?"

"구도자가 공직을 맡으면 사익(私益)을 돌보지 않고 오직 공익만을 앞세우기 때문입니다."

"그러나 구도자가 공직을 맡는다는 것은 세속사(世俗事)에 깊이 관여하는 일인데 그래도 구도자라고 할 수 있을까요?"

"구도자가 관직을 갖는다는 것은 무척 험난한 일이지만 그럼에도 불구하고 우리의 선배 구도자들은 공익을 위해 벼슬을 사양하지 않고, 도리어 홍익인간 이화세계를 실현함으로써 그의 공직을 도리어 도를 실천하는 방편으로 삼았습니다. 이것이 우리의 상고사가 다른 나라와 다른 점입니다."

제사 음식 이용하기

60대 중반의 오용식 씨가 아내와 같이 와서 수련을 하다가 말했다.

"선생님, 저희들이 여러 가지로 생각해 보았지만 이렇다 할 해결책이 떠오르지 않아서 선생님께 여쭈어보고 싶은 일이 있습니다."

"그래요, 무슨 일입니까? 어서 말씀해 보세요."

"저희 부부가 오행생식을 시작한 지 벌써 두 달이 되어 오늘 두 번째로 이렇게 생식을 짓게 되었습니다. 그런데 우리 내외가 생식을 시작하면서 체중도 가벼워지고 건강도 좋아진 것은 좋은 일인데, 뜻하지 않는 문제가 생겼습니다."

"무슨 문제인데요?"

"다른 게 아니고 저는 문중의 12대 종손으로서 1년에 기제사를 꼭 스무 번을 모시고 있습니다. 지금까지는 제사 음식을 아직 시집 안 간 딸하고 셋이서 그럭저럭 소비할 수 있었는데, 저희들 부부가 건강을 위하여 생식을 시작하면서부터 그 많은 제사 음식을 소비할 길이 막혀 버렸습니다. 농촌 같으면 가축의 사료로라도 이용할 수 있을 터인데 도시 지역이라 그럴 수도 없습니다.

내남없이 식량이 부족했던 옛날 같으면 이웃 간에 서로 나누어 먹을 수도 있었겠지만 지금은 밥을 고맙게 받아 주는 사람은 아무도 없습니다. 그렇다고 그 아까운 제삿밥을 쓰레기통에 버리는 것은 아무래도 천벌받을 것 같아서 제 양심이 허락하지 않는 일입니다. 이럴 때 어떻게 처리해야 할지 모르겠습니다. 무슨 좋은 방안이 없을까요?"

"제사지낼 때 꼭 밥만을 이용할 것이 아니라 밥 대신 떡을 이용하면 어떻겠습니까? 떡은 이웃 간에 나누어 주어도 누구나 싫어하지 않을 것 같은데 어떻습니까?"

"그렇기는 하지만, 밥 대신에 떡을 제상에 올려도 될까요?"

"되고말고요. 조상님들도 제사지내는 자손이 제삿밥을 처리하지 못해서 애쓰는 것을 보기보다는 그쪽을 마다하시지 않을 것입니다. 제사는 무엇보다도 정성이 중요합니다. 그리고 조손(祖孫)간에 서로 유익해야 합니다."

"밥 문제는 그렇게 해결한다고 해도 제사 올린 술은 어떻게 처리하는 것이 좋을까요?"

"제주(祭酒)로는 지금까지 무엇을 사용했습니까?"

"정종을 사용했습니다."

"그럼 오용식 씨는 지금까지 제사 지낸 술을 어떻게 이용해 왔습니까?"

"지금까지는 제가 적당히 마셔왔는데 생식을 하면서부터는 자연 술이 싫어졌습니다."

"그것도 연구해 보면 반드시 해결책이 떠오를 것입니다. 조손간의 제사에서 나오는 제물은 서로 유익하게 이용되는 것을 조상님들도 원하실 테니까요."

한참 생각에 골몰하던 오용식 씨가 말했다.

"혹시 정종 대신에 감주(甘酒)를 이용하면 어떨까요?"

"감주를 단술이라고 합니다. 단술도 술은 술이니까 얼마든지 제주로 사용할 수 있습니다. 조상님들도 제주(祭酒)를 자손이 유익하게 이용하는 것을 원하실 것입니다. 거듭 말씀드리지만 제사는 정성이 첫째입니다."

"그리고 나물이니 전 같은 것도 재활용을 위해서 양을 줄여도 괜찮겠죠."

"물론입니다. 무릇 제사라는 것은 조손(祖孫)간에 서로 유익하자는 것이지, 어느 한쪽이 불편해도 되자는 것이 결코 아닙니다. 제사 풍습 역시 시대의 요청과 추이에 따라 변화할 필요가 있을 때는 과감하게 변해야 합니다. 그래야 1만 년 이상 지속되어 온 우리 민족의 독특한 효도의 산물인 제사라는 미풍양속이 앞으로도 오래도록 유지 발전될 수 있을 것입니다."

오링 테스트

우창석 씨가 말했다.

"선생님, 최근에 저의 고모님이 모 사이비 종교 교주가 쓴 책을 한 권 가지고 와서 자꾸만 읽어 보라고 하시는데 그 책에 대한 첫 인상이 어쩐지 좋지 않아서 읽을까 말까 망설이고 있는 중입니다. 만약에 선생님께서 이런 경우를 당하신다면 어떻게 하시겠습니까?"

"나는 누가 책을 읽으라고 가져왔을 때 직감적으로 감이 옵니다. 읽을 가치가 없는 책이면 그 책에서 사기(邪氣)가 나오는 수도 있습니다. 그럴 경우는 두 번 다시 보지 않고 책장 한 귀퉁이에 꽂아 놓습니다. 저기 보십시오. 그런 책들만 수십 권 꽂혀 있지 않습니까?"

"그야 선생님처럼 수행이 높으신 분에 한한 일이고 저와 같은 중, 하근기에 속하는 사람은 그런 때 어떻게 하는 것이 좋을까요? 가능하면 남들도 그 사실을 객관적으로 인정하게 할 수 있는 무슨 방법이 없을까요?"

"오링 테스트라는 것을 아십니까?"

"모르겠는데요. 어떤 것입니까?"

"얼마 전에 하선우 씨와 이도원 씨가 직접 실험해 보고 필자에게 알려 준 것인데, 엄지와 검지를 이렇게 동그랗게 모아 붙인 것을 타인이 벌려 봐서 얼마나 잘 떨어지나를 보고 진위를 파악하는 방법입니다. 우리 몸에 긍정적인 자극이 오면 근력이 강해지고 부정적인 자극이 오면 근력이 약해진다는 것을 응용한 측정법입니다.

바이디지털 오링테스트(Bi-Digital O-Ring Test)라고도 하는데, 1970년대 초 미국에서 일본인 의사 오무라 요시아키(大村惠昭) 박사가 처음 연구하여 '오무라 테스트'라고도 합니다. 한 손에 음식, 약, 책 등을 올려놓고 나서 테스트를 하면 그 물건이 자신의 체질에 맞는지의 여부를 알 수 있습니다.

검사할 때에는 전자파를 방해하는 시계, 반지, 장신구 등 금속 물질을 제거해야 합니다. 조사하려는 물질은 종이나 비닐봉지, 유리병에 넣어서 검사해도 무방합니다. 체질을 판별하기 위해서는 무, 감자, 오이, 당근 등 네 가지 식품을 사용합니다.

무를 왼손에 잡았을 때 오른손 오링의 힘이 빠지면 태양인이고, 감자에 힘이 빠지면 소양인, 오이에 힘이 빠지면 소음인, 당근에 힘이 빠지지 않으면 태음인으로 분류합니다."

"저는 체질 판별보다는 어떤 책이 좋은 책이고 해로운 책인지를 무엇보다도 먼저 알고 싶습니다."

"그럴 때는 판별하려는 책을 왼손에 쥐고 오른손의 엄지와 검지로 원을 만든 다음에 아무나 보고 그 원을 만든 검지와 엄지를 힘을 주어 벌려 보게 합니다. 그 책에 진리가 실려 있는 유익한 책일수록 악력(握力)이 강해질 것이고 그렇지 않은 책일수록 악력은 약해질 것입니다. 나는 삼공재에서 수련생을 상대로 이것을 시험해 보았습니다."

"그 결과는 어떻게 나왔습니까?"

"그 결과를 내 입으로 말하기 전에 우창석 씨가 직접 실험해 보세요. 아까 말한 그 사이비 종교 교주가 쓴 책을 나도 한 권 가지고 있는데 그 책하고 성경 한 권, 불경 한 권, 『선도체험기』를 아무거나 한 권을 차례로 왼손에 쥐고 오른손 검지와 엄지로 둥근 고리를 만드세요. 그럼 내가 그 엄지와 검지를 잡아당겨 볼 테니까, 어느 책을 쥐었을 때 악력(握力)이 가장 강하게 실리는지 알아보면 됩니다."

우창석 씨를 상대로 나는 위에 말한 네 권의 책을 차례로 실험을 해 보았다. 그 결과는 내가 여기서 구태여 설명하지 않으려 한다. 왜냐하면 그 실험 결과는 누구나 직접 해 보면 금방 판명이 날 터이니까 독자 여러분이 직접 해 보기 바란다.

신륵사와 세종대왕릉에서

2010년 4월 13일 화요일 새벽 6시, 나는 집 앞에서 하선우 씨와 이도원 씨를 싣고, 운전기사 배홍성 씨가 몰고 온 택시에 올라탔다. 37년 전 코리아 헤럴드에서 단체로 야유회 갔을 때 둘러본 여주의 신륵사도 다시 보고, 60년 전 6·25 때 가 본 세종대왕릉도 참배하기 위해서였다.

6·25가 일어나던 해 7월 중순경 나는 영릉(英陵) 바로 옆의 숲속에서 하루 낮을 보낸 일이 있었다. 그때 나는 묘지기를 만나 이런저런 얘기를 나누다가 평시가 되면 꼭 다시 한 번 찾아오겠다고 말한 일이 있었는데, 요즘 어쩐지 자꾸만 나도 모르게 그곳에 가 보았으면 하는 생각이 일어나곤 했었다.

하선우, 이도원 씨와 등산 중에 이러한 내 생각을 말한 일이 있었는데 그들은 잊지 않고 있다가 오늘 마침내 여주에 가기로 한 것이다. 고속도로에 진입한 택시는 한 시간 동안 막히지 않고 계속 달려 여주 시내에 곧 접어들었다. 오전 7시 신륵사 경내에서 택시를 내린 우리는 본찰이 있는 강가로 걸어갔다.

고려 말 나옹 선사가 주재한 것으로 유명한 이 절은 바로 남한강을 굽어보는 언덕 위에 자리잡고 있다. 우리나라에서 강가에 세워진 몇 안 되는 운치 있는 절 중의 하나다. 절에서는 대대적인 보수 공사가 한창이어서 대웅전은 포장막이 가려져 있어 을씨년스럽기만 했다.

37년 전에 왔을 때는 유량(流量)이 풍부했었는데 지금은 강바닥에 토사가 계속 쌓여서 그런지, 그때보다 강물이 훨씬 줄어들어 다소 썰렁하고 운치가 그때보다 훨씬 못했다. 아침 기온이 섭씨 5도라는데도 유난히 매서운 꽃샘추위에 강바람까지 거세게 불어서 신륵사 경내에는 오래 머물러 있을 수도 없었다. 경내를 대충 둘러본 우리는 그곳을 떠나 세종대왕릉인 영릉(英陵)으로 향했다.

우리는 곧 영릉에 도착했다. 개장 시간은 오전 아홉 시여서, 30분을 차 안에서 기다려야 했다. 시간이 되자 한 번 와 본 일이 있는 내가 일행을 이끌고 능묘 바로 왼쪽 평지인 숲 쪽으로 다가갔다. 60년 만에 다시 찾아왔는데도 낯설지 않았다. 1950년 8월 중순경 나는 18세의 나이로 북한군에 동원되어 선발 부대의 뒤를 따르는 후속 부대의 일원으로 비행기 공습을 피하여 낮에는 숲속이나 민가에서 낮잠을 자고 밤이면 강행군을 하고 있었다.

그때 나의 배낭 속에는 야스기 노일사전과 노벨상을 받은 소련 작가 숄로호프의 『고요한 돈강』이라는 두꺼운 노어 원서가 한 권 들어 있었다. 처음 집에서 떠날 때는 책을 여러 권 가져 왔는데 서울에서부터 행군을 시작한 후로는 소총에다 82밀리 박격포 포판을 운반해야 했으므로 배낭이 너무 무거워 중간에 한 권씩 한 권씩 낮에 쉴 때마다 버리지 않을 수 없었다.

그런데 영릉 숲속에서 하루 낮을 쉴 때는 더이상 지고 갈 여력이 없었다. 책 읽기보다는 생존이 위협받는 상황이 더욱 빈번하게 계속되고 있었기 때문이다. 할 수 없이 나는 무슨 보물처럼 아끼던 이 책을 나무 꼬챙이로 땅을 파고 기름종이에 싸서 나무 밑에 파묻었다. 그래서 이곳이 더욱 그리웠는지 몰랐다.

그러나 막상 60년 만에 와 보니 장소는 낯이 익은데, 숲은 모양부터 그때와는 비교도 안 되게 많이 변해 있었다. 그때는 높이가 10미터 이상 되는 참나무 숲이었던 것 같은데, 지금은 그때의 나무들은 다 어디로 가고 수령이 20년도 안 되는 어린 소나무들만이 초라하게 자라고 있었다.

이때 정문 쪽에서 학생들이 떼 지어 들어오느라고 와글대고 있었다. 나는 일행을 이끌고 능묘 쪽으로 오르기 시작했다. 능묘 앞에 서서 잠시 명상에 들었다. 이윽고 세종대왕이 소현왕후와 배신(陪臣)들을 거느리고 내 앞으로 다가오면서 허리를 굽히려 하기에 나 역시 황급히 허리를 굽혀 맞절을 했다.

대왕 일행은 도대체 나의 무엇을 보고 이같이 과분한 예를 차릴까. 내가 전생에 네 번 왕 노릇을 한 전력 때문일까? 아니면 유달리 선도수련을 한 나를 남다르게 보았기 때문일까? 좌우간 이렇게 서로 예를 차리는 바로 그 순간 나에겐 엄청난 영력(靈力)이 실려 들어왔다. 작년 11월 3일 경주에서 선덕여왕과 미추왕의 영가가 실려 들어왔을 때와는 비교도 안 되게 엄청나게 영력이 강했다.

이때 내 주변은 중학교 여학생들로 완전히 둘러싸여 있었다. 조잘대는 소리가 하도 시끄러워 더이상 그곳에 머물러 있을 수도 없었다. 나는 일행을 이끌고 능묘에서 내려오기 시작했다. 내려오면서 이도원 씨가 물었다.

"혹시 세종대왕 영가가 들어오셨습니까?"

"맞습니다."

이때 하선우 씨가 말했다.

"선생님, 저는 그런 일이 있을 줄을 벌써부터 알고 있었습니다."

“어떻게요?”

“아까 택시가 여주 시내에 막 접어들어 오는데 세종대왕께서 소현왕후와 배신들을 거느리시고 배웅 나오시는 것을 영안으로 보았습니다.”

“그랬군요? 박정희 대통령 시대에 세종대왕과 충무공이 우리 민족의 수호신으로 대대적으로 추앙되고 현창되어서 그런지 그 영력이 다른 왕들과는 비교도 안 되게 강한 것 같습니다.”

“세종대왕의 모습이 어떠했는지 말씀해 주실 수 있겠습니까?” 하고 이도원 씨가 말했다.

“세종대왕의 용안은 지금 만 원짜리 지폐에 나온 것과 흡사한데, 그것보다는 좀더 수형(水型)에 가까웠습니다.”

나는 1986년 1월에 선도수련을 한 이래 바로 우리집 앞에 있는, 조선왕조 9대인 성종과 계비 정현왕후를 모신 선릉(宣陵)과 11대 중종을 모신 정릉(靖陵)에서 세 분의 영이 들어오는 것을 경험했고, 작년 11월 3일 경주에 갔을 때 선덕여왕과 미추왕의 영가가 실린 일이 있었다.

그러나 이번 세종대왕 일행의 영가들의 영력은 그전과는 비교도 안 되는 메가톤급이었다. 그런데 왜 하필이면 내가 수련을 시작한 이후 왕릉을 방문할 때마다 그 영들이 꼭 나에게 실려 들어오는 것일까? 이유가 어디에 있을까? 수수께끼였다. 왕릉뿐이 아니었다. 작년에 다산 정약용 선생의 묘를 찾았을 때도 같은 현상이 일어났었다.

그전 경우는 배낭에 1킬로그램짜리 물병 하나를 추가하는 정도라면 이번 경우는 10킬로그램짜리 물병 세트를 추가했을 때와 같은 무게로 등을 압박해 왔다. 그러나 이상하게도 그것이 그렇게 귀찮거나 부담으로 여겨지지는 않았다.

만약에 세종대왕이 훈민정음을 반포하지 않았다면 글 쓰는 것을 직업으로 삼는 나 같은 글쟁이는 어떻게 되었을까? 한글은 단군 시대에도 가림토라는 이름으로 사용되었고 발해 때도 쓰였다고 해도, 그 이후는 우리나라에서 사용되지 않은 것은 사실이다.

그러니까 세종 때 한글이 새롭게 제정되어 반포되지 않았다면 지금도 우리말로 '어찌할까?'를 신라 시대의 이두식으로 '여지하(如之何)'라고 쓰고 '어찌할까'로 읽지 않을 수 없었을 것이다. 또 '개똥이'를 '介同耳'로 '꺽정이'를 '巨正伊'로 쓰지 않을 수 없었을 것이다. 꺽정이는 물고기의 이름이기도 하고 임꺽정의 이름이기도 하다. 소설을 쓰는 사람의 입장에서 보면 그 불편이 이만저만이 아니다.

그런 것을 감안하면 세종대왕의 한글 제정은 나와 같은 글쟁이에게는 그야말로 엄청난 사건이고 혜택이 아닐 수 없다. 최만리와 같은 다수의 모화 사대주의자들의 치열한 반대를 무릅쓰고 한글 제정을 끝내 관철해 낸 그의 노고를 생각하면 그의 영가가 실려 들어옴으로써 느끼는 부담감 따위는 아무것도 아니라는 생각이 들었다.

참배를 마친 우리 일행은 세종대왕릉에서 불과 수백 미터밖에 떨어져 있지 않는 조선왕조 17대 효종(孝宗)대왕의 영릉(寧陵)을 찾았다. 병자호란 후 인조의 둘째 아들로서, 소현세자와 함께 청나라에 볼모로 잡혀가 온갖 수모를 다 당한 그는 그 원한을 갚기 위해 발해와 고구려의 옛 땅을 회복하겠다는 야심찬 북벌 계획을 추진했지만 불발로 끝나고 말았다.

그 계획이 실현되었더라면 우리나라가 지금처럼 남북으로 분단되어 6·25 남침을 당하고도 모자라, 요즘은 백령도 근해에서 천안함이 불시에 침몰당하는 치욕을 겪지 않아도 되었을 것이다. 그런 것을 생각하면

효종대왕이 북벌 계획을 실천에 옮기고 못 옮기고가 문제가 아니라 그러한 역사적 사실이 존재했었다는 사실 자체만도 현대를 살아가고 있는 우리들에게는 크나큰 정신적 유산이 아닐 수 없다.

효종대왕의 능묘 앞에 섰다. 세종 때와는 달리 효종은 배신만 몇 명 거느리고 나타났다. 그 영력(靈力)의 무게는 세종의 10분의 1도 안 되었다. 참배를 마치고 내려오는데 왼쪽 둔덕에 인선왕후의 능묘가 보였다.

나는 더이상 영가를 수용할 기력이 없어서 그냥 스쳐지나가려고 마음을 먹고 내려오는데 그쪽에서 무엇이 끄는 것 같은 느낌이 들어 무심코 그쪽을 바라보니 하얀 소복 차림으로 반갑게 이쪽으로 다가오는 인선왕후의 모습이 보였다. 합장(合葬)이 아니고 쌍분(雙墳)이었으므로 두 분의 영가가 각각 따로 실려 들어오는 것을 알 수 있었다.

【이메일 문답】

『혜명경』과 『금선증론』

안녕하신지요 삼공 선생님? 며칠 전 삼공재를 찾은 인천 만수동의 오승찬입니다. 생식이 본격적으로 자리잡기 시작한 지 3달 정도 된 것 같습니다. 삼공재를 찾았을 때에 빙의가 많이 됐다고 하셨는데, 나름대로 빙의를 포함하여 많은 이해를 하고 있다고 생각했으나 정확한 진단을 해 주셔서 정신이 명확해졌습니다.

'머리로 공부하는 게 하수, 마음으로 공부하는 게 중수, 기로 공부하는 것이 최상수'라고 누군가 얘기한 것 같습니다. 저도 영글었는지 이제 기 공부가 매우 실제적으로 다가오는 것 같습니다. 1998년에 생식을 처음 시작한 이후로 뚜렷한 효과를 보지를 못했는데 이제 기회가 오는 것 같습니다.

대학 다닐 때에 단전호흡 단체에서 수련회 등에 참석하면서 전력으로 매진할 때는 효과가 약간 보였으나 취업 준비와 취업, 성공을 위한 길을 가다 보니 어느새 생계는 해결된 듯하나, 길을 많이 잘못 들은 것을 알게 되었습니다.

지금 여쭙고자 하는 것은 소주천에 관해서입니다. 10여 년 동안 제 기적인 내공에 성과를 올리지 못한 것은 일단 축기가 안 되고 또한 소주천이 안 되었기 때문입니다. 그런데, 스승님께서는 기문 열림→축기→기방 형성(단전 따뜻해짐)→(의수단전하여 축기) 소주천→대주천이라고 한결같이 말씀하십니다.

그런데 여기서 소주천까지의 과정에 대한 설명이 약간 와닿지가 않습니다. 그래서 혹시 『혜명경』을 쓴 유화양 선생의 『금선증론』이란 책을 소개해 드렸으면 합니다. (혹시 읽어 보셨는지요?) 제가 읽어 봐야 정확히 해석하기에는 어렵기도 하기 때문입니다.

그 책의 요점을 몇 가지 적고 나서 질문을 했으면 합니다. 1. 대도를 수련하는 데는 별다른 비결은 없고 신(神)과 기(氣)가 아님이 없다. 2. 선도라 하는 것은 선천의 신(神)과 기에 근원을 두고 있음을 소상히 밝힌다.

이 책에서는 (유화양 왈) 신(정신)과 기(단전)가 만나서 서로 어우러지는 것이 매우 중요하고, 여기에 후천의 기(호흡으로 인한 기)가 조절하여 화후를 하면 된다고 합니다. 특히, 요결 중의 요결은 양이 발동할 때에 선천의 기를 잡는다고 합니다.

즉, 사람은 평소에 단전이 있는지 없는지 분간을 못 하지만, 양이 발동하면 단전에서 양 기운이 불룩 나오면서 (『혜명경』의 1번 그림처럼) 양기를 느낄 수 있다고 합니다. (이것은 호흡에 의한 기가 아니며, 원래 잠재되어 있던 기이기 때문에 '선천의 기' 또는 '원정'이라고 합니다.)

이 양기가 아랫배 중에 아무것도 없는 하늘에서 별안간 나왔기 때문에 '선천의 기'라고 하며 이 양기가 나와야 비로소 단전을 의식하기 편합니다. 실제로 16세가 지나면 누구나 단전에서 양기가 불쑥 나와서 자연스럽게 상대의 성을 찾게 되는 것이라고 합니다.

또한 남자가 별안간 성욕을 강하게 느끼는 것도 단전에서 이 양기가 나온 것이고 따라서, 사정하기 위한 대상을 찾게 된다고 합니다. 그러므로 이 양기는 축기와 상관없이 관찰만으로도 그 존재를 알 수 있는 것입니다.

또한 이 양기가 단전에 나와서 밑으로 내려가기 전에 단전에 걸쳐 있을 때에 비로소 사람은 단전을 느낄 수 있습니다. 왜냐하면 이 양기가 나와 있지 않으면 당연히 단전도 빈 하늘과 같아서 느낄 수 없기 때문입니다. 이 양기가 나오면 비로소 무화(武火)와 문화(文火)를 하면서 호흡으로 화후를 조절하면서 삶고 쪄 나간다고 합니다.

질문 1. 축기 이후에 기방이 형성된다는 선생님의 말씀도 이해가 갑니다만, 『금선증론』에서는 관을 통해 우선적으로 양기가 불쑥 나온 것을 확인하고 나서, 정신(신)을 기혈에 일치시켜서(단전, 양 기운) 양기를 삶고 쪄나가는 것이라고 합니다.

특히 정이 별안간 생겼다가 밑으로 내려가려고 할 때에 정신(신)으로 끌어당기는 것을 무화(武火)라고 합니다. 즉, 정신과 선천의 기(원정, 양기 - 스승님의 기방도 해당될 것 같습니다)가 서로 만나게 한 후에 후천의 기(호흡)를 통하여 풀어 나간다는 것입니다. 이에 대한 답변 부탁드립니다.

질문 2. 일전에 단전이 따뜻해지고 수련이 깊어지면 정이 기로 바뀐다고 하실 때에, 제가 정은 꼭 정액이 아니라 사람 몸안에 있는 정을 포괄하는 것이 아니냐고 여쭌 적이 있었고 스승님께서 정액이라고 정확히 말씀하셨습니다.

제가 기억을 더듬어 책을 보았는데, 이 책에서는 “음정이란 음식을 통해서 생성되고, 오장육부에 두루 영향을 끼치게 되고 축적된 양기를 통해서 양정이 된다"라고 합니다. 이때 음기는 여러 현상을 만들고 음욕, 욕심을 만들기에 수련을 방해해서 어서 빨리 음기를 양기로 만드는 것이 필요하다고 했습니다.

그럼 여기서, 과연 연정화기란 정액이 기로 바뀌는 것인가?라고 볼 때에 그것은 아닌 것 같습니다. 물론 대표적인 현상이기는 하지만 정을 정액에 국한할 필요는 없는 것 같습니다. 그 이유는 1. 여자도 단전에서 양기가 불쑥 나와서 남자를 찾게 되고 또한 양기를 통해서 수련도 할 수 있게 되기 때문입니다.

그리고 여자도 당연히 연정화기가 되면 아랫배의 정이 기로 바뀔 것입니다. 그런데 정액이 없는 여자는 연정화기가 안 된다는 말씀이기 때문입니다. 이 책에서는 "고요하게 있으면 원기라고 하고, 발동하게 되면 원정이라고 한다"라고 합니다.

즉, 단전에서 양기가 생성되는 그것을 원정이라고 합니다. 따라서 연정화기에서 정이 기로 가는 것은 단전에서 불쑥 나온 원정(선천의 기)이 다시 본래 모습인 기로 바뀌는 것이기에 연정화기의 정을 정액으로 국한해서는 원뜻이 훼손될 수 있다고 생각됩니다.

이 책에는 또한 "음탕한 정이 밖으로 나갈 때는 신이 정으로 변한다"라고 합니다. 따라서 수련은 정, 기, 신으로 가는 방향이고, 밖으로 나가는 것은 신, 기, 정으로 나간다고 보는 것입니다.

유화양의 다른 책인 『혜명경』에는 누진에 관한 그림이 첫 장에 나오는데, 도는 선천의 기(원정, 양기)가 몸 밖으로 새어 나가는 것을 막는 것이 수련의 시작임을 알리고 있다지만, 현대에서 볼 때에는 선천의 기(원정, 양기)가 나가는 것은 잊고 정액이 나간다고만 생각하는데 이는 큰 오산일 것입니다.

결국 원정, 양기가 나가는 것을 신으로 끌어당기고 배합하여 화후로 조절하여 삶고 찌는 것이 단이라고 한다면, 호흡 이전에 양물의 변화부터 살펴서 양기를 잡고 이것에 축기(삶고 찌는 과정)를 하는 것이 바른 선택이 아닐까 하는 생각이 듭니다. (구정 전에 인사드릴 때에 책을 드렸으면 합니다.)

스승님 덕에 많은 수련의 도움을 받고 있습니다. 그리고 선도수련의 진위는 모두 스승님께 물어야 하는 것이 현재 수행자들의 처지일 것입니다. 『금선증론』이란 책은 유화양(용문파 8대 조사인 오충허 조사에 이은 9대 조사임)의 『혜명경』에 가려졌지만, 『혜명경』은 대주천, 『금선증론』은 소주천을 위한 수련이라고 전해지고 있습니다.

짧은 식견으로 저도 이해가 잘 안 되는 문구가 많으나 어리석은 저 같은 후학을 위하고, 소주천의 활성화를 위해서 아무쪼록 살펴주시고 이해하기 쉽게 현대에 맞게 구성해 주셨으면 하는 것이 바램입니다.

2주에 한 번씩은 마음공부보다 더욱 상위에 있다는 기공부를 위해서 꼭 방문했으면 합니다. 읽어 주셔서 감사합니다.

2010년 2월 5일

어리석고 둔하여 아직 갈 길이 먼 제자 오승찬 올림

【필자의 회답】

나는 최근에 오승찬 씨가 삼공재에 올 때마다 기를 느끼느냐고 물었지만 아직 뚜렷하게 느끼지는 못하고 인당은 민감한 편이라고 말했습니다. 그렇다면 아직 기문(氣門)도 열리지 않은 것입니다. 그래서 적어도 삼공재에 한 달에 한두 번 정도라도 정규적으로 와서 기 수련을 단계적으로 해야 한다고 말했습니다.

그런데도 오승찬 씨는 그렇게 할 생각은 하지 않고 엉뚱하게 『혜명경』과 『금선증론』을 읽고 나에게 질문을 하고 있습니다. 그것은 마치 대수와 삼각도 모르는 초등학생이 미적분에 대해서 선생님에게 질문하는 것과 같습니다. 다시 말하지만 기를 느끼고 기문부터 열고 축기를 하고 단전에 기방이 형성된 뒤, 소주천을 통과한 뒤에 『금선증론』을 읽어야 할 것입니다.

지금은 분명 그런 책을 읽을 때가 아닙니다. 사춘기 이전의 소년이 호기심을 못 이기고 성인용 책을 읽고 성생활의 기교에 대하여 논하자는 것과 같이 주제넘는 일을 오승찬 씨는 지금 하고 있는 것입니다.

소주천을 통과할 때까지는 한눈팔지 말고 열심히 수련에 매진해야 할 것입니다. 적어도 소주천은 되어야 기 수련에 대하여 무엇이 어떻게 돌아가는지 이해하게 될 것입니다. 그때가 되면 나도 오승찬 씨의 질문에 상세하고 친절하게 대답해 줄 것입니다. 그러나 지금은 분명 그때가 아닙니다.

결혼과 자녀 양육

스승님, 토요일에 방문드린 오승찬입니다. 일요일인데 바쁘신지요? 제가 이토록 죄가 많았던 사람인가 하고 스스로 질문을 해 보았습니다. 삼공재에 방문할 때마다 많은 기를 느끼고 받았었는데, 이번에는 계속 탁기가 백회로 빠져나갔습니다.

(저는 단전은 느껴도 아직 뜨거운 상태는 아닙니다.) 스승님은 가만히 계셨지만, 실제 스승님께서 제 백회를 잡아당기듯이 백회가 끌어당겨졌고 제 업보의 탁기는 제 몸과 기에 강하게 붙어서(마치 뼈처럼) 저항을 했고, 그렇게 2시간여가량을 고전했던 것 같습니다.

다행스러운 것은 이제야 제 몸에 탁기와 업보가 정확히 느껴졌다는 것이고, 다른 하나는 정말 수련이라는 것이 무섭도록 심오하다는 것이었습니다. 살면서 죄 지은 것은 모두 갚아야 한다는 것을 알게 되었습니다. 부족하기만 한데도 그토록 높으신 스승님을 찾아뵐 수 있다는 것으로도 전생에 덕을 쌓기는 쌓았나 보다 하는 생각이 들었습니다. 마지막으로, 질문이 있습니다.

2003년도 여름에 6개월여간의 결혼생활을 접고, 자녀 없이 헤어졌던 기억이 있습니다. 이후에 교제도 여러 번 해 보았는데, 아직 결혼은 하지 않았습니다. 제가 주제에 비해 눈이 높은지, 전생에 여자들에게 몹쓸 짓을 많이 해서인지(특히 그 당시의 노비들에게) 아직 임자를 못 만났습니다.

과연 결혼을 하는 것이 자연스러운지 아니면 수행을 하는 사람은 굳이 결혼을 하려고 애쓰지 않는 것이 바람직한지를 여쭈어보고 싶습니다. 동시에, 사람 몸을 받았으면 적어도 조상님들께 감사할 줄 알고, 자녀를 만드는 것이 오히려 업을 안 짓는 일은 아닐런지요?

어렵게 받은 몸에 대해 결혼 않고 해탈해야 할지 혹은 결혼, 자녀 양육 등의 일상생활을 유지하면서 '생활 속의 도인'으로서 해탈을 할지를 고민하고 있습니다. 이미 제 업장을 훤히 보셨을 텐데, 스승님의 넓고 깊은 이해력에 의존하여 여쭙니다.

2010년 2월 7일
오승찬 올림

【필자의 회답】

오승찬 씨는 한 번 결혼했다가 실패한 경험이 있습니다. 그런데 이제 수련을 하려고 작정한 마당에 아직 아무런 결실도 맺지 못한 채 그렇게 성급하게 또다시 결혼을 하려고 할 필요는 없다고 봅니다.

결혼은 해도 후회하고 안 해도 후회한다는 말이 있습니다. 이것은 물론 보통 사람인 무명중생들의 생각입니다. 그렇다면 구도자가 되기로 작심한 사람이라면 보통 사람들의 경지에서는 벗어나야 될 것입니다.

그러자면 지금은 열심히 수련을 하여 수행의 경지를 어느 정도 높여, 적어도 무명중생의 경지에서는 벗어나야 할 것입니다. 그리하여 결혼을 해도 후회를 하지 않고, 결혼을 안 해도 후회를 하지 않을 만한 경지에 오른 다음에 결혼 문제를 진지하게 생각해야 할 것입니다.

그리고 결혼은 어디까지나 스스로 책임지고 결정해야 할 일입니다. 아무리 스승이라고 해도 남의 충고를 듣고 결혼을 한다면 그 성패의 책임은 자기 자신보다는 충고한 사람에게 돌릴 수도 있습니다.

그래서는 안 됩니다. 결혼은 어디까지나 자기 자신이 결정하고 책임져야 합니다. 그래야 스스로 자기 성품을 향상시킬 수 있습니다. 다시 말해서 자기 결정권을 행사하는 사람이라야 후회 없는 인생을 살아 나갈 수 있다는 말입니다.

둥둥 떠다니는 색깔과 무늬들

안녕하세요. 선생님. 일전에 메일 드렸던 대구 사는 김기범이라고 합니다. 여러 가지 번잡한 일들로 인해 수련시간이 들쭉날쭉하다 보니 연락도 오랜만에 드립니다. 『선도체험기』 96권을 어제 옥션에서 신청해서 오늘 받아 볼 예정입니다. 읽고 궁금한 사항 있으면 메일 드리겠습니다.

요 근래에 앉으면 보라색 바탕에 불규칙한 검정색 무늬들이 둥둥 떠다니다가 사라지고 생기기를 반복하고 마치 엄지손가락 지문처럼 생긴 여러 개의 원이 돌돌 말려 돌아가고 있는 화면이 보입니다. 계속 쳐다보고 있으면 크기가 확대되기도 하는데요. 이 현상은 어떤 현상인지 궁금해서 질문드립니다.

그리고 생각지도 않았던 좋지 않은 사고나 사건들이 요 근래에 제 주위에서 많이 일어나는데 다 저의 탓으로 발생한 일들이고 저의 공부를 위해 그러려니 하고 마음을 비우려고 합니다만 시시각각 몰려오는 감정의 파도가 너무 거세기도 합니다.

이럴 때는 어떻게 처신을 해야 하는지요? (지금의 저는 그저 숙이고 조심하는 상태이며 불안한 감정이 일어나면 관은 하지만 한 번 감정이 일면 계속해서 그 감정에 끄달려 다니고 있습니다.) 이 시기를 잘 넘기고 안정을 찾고 정상 생활 리듬을 찾으면 삼공재에 가고 싶습니다. 안녕히 계십시오.

2010년 3월 19일
김기범 올림

【필자의 회답】

수련 시에 여러 가지 색깔과 무늬들이 눈앞에 둥둥 떠돌아다니는 것은 기공부 초기에 흔히 일어나는 현상입니다. 한동안 그러다가 곧 사라질 것이니 걱정하지 않아도 됩니다.

불안한 감정에 계속 끄달릴 때는 바로 그 불안한 감정을 관찰해야 합니다. 기운이 잘 집중되면 미구에 해결책이 떠오르게 될 것입니다.

본모습은 구름 위에

삼공 선생님 전 상서

늘 이끌어 주심에 깊은 감사를 드립니다. 그간 안녕하셨는지요? 또 오랜만에 메일을 드립니다. 그간 큰 변화 없이 지내오다가, 돌이켜보니 매너리즘에 빠져 있는 듯하여 마음을 다스리려고 21일 단식을 한 지 오늘이 21일째 되는 날입니다.

21일 단식은 95년 케임브리지에서 한 후 두 번째로, 그때보다는 판이하게 해내기가 수월했습니다. 물론 이번에는 그간 불어난 몸무게를 정상으로 돌리기 위함과 함께 업무를 수행했어야 하기에 가끔씩 꿀물과 고추장을 풀어서 마시면서 진행을 시켰습니다.

또한 가장 큰 목적으로는 적어도 제 몸뚱이만큼은 영혼인 자아가 자유자재로 컨트롤할 수 있어야 하기에 관찰을 하였습니다. 흔히 몸뚱이는 자동차요 영혼은 드라이버라고 하듯이 옆이나 뒷좌석보다는 직접 운전대를 잡아야 자동차가 정상인지 바퀴가 돌덩이를 넘었는지 등을 실시간으로 감을 잡을 수 있고 수정할 수가 있다는 생각입니다.

아무튼 이번 단식을 하면서 큰 깨달음은 없었으나 자아를 차분하게 관하고 자기 몸뚱이 하나만큼은 자유자재로 움직일 수 있는 능력을 터득한 것 같습니다. 그리고 매일 아침 샤워를 한 후 몸무게와 체지방률을 재어 보니 8일째 되는 날 높았던 체지방이 정상으로 뚝 떨어지고 몸무게도 그 1주일 사이에 5kg이 줄어들고, 그 다음의 2주간은 서서히 줄어드는 경향이 있었습니다.

물론 사람마다 체질이 다르니 객관성은 결여되었을지 모르지만, 태만 등으로 몸무게가 5~6kg 늘었을 때는 1주일간의 단식이나 소식으로 원위치에 돌릴 수 있는 것이 아닌가 하는 생각도 해 봅니다. 비록 이번에 목표로 삼았던 체중인 65kg(키 175cm)에는 1.4kg 미달(76.4kg - 66.4kg = 10kg)이었지만, 얼굴과 몸이 퍽 맘에 들고, 옛날 케임브리지에서 단식 끝내고 구입했던 허리 사이즈 29인치의 청바지를 다시 입을 수 있으니 절반의 성공은 이룬 것 같습니다.

그리고 요즘의 화두는 집착에서 벗어나기입니다만, 마음이 불편한 모든 근원이 집착에서 오는 것이 아닌가 하는 생각입니다. 즉 어떠한 것에도 집착이 없으면 좋은 것도 하고 싶은 것도, 미움도 사랑도 없는 중성자적인 마음으로 모든 것을 대할 수 있고, 사물의 겉모습이 아닌 본래의 모습을 대할 수 있는 것이라는 생각입니다.

왜냐하면 모든 사물들 개체 개체의 겉모습은 다를지라도 본모습에 있어서는 나와 다른 사물과 다름이 없이 일치하기 때문이라는 생각입니다. 그래서 모두가 하나인 우주라는 생각입니다.

또한 특히 겨울철의 눈구름은 비구름보다 낮기 때문에 비행기를 타면 더 잘 느껴집니다만, 이륙하기 전 즉 구름 밑에는 삼라만상이 살아가기 위해 서로 지지고 볶고 피 터지게 욕심 챙기기에 바쁘고, 폭풍이며 눈이며 비 등 또한 이들의 싸움에 끼어들어 거들고 있지만, 구름 위에 떠가는 비행기에서 보면 비도 눈도 그림자도 없는 항상 광명만이 빛나는 평화 그 자체를 느낄 수 있습니다. 즉 몸뚱이는 속세에서 때가 묻고 이리저리 치이더라도 본모습(영혼)만큼은 구름 위의 우주공간에 항상 놓고 살아야 하는 것이라는 생각도 해 봅니다. 형상으로 그려 보면 아마도 진흙탕 속에서 피어난 연꽃 송이와 같은 모습이 아닐까 하는 생각입니다.

아무튼 이번 기회로 적어도 자유자재로 움직일 수 있는 본모습을 조금이나마 느낀 것 같습니다. 그리고 집착에 대한 화두도 절반 정도는 감을 잡은 것 같은데 더 분발해 보겠습니다. 그럼 사모님을 비롯한 선생님의 건강이 늘 함께 하시기를 바랍니다. 안녕히 계십시오.

2010년 4월 3일
나요로에서 제자 도육 올림

【필자의 회답】

자정 능력을 발휘하여 스스로 자신의 부족함과 약점을 감지하여 수행을 계속해 나가는 도육의 모습이 참으로 늠름하여 보기 좋습니다. 체중은 이왕에 줄이는 김에 미달된 1.4kg까지 철저히 줄이는 것이 어떨까요? 될 수 있으면 완벽에 가까운 것이 더 좋으니까요.

계속 용맹정진해 주기 바랍니다. 그리하여 수행 자체를 즐기고 사랑하는 구도자가 되기 바랍니다. 수행자는 잠시도 쉬면 안 됩니다. 굴러가는 자전거는 조금이라도 게으름을 피우면 영락없이 쓰러지게 되어 있습니다.

피겨 여왕 김연아를 보십시오. 밴쿠버 동계 올림픽에서 메달을 석권했다고 자만하여 일주일 동안 게으름을 피우다가 세계피겨선수권 대회에 출전하여 어떻게 되었습니까? 일본의 아사다 마오(浅田真央)는 2등을 했는데 그녀는 7등으로 뒤처지지 않았습니까? 운동선수도 조금만 게으름을 피우면 그 지경인데 온 생애를 건 구도자는 더 말해서 무엇 하겠습니까?

타심통(他心通)

삼공 선생님 전 상서

늘 이끌어 주심에 깊은 감사를 드립니다. 우선 몸무게에 대하여는 어제가 21일 마지막 단식일이라 오늘 아침에 몸무게를 달아 보니 65.8g(체지방율 21.0%)로 800g 달성을 하지 못하였지만, 아침부터 생식을 하였습니다. 아무튼 늘 지금 내가 무엇을 어떻게 왜 하는지에 대한 치밀한 관찰이 있어야 마음대로 조절할 수 있는 것이 아닌가 하는 생각이고, 이제부터는 체중이 3kg까지 늘어나면, 즉시 단식을 해서라도 65kg으로 되돌려 놓을 생각입니다.

그리고 요즘에는 타심통이 열린 것 같습니다. 즉 실시간으로 주위의 동료들을 떠올리면, 그 사람들 개개인이 무엇에 얽매어 집착하는지, 무엇을 원하는지 등이 훤하게 들여다보입니다. 모든 사람들이 제 시야 안에 내려다보이고 있습니다. 다시 말씀드리면, 상대방의 능력과 한계를 제가 꿰뚫고 있으니 더이상 시비의 대상으로는 무의미하다는 생각입니다.

결국은 제 마음의 거울을 깨끗이 닦아 내면 모든 삼라만상이 선명하게 비쳐져 속속들이 볼 수 있다는 이야기이니, 묵묵히 정진하라는 가르침인 것 같습니다. 그럼 앞으로도 끊임없는 지도와 편달을 부탁드립니다. 안녕히 계십시오.

2010년 4월 4일
나요로에서 제자 도육 올림

【필자의 회답】

타심통이 열렸다고 하여 행여나 상대에게 그 사실을 발설하는 일은 없어야 합니다. 선계 스승님들이 그런 능력을 일시적으로 주어 실험해 볼 수도 있습니다. 따라서 모든 초능력은 수련 외의 세속적인 목적에 사용하면 반드시 재앙이 온다는 것을 명심하기 바랍니다.

그리고 체중 조절은 체중계를 사다가 매일 아침 달아 보고 100그램 단위로 조절하는 습관을 들여야 합니다. 3킬로그램까지 늘어나도록 방치했다가 단식을 하여 일시에 줄이는 것은 비능률적입니다. 정상 체중보다 다만 100그램이라도 늘어나면 그 즉시 운동과 음식 조절을 통하여 원상회복을 해야 할 것입니다. 중년이 넘으면 체중 관리가 바로 건강 관리라는 것을 명심해야 할 것입니다.

정성을 다하라는 암시

삼공 선생님 전 상서

늘 가르쳐 주심에 깊은 감사를 드립니다. 몸무게에 대하여 가까운 10여 년을 돌이켜보면, 65kg 근처가 된 것은 딱 두 번, 바로 21일 단식이 끝나는 날 뿐이었던 것으로 기억합니다. 어제 평상시의 식사를 하여도 오늘의 몸무게가 67.8kg으로 2kg이 늘어 버립니다.

아직 체질적으로 65kg이 되기에는 굳은살을 더 빼야 하는 근본적인 탈바꿈이 필요한 것 같습니다. 즉 목표를 63kg에 놓고 가감을 조절해야 할 것 같습니다. 그리고 내일부터 심포지엄이 있어 모국에 가니 돌아와서부터 치밀하게 실행해 볼 생각입니다.

그리고 오늘 저녁의 일과를 마치고 가까운 온천에 들러 사우나를 하고 냉탕에 앉아 단전호흡을 하니, 모든 기가 단전에 모이더니 "아무 대가 바라지 않고 오직 지금 하는 일에 정성을 다하라"라는 암시가 오니 행복감이 마치 밀물처럼 밀려오는 것이었습니다.

몸을 닦으며 정성을 화두로 옮기자, 흔히 아무 생각 없이 지껄이는 한마디의 말들과 행한 행동은 누가 책임져야 하는가? 결국 말 한마디 한마디와 행동 하나하나에 정성을 다하는 하루가 되면 바로 해탈의 경지라는 생각이 듭니다. 내일부터는 여정에 드니 정성이라는 화두에 몰두해 볼 생각입니다. 그리고 짬을 내서 인사를 드리도록 하겠습니다. 안녕히 계십시오.

2010년 4월 5일
나요로에서 제자 도육 올림

【필자의 회답】

지나 버린 과거에 집착하지 않고 오지도 않은 미래를 걱정하지 않고 오직 지금 이 순간에 충실하고 자기 일에 정성을 다하는 하루하루야말로 니르바나의 경지입니다. 시공 속에서도 시공을 초월하여, 매 순간 속에서도 무한과 영원을 사는 하루하루는 언제나 새롭고 참신한 것이 될 것입니다. 부디 지금의 상태를 평생 변함없이 이어 나아가기 바랍니다. 우주의 정기와 천지신명들이 늘 함께할 것입니다. 체중 조절을 3kg가 넘지 않는 범위 내에서 도육의 여건에 맞게 적절하게 조절해 나간다면 좋은 건강 관리가 될 것입니다.

마음공부와 기공부

안동의 이재철입니다. 그간 평안하신지요. 1월 말에 삼공재를 들른 후 시간이 많이 흘렀습니다. 저는 연초 3월까지가 좀 바쁘기도 하고, 수련이 부진하여 죄송하고 부끄럽기도 하여 스승님의 얼굴을 뵙기 민망하여 차일피일하다 시간이 많이 가 버렸습니다.

제가 삼공재를 출입하기 시작한 지 오랜 시간이 흘렀지만 기공부만은 일정 수준 이상의 진척이 없어 지도해 주시는 스승님께 늘 죄송합니다. 그러나 마음공부만은 처음 출입할 당시에 비하여 점점 깊어지는 것을 스스로 느끼고 있습니다.

이제 웬만한 일에는 마음이 요동치는 일은 드물게 되었고 나를 내려놓고 상대를 있는 그대로 보는 일이 많아졌지요. 예전 같으면 다른 사람과 다툴 일에 다투지 않더라도 속으로 화가 나지만 참아 내곤 했는데, 이제는 참는 것이 아니라 그래 그럴 수도 있지, 나도 그럴지 몰라라는 생각으로 그냥 저절로 화가 나지 않는 경우가 늘더군요.

다만 아직도 집사람과 부모님, 친척들과의 충돌은 해결해야 할 숙제가 여전하나, 그것도 그냥 그들의 인과가 그러할 것이라 생각하니 가족 사이의 관계에서도 점점 마음이 편해져 가고 있습니다. 저는 97년 삼공재 출입 전에 그냥 단전에 온기만 느끼던 수준에서, 출입 직후부터 임독에도 열감을 느끼고 백회에서 시원한 기운을 느끼던 상태였으며, 기운이 일정 경로를 타고 진행하는 흐름의 상태를 명확하게 느낄 수는 없었으나 집중하는 곳에 온기를 느낄 수 있었습니다.

간혹 수련이 소홀하여 기감을 제대로 느끼지 못할 경우도 있었으나, 다시 마음을 다잡고 시작하면 단전을 비롯 임독에서도 늘 뜨겁고 청량한 기운을 쉬 느낄 수 있었으며, 수시로 몸 여기저기 전기 자극 같은 기운이나 열감, 청량감을 느낄 수 있었으며 조금만 집중하면 백회에서도 시원한 기운을 느낄 수 있었습니다.

그러나 10년 이상이 지난 지금까지도 거기까지였습니다. 스승님께서 벽사문을 설치해 주시고 대주천 수련을 하게 해 주셨으며 화두수련을 시작하게 해 주시는 등의 가르침에도 불구하고 기감이 좀더 좋아진 것 외에 어떤 영적인 체험이나 기적인 향상이 눈에 띄게 일어나지 않았습니다.

어떤 때는 제가 몸공부가 부족한가 하여 강도를 늘리고, 수련 시간이 부족한가 하여 잠자는 시간을 줄여 수련 시간을 늘리고, 집사람과의 부부관계도 현저하게 줄여도 다만 그때 당시 기감이 좋아지는 것 외에 다른 체험은 없었습니다.

어느 순간 저는 특별하게 드러나는 깨달음도 영적인 체험도 예전처럼 간절하게 바라거나 매달리지 않게 되었으며, 그냥 일상처럼 시간이 나면 정좌해서 수련을 하고 시간이 없으면 생활 속에서 수련하며 마음만을 관하게 되었습니다. 스승님께서는 수련이 되지 않는 이유를 자성에게 물어보라고 하셨는데 아무리 수련 중 자성에게 매달려 보아도 제 자신의 생각으로부터 오는 결론 외에 자성의 목소리라고 할 만한 것을 체험해 보지 못하였습니다.

그러나 뭐 그럴 수도 있겠지요. 세상에 모두가 다 수련이 잘되는 사람만 있기야 할라구요. 저 같은 사람도 있을 터이고 언젠가는 뭐가 있어도 있을 수 있겠고 없어도 제 맘이 편하고 사랑으로 넘치면 되지 않겠습니까?

다만 지도해 주시는 스승님께 가르침을 따라가지 못하여 한없이 죄송할 따름이지요. 스승님께서는 수련이 안되는 이유가 수련에 마음이 떠나 있어서라고 말씀하시며 다른 핑계를 대지 말고 모두 자신의 탓으로 반성해야 한다고 하셨습니다.

예, 제가 열심히 하지 않아 진척이 없는 것도, 설혹 열심히 하였으나 진척이 없는 것도 모두 제 탓이니 누구도 탓하지 않습니다. 그리고 돌아보면 생계를 유지하는 일을 도외시할 수 없고, 제가 이루어 놓은 가정에 대한 책임도 소홀해서는 안 되겠기에 늘 수련의 고비마다 더욱 수련에 박차를 가하지 못하고 말았던 것이며, 늘 마음은 수련에 가 있으나 수련할 수 있는 상황에서 지속되지 못하는 상황이 반복되었기에 애초에 강도 있는 지속이 이루어지지 않았던 것이라 생각합니다.

하루빨리 스승님을 죄송한 마음 없이 뵈올 수 있는 날이 와야 할 텐데 말입니다. 다음에 뵈올 때는 수련 단계의 진척은 없더라도 수련에 게으름이 없어져 스스로 부끄럽지 않을 수 있도록 더욱 노력하겠습니다.

『선도체험기』 97권에서 박종칠 도우님의 사망 소식을 보았습니다. 얼마 전 법정 스님의 죽음과 박종칠 님의 죽음을 보니 수련을 하고 깨달음을 얻어도 자신의 인과에 따라 죽음의 원인과 방법이 다양한 듯하니 살아 있을 때 활기차고 건강하게 살았다면 만족해야 할 듯합니다. 늘 건강하십시오. 사랑합니다. 감사합니다. 스승님.

2010년 4월 13일

안동에서 미거한 제자 이재철 올림

【필자의 회답】

수련을 하다가 보면 잘될 때도 있고 잘 안될 때도 있습니다. 수련이 잘된다고 너무 좋아할 것도 없고 잘 안된다고 너무 실망할 필요도 없습니다. 기공부가 잘 안된다고 애태워하지 말고 그러한 자신을 꾸준히 관찰하기 바랍니다.

관찰한다는 것은 늘 깨어 있는 것을 말합니다. 깨어 있다는 것은 항상 정신을 차리고 현재 진행되고 있는 사태의 추이를 지켜보는 것입니다. 정신만 차리고 있으면 어떠한 난관에 처해 있어도 반드시 탈출구를 찾게 되어 있습니다.

그래서 호랑이에게 물려 가도 정신만 차리고 있으면 반드시 살길이 열리게 되어 있습니다. 정신을 차리고 끊임없이 현재의 진행 상태를 주시한다는 것은 사람이 자전거를 타고 도로 위를 달리는 것과 같습니다. 만약에 자전거를 타고 가면서 정신을 엉뚱한 곳에 쏟든가 졸다가 보면 요행히도 자전거가 멈추지 않으면 넘어지거나 사고를 일으키게 되어 있습니다.

그렇게 되지 않으려면 꼭 깨어서 핸들을 꽉 잡고 힘차게 페달을 누르면서 앞을 주시하면서 항상 깨어 있어야 할 것입니다. 늘 깨어 앞과 좌우를 주시하는 한 퇴보하는 일은 절대로 없을 것입니다. 그뿐 아니라 어떠한 장애물이 나타나도 미리 대처할 수 있는 능력을 발휘할 수 있게 될 것입니다.

무슨 일인지 화가 나지 않았습니다

네, 스승님 말씀대로 자만하지도 조급해하지도 않겠습니다. 그리고 생식 대금은 오늘 보냈습니다. 어제 어떤 민원인이 오셔서 정말 많이 우기고 어거지 쓰고 욕하고 때릴 듯이 겁주고 그러고 가셨거든요. 그런데 아무런 화도 나지 않는 거예요.

사무실에 있는 다른 직원들 모두 나서서 그분께 대체 왜 이러냐고 같이 소리치고 항의(?)하고 그랬거든요. 그분은 58년 생으로 저보다 그리 나이도 많지 않은 분인데 제게 너는 애비 에미도 없냐며, 뭐 적반하장의 언변에 어처구니없는 육두문자에 조상 욕에 가족 욕에 뭐 하여튼 그랬습니다.

예전 같으면 정말 그냥 콱, 뒷일 생각 없이 맞서서... 주먹질은 안 하더라도 저의 입에서 튀어나올 말도 상당히 험악하고 날카로웠을 겁니다만, 그냥 웃었습니다. 그분의 얼굴을 보니 상기되어 벌게져 있었고 막말이 심해질수록 눈빛도 초점이 없어져 갔지요. 그래 그는 그래도 된다는 마음을 품기도 전에 저의 마음속에서는 그분이 불쌍하다는 생각이 들었고 그냥 말없는 눈빛으로 바라만 봤습니다.

그분은 제게 화를 내면서도 제 눈을 보지 못하고 시선을 다른 데로 돌리고 험한 말을 쏟아 내더군요. 결국 그분은 인터넷에 올리고 정보기관을 통해서 자기가 제 앞길에 방해가 되어 보겠다며 두고 보자는 말과 함께 제 책상에 있던 저의 명함을 들고 고함치며 돌아가셨습니다. 가시고 나서 직원들이 모두 그분을 욕하며 제게 와서 고생했다고 짜증나더라도 참으라고 이야기하는데 정말 이상했습니다. 제가 하나도 짜증이 나지 않았고 하나도 힘들지 않았거든요.

오늘 점심시간에 또 한 분이 오셔서 점심 먹으러 가지도 못하게 잡아놓고 한 시간 내내 억지를 쓰시고 고함을 치셨지요. 점심시간이 끝나 다른 직원들이 들어오자 해당 담당자분께 가서 또 한 시간 이상 억지를 쓰고 결국 아무것도 변하지 않는 상태로 욕하고 가셨지요.

지사장님까지 나오셔서 제게 요즈음 참 고생이 많다며 위로하고 그분을 탓하는데 우리가 정상적인 업무 처리를 하였고 모르시는 부분은 충분하게 설명을 해 드렸다고 하지만 상대편이 그로 인해 억울한 심정을 느끼고 있다는 것에 오히려 마음이 짠해지더군요.

점심시간에 그런 분과 불시에 맞닥뜨려 놀라지는 않았지만 정말 한 1초간 정도 속에서 뭔가 그분에게 부정적인 마음이 올라오려 하였고, 그 순간 그러한 사실을 알아차리자 바로 봄눈 녹듯이 바람처럼 사라져 버리고 말았습니다. 아마도 하늘은 제가 제대로 나를 내려놓고 나 외의 것들을 인정하는지 시험하시고 싶었나 보다 하는 생각이 드는 이틀간이었습니다. 뭐 내일 또 무슨 일이 있을지 모르지만요. ㅎㅎㅎㅎ

그런데 참 이상했습니다. 예전 같으면 분명 억울해하며 화를 내거나 가슴에 억장이 쌓였겠지만 먹고 살려니 어쩌겠어라며 또는 화가 나도 내가 수련을 한다고 하면서 마주 화를 내서야 되겠나 하는 마음으로 참았을 것입니다. 그러나 요 이틀간의 사건에서는 참는 것이 아니라 화가 나지 않았다는 것입니다. 오히려 민원인들이 가신 후에는 그분들을 위해 사랑한다고 기도하며 제 마음을 정화하며 그분들을 위해 기도하는 심정이었습니다. 그러나 아직 제 가슴 속에 그분들을 향한 애절한 마음이 있어서 그러했던 것은 아닌 듯하여 아직도 이게 뭔 일인지 생각해 보고 있습니다. 늘 건강하십시오.

2010년 4월 14일
안동에서 미거한 제자 이재철 올림

【필자의 회답】

그동안 마음공부가 상당 수준 진전되었습니다. 남과의 언쟁에서는 먼저 화내고 욕하는 쪽이 항상 패자입니다. 다행히도 이재철 씨는 늘 깨어서 자신과 주변을 관찰하고 있었으므로 비상시에도 융통성 있게 대처할 수 있었습니다. 그렇게 항상 충분한 마음의 여유를 갖고 민원인을 대할 수 있다면 실수하는 일은 없을 것입니다. 부디 지금의 상태를 일상생활에서 계속 유지 발전시키기 바랍니다. 수련이라는 것은 이처럼 실생활에서 활용할 수 있어야 실질적인 성과를 올릴 수 있습니다.

성욕의 변화 과정

오늘 생식이 도착하였습니다. 스승님 말씀대로 늘 깨어있을 수 있다면 정말 좋겠습니다. 그리되도록 늘 관을 하려고 노력할 것입니다. 그러나 어찌된 일인지 한 달에 한두 번씩 꼭 편두통으로 2~3일 정도는 고생을 합니다.

현재도 어제저녁부터 발생한 오른쪽 편두통이 오늘까지 저를 따라다니고 있네요. 약을 먹지 않고 지속 관찰을 하고 있습니다만 영안이 뜨이지 않아 확실한 빙의 현상인지 좀 의아할 때가 있습니다만 그 외 몸에 별다른 이상은 없으니 아마 빙의 현상이라고 생각하고 견디고 있습니다.

오늘은 제가 지난 2개월간 겪은 성욕에 대한 변화를 말씀드리려 합니다. 제가 아무리 그만두려 해도 그것은 저절로 해소되지 않고 끊임없이 제 생각에 달라붙어 결국에는 저의 정을 소모하게 만들곤 하였지요. 아마 제가 구도에 뜻을 두고 있지 않을 당시인 어린 시절부터 이성에 대한 성욕은 구체적이지는 않아도 존재했으며 자위행위를 통해 배설의 쾌감을 알게 된 중학교 이후 주변 여성에 대한 성적인 상상에 역시 오래 동안 빠져들었었지요.

결혼을 하고도 다른 여성과의 성적인 상상에 자신도 모르게 빠져들기도 하였구요. 구도에 마음을 쓰게 된 이후에도 제게 성욕은 정말 끈질기게 붙어 있는 본드 같았습니다. 담배를 끊는 데 들어가는 정도의 결심으로는 어림도 없었다고 생각되어지네요.

오랜 습관 때문인지 어느 정도 자유로워진 지금도 아름다운 여성을 보면 우선 눈길이 가고, 성적인 자극을 받으면 육체의 중심에서 발생하는 자동적인 에너지를 느끼는 경우가 있습니다. 성욕을 느끼는 상태가 되면 상대가 있는 사람은 상대와의 육체적인 성관계를 통하여 해소하지만, 적절한 상대가 없는 사람은 섹스에 대한 적당한 상상이나 자위를 통해 부족한 대로 해소하게 되지요.

그러나 이것에 만족하지 못하고 결국 일탈하여 세상의 윤리 기준에 반하는 불미한 사건을 만들게 되는 경우도 가끔 있어 문제가 되는 것을 보면 안타깝기도 합니다. 아무튼 이러한 성욕에 대하여 어떤 사람들은 이성으로 통제해야 한다, 또 어떤 이는 자연스러운 것이니 발산해야 한다, 운동으로 다스려라, 신께 기대라, 명상을 해 봐라, 성욕이 일 때 찬물을 뒤집어써라, 일주일에 몇 번은 발산해라 등 뭐 여러 가지 이야기를 합니다.

그런데 이러한 이야기들이 모두 성욕에 대하여 그것이 사랑의 결과이든 아니든 섹스를 목표로 두고 그 자체에만 집중하고 있다고 생각됩니다. 저는 어느 날 문득 섹스에 대한 시각을 조금 바꾸면서 제게 오는 욕정을 긍정적으로 보게 되었고, 그러한 욕정을 느끼는 저 자신도 사랑하고 이해하고 용서하고, 욕정을 통해 제게 메시지를 전달해 준 진아에게도 감사하게 되었습니다.

물론 세상에 가끔 나오는 비인격적인 정도의 뉴스들에 대하여 안타까움과 가슴 아픔을 느낍니다. 하지만 남들과 마찬가지로 저 역시 그들과 다르지 않은 본성을 지니고 있음을 인정하고 나니, 그들을 아니 저 자신의 끊이지 않았던 성적 욕구에 대하여 이해할 수 있게 되었고 그러한 감정을 넘어서게 되었습니다.

올해 2월의 즈음으로 기억됩니다. 아침 수련 후 출근길에 갑자기 섹스에 대하여 갑자기 많은 생각들이 일어나고 정리되어지며 너무나 기분이 좋아지고 갑자기 자유스러워지더군요. 참으로 어느 날 갑자기였습니다. 제게 일어난 생각은 이런 것이었습니다.

우리가 이성과 섹스를 원하는 것은 언뜻 쾌락을 추구하려는 듯이 보이지만, 그 이면에는 너와 나가 하나이고 우주와 내가 하나임을 아는 진아의 의식(잠재의식)을 아직 깨이지 않은 가아가 뭐가 뭔지 모르는 상태로 전해 받게 됩니다. 그러나 가아는 현실에서 자신이 전체와 하나임을 인식하지 못하지요. 가아는 다시 전체로 돌아가 하나가 되려 하나 세상을 살며 탁해진 가아로서는 방법을 알지 못하고, 현실에서 느끼는 따로 떨어진 외로움을 해소하려는 욕구가 생기게 됩니다.

하지만 꿈속인 가아로서는 하나 됨을 체험하고 싶은데 하나 되는 방법을 모릅니다. 게다가 아직은 나와 남이 실제로 하나인 것도 알지 못하고, 영성이나 의식으로 하나 되는 방법을 모르거나, 알아도 체험해 보지 않았으니 현실에서 접할 수 있는, 눈에 보이고 몸으로 느낄 수 있는 가장 감각적이고 단순한 방법을 택하게 됩니다.

급한 마음에 우선 섹스라는 육체의 결합을 통하여 나와 남이 하나인 것을 우선 체험하려 하게 되는 것이지요. 주기적인 섹스가 사람을 건강하게 만든다고 하는 양의들의 조언에 대한 진실은 (그들이 의도한 바와 다른 의미이거나, 알고 한 말이거나 모르고 한 말이거나를 떠나서) 역시 가장 낮은 수준의 하나 됨이라고 해도, 정기적으로 체험하는 것은 긍정적일 수 있다는 의미로 받아들일 수도 있는 것이지요.

섹스 시 얼마나 부둥켜안고 서로의 몸을 서로에게 결합하는지 보세요. 그건 단순한 쾌락을 위한다는 의미가 아니라 하나 됨을 체험하려는 영혼의 절규입니다. 그러나 섹스가 미치도록 그립다던 사람이 명상과 같은 수양을 통해 이를 극복해 낼 수 있는 것은, 정신적이고 영적인 수준에서 이루어지는 전체와의 합일이 육체적인 결합보다 더욱 높은 수준의 하나 됨을 체험하게 해 주기 때문일 것입니다.

섹스 후 어떤 이들은 충만감을 느끼고 어떤 이들은 공허함을 느낀다고 하며, 어떤 부부들은 의무를 이행한다는 분들도 있습니다. 대개 사랑하는 사람들이 서로 원해서 하는 섹스 행위는 관계가 끝나도 좋은 감정의 상태가 지속되고, 그러한 감정의 상태를 느끼는 사람들 사이의 관계는 이미 정신적인 결합이 있는 것으로써, 섹스가 아니어도 좋은 상태로 유지될 것입니다.

사랑하는 부부들의 섹스는 단순한 육체적인 결합 이상의 의미가 있다고 할 수 있지요. 세상에서 사람들에게 환상의 금슬을 자랑하는 부부들의 관계는 섹스가 아니라 신뢰로 연결된 사랑이라는 것이지요. 부부간의 관계는 누가 어떤 이유를 대더라도 상대에게 가지고 있는 신뢰가 끊어지는 경우 좋은 결과가 생기기를 기대할 수 없는 것입니다.

서로 사랑하지 않는 사람들끼리나 거래로 이루어지거나, 상대가 원하지 않는 상태에서 일방적 또는 강제적으로 이루어지는 등의 섹스 행위는 육체적으로 하나가 되었다고는 해도 정신과 영혼이 서로 하나가 되는 섹스는 아닌 것이지요. 그러니 그런 섹스에서 육체적으로 서로 오르가즘을 느꼈다고 하더라도 정신은 공허함을 느끼게 되는 것입니다.

이때 진아의 소리를 제대로 느낄 수 있다면 공허한 육체에 매달리지 않고 하나 되는 다른 방법을 찾아 나서야 마땅한 것이지요. 그러나 그래도 진아의 소리를 제대로 해석하지 못하는 가아는 똑같은 방법을 통해 문제를 해결해 보려고 시도하게 됩니다. 진아는 미숙한 가아에게 끊임없이 하나라는 메시지를 음으로 양으로 전달할 것입니다.

그 과정에서 이 세상의 법규나 윤리 도덕을 들어 가아에게 애원하고, 때때로 영감이나 깨달음을 주어 전달하려고도 할 것입니다. 눈물겨운 진아의 노력으로 가아는 서서히 육체관계에 대하여 이전과 다른 느낌을 가지는 시기가 올 것이고, 진아의 메시지를 점점 더 많이 받아들이게 됨에 따라 전체와 하나가 되는 것은 섹스를 통해서보다 더 좋은 방법, 더 세련된 방법이 있음을 언젠가는 느끼게 될 것입니다. 이생이 아니라면 다음 생에서라도 말입니다.

가아가 이러한 메시지를 알아차리게 될 때 그때서야 비로소 이러한 사고나 행위가 단절될 것입니다. 또한 섹스를 통해 수행하려는 이들이 있습니다만, 위와 같은 이유로 일반 대중에게 알릴 만한 것은 아니며, 알고 있다고 하더라도 행할 만한 것 또한 아니라고 여겨집니다. 그리고 세상에 성과 관련하여 문제시되는 일들이 발생하는 것은 진아가 저의 본성을 바로 보게 하기 위해서이지 그러한 것을 행하라고 보여지는 것은 아닙니다.

위와 같은 생각들이 출근을 하는 도중 저절로 떠오르며 제 마음 속이 정리되기 시작하였지요. 그리고 그렇게 나의 내부 것을 외부에 나타내기 위해 기꺼이 악역을 맡아 준 그들의 진아에게 깊은 감사와 미안함을 느꼈습니다. 그리고 그날 이후 하루도 끊이지 않던 성에 대한 욕구가 거짓말처럼 끊어졌습니다. 부끄럽지만 오랜 습관인지 여성을 보면 시선이 가는 것은 어쩔 수 없었습니다만 성적인 생각들과 연결되지는 않게 되었지요.

수련 시 이성에 대한 생각이 들지 않게 되자 저절로 이전보다 집중도 잘되는 듯하구요. 뭐 아름다운 여성에게 자꾸 눈이 돌아가는 것을 보면 아직 완전하게 극복된 것은 아닌 것을 알지만 지난 2개월 동안의 관찰에 의하면 이제 그래도 다소간은 자유롭게 되었다고 말할 수 있어 정말 좋습니다. 그러나 내일 또 어떤 일이 있을지 모르니 늘 경계하고 있습니다. 스승님 주말 잘 보내시고 늘 건강하십시오.

2010년 4월 16일
안동에서 미거한 제자 이재철 올림

【필자의 회답】

구도자가 식욕과 성욕을 극복할 수 있다면 그의 수행은 반 이상 성공했다고 말할 수 있습니다. 여기서 말하는 식욕은 단순히 배가 고플 때 느끼는 식욕이 아니라 맛있는 음식을 먹으려는 욕구를 말합니다. 바로 이 식욕은 생식을 일상생활화 할 수 있는 사람이라면 이미 극복했다고 할 수 있습니다.

그러나 성욕은 그렇게 간단히 넘어갈 수 있는 성질의 것이 아닙니다. 그야말로 찰거머리같이 끈질기게 늘어붙어 떨어지지 않는 것입니다. 그래서 라즈니쉬 같은 사람은 그가 운영하는 수련원에서 성을 완전히 개

방함으로써 이를 극복하려는 일종의 성력(性力) 종교를 제창했지만 성욕을 극복하기는커녕, 끊임없는 성범죄와 마약과 살인과 질병만 조장했을 뿐 결국 실패하고 말았습니다.

그러나 선도 수행자는 소주천을 통과하여 성 에너지인 정을 수련 에너지인 기로 바꾸는 연정화기(練精化氣)의 과정을 마치면 능히 성욕을 극복할 수 있습니다. 이재철 씨는 지금 그 단계에 접어든 것입니다. 축하할 일입니다. 계속해서 관찰하시기 바랍니다.

같은 것과 다른 것

안녕하십니까? 안동의 이재철입니다. 스승님의 말씀대로 지금의 제 상태를 잘 지켜보도록 하겠습니다. 4월 중순임에도 새벽 5시의 공기는 아직도 차가움을 느끼게 하고 있습니다. 올해는 3월 중순까지 눈이 내리고 기온이 낮아져 있어서인지 며칠 전까지도 길가의 벚나무에 꽃이 보이지 않았는데 오늘 아침에는 가로수인 벚나무에 꽃이 보이고 있었습니다.

길가의 벚나무를 하나하나 보며 지나고 있는데 갑자기 머릿속에서 띵 하며 웃음이 터져 나와 그냥 한참을 웃었습니다. 마침 새벽이다 보니 사람들이 없어 큰소리로 맘놓고 웃었네요. 그리고 다시 길가를 보니 그래요. 벚나무가 하나하나 모두 달랐습니다.

이들의 생장소멸은 모두 땅과 해, 비, 바람, 같은 조건을 토대로 이루어지겠지만, 벚나무와 다른 나무, 나무와 풀, 풀과 곡식도 모두 어디가 달라도 달랐지요. 같은 벚나무조차도 똑같은 벚나무가 하나도 없었습니다.

키도 가지가지, 모양도 가지가지, 굵기도 가지가지, 아마 땅속에 있는 뿌리모양도 깊이도 다 가지가지일 테지요. 그러니 같은 날에 심고 같은 거리에 있어도 어떤 녀석은 이미 꽃이 피어 있는데 어떤 녀석은 아직 망울인 채이고, 어떤 녀석은 꽃잎이 두터운데 어떤 녀석은 꽃잎이 얇고, 어떤 녀석은 꽃이 큰데 어떤 녀석은 꽃이 작을 것입니다.

아마 시간이 지나 꽃이 지고 잎이 날 때도 역시 마찬가지로 가지가지의 시기와 모양과 두께로 나오게 될 것이고요. 그런데 왜 이쪽의 나무는

꽃이 피는데 저쪽의 나무에는 아직 꽃이 피지 않느냐고 탓해 보았자 어쩌겠습니까.

사람도 마찬가지로 한 형제간이라도 어머니 배 속에 잉태되는 순간부터 모두 다르겠지요. 자궁 속에 착상되는 시기가 다르고, 태어나는 성별이 다르고, 태어나는 순간도 모두 다르며, 형성된 유전자가 모두 다르고, 먹는 음식의 양도 다르고, 생김새도 다르고, 성격도 다릅니다.

자라며 같은 장소에서 교육을 받아도 각자에게 들어오는 정도나 깊이가 다르고, 받아들이는 저마다의 그릇도 다릅니다. 같은 밥그릇에 밥을 먹어도 밥알의 개수가 다르고 밥알이 품은 수분의 양도 다를 것이며, 같은 길을 걸어도 서로의 발아래 밟히는 흙은 다른 흙이며 심지어 어제 간 길을 오늘 또 걸어도 똑같은 흙을 밟지는 못하지 않을까요.

그러니 각자가 자라나는 환경이 다 다르고 형성되는 성격이 모두 같은 수는 없으며 어떤 상황이나 사물을 대할 때 다양한 형태의 생각이 일어나고 다양한 형태의 반응이 있을 것입니다. 그렇게 모두 다른데 왜 내 생각과 다르냐고 나와 다른 행동을 한다고 남을 나무랄 수 있을까요?

나와 다른 사람에게 왜 나와 다른 것이냐고, 나와 같아지라고 하다 보면 다툼이 생기게 되는 것이 당연한 이치일 것입니다. 나는 내가 자라온 삶을 토대로 최선의 선택을 하며 살아가듯이, 제가 보기에 다른 사람 어느 누군가가 나와 다른 행동 선택을 하며 산다고 그것이 틀렸다고 나무랄 수는 없는 것이며 그는 그대로 자신의 최선을 다하고 있는 것일 테지요.

물론 보편적인 것이 있지만 내게 보편적이고 타당한 것이 다른 사람, 다른 집단에서는 그러한 것이 아니라고 해도 그대로 인정해 주어야 할 것입니다. 그래 그럴 수도 있지. 그들로서는 그래도 되는 것이 마땅한 것이며 오히려 내가 틀릴 수도 있는 것이다. 우리는 모두 다르다. 하나도 다르지 않고 똑같은 사람은 아니 똑같은 것은 아무것도 없다. 그러니 세상 모든 것을 있는 그대로 인정하고 그들은 그들의 시각으로 보아야 하겠습니다.

그렇지만 그럼에도 같은 것은 있겠지요. 우리는 어느 누구든 맞으면 아파하고 사랑받으면 기뻐합니다. 미움을 받으면 슬퍼지고 화나며, 이쁨을 받으면 환해지지요. 누구도 자신이 미움을 받으면 좋아하고, 남이 자신을 괴롭히면 좋아하지는 않습니다.

나만 그런 것이 아니라 남도 그렇지요. 남이 나를 좋아하고 사랑해 줄 때조차도 그렇게 좋은데 자신에게 사랑받는다면 어떨까요? 다른 누구보다도 우리는 자기 자신으로부터 신뢰받고 사랑받을 때 더욱 기분이 좋고 스스로 대단하게 여겨지지요.

그러나 자기 자신을 진정으로 사랑할 수 있는 사람이 얼마나 있을 수 있을까요? 자신을 진정으로 사랑하는 사람이라면 남도 자신과 같이 사랑하지 않을 수 없을 것입니다. 남이 내게 해 주었으면 하는 것들을 남에게 해 줄 수 있을 때, 그때 나 자신을 사랑하게 될 것입니다. 저도 앞으로 진정으로 저 자신을 사랑하고 이해하도록 힘써 볼 생각입니다. 스승님 늘 건강하십시오.

2010. 04. 19.

안동에서 미거한 제자 이재철 올림

【필자의 회답】

마음공부를 꾸준히 해 온 구도자로서 자신의 마음의 변화 과정을 잘 묘사하고 있습니다. 일전에 입적한 법정 스님의 수필을 한 편을 읽는 느낌을 받았습니다. 『선도체험기』 독자들도 이러한 생생한 체험담을 좋아할 것이라 생각합니다. 앞으로도 지금처럼 겸손한 마음을 잃지 않는다면 더욱더 좋은 글을 쓸 수 있을 것입니다. 다음 글을 계속 보내 주시기 바랍니다.

귀여운 조물주

안녕하십니까? 이재철입니다. 요즈음 왠지 어떤 사건이나 현상을 보면 그냥 생각이 저절로 일어나며 속에서 정리되는 느낌이 듭니다. 특히 주변에서 누군가 화내고 다투는 장면이나 괴로워하는 장면을 보면 더욱 그렇습니다.

그러나 그간 제가 행동하고 말로 내어놓았던 패턴이 있었던지라 속에서 나오는 대로 말하면 다들 이상한 소리한다는 시선으로 쳐다보는 통에 그냥 입을 다물고 말지요. 얼마 전에는 제가 회원으로 가입하고 있는 인터넷 카페에서 그 카페 운영진을 한 고등학생이 카페가 추구하는 바나 내용에 대하여 잘 알지 못한 채 격한 말을 써가며 비방하는 통에 회원들과 운영진들이 서로 달려들어 어린 학생에게 조금은 과하다 싶을 정도로 나무라는 글들이 올라오는 것을 보았습니다.

그 상황을 보다 보니 제 귀에는 제가 우리 애들이 실수하는 것을 보고도 웃어넘기듯이 진아가 실수하는 자신의 가아를 보고 키득거리는 소리가 들리는 듯했습니다. 조물주가 참 귀엽다는 생각이 들더군요. 우리는 모두 다릅니다. 남이 나와 다르다고 나와 같아져야 한다고 주장하면 세상은 온통 다툼으로 가득할 것입니다. 나를 좋은 상태로 그냥 두지 않는 사람이나 상황이 있어도 그냥 그럴 수도 있겠구나라고 생각하고 너무 맘 아파하지 말아야 하겠습니다.

나와 다른 그분은 그분의 맘자리에서 지금 최선을 다해 살아가며 표현하고 있으니 최선을 다하고 있는 존재에 대하여 모두들 너그러이 봐주시는 것이 필요하겠지요. 나와 달라 나를 불편하게 하는 것은 적나라한 말로 하면 불만, 좋은 표현을 빌리면 다양성인데요.

모든 조직이 진리와 거리가 멀어지기 쉬운 것은, 조직은 생리상 다양성을 최소화하고 추구하는 목표 또는 존재의 이유를 위해 힘을 모아서 집중하려 들기 때문입니다. 그래서 조직에 소속된 생활, 대표적으로 우리가 직장이라고 표현하는 곳 같은 조직은 늘 인간미가 부족하기 쉽고, 다수의 구성원들은 탈출을 꿈꾸게 됩니다.

구성원들이 대안 없이 불만을 위한 불만만 표하는 조직은 성장 없이 후퇴하거나 곧 없어지고 말겠지요. 그리고 불만 없는 조직은 발전이 없거나 더딜 것입니다. 그러나 조직 내의 불편을 공유하고 대안을 모색하자는 건전한 불만은 조직을 발전하게 합니다.

요즈음은 개인의 경쟁력을 높이는 요소로 창의성을 강조하는데요, 그러한 창의성이 구성원에게서 발현되려면 역시 서로간의 다양성을 인정해야 더욱 많이 가능하지 않을까요? 만약 옆의 동료도 나와 같은 특기,

앞의 동료도 나와 같은 성격, 뒤의 동료도 나와 같은 취미, 집에 가니 배우자도 자식도 모두 나와 같은 생각, 취미, 입맛... 좋을까요?

세상 모두가 나와 같다면 같은 모양의 집, 같은 색의 지붕, 같은 크기, 같은 바지와 치마, 같은 차, 같은 신발, 같은 말투, 같은 머리 모양, 같은 핸드폰, 같은 가방, 같은 스타일의 마누라와 남편, 같은 일 처리 방식, 나와 같은... 같은... 같은... 같은... 정말 지루하고 재미없지 않을까요?

나를 자극하는 다양성이 없다면 내게도 발전이 없을 것 같아요. 그러니 이 세상에 나와 다른 생각을 하는 사람, 나와 다른 성격의 사람, 나를 화나게 하는 사람, 나와 다른 취향의 사람 등 나와 다른 사람이 있다는 것은 오히려 축복이 아닐까요?

아니 축복입니다. 조물주(진아)가 나를 위해, 나의 즐거운 삶의 여정을 위해, 즐거운 진리 추구를 위해, 자칫 지루할 수 있는 나의 구도생활에 활력을 주기 위해, 나 몰래 내 옆에 살짝 가져다 놓은 너무도 감사한 선물인 거지요.

조물주가 귀엽지 않습니까? 아무도 모르게 살짝 내 삶 속에 뭔가를 가져다 놓고 내가 어찌하는지 언제쯤 알아차리는지 미소 지으며 지켜보다가 내가 알아차리지 못하고 실수라도 하면 개구쟁이처럼 내게 들키지 않도록 혼자 입 막고 키득거리며 즐거워하는 모습을 상상해 보세요.

정말 귀엽지요? 제가 애들을 키우면서 두 녀석을 이미 괴롭혀 봤고, 현재도 한 녀석을 괴롭히며 아내와 같이 숨어서 입 막고 키득거리며 즐거워하는 일이 있습니다. 막 걸음마를 시작하여 한참 걷기에 재미를 붙일 때가 된 애들은 가라는 곳으로는 잘 가지 않고 늘 자기가 가고 싶은 곳, 자기가 관심 있는 곳, 가지 말라는 곳으로 고집을 피우며 가곤 하지요.

그건 녀석이 집에서 늘 보던 것이 아닌 다른 것들이 세상에 가지가지 널려 있어 마음을 빼앗겨 그런 것이지요. 녀석은 걷기 시작하면서 이미 다른 것을 즐기고 있는 겁니다. 그럴 때 애가 모르게 잠깐 숨어 보는 겁니다. 숨어서 지켜보면 애가 하는 짓이 왜 그리 우스운지요. 처음에는 자기 멋대로 가고 만지고 노느라 즐거워하는데, 이때 저는 그냥 미소만 머금고 흐뭇하게 지켜보지요. 녀석 몰래 말입니다. 녀석은 곧 이전과 달리 이리 가라 저리 가라, 이거 해라 저거 해라 하던 잔소리꾼이 사라졌음을 느끼고 불안해하는데 그때부터 저는 더욱 즐거워져 가볍게 키득이기 시작합니다. 녀석이 엄마아빠가 보이지 않음을 느끼고 두리번거리는 모습, 넘어져서 누가 세워 주기를 기대하며 그냥 엎드려 있는 모습, 아빠 엄마 오라고 우는 모습, 울며 뒤뚱대며 눈물 콧물 흘리는 모습도 다 이쁘고 사랑스럽지요.

녀석이 위험한 곳으로 가면 즉시 뛰어나가 손잡아 주겠지만 그렇지 않다면 녀석이야 울든 말든 키득거리며 지켜보는 거지요. 몰래 숨어서 말입니다. 더이상 울리면 안 되겠다 싶은 상황이 되면 까꿍 하며 나타나 울고 있는 녀석을 안아 주고 달래게 됩니다만, 글쎄 그러면서도 왜 그리 웃음이 나온답니까. 녀석이 커가며 세상의 가지가지에 대하여 과연 어떤 생각을 가지게 될지를 생각만 해도 입가에 웃음이 퍼집니다. 아마 녀석은 나와 다른 생각을 가지게 될 수도 있을 테지만 그래도 나는 녀석을 보며 웃을 수 있을 것입니다.

녀석의 뒤에 빽이, 자기보다 더욱 든든한 커다란 아버지가 있고, 자기와 다른 녀석도, 녀석의 삶도 진아가 준비한 선물임을 알기 때문이지요. 아마 신은 세상에 나온 내가 신의 뜻대로 충실하게 사랑으로 이해로 관용으로 자비로 살아가고 있다면 흐뭇한 미소를 지으며 볼 것이고, 좌충우돌 우왕좌왕하며 헤매고 깨질 때에는 내게 들키지 않도록 손으로 입을 막고 키득거리며 웃고 있을 겁니다. 아마 내가 너무나 큰 위험에 직면하여 도움이 필요할 상황이 된다면 틀림없이 내게 믿음직한 손을 내밀어 아버지, 어머니의 따뜻한 품을 내어 주실 것입니다. 만약 아직도 내가 세상의 나와 다른 것, 그 가지가지에 힘들어 하고 있다면 아버지는 여전히 내게 견딜 수 없을 만큼의 위험이 없음을 알고 계신 거지요.

그러니 아직은 스스로 세상의 가지가지를 헤쳐 갈 수 있는 능력이 충분한 상황 속이라는 생각입니다. 알아차리고 있지 못하더라도 제가 생각하는 저의 능력보다 실제 저의 능력이 더 높다는 것이지요. 자신의 능력이 높다면 축복받은 일이고 감사할 일일 것입니다. 누구라도 지금 자신의 상황이 힘들다고 느끼면 눈을 감고 주변을 둘러보라고 이야기해 주고 싶습니다. 숨죽이고 키득거리는 누군가를 느껴 보라고 말입니다.

저도 우리 애가 녀석의 손톱보다 몇십 배나 작은 개미를 보고 호들갑스럽게 겁나하면 오히려 개미를 잡아 녀석 가까이 대며 키득거리며 웃습니다. 이제 삶을 염려하지 않으려 합니다. 저의 능력은 충분하고 저의 빽, 저의 속에서, 뒤에 숨어서 키득거리는 믿음직한 아버지가 있으니 말입니다. 저는 결국 진아가 원하는 모든 것을 이룰 것이라 믿습니다.

속에서 정리되어 나오는 대로 써 보긴 했으나 여전히 세상은 그대로이고 저의 생활도 이전과 다르지 않습니다. 다만 마음자리를 다스리는데 아니 다스리지 않아도 그냥 편안해지고 있는 점만 다를 뿐입니다.

삼공재에서 수련 시 스승님과 거의 대화는 없이 앉아 있다 오지만 제게는 스승님이 모든 것을 알지만 말없이 지켜보는 아버지처럼 여겨지고 스승님 앞에 늘 기 수련의 진도 때문에 부끄러운 마음을 가지게 됩니다. 그러나 저도 되어 가겠지요. 스승님 늘 건강하십시요.

2010년 4월 22일
안동에서 미거한 제자 이재철 올림

【필자의 회답】

우리들 각자 자기 자신의 존재의 실상이 시작도 끝도 없는, 시공을 초월한, 진아라는 것을 확실히 깨달았다면 한갓 조물주의 조화에 지나지 않는 이 우주라는 삼천 대천세계가 한순간에 깡그리 없어져 버린다 해도 겁낼 필요가 조금도 없습니다.

하물며 수련이 조금 남보다 더디다고 해서 부끄러워할 것도 없습니다. 부끄러워하는 대신에 수련이 남보다 더딘 이유를 알아내어 전보다 더 수련에 힘을 보태면 될 것입니다. 더 나아가 부끄러워할 것도 없고, 근심 걱정할 것도 없고, 어떠한 감정에도 휘둘릴 것도 없게 될 것입니다. 마음은 항상 고요한 호수 면처럼 잔잔하여 평상심과 부동심을 유지할 수 있어야 할 것입니다.

수술하게 된 사연

선생님 안녕하셨습니까? 삼공재 현관에서 항상 수련생을 미소로 맞이하시는 사모님도 당연히 안녕하시겠지요? 그동안 삼공재에 못 간 것은 다리를 수술했기 때문이었습니다. 전화로 우선 말씀드리려고 하였으나 선생님께서 야단치실까 봐 용기가 없었습니다. 고민고민하다가 노트북을 하나 구입했습니다. 장사를 끝내고 배우려던 컴퓨터인데 용기를 냈습니다. 시간만 허락한다면 참 재미있고 또 하나의 공부인 것 같습니다.

올해 들어 삼공재에는 옛날에 함께 공부하던 분들이 한 분도 보이지 않아 낙제생인(당연하지만) 저만 남아, 보이지도 않는 선배님 뒤를 멍청히 바라보는 것이 많이 서글퍼졌습니다. 과연 그분들은 어디서 무엇을 하시는지 얼마나 진전이 되었는지 여러 해 동안 함께 공부하면서 한마디 오간 말들은 없었지만 눈으로 인사하며 정들었던 분들인데, 저는 아직도 막힌 기맥과 싸우면서 선생님의 젖을 먹어야 하는 입장이고 서럽고 부끄러워서 다시 용기를 냈었습니다.

물론 시간을 요하는 나의 몸 상태이지만 근래에도 많이 나태해 왔기 때문에 부지런히 운동을 한다는 것이 그만 인대가 늘어나고 반달 관절이 찢어지는 사고를 냈습니다. 한 발자국도 걷기 힘든 통증이었습니다. 이 늦은 낙제생이 이 나이에 이 무슨 일인가 눈을 감고 생각하노라니 화면이 보였습니다. 제 다리가 보이는데 다리 속은 아무것도 없고 물이 꽉 차 있었으며 핏방울이 물속에 떨어져서 퍼져 나가는 것이었습니다.

짐작이 되어 저의 상가에 다리를 수술한 분들이 많아 상담해 보니 많은 분들이 유행처럼 반달 관절이 찢어져서 수술했던 것입니다. 큰 걱정이었지만 그분들의 말로는 칼을 대지 않고 작은 구멍을 내어 레이저로 수술을 한다는 것이며 10분이면 끝난다는 것입니다.

듣고 보니 선도와는 별 상관이 없어 보여 곧 용기를 내었습니다. 수술 시간은 10분이지만 보호자가 꼭 가야 된다는 것입니다. 제 생각으로는 그렇게 간단한 수술은 가족에게 알려서 야단법석을 떠느니 몰래 수술을 해 버릴 것을 결심하고 마침 토요일이라 하청공장 사장님이 오셨기에 10분 동안만 보호자가 되어 달라고 부탁했습니다.

하청공장 사장님 집이 소망 정형외과 근처라 가벼운 마음으로 부탁한 것입니다. 10분이면 수술이 끝난다는 것은 완전히 오산이었습니다. 개인 병원이나 피검사, 소변검사, 엑스레이와 정밀한 사진까지 찍는 것은 그렇다 치고, 큰 링겔주사를 양쪽에 맞고 약물이 절반 이상이 들어가야 수술을 한다는 것입니다.

마치 중환자 같은 느낌이었습니다. 건강보험 카드가 생긴 이래로 치과 외엔 병원에 간 일이 없어서 어렵게 생각지 않았습니다. 옛날에도 풍을 맞아 입이 비뚤어졌지만 병원에 가지 못했습니다. 두 딸이 일본과 미국에 유학 갔고, 아들은 한의과 석사 과정을 밟는 때라 하루도 쉴 수가 없었습니다. 해방과 육이오, 일사후퇴 때 떠돌이 생활만 하던 터라 대학을 못 간 한이 아이들 공부를 위해 목숨을 하늘에 내놓았기 때문입니다. 하청공장 사장께 너무나 미안해서 사장님도 엑스레이를 찍어 보라 했습니다.

그전에 제 제품을 만들어 시장으로 배달해 주시다가 교통사고를 당해

두 번의 수술로 고관절이 쇠로 연결되었고 다리는 쇠막대로 연결해서 버티고 계셨기 때문입니다. 사진 결과는 다행히 아직 더 버틸 수가 있다는 결과가 나왔습니다.

쇠로 된 고관절 때문에 언제인가는 또 대수술을 해야 하는 처지였습니다. 이 과정에서 가족이 아니란 것이 탄로나 할 수 없이 아들과 며느리에게 연락했습니다. 원장 선생님께서 며느리와 몇 마디 의학용어로 대화를 하다 보니 아들과 며느리가 의사란 것을 아시고는 수술비를 10만원 이상 더 내야 한다는 것입니다.

왜 그러냐고 했더니 마취제를 A급으로 쓰겠다는 것입니다. 선도하는 사람은 몸이 가장 중요하기에 얼른 대답을 했습니다. 전공이 가정의학과인 며느리는 토요일이라 3시 반에 왔지만 아들은 침 환자의 마무리 때문에 5시 가까이 도착, 결국 늦게 수술을 한 것입니다.

보호자를 꼭 오라고 한 것은 정형외과 선전 때문이었습니다. 가족에게 수술 과정을 TV로 보게 했고 저도 수술받으면서 보았습니다. 마취는 허리와 하체만 했기 때문에 자세히 볼 수 있었습니다. 반달 관절은 조금 찢어졌으며 건강한 상태였습니다. 찢어진 곳을 잘라내는 것은 3분 정도였습니다. 나머지 10분은 원장 선생님의 수술 과정 설명(선전)이었습니다. 수술은 투명해야 한다면서 다 아는 말씀을 계속하셨습니다.

2일 동안 입원했고 곧 나와서 일을 해야 했습니다. 마침 반품 철이라 (2월 말) 직원 아가씨 혼자서 고객들을 감당하기 힘든 상태입니다. 겨울 물건은 2장 가져오면, 봄 물건은 5장은 팔아 주어야 원단 값이라도 나와서 운영에 지장이 없습니다.

이것이 가장 어려운 과정입니다. 아가씨는 24살이고 나이보다 앳되고 순진해 보여서 고객들을 다루기가 좀 힘든 상태입니다. 결국 절룩거리면서 아가씨와 같이 일을 해야 했고, 남들보다 치료 과정이 길어진 것입니다.

그러나 수련은 계속 조금씩이나마 빠짐없이 하고 있습니다. 요즘엔 통증은 없으나 수술하고 약 한 달 후 수련 도중 등뼈에 숨어 있던 마취제가 빠져나오는 고통은 여느 통증보다 또 다른 둔탁한 고통으로 으아 소리를 내며 몸부림을 쳐야 했습니다.

아무리 비싼 마취제라도 이런 게 몸속에 오래 머물러 있을 줄은 몰랐고 이렇게 오랫동안 불편할 줄도 몰랐습니다. 한동안 아프다 보니 사람이 바보가 된 것 같기도 하고 철이 든 것 같기도 하고 그동안 너무나 철이 없어서 벌받은 것 같기도 합니다.

그리고 풍으로 마비되었던 몸을 수련으로 치료해 나가는 과정을 간단히 말씀드리겠습니다. 대주천은 완전히 선생님의 도움으로 이루어졌고, 현묘지도의 1번 화두는 근 1년의 세월이 걸렸습니다. 사실 현묘지도 받을 자격이 없었으나 막혀 있는 기맥을 열기 위한 선생님의 배려에 참으로 감사드립니다. 지금도 그때 현묘지도 화두수련을 할 때 하늘에서 내려오는 강한 기가 그리울 때가 많습니다.

현묘지도 할 때처럼 강한 기운이 지금 쏟아진다면 금방 막힌 혈들이 모두 열릴 것 같은 기분입니다. 현묘지도 시작부터 말씀드리겠습니다. 머리에서 내려오는 탁한 물질이 목으로 내려와 붉은 반점으로 오랫동안 고통을 받았습니다.

사람들은 매우 궁금해 했지만 아토피보다 강했던 피부병 아닌 피부병으로 고생을 했고 어느 날 토요일 저녁부터 일요일 아침까지 수련하다가 사위와 같이 일산으로 땅 문제로 가던 중 저는 손바닥을 사위에게 보였습니다. 양쪽 손바닥은 군데군데 피멍이 꽉 차 있었습니다.

밤 수련으로 머리의 막혔던 혈이 손바닥으로 내려온 것입니다. 그리고 점심 식사 후 다시 손바닥을 보았습니다. 피멍은 몸으로 흡수되어 깨끗했습니다. 사위도 감격해서 생식이라도 하려고 선생님을 뵈었지만 실패했고 지금은 딸애가 가끔 수련하는 흉내를 내고 있습니다.

어쨌든 목으로 내려오는 탁한 물질이 3년이 지나서야 깨끗해졌습니다. 그다음 머릿속에서 그동안 유통되지 않았던 탁한 물질이 목구멍으로 내려오기 시작했습니다. 탁한 물질이 얼마나 독했던지 위산과다 환자처럼 목과 위가 쓰리고 따가워서 물이라도 마셔야 겨우 숨을 돌리곤 했습니다. 그리고 탁한 물질은 기체화되어 눈으로 나오는데 눈은 따갑고 눈물이 쏟아져 나오는 고통이 한동안 지속되었습니다. 그다음 자고 일어나면 입술이 온통 부어 있었습니다. 탁한 물질이 살갗이 얇은 쪽으로 내려와 있다가 일어나면 그 물질은 몸으로 흡수되고 입술은 껍질만 남아 그 껍질을 벗겨 내는 고통이 또 그러했습니다.

사람들이 얼마나 힘들었으면 입술이 그 모양이냐고 물으면 마땅히 대답할 표현이 없어서 웃기만 했습니다. 그리고 자고나면 귀뿌리에도 탁한 물질이 모여들어 귀뿌리가 통통하게 물집이 모여들어 윤기가 났지만 곧 몸으로 또 흡수되어 입술보다 모양이 달라지는 것은 없었습니다.

이제 머리에서 나오는 탁한 물질은 거의 나온 것 같으나 가끔 자고나면 입속에 미끌미끌한 탁한 물질이 내려온 것을 느낍니다. 그 다음 지금은 가끔 잔기침을 자주 합니다. 몸속에서 막혔던 기맥이 풀리면서 탁기를 쏟아내기 때문입니다.

밤 1시경에는 기가 가장 많이 내려올 때, 수련을 하지 않아도 기침을 합니다. 강한 기운으로 빠져나오는 탁기가 기도를 자극하기 때문인 것 같습니다. 그리고 어깨선과 팔에서 내려오는 탁기는 팔굽으로 내려와 (모여들어) 피부병 환자 같은 현상이며 팔에서 내려오는 탁기는 팔목으로 내려와 같은 현상입니다.

한때는 등이 이런 현상으로 따갑고 쓰린 것이 6개월 이상 지속이 되었습니다. 그리고 요즘은 발뒤꿈치에서 시작하여 다리로, 다리를 통해 엉덩이와 배 속으로 연결되는 기맥을 느끼고 있습니다. 현재는 여기까지입니다.

계속 기록을 하고 있습니다. 마음의 변화로는 한 가지만 말씀드리겠습니다. 인간은 결국 인간의 대를 잇기 위해 내가 한몫을 맡아 하며, 희생된 기분입니다. (건방진 말이지만) 인간은 인간의 대를 잇기 위해 사랑이란 부속품을 하늘이 끼워 주셨고, 그 부속품에 불과한 드라마나 소설에 빠지면 맹물이 되는 것입니다. 그것이 우리의 삶 자체를 뒤흔들고 있는데도 이에 속아서 살고 있는 것이 우리들의 모습인 것 같습니다.

그리고 요즘 저와 저의 주변의 근황을 말씀드리겠습니다. 본공장 재단사께서 3년 전 위암으로 수술을 받았는데 작년에 췌장암으로 재발되어 2주에 한 번씩 3일 (72시간) 동안 항암주사를 투여하다 보니 눈은 보이지 않고 혀도 마비되고, 음식을 못 들며, 손끝이 마비되어 일을 못 했습니다. 그래서 항암을 중단하니 복수가 차서 일하는 것을 포기하니 저 또한 본공장을 정리했습니다. 재단사께서는 심마니를 따라 산으로 떠나기로 결정했습니다. 그리고 저의 하청공장에서는 사장님 부인께서(미싱사) 3년 전에 유방암으로 수술을 받았습니다.

하청공장 사장님은 옛날에는 양복점 사장님이셨고 사모님은 양장점 사장님이셨지만 세월의 흐름 따라 하청공장으로 변하였습니다. 저의 제품을 20년 동안 만들어 주신 분들입니다. 늦었지만 제 직업을 잠시 말씀드리겠습니다. 저는 스커트 제품업자입니다. (동대문 도매업) 미니스커트에서 할머니 스커트까지 만들며 20년 동안 제 제품만을 맡아 주신 하청공장 사장님의 뒷바라지를 지금까지 잘해 왔습니다.

이분들은 동대문에서 스커트 패턴이나 바느질은 둘째가라면 절대로 양보하지 않는 자존심이 강한 실력파입니다. 그러나 지금은 몸을 아껴서 일을 해야 하는 어려운 처지입니다. 유방암은 하필 다발성이라 한 번 검진할 때마다 머리에서 발끝까지 모두 다 진단을 받아야 하는 고통을 말씀드리자니 기가 막힌 일이 아닐 수 없습니다.

의학적인 것은 의사에게 맡기고, 저는 신세계에서 나오는 생포도즙을 복용하게 해 드리고 생식은 못 하나 하루 한끼만이라도 생식을 제공하다 보니 남들보다 제가 선생님께 생식을 많이 내어 구입하게 된 것입니다.

그리고 그분들에게 제가 힘주어 말씀드렸습니다. 제 일을 20년 동안 해 주셨으니 20년 동안 포도즙과 생식을 받을 의무와 권리의 인연이 있습니다. 저로서는 할 수 있는 일이 이런 용기를 드릴 수 있는 일 외에 아무것도 할 수 없음이 안타까울 뿐입니다.

그래서 19년, 18년이라 말했고, 올해로 17년 남았다는 말을 아직 못했습니다. 아직 가을이 되어야 하니까요. 이분들이 다 못한 일을 다른 하청공장에서 보충하고 있어 어려움은 없으나 제 친한 친구가 “너도 이제 이 일을 그만둘 때가 되었나 보다”라고 말했습니다.

제가 장사를 그만두면 20년 동안 제 일만을 해 주신 분들께서 자기들은 등산객을 상대로 술장사나 하겠노라고 말합니다. 집이 등산로 입구이니까요. 본공장 재단사는 9년 전 캐나다에서 한국으로 귀국하여 제 일을 하시다가 병으로 세상을 등지게 되었고, 20년 동안 제 일을 하신 분은 하시던 직업을 그만두겠노라고 하니 마치 제 일을 돕기 위해 전생에서 이생으로 같이 온 것 같아 시간과 업의 관계를 한 번 열심히 생각해 보았습니다.

제 직원 아가씨도 제가 그만둘 것을 대비해서 실력을 키우기 위해 디자이너 학원에 열심히 다니고 있습니다. 나와 아가씨는 많이 부족하지만 어릴 때 제 모습을 보는 것 같아, 같이 계속 일하고 있습니다. 같은 성격, 같은 취미, 같은 소질 그리고 가장 닮은 것은 좀 바보라는 것입니다. 두 바보가 고객을 맞이할 때는 똑같이 어리버리해서 고객까지 멍청해지는 것 같습니다. 조금은 과장된 표현 같지만 사실 그렇습니다. 그리고 아가씨는 잠이 많아 매일 지각하고 있으나, 우등생보다 빛나는 4년 동안 개근생인 열성파라 무엇인가 해낼 것 같은 확신이 듭니다.

그리고 한 가지 지금도 그 이유를 알 수 없었던 일은 현묘지도에 대한 글을 쓰라고 하셨을 때 쓸데없이 길게 쓰고 있었지만 그 글을 쓸 때, 현묘지도 수련을 할 때보다 몇 배 더 강한 기운이 쏟아져 내려와 고개를 들기 힘들었습니다.

그리고 걷기에 불편이 없고 선생님께 일배라도 드리는 데 불편이 없으면 다시 찾아뵙겠습니다. 선생님 앞에만 가면 바로 피부호흡으로 들어가는 매력이 있으니까요. 다시 시작하는 마음으로 열심히 공부하겠습니다. 그럼 찾아뵐 때까지 선생님, 사모님 두 분 안녕히 계십시오, 그리고 이 글은 대필이나 다음에는 독수리 타법이라도 직접 올리겠습니다.

2010년 4월 22일
송순희 올림

【필자의 회답】

1월 31일 이후 지금까지 계속 삼공재에 나타나지 않으시기에 무척 궁금했었는데, 메일을 받고 보니 반갑습니다. 만약에 수술 전에 내가 알았더라면 좀더 기다려 보라고 했을 것입니다. 왜냐하면 대주천 수련을 한 사람은 보통 사람들보다 자연치유력이 활발해서 웬만한 부상은 저절로 낫기 때문입니다. 그러나 이미 수술을 마치시고 회복 중이시라니 어쩔 수 없는 일이군요. 다만 하루속히 쾌유를 빌 뿐입니다.

현묘지도 수련 체험기 (23번째)

송 순 희

선생님께

꽃잎이 시들고 말라 가는 화분이 있어 물을 주고 영양을 주어서, 햇볕 따라 이리 옮기고 저리 옮겨서 겨우 꽃을 피워 주셨습니다. 남들은 선생님 젖 떨어지면 밥도 잘 먹는데, 저는 아직 밥을 소화시키지 못하는 갓난아기입니다. 선생님께 이유식의 준비를 바라는 제가 한없이 부끄럽고 죄송합니다.

그리고 이 글을 읽어 주시는 분께 감사드립니다. 저는 겨우 노망을 면한 수준입니다. 눈높이를 유치원 수준으로 낮추어서 읽으시면 실망이 없을 겁니다. 현묘지도라기보다는 투병기 같아 정말 『선도체험기』에 옮기기에도 민망합니다. 그래서 투병에 관한 기록을 많이 삭제했지만 나 같은 사람을 위해 조금은 남겨 두었습니다. 병이 있는 분은 작은 참고가 되길 바랍니다.

2006년 1월 2일 천지인삼매(天地人三昧)

백회가 열렸다는 사실만으로 가슴 벅찬 일인데 현묘지도까지 들어가게 되었다. 나는 내 병(풍)의 깊이를 알고 있으므로 미루려 했으나, 선생님께서는 현묘지도 수련으로 병까지 치료하는 방법을 선택하신 것이다.

선생님께 비밀 화두를 받고 바로 내 자리에 앉았다. 남몰래 보여 준 화두를 외우자 신기하게도 강한 기운이 백회로 쏟아져 들어온다.

세상에 이럴 수가... 이런 일도 있다니... 딴 세상에 온 것 같다. 수련을 시작하면서 그렇게도 힘들게 호흡해서 얻은 기로 대천문을 열었는데, 이것은 공짜다. 외우기만 하면 기가 머리를 강타한다. 이 공짜 기운을 계속 받기 위해 움직이는 것도 싫다. 마냥 화두만 들고 있으면 좋겠다.

2006년 1월 3일

밤새도록 들어오는 기운으로 정신을 차릴 수가 없다. 혹여 이 순간이 사라질까 봐 밤을 꼬박 새웠다. 조심스럽게 누워 본다. 냇물이 졸졸 흐르듯 누워 있는 나의 백회에 기운이 흘러 들어온다. 선생님께 밤새도록 기 벼락을 맞았다고 말씀드렸다. 호흡도 약간 변한 것 같다.

2006년 2월 20일

현묘지도를 하다 보니 내 몸 상태를 대충 알 것 같다. 우측 기맥은 거의 막혀 있다. 약간씩 감각이 살아난다. 혀도 절반이 이상이 있고, 목과 등뼈도 절반이 이상이 있다. 이 몸으로 움직이고 살아가고 있으니 다행이다. 아니 천행이다.

2006년 3월 27일

석 달이 다 되어가도 천지인삼매를 통과하지 못하고 있다. 병이 있으면 시간이 걸린다고 하셨는데, 내 병은 하루아침에 나을 병이 아니다.

그러나 선생님을 뵐 때마다 하나씩 발전이 있다. 2시간 수련이 끝날 무렵 선생님께서는 강한 기운을 보내신다. 순간적으로 몸의 냉기가 빠져나간다. 혈관이 하나씩 '찡'하고 살아난다. 이렇게 된다면 시간이 걸리지만 언제인가는 정상으로 돌아올 것 같다.

2006년 4월 20일

빙의가 계속되어 내 정신으로 살기 힘들다. 명현 현상으로 온몸에 붉은 반점이 돋아난다. 잠을 잘 수가 없다. 일어나 몸을 살펴보니 팔과 다리가 피멍이 군데군데 있다. 머릿속에서 흘러나온 피멍인 것 같다.

2006년 5월 24일

그동안 머릿속에서 유통되지 못한 불순물이 흘러 내려오면서 기맥을 타고 빨간 두드러기가 목으로 돋아난다. 가렵고 따갑고 견디기가 힘들어서 선생님께 보여 드렸더니 절대로 병원에 가지 말라 하신다. 물론 나는 건강검진 한 번 안 한 고집쟁이다. 감기에 링겔을 맞은 기록 외에는 내 진료카드는 깨끗하다.

2006년 6월 18일

일요일 새벽 6시까지 수련에 전념했다. 선생님을 뵙는 날이지만 막내사위하고 일산에 가기로 약속이 되어 있다. 나로서는 일요일을 생명처럼 지켜야 하는데, 짓다만 건물을 다시 짓기 위해 업자를 만나기로 되어 있다.

아침에 잠깐 자고 일어나 세수하려고 하는데 너무나 놀랐다. 손바닥

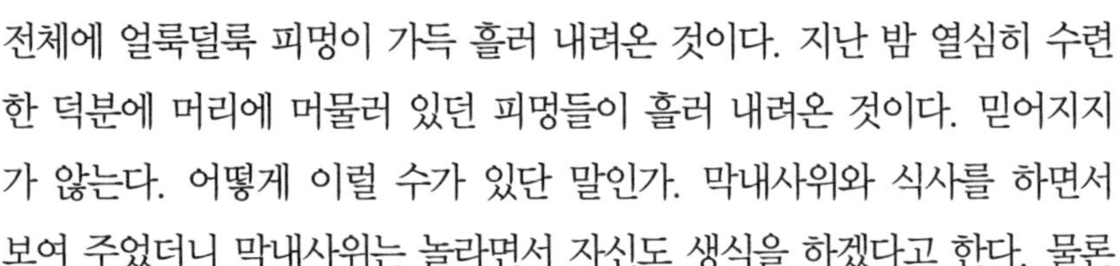
전체에 얼룩덜룩 피멍이 가득 흘러 내려온 것이다. 지난 밤 열심히 수련한 덕분에 머리에 머물러 있던 피멍들이 흘러 내려온 것이다. 믿어지지가 않는다. 어떻게 이럴 수가 있단 말인가. 막내사위와 식사를 하면서 보여 주었더니 막내사위는 놀라면서 자신도 생식을 하겠다고 한다. 물론 차차 수련도 하겠단다. 피멍은 오후가 되니까 몸으로 흡수되어 없어졌다.

2006년 7월 13일

반년이 넘었건만 첫 관문을 통과 못 하고 있다. 그러나 몸의 변화는 굉장하다. 우측 입과 귀, 눈으로 연결된 기맥이 땡긴다. 살아나는 징조다. 아프지만 고맙다. 친구가 갑상선암으로 수술을 했다는 소식을 들었다. 그러나 나는 오히려 반대로 모든 몸이 살아나고 있다.

2006년 7월 25일

"사랑, 사랑~~~ 사아랑~~" 유행가 소리가 애절하게 들린다. 보통 도매상가는 오전 11시까지 장사를 하고 대부분 문을 닫고 퇴근한다. 그러나 경기가 어렵다 보니 소매라도 하려고 문을 닫지 않는 가게와 소매 고객을 위해 나오는 음악 소리다.

11시에 모두 퇴근하면 나 혼자서 수련하기 좋았는데, 소매까지 하려는 상가 방침으로 나오는 저 노랫소리가 나에겐 큰 걸림돌이다. 이 시장에서 수련하기도 어려운 일인데 무심에서 들려오는 저 노랫소리는 빈 그릇에 물 채우듯이 머리에 입력이 된다.

그 노랫가락을 가만히 듣다 보니 그 노래가 마치 짐승의 수놈이 암놈을 부르는 소리로 들린다. 사랑이란 무엇인가? 종족을 유지하려는 발버

둥이다. 인간은 종족 보존을 위해, 자신이 속한 조직의 발전을 위해 투쟁하다가 임무를 마치면 가 버린다. 죽음. 참으로 허무하다. 인생이란 겨우 그 정도였던가? 겨우 그런 걸 가지고 탄생하면 기뻐하고 죽으면 슬퍼하는가? 내가 겨우 인간의 종족 유지를 위해 이용당하는 것 같다. 이것은 내게 가르치는 초선의 가르침인가?

2006년 8월 22일

우측 얼굴에 붉은 빛이 돈다. 우리 공장 식구들이 먼저 알아본다. 약간의 반점이 생기더니 우측 얼굴에 혈액이 돌기 시작한다. 이제 시작이라는 느낌이다. 여름휴가 8일 동안 모든 인간관계를 피해서 강남 윈저 호텔에 묵으며 밤낮으로 수련한 결과이다. 일없이 수련만 한다면 얼마나 진전이 많을까? 좀 아쉽다. 13년이나 된 병이다. 당시 큰딸은 미국으로, 막내딸은 일본으로 유학 보내고, 아들은 석사에서 박사과정 준비 중이었다. 밤 11시 30분에 출근하고 낮 1시경에 퇴근하므로 아들 얼굴 한 번 보기가 힘들었다. 둘 다 힘든 나날이었다. 치료할 시간도 없었다.

아침이면 본공장과 하청공장에서 작업 지시와 원단 선택, 새로운 디자인 선택 등으로 바빠서 치료는 호강에 속했다. 어릴 때 몇 번의 피난생활에 배움을 못다 한 한으로 아이들 공부와 가정의 운명을 나는 중단할 수가 없었다.

"내 가정이 망하려면 내가 쓰러질 것이고 흥하려면 괜찮을 것이다." 하늘에 맡겼다. 그렇게 살아오면서 몸속의 기맥은 서서히 막혀 병이 익어진 것이다. 그러나 지금은 선생님을 만나 죽어가던 기맥들이 살아나는 과정에 있다. 선생님께 진정으로 감사가 흘러나온다.

2006년 10월 12일

가을에는 반품 철이라 무척 바쁘고 명현 현상과 빙의 때문에 고생도 많았지만 병에도 많은 진전이 있었다. 우선 단전에 기를 모으면 모여진 기가 사이다 기포처럼 방울방울 위로 올라가 머리의 병을 몰아내기 시작한다. 그래서 나는 항상 단전이 허할 때가 많다. 공부만 해도 모자랄 단전의 기가 항상 병과 싸우느라고 불쌍하다.

2006년 11월 8일

『선도체험기』에서 '천목혈(天目穴)'이란 글씨를 보는 순간 나는 천목혈이 열린 사실을 알았다. 수련을 점검해 보니 머리에도 많은 기문이 열렸다. 산소 같은 맑은 기운이 들어온다. 이상하다. 새로운 기운이다. 난 아직 2선의 화두도 받지 못했는데 이상하다.

2006년 11월 12일 유위삼매(有爲三昧)

하늘과 바다가 닿은 수평선이 보이고 옹기종기 섬들이 보인다. 왕이 왕 옷을 입었지만 머리는 장군의 모자를 쓰셨고, 별은 하늘에 있지 않았고 내 머리 바로 위에 있었다.

그동안 있었던 화면을 말씀드리자 선생님께서는 두 번째 화두를 주셨다. 화두를 외우는 순간... 이상하다. 나는 이미 2선의 경지에서 산소 같은 맑은 기운이 들어왔는데, 선생님의 명령에 따라 암호를 외우니 또 다른 강한 기운이 백회로 쏟아져 들어온다. 지금껏 들어온 기와는 다른 기이다. 이것은 경험자만이 알 것이다.

2006년 11월 19일

선생님 앞에서 수련 중 나는 새로운 사실을 알게 되었다. 호흡은 중단되었고, 길고 가는 숨을 쉴 때 단전이 움직이는 것을 느낀다. 꼬물꼬물 단전이 움직인다. 호흡은 거의 중단된 상태이다. 이것이 삼합진공인가? 현묘지도엔 삼합진공이 없다고 했다. 그럼 그 정도 수준인가? 선생님께서는 내 수련 과정을 점검하시고 좋아하시면서 고맙다고 하신다.

거꾸로다. 내가 수련할 때 힘을 넣어 주시면서 나를 높은 단계로 이끌어 주시는 것을 알고 있다. 그러면서 잘 따라 준다는 명목으로 고맙다고 오히려 말씀을 하시니, 선생님은 사람을 키우는 재미로 사시는 분 같다. 대천문만 열리면 선생님께서 수련생을 이끌고 가시는 데 선수인 것 같다. 같이 호흡하면서 당신의 경지에 살짝살짝 올려서 힘을 넣어 주신다.

2006년 11월 22일

빙의가 심하게 든다. 마치 솥뚜껑으로 머리를 몽땅 덮어 놓은 것 같다. 고개를 버티기가 힘들다. 수련을 포기할 수밖에 도리가 없다. 정말 굉장한 분이 오셨나 보다. 내 기가 강하니까 역시 큰 분이 오신 것이다.

2006년 11월 28일

수련하기 계속 힘들만큼 빙의에 시달린다. 그런데 이상하다. 단전이 단단하다. "? ? ?" 그럴 리가... 빙의 때문에 수련도 못 했는데... 수련을 해도 단전의 기운은 병 쪽으로 이동하기에 난 항상 단전에 힘이 없는데 힘이 주어진다.

가만히 관해 본다. 그렇다! 딱(손가락 튕기는 소리)!!! 단전은 빙의가 될 때마다 기를 빼앗기지 않으려고 병 쪽에 있던 모든 기를 단전으로 모여들게 해서 뭉친다. 본능의 방어 능력이다. 병 없는 자는 이것을 모를 것이다. 병이 날 일깨워 주는 것도 있다.

2006년 11월 30일

바쁜 나날에 수련도 못 했지만, 등 쪽과 어깨에서 탁기가 쏟아져 나간다. 이제는 수련을 중단해도 강한 천기를 받고 있으니 단전은 허해도 병은 나아가고 있다. 『선도체험기』 58권 139페이지에 기 수련이 본궤도에 오른 사람은 수행 중 순간순간 공부에 도움이 될 만한 강력한 우주 에너지를 공급받는다는 글이 있다.

그리고 142페이지에도 어떤 일이든 정성을 다할 때, 최선을 다할 때 우주를 움직이는 핵심 에너지가 들어온다고 했다. 바로 이것이다. 내가 이만큼이라도 할 수 있는 것은 인신(人神)과 천신(天神)의 힘이다. 하늘이여 나의 정성이 어느 정도까지입니까?

2006년 12월 4일

공장으로 향하는 택시 안에서 나는 눈물이 나온다. 원인을 모르게 눈물이 난다. 공장에서는 체면 때문에 잘 참았는데, 집으로 가는 차에서도 그렇다. 왜 이렇게 눈물이 날까? 슬픈 일도 없는데... 집으로 돌아와 수련을 해도 그렇다.

가만히 살펴보니 기억이 난다. 열심히 불교를 믿을 때 정진을 하다 보면 참회의 눈물이 났다. 수없이 흘러내렸다. 바로 그 눈물이다. 그 무엇을 잘못 살아왔기에 내가 아닌 내가 울고 있는가? 무슨 죄가 있었던가? 모르겠다.

그냥 울고, 울고 또 울고... 유위삼매는 나를 지극히 참회시키는 공부다. 천지인삼매에서는 내가 태어난 근본 원인이 인간의 대를 잇기 위한 한 토막이고, 유위삼매에서는 내가 지금껏 살아온 것들에 대해 참회를 시키는 공부이다.

받는 것은 '빚'이요 주는 것은 '이자'라는데, 어느 정도 해야 다 갚나요? 목숨을 다하여 이 몸을 바쳐 4대(地水火風)로 돌아가면 모든 빚을 갚는 겁니까? 난 모르겠습니다.

2007년 1월 4일

집에서 혼자 수련할 때는 피부호흡이 잘 안된다. 호흡을 열심히 해야 겨우 피부호흡이 조금씩 진행된다. 선생님 앞에서는 그냥 앉아 있기만 해도 된다. 이대로 가면 무위삼매는 언제 통과하겠는가? 나는 비상수단을 써 본다. 화두는 접고 『선도체험기』 14권의 글을 생각한다. 하늘의 8만 4천 개의 별의 정기가 나의 8만 4천 개의 모공에 서린다고 되어 있다. 나는 외우기 시작한다. "하늘의 8만 4천 별들의 정기가 내 몸의 모공을 강타하도다." 밤새도록 계속 외운다. 우선 피부호흡이 많이 되어야만 세 번째 화두를 받을 수 있다는 것을 직감했기 때문이다.

2007년 1월 5일 무위삼매(無爲三昧)

밤새도록 화두도 접어두고 외운 보람인지, 선생님 덕분인지 선생님 앞에서 거의 두 시간 동안 호흡을 하지 않아도 된다. 피부호흡이 성숙해진 것이다. 선생님께서는 단전을 점검하셨는지 화면에 대해서 물어보신다.

처음 화면은 이빨이 길게 난 돼지가 뛰어다녔고, 두 번째는 코끼리 떼를 보았다. 수없이 많은 행렬이나 그중에 가장 잘 생기고 가장 큰 코끼리가 그 큰 코를 휘저으면서 소리소리 지른다. 그다음 고속도로 같이 죽 뻗은 좋은 숲길을 코끼리 한 마리가 어슬렁어슬렁 아주 편하게 걸어간다.

선생님께서는 더이상 듣지 않고 바로 세 번째 화두를 주신다. 암호를 받고 자리로 돌아와 암호를 외워 본다. 이게 뭐지? 온몸이 부르르 떨리면서 피부가 오싹오싹 찬물을 끼얹는 듯 피부호흡을 한다. 피부에서 소리가 나는 것 같다. '쏴아 쏴아' 하고 들어오는 기가 감당하기 힘들어서 온몸을 감싸 안는다. 내가 이렇게 피부호흡을 멋있게 할 줄은 몰랐다. 선생님 앞이라 당연하지만...

2007년 2월 10일

토요일에 파마를 했다. 설날 일주일 전이라 파마 손님이 꽤 많았다. 머리에 쏘이는 뜨거운 열기구가 있는데 손님이 많은 관계로 단 한번 뜨거운 열을 받고 말았다. 나는 머리카락이 약하고 건강에 이상이 있어 늘 두 번 쐬어 주는데 오늘은 포기를 했다.

일일이 찜질팩을 우측 관자놀이와 팔에 부착했어야 했는데 단전이 따뜻하니 방심해 버렸다. 내 몸 우측의 심한 냉기가(혈관이 막혀서) 파마약의 독기와 궁합이 잘 맞아 합쳐 버린 것을 밤 수련 때 비로소 안 것이다(유유상종). 밤새도록 수련을 하고 나서야 겨우 냉기와 독기를 대충 쫓아냈다.

지치고 지친 몸으로 일요일 선생님 앞에 앉아 있으려니 별 진전이 없다. 빨리 무위삼매를 통과해야 하는데 걱정이다. 이제 봄이 오면 반품이 들어오고 재고를 정리해야 하고 새 제품을 만들어야 하고 정신없이 바빠지는데 걱정이다. 하늘과 선생님 도움 없이 도저히 해낼 수 없는 입장이다.

2007년 2월 15일

귀가하는 길에 은행에 들렀다. 우리 상가에서 외환은행은 꽤 멀다. 길을 건너고 지하도를 건너야 되는데 아이들을 유학 보내느라고 약 15년 전에 거래했는데 다른 은행으로 옮기기가 쉽지 않다. 은행 직원이 내 업무를 보는 동안 은행원 앞에서 순간적으로 아랫배에 힘을 주어본다. 단전이 갑자기 부챗살처럼 펼쳐진다. 그 순간 단전의 뜨거운 기운이 우측 팔과 어깨와 겨드랑이로 확 퍼져 나간다. 토요일에 몸에 들어온 냉기와 파마 약의 독기를 밀어내는 움직임이다. 탁기가 쏟아져 나온다. 단전의 기는 내 몸의 독기를 용납지 않는다. 참으로 감탄하고 감탄할 현실이다.

2007년 2월 17일

내 친정어머니 삶은 옛날의 여인 모습 그대로이다. 병이 들어도 숨겨왔고, 아무리 억울해도 변명 한 번 하지 않으셨으며, 힘든 일이나 괴로운 일을 차라리 혼자서 해결하였고, 참고 인내하며 경우가 아니더라도 받아 주고 접어주며, 희생되더라도 그것으로 상대가 편해지거나 도움이 된다면 그것으로 만족했으며, 그 고운 얼굴에 눈물 없이 참고 서럽거나 괴로운 표정이 없었으며, 모든 것을 그러려니 그래그래 그런 식으로 놓으며 바람막이가 되어 한평생을 사시니, 옛날에는 그것이 덕이어서 칭송하며 존경했는데... 성품이 양반이니 이웃이 칭송했는데... 그 엄마 뒤에서 자식은 그것을 보면서 말없이 익혀 왔는데...

요즘 세상엔 당신을 닮은 이 자식은 바보며 못난이며, 그런 사람이라 제쳐놓으니 세상살이와 가정살이에 쓸모가 없더라. 언제인가는 알아줄 날마저 생각지도 않고 바라지도 않았던 것은 어리석음이요 무지였다. 한평생을 살고 나니 고정관념에 젖어 빛을 잃은 모습 그대로이더라. 그것은 지혜가 빠진 삶인 것이다.

어찌하여 방패 없이 맞았으며, 전쟁터에서 앞장서서 모든 총알을 온몸으로 모두 받아냈던가? 상처투성이 몸이 지금은 오히려 흉이 되고, 복이 없음으로 바뀌니 세상은 변해 결국 못난이가 되어 버린 것은 진정 지혜가 없는 바보인 것만은 확실하다. 삶의 성품도 세월 따라 달라지는 것인지... 지혜... 지혜... 관... 관... 이것이 없음은 진흙 속에 묻힌 보석이더라. 고려장할 나이에 그것을 바라보니 억울하고 통탄할 일도 그것마저 업이며 무지이며 어리석음임을 알았으니 후회도 원망도 바람에 실려 보내야 하는구나. 무위삼매는 내게 지혜와 관을 주는 공부인 것 같다.

2007년 2월 20일

오늘은 선생님을 뵙는 날... 토요일 밤과 일요일 아침까지 일주일 만의 밤 수련 날이다. 바쁘면 대충, 피곤해지면 대충이지만 오늘만은 다르다. 단전에 많은 힘을 모아야 한다. 선생님을 뵐 때의 체면을 생각해서이다.

늘 단전의 기운은 병과 싸우며 위로 올라가지만 그래도 노력하면 쌓인다. 그런데 새벽 6시경 이상한 일이 생긴다. 단전 전체가 허전하다.

무엇이 잘못된 것만은 사실이다. 가만히 정좌하고 살펴본다. 단전의 덩어리가 아주 서서히 위로 올라가고 있는 것이다. 병과 싸우러 갈 때는 일부가 위로 이동하지만 덩어리 전체가 이동하는 것이다. 소주천 이후로 처음 있는 일이다.

가만히 살펴보기만 한다. 배꼽과 위장으로 이동할 때는 그래도 참을 만했는데 가슴과 등 쪽으로 이동할 때는 숨이 막히듯 조여든다. 그 뜨거운 단전 덩어리가 가슴과 등을 차지하면서 숨을 쉴 수가 없다. 피부호흡으로 그대로 버틸 수가 있었다. 지금부터 아무리 괴롭더라도 지켜봐야 한다. 『선도체험기』에는 이런 기록이 없기에 더욱 관심이 쏠린다.

그 뜨거운 단전 덩어리가 앞가슴의 막힌 혈을 밀어내며 등 뒤에 막힌 혈들을 밀어내기 시작한다. 그 아픔은 마치 면도날로 혈관을 찢는 듯하다. 귀밑에서는 땀방울이 방울방울 흘러내린다. 단전의 기는 더이상 오르지 않고 계속 막힌 혈과 싸운다.

제일 아픈 곳은 관자놀이다. 여기가 좌우로 연결된 혈관이기에 가장 큰 아픔의 시작인 것이다. 기 덩어리가 여기서 가장 오랜 시간을 머물러 있다. 더이상 올라가지 못하는 줄 알았는데 지친 몸이 되었을 때 다시 서서히 이동한다. 기 덩어리가 이렇게 큰 줄은 정말 난 몰랐다. 단전에 있을 때는 그렇게 크게 느끼지 못했다. 가슴과 등 쪽으로 모두 꽉 찬 기 덩어리이다.

시간이 지나 결국 목으로 올라가고 이때는 피부호흡이 아니면 난 쓰러졌을 것이다. 그 뜨거운 단전 덩어리가 머리까지 올라간다. 정신이 없다. 머릿속은 온통 안개가 가득찬 듯 뜨거운 열이 버티고 있다.

여기서 믿음이 아니면 일어났을 것이다. 나는 혼미한 아픔 속에서 비

오듯 쏟아지는 땀과 눈물에도 미동도 안 하고 있어 보았다. 시쳇말로 죽기 아니면 까무라치기다. 드디어 천문에서 탁기가 쏟아져 나온다. 서서히 머리가 맑아지는 듯하다. 조금 살 만하다. 시계를 보니 한 시간을 소요한 것이다. 한 시간이었는데 손은 퉁퉁 부어올라 있다. 탁기가 손으로 빠져 나가는 것이다.

정신이 좀 들다 보니 머릿속을 점검해 본다. 우측 머리에 아직도 뭔가가 안개같이 머물러 있다. '기'인지 '탁기'인지 모르겠다. 머리를 약간씩 흔들어 본다. 우직우직 소리가 난다. 목은 그대로 뻣뻣하다. 다시 살펴보니 온몸은 힘이 쫙 빠져 있고 단전에는 기 덩어리가 하나도 없는 듯하다. 7시 20분이다. 한 시간 이십 분이 경과했다.

이런 현상은 내 몸의 자동 시스템인가 아니면 하늘의 뜻인가? 정말 무한한 능력의 생명력인가? 나는 현실에 사는 나만이 아니고 진정 하늘의 능력을 갖춘 하늘의 일부인가? 누구에게 감사해야 할 것도 없는 그 자체인가? 나는 무엇입니까?

2007년 2월 21일

그 후로 단전은 다시 생겨났지만 온몸에 힘이 하나도 없다. 이상하다. 피부호흡으로 인한 몸살기도 아니다. 온몸은 무겁고 버티기가 힘들다. 앉아 있지도 못하고 누워 버린다. 끙끙 앓는 소리가 난다.

그때야 알아낸다. 미련하다. 명현 현상이 당연히 따라오는 것이다. 그 많은 탁기를 뽑아냈으니 어찌 그냥 그대로이겠는가? 설 연후 금쪽같은 내 시간은 이렇게 지나가는 것인가?

2007년 3월 4일

산과 들에 눈이 하얗게 덮여 있다. 산 밑에 작은 집 4, 5채가 옹기종기 모여 있다. 눈에 덮여서 초가집인지 양철집인지 알 수가 없다. 위에서 본 장면이다. 그리고 영화에 나오는 이티 같은 분이 날 보고, 그분도 날 본다. 그런데 배경이 없다. 어딘지 모르겠다. 함경북도와 남도의 산맥이 보이는데 진짜 실물 같지 않고 크나큰 모형 같다. 선생님께 말씀드렸더니 좀더 두고 보자고 하신다. 나도 확실한 것 같지 않다.

2007년 3월 11일 무념처삼매(無念處三昧)

초저녁에 자고 토요일 밤 11시부터 운동과 108배 수련부터 시작해서 무념처삼매를 목전에 두고 혼신을 다해 애써 본다. 그러나 화면은 더이상 나타나지 않는다. 피부호흡도 그런 대로 잘 진행되지만 단전의 힘은 약하다.

선생님을 뵈니 내 단전을 점검하셨는지 11가지 호흡 용지(14권 225페이지)를 주셨다. 한참을 애써 보았으나 잘 안됐다. 선계 스승님은 내 단전에 힘을 넣어 주신다. 온몸이 피부호흡으로 변하면서 소스라치게 온몸을 떤다.

다시 한 번 힘을 보내신다. 나는 온몸을 감싸 안았다. 온몸이 떤다. 동시에 11가지 호흡 시 순서대로 할 수 있게 된다. 신기하다. 나 혼자서는 도저히 할 수 없다. 선계 스승님은 그걸 아시고 앞에 놓고 힘을 주시는 것이다.

머리와 배와 가슴을 휘젓는 기 덩어리는 온몸의 기혈을 열어 준다. 온몸이 아프다. 혈관이 열리는 아픔과 막힌 기맥이 터지는 소리가 '우직우직' 난다. 가장 큰 기맥은 마구 앞뒤로 땡긴다. 바로 이 기맥이 풀려야 반쪽인 얼굴도 열릴 것 같다. 이런 법을 알았으면 진작 조금씩 연습을 할 것을... 혈관들이 아프다가 시원한 곳도 있다. 찌르르...

"온몸의 기혈이 모두 열리는 것 같습니다"라고 말씀드렸더니 그렇기 때문에 11가지 호흡을 시키는 것이라 하신다. 다른 분들의 현묘지도 공부 중 무념처삼매에서 기혈이 열린다는 글을 보지 못했다. 모두 건강해서인가?

내가 얼마나 막힌 곳이 많으면 이럴까? 어쨌든 나는 공처(空處)의 화두를 받았다. 선생님도 기뻐하시면서 빨리 하라고 하시면서 후학을 위해서 기록을 잘하라고 당부하신다. 과연 이 바보가 이 세상 후학에게 얼마나 도움이 될까?

2007년 3월 24일 공처(空處)

피부호흡을 하면서 마음이 많이 달라진다. 마음이 느슨해지며 여유가 생긴다. 피부호흡은 하늘과 이미 통하고 있으니 나의 앞날의 방향이 정해진다. 마음이 편해지니 생각도 달라진다. 『선도체험기』에는 늘 관을 중요시한다. 나는 관을 하는 습성을 가져 본다. 인생도 종교도 이 관(觀) 속에 모두 있는 것 같다.

선생님께서 모두를 위해서 관에 대한 책을 별도로 쓰셨으면 좋겠다. 책 제목까지 '관(觀)'이라 하면 관심을 끌 것 같다. 관을 하는 방법과 그 예를 들어서 누구나 보고 따를 수 있게 한다면 인생이 달라질 것 같다. 아이큐가 낮은 사람도 으뜸가는 행동을 할 수 있을 것이다.

관을 하면 귀신도 가까이 오지 못할 것이다. 관을 하면 어리석음이 사라질 것이다. 관을 하면 나 자신을 재발견할 것 같다. 관을 하면 고정관념에서 벗어나 새로운 세상을 보게 될 것 같다. 나는 이제야 이것을 느끼니 얼마나 느림보인가? 공처에서는 나 자신을 한 꺼풀 또 벗겨 주니 비비상처까지 한다면 얼마나 성장할까 기대해 본다.

2007년 3월 27일

가게에서 한잠 자고 났더니 앞 가게 직원이 놀린다. 평소에 화장도 안 하던 분이 입술에 왜 그렇게 앵두같이 립스틱을 칠했느냐고 놀려댄다. 나는 알 것 같다. 미소를 지어 주고 입술을 닦아 보인다. 화장이 아니다. 내 입술 색깔 그대로이다.

어제도 그와 같은 일이 있었다. 어떤 손님께서 하필이면 물건을 쌓아 올린 좌판 위쪽 벽에 진열된 스커트를 달라 한다. 나는 빠르게 좌판에 올라서서 그 물건을 드렸다. 그러나 그분은 물건은 받지 않고 나를 가만히 쳐다본다.

나는 이상해서 "왜요?" 하고 물었더니, "나이도 많으신 분이 어떻게 그렇게 날렵하게 올라설 수 있나요?" 나는 나도 모르게 "아" 소리를 냈다. 내겐 지금 내 아랫배에는 단전이 있다. 단전의 힘으로 순간적으로 나온 행동이다. 보통 때 좌판에 올라가려면 "끙" 소리가 나와야만 정상이다. 어쨌든 신나는 일이다.

공처는 나에게 많은 변화를 준 것이다. 단전도 단단해지고 혈액순환이 좋아져서 피부도 입술도 보통 때보다 다르다. (비록 기맥은 막혔지만) 피부호흡으로 육감과 행동이 다르다. 그 많은 사람들이 건강을 위해서 온갖 것을 다 먹고 운동을 하지만 이 수련만큼은 모르고 있으니 참으

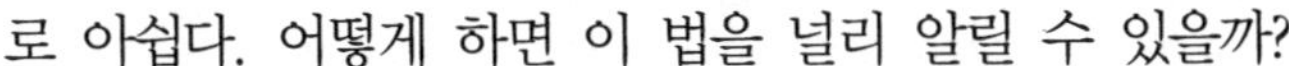

로 아쉽다. 어떻게 하면 이 법을 널리 알릴 수 있을까?

2007년 3월 28일

남대문에 볼일이 있어 갔다가 미용실에 들러 머리를 감고 드라이를 하는데, 저쪽에서 새로 들어온 미용사가 가까이 와서 나를 빤히 쳐다본다. 왜 그러냐고 물었더니 "화장기도 없는 얼굴에 피부가 무척 좋아서요."

내 머리를 다듬고 있던 미용사가 또 한마디한다.

"저쪽 보랏빛 전등을 보실 때는 눈동자가 빛나는 것이 다른 사람과는 달라요. 별처럼 아기처럼 눈동자가 빛나요." (나는 보라색을 좋아함.)

나는 좀 부끄러웠다. 내 나이 69세인데 이런 말들은 어울리지 않기 때문이다. 새로워지는 나의 삶이다. 하늘에 감사한다.

2007년 4월 1일

수련 중 내 앞에 강보에 싸인 아기가 셋이 보인다. 그런데 오른쪽 아기가 희미하게 보인다. 오른쪽 아기는 왜 희미하게 보이는 건가? 아무리 생각해도 풀리지 않는다. 강보에 싸인 아기는 무엇인가?

다시 며칠 후 4살쯤 되는 아기 셋이 손에 손을 잡고 노래를 부르면서 춤을 추면서 계단으로 올라가는데 그 화면은 아주 밝다. 햇빛이 밝아서 아지랑이가 아른거린다. 선생님께 말씀드렸더니 "내 몸 밖의 것이나 화면에 보이는 것은 나의 것입니다. 남의 것이 될 이유가 없습니다. 바로 그 화면을 화두로 삼고 혼자서 풀어 나가십시오."

수련을 해 보아도 알 길이 없다. 그래서 억지로 머리로 생각해 본다. 셋 중에 오른쪽 아이가 희미한 것은 내 오른쪽 몸의 기혈이 막혀서 희미하게 보일 수 있고, 아기가 셋이 손에 손을 잡고 노래를 부르면서 계단으로 오르는 것은 혹시 '지감?' '조식?' '금촉?' 아니면 '과거불', '미래불', '현재불'인가? 모르겠다. 8번째 화두까지 하다 보면 알 수 있겠지.

2007년 4월 3일

백회가 시원한 기분이 든다. 몸을 이리저리 살펴보아도 오신 분이 천도된 것이다. 이상하다. 이렇게 빠른 시간 내에 천도된 일은 없었는데 처음 있는 일이다. 어제 관하다가 쓰러졌는데 오신 분이 잠자는 동안에 가신 것이다. 내 기가 그만큼 강해졌다는 증거다.

2007년 4월 16일

공처에서는 마음의 여유가 많이 생긴 것 같다. 빙의도 잘 해결되고 살 만한 세상인 것 같다. 막내딸도 생식을 시작하면서 기본 수련에 열심이다. 생식은 사위가 먼저 시작했으나, 막내딸애가 더욱 적극적이다.

막내딸이 일을 끝내고 집으로 가는 길에 000 도장이 있는데 그곳에서 수련하여 단전에 기운만 들어오면 선생님께 가기로 한 것이다. 물론 『선도체험기』는 읽고 있으므로 안심이다. 그런데 딸애에게 빙의가 든 것이다. 소주천도 안 되었는데 심한 빙의가 온 것이다. 막내는 너무나 괴로워 내게로 찾아왔다. 그리고 외식이니 화식으로 점심을 같이 했는데 식사가 끝나자마자 "엄마 내 등에서 무엇이 쑥 빠져나가는 것 같은 느낌이야"라고 한다.

내게로 온 것이다. 그것도 떼거지로 온 것을 알겠다. 오후부터 몸이 너무나 괴로워 수련도 못 하겠다. 보통 때보다 다른 영가들이다. 정신이 없고 송곳으로 머리를 찌르는 것 같다. 이 정도면 사업을 하기도 힘들다.

할 수 없이 막내에게 전화를 걸었다. 이번 일요일까지는 다섯 번째 화두를 통과해서 여섯 번째 화두를 받아야 되는데 나에게 전화도 하지 말라고 당부해 본다. 수연이(막내)는 다른 사람보다 유독 빙의가 잘 든다고 호소한다.

나는 이리저리 생각하다가 너와 내가 모녀지간이라는 것을 영가는 이미 알고 있다. 000는 너와 이제 인연을 맺었고, 그곳에서 천도 못 되는 영가들이 너에게 오면, 너와 내가 모녀인 관계로 그 영가는 나에게 올 명분이 생긴다. 고로 영리한 영가는 너에게 모두 모여드니 나는 지금 이렇게 괴롭다고 호소해 본다.

내 힘으로 해결해야 할 텐데 보통 일이 아니다. 이만큼 키워 주신 선생님께 또 부탁하는 일은 없어야겠는데... 신세만 지고 죄송해서...

2007년 4월 19일

빙의가 계속된다. 반나절이나 하루면 해결되는 빙의가 이번에는 너무나 힘들다. 선생님을 뵙기 전에 해결해야 하는데, 날 공부시키려는지 여러 형태로 번갈아 가면서 빙의가 든다. 몸 전체로 와서 온몸을 장악하는 영가... 막힌 기혈을 장악하려는 영가... 위가 딱딱해지면서 구토하는 영가... 허리가 시큰시큰하는 영가... 머리만 송곳으로 찌르는 영가... 일할 때는 천기도 잘 들어오고 몸도 가벼운데 수련만 하면 천문을 꽉 막고 기를 흡수하는 영가들이다.

2007년 4월 21일

약간의 운동과 108배를 시작해서 수련에 들어간다. 일요일에는 반드시 여섯 번째 화두를 받아야겠는데 자신이 없다. 나는 나이가 많고 병든 몸에 힘든 일을 해서 천신과 인신이 돕지 않으면 안 되는 것을 알고 있다.

하늘의 한인, 한웅, 단군왕검과 선계의 큰 스승님께 부탁해 본다. 모든 것은 정성이 하늘에 닿아야 하는데 나는 어느 정도인가? 나는 삼공재에서 선생님과 조태웅 선배님의 정성을 보았다. 조태웅 선배님은 나처럼 나이도 많고 현대의학으로는 해결하기 힘든 병 같았다.

얼굴빛도 몹시 검으셨다. 선생님은 그 선배님께 아주 굵은 침을 자주 놓으셨다. 보통 때는 절대로 치료하는 행위를 하지 않는 분이나 조태웅 선배님은 10년 이상을 선생님께 의지하며 공부하셨다고 들었다.

그렇게 오랜 세월을 진전도 없이 꾸준한 믿음으로 의지하기란 보통 일이 아니다. 하루는 선생님께서 조태웅 님의 발가락 사이 임읍에 침을 놓는데 침이 들어가지 않는다. 침을 너무나 많이 놓아서 아예 살이 굳은 살로 변한 모양이다. 그날은 결국 침을 포기하고 집에 가서 뜸으로 바꾸었다고 들었다.

내가 보기에도 선생님께서는 많은 기를 조태웅 선배님께 쏟아 부으셨고, 선배님은 그 기를 타고 식처(識處)까지 갔을 때는 얼굴빛이 귀공자같이 희고 맑고 밝아졌다. 이는 분명 선생님과 선배님의 정성이 하늘에 닿았음을 그 누구도 부인 못 하리라. 선배님의 성품도 하늘에 가까우리라. 선생님의 도움으로 현묘지도를 마쳤고 그 과정을 보면서 천신도 인신도 정말 중요하다는 것을 느낀 터이다. 선도가 대학이라면 선생님은 학장으로 이 세상에 태어난 것 같다.

2007년 4월 22일 식처(識處)

선생님으로부터 여섯 번째 화두를 받았다. 화두를 받고 외우는 순간 온몸으로 피부호흡을 하는데 오싹오싹 소름이 끼치는 듯해서 두 손으로 온몸을 감싸 안았다. 다른 때는 백회로 강한 기가 들어왔는데 이번 공처, 식처에서는 주로 백회보다 피부로 들어오는 것이다. 감당하기 힘들다. 냉방에 들어간 기분이며 온몸에 전율이 오듯 표현하기 힘들다. 『선도체험기』의 현묘지도 일기에는 그런 기록이 없어 선생님께 여쭈어보니 많은 발전이 있는 상태라고만 하신다.

2007년 4월 23일

눈이 시리다. 식처의 강한 기운이 피부로 백회를 들어오면서 몸의 탁기를 내쫓으니 눈으로 탁기가 빠져나간다. 눈물이 쏟아진다. 목으로 나오니 기도를 자극해서 계속 기침이 난다. 백회로도 나가지만 손으로 빠져나가니 손도 퉁퉁 부어오른다.

조금만 수련을 해도 그렇고, 수련을 쉬어도 마찬가지다. 과연 식처 수련은 대단하다. 좌측뇌가 아프다. 이곳이 바로 병의 발생지인지라 한 단계 한 단계 오를 때마다 아프다. 물론 나아가는 과정이다. 그만큼 한 단계씩 오를 때마다 기운이 다르고 단계가 높을수록 기운이 강해지는 그런 현상이 일어나는 것이다.

2007년 4월 24일

빙의가 와도 상관 안 한다. 무시해 버린다. 백회로 피부로 계속 강한 기가 들어오므로 걱정이 없다. 점포에서 잠깐 자고 5시에 일어나니 남대문에서 손님이 오셨는데 우리 전 품목을 모두 가져가는 분이시다.

나는 인사를 하기 바쁘게 온몸을 긁기 시작한다. 누가 보아도 아주 심한 피부병 환자다. 잠깐 자는 동안 피부호흡으로 피부가 열리는 과정이다. 가슴과 등과 팔을 긁어대는 내 모습은 내가 생각해도 웃을 일이다. 오신 분은 영문을 모르고 같이 웃어 준다. 하늘에 계신 팔만사천 별님들의 정기가 내 몸의 팔만사천의 모공을 강타하나 보다.

2007년 4월 25일

식처 수련에서는 강한 기운으로 내가 많이 성장한 것 같다. 나는 항상 하늘과 통하고 있다. 늘 하늘의 가르침을 받는다는 생각만 해도 즐겁다. 나는 지난날 수련하면서 앉아서 기춤을 출 때가 가끔 있었다. 우리 고유의 춤이 바로 기춤이다. 우리 조상님들의 춤이다. 고로 우리 조상님들은 하늘사람들이고 단군 5000년 역사를 가진 가장 큰 증거라고 본다.

아이가 칭찬받을 일을 했을 때는 어른들께서는 머리를 쓰다듬어 주신다. 머리를 쓰다듬어 주는 것은 즉 기를 넣어 주는 조상님들의 몸짓이다. 지금도 아이가 착하면 머리를 쓰다듬어 주는 것은 조상님들의 오랜 습성이 지금까지 내려왔으리라.

옛날 할머니들은 아이가 배가 아프면 내 손이 약손이요 하시면서 시계바늘 돌아가는 방향으로 쓰다듬어 주신다. 이것도 바로 기를 넣어 주는 행위리라. 이런 행동들이 단군 시대로부터 이어온 것들이리라.

내 생각으로는 서양 사람들은 모두 전생에 지옥고 출신이다. 그 이유는 춤을 출 때도 발을 땅에 비비고 엉덩이를 흔들고 손을 휘저으며 온몸을 비틀면서 춤을 추는 모습은 뜨거운 불구덩이에서 너무나 뜨거워 지랄발광하는 모습 그대로의 짓거리다. 그 행동이 몸에 젖어 즐거워도 그 짓을 하니 전생을 볼 수 있지 않겠는가? (좀 과장됐나?)

그리고 가끔 나는 신통한 말을 할 때가 있다. 듣는 사람도 긍정하며 나도 언제 내가 이런 것을 알았지? 하는 의문이 날 때도 있다. 혹시 내가 원래는 알았는데 안이비설신의(眼耳鼻舌身意)로 해서 색성향미촉법(色聲香味觸法)을 즐기다가 까맣게 잊고 있다가 선도의 힘으로 생각해 낸 것인가?

식처 수련은 정말 대단하다. 비비상처 수련은 얼마나 위대할까? 기대해 본다. 학장님 우리 학장님 부탁드립니다.

2007년 5월 11일

빙의는 계속되지만 수련할 시간만 되면 천기가 백회로 폭포수처럼 들어온다. 요즘은 탁기의 냄새가 다르다. 아주 진한 냄새다. 마지막 골짜기에서 나오는 탁기라고 느껴진다. 빨리 병이 나아야지 항상 걱정이다. 몸이나 마음에 이상이 있으면 현묘지도가 안 된다고 하셨다. 내 병은 시간을 요하는 병이고 나이는 많으니 빨리 현묘지도를 끝내야 되는데 어쩌나...

2007년 5월 25일

머리에서 기맥을 타고 내려오던 붉은 반점들도 색깔이 약해지면서 탁기도 약해지고 천기도 약해진다. 경험으로 보아서 식처 수련이 거의 끝나 가는 느낌이다. 나는 자격이 없지만 하늘이 조종해 주시는 것 같다.

하늘은 누가 움직이는가? 현묘지도 수련받는 분들은 모두 그것을 느낄 것이다. 이미 공부는 완성이 되었지만, 선생님께서 화두로 허락하셔야 그에 상응하는 기운이 들어온다. 똑같은 기 같지만 그렇지 않다. 설탕 맛을 표현 못 하듯 경험자만이 안다. 삼공재는 하늘의 합창단이다.

2007년 5월 27일 무소유처(無所有處)

드디어 일곱 번째 화두를 받았다. 식처 수련은 2주전에 끝난 것 같지만 그동안 일어났던 화면에 대하여 말씀드렸다. 처음에 죽은 딱정벌레가 보이고, 그다음 메뚜기과의 곤충이 보이고, 동물로는 닭이 보였고, 열대 지방에 있을 법한 동물인데 몸집은 크고 눈은 개구리 눈 같이 크다. 며칠 동안 수없이 흑인들이 보인다. 눈만 감으면 보인다.

나는 곰곰이 생각해 본다. 동물이 사람으로 진화되어 흑인으로 태어난 것 같다. 그리고 흑인이지만 장식이 화려한 예쁜 공주의 모습도 보이더니, 화면이 바뀌면서 우리나라 궁궐인데 붉은 기둥 뒤에 어떤 왕자 차림의 귀공자가 보인다. 기둥 뒤에 숨어서 계속 나를 본다.

다시 화면이 바뀌면서 자궁이 보인다. 자궁 속에는 쌍둥이 아기가 서로 등을 돌리고 쪼그리고 앉아 있다. 그런데 이상한 것은 한 아기는 분명하게 보이는데 다른 아기는 점선 비슷하게 형태만 보인다. 그 형태만 보이는 아기는 누구인가? 본래의 나와 이 몸을 타고난 나인가? 모르겠다.

바로 일곱 번째 화두를 받고 시간이 되어 삼공재를 나와야 했다. 집으로 돌아와서 잠시 화두를 외워 본다. 단전이 용솟음친다. 끓는 물이 솟아오르듯, 단전이 반죽을 하듯, 용틀임을 하듯 움직이면서 단전의 기운이 입천장까지 치솟아 감당하기 힘들다.

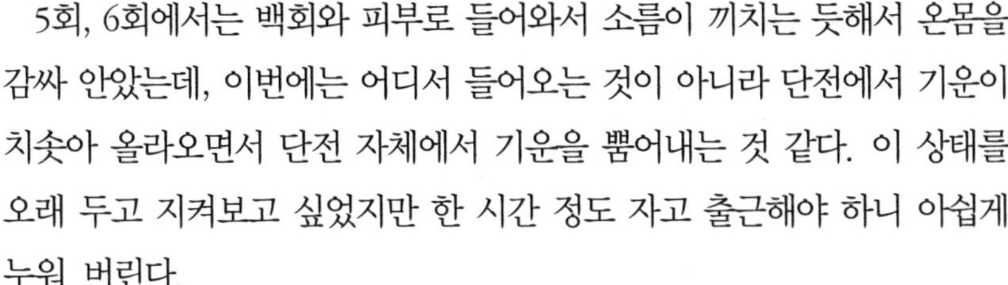

5회, 6회에서는 백회와 피부로 들어와서 소름이 끼치는 듯해서 온몸을 감싸 안았는데, 이번에는 어디서 들어오는 것이 아니라 단전에서 기운이 치솟아 올라오면서 단전 자체에서 기운을 뿜어내는 것 같다. 이 상태를 오래 두고 지켜보고 싶었지만 한 시간 정도 자고 출근해야 하니 아쉽게 누워 버린다.

2007년 5월 29일

혹시 마약을 하신 분들이 이런 기분일까? 이종림 선배가 현묘지도 체험기에 남녀의 즐거움보다 낫다고 했다. 그것을 이해할 것 같다. 아련하게 그냥 좋다. 이렇게 천년을 앉아 있어도 좋겠다. 마약을 그래서 못 끊는 것이 아닌가 생각해 본다. 물론 좋은 기분의 성질은 다르겠지만...

단전은 철강소에서 쇳물이 끓어오르듯 화산의 용암이 터지듯 감당키 어려워 숨이 차다. 지금 내가 꿈을 꾸는 것은 아니리라. 눈만 퀭하니 뜨고 잠을 못 잔다.

하늘에 감사하고, 하늘과 통하는 선생님께 감사하고, 선계의 신명님들께 감사하고, 고려장할 나이의 이 장돌뱅이가 이런 대접을 받다니 무엇이 잘못된 건가 잘된 건가? 눈물이 흘러내린다. 뜨겁다. 주르륵 한없이 흘러내린다.

2007년 5월 30일

수련을 위해 일찍 귀가 후 수련을 시작한다. 그런데 이게 웬일인가? 백회는 물론 인당과 나의 제일 소중한 천목혈까지 꽉 막혔고 피부까지 완전히 모두 차단된 것 같다. 이상하다. 빙의가 와도 수련이 한 단계 한 단계 오를 때마다 수련에는 큰 지장이 없었는데 도저히 앉아 있기가 힘들고 마치 나를 물속에다 처넣어서 모든 피부호흡까지 차단한 것 같다.

2007년 5월 31일

출근해서 보니 백회에서 다시 기가 들어오기 시작한다. 월말이다. 원단 결제일이다. 열심히 일했고 결제가 정리될 때까지 수련을 놓쳤으나 단전은 쇳덩어리처럼 강했고 한 생각만 바꾸면 단전의 기 덩어리는 꿈틀거린다.

일 없이 계속 수련만 한다면 얼마나 큰 변화가 있을까 생각하니 내 자신이 한심하고 무엇인가 억울한 느낌이다. 떠밀려 나가는 내 인생 쳇바퀴는, 돌아가는 내 업의 굴레는 어디까지인가?

2007년 6월 2일

7회에서는 화두를 가끔 잃어버린다. 처음부터 정리하다 보면 생각이 난다. 수련을 한참 하다 보면 화두는 없고 수련만 하고 있는 내 모습을 발견한다. 선배님들이 쓰신 현묘지도 체험 기록을 보니 박종칠 선배님, 박정현 선배님들도 그런 기록이 있다. 나는 처음 그 글을 읽을 때 이해가 안 갔다. 생사에 관한 문제인데 그럴 수가... 그러나 난 더한 것 같다. 나이 탓도 있는가?

곰곰이 나 나름대로 생각해 본다. 너무나 벅찬 기 때문에 기에 취해서 화두를 놓치는 것 같다. 7번째 화두라는 큰 고개를 넘어왔으니 마음도 느긋해졌고 기 자체가 강하므로 화두 자체에도 매달리지 않는 기분이다.

2007년 6월 4일

화장실에 가 보니 눈 흰자위가 빨갛다. 안구 쪽에 출혈이 있었던 것이다. 무소유처 수련의 기가 강하므로 막힌 혈관들이 열리면서 일어난 현상이다. 손님들은 눈병 환자로 오인한다. 게다가 또 피부병 환자가 다시 돼 버렸고 명현 현상으로 괴로워서 눈꺼풀이 내려와 있으니 그 누가 나와 물건을 사고팔 생각이 나겠는가? 그러나 나는 그래도 감탄한다. 몸의 무한한 생명력에 대해 참으로 엄숙해진다.

2007년 6월 17일

수련을 할수록 몸이 아파 쉬다가 수련하다가 번갈아 하면서 밤을 지새운다. 그러니 병도 공부도 진전이 없다. 물에 빠져 허우적거리는 내 모습 같고, 사방 벽들이 조여들어 나갈 길을 찾아 헤매는 내 모습 같고, 두꺼운 철문이 열리지 않아 다 부러진 손톱으로 철문을 박박 긁어 대는 내 모습 같고, 어찌할 줄 몰라 뱅뱅 도는 내 모습 같아 얼굴 전체로 눈물만 쏟아져 내린다.

2007년 6월 26일

참으로 묘한 날이다. 좋은 일과 극히 안 좋은 일이 번갈아 일어난다. 나이가 드신 점잖은 남자 분이 오셔서 하시는 말씀이 "선생님께서 권하시는 물건들을 다 팔고 왔습니다." 이번에도 선택을 해 달란다. 나 같은 장돌뱅이에게 이런 칭호는 어울리지 않는다. 나는 그만 눈만 껌벅껌벅한다. 그분은 진실로 하는 말이다. 이 나이에 그걸 모르겠는가? 어느 여자 분은 "사모님" "사모님" 하면서 물건을 사 가면서 고맙다고 쩔쩔맨다. 알 수가 없다.

그런데 12시가 넘자 이상한 일이 생긴다. 사입맨이 한창 바쁜 시간에 와서 지난 번 반품을 보냈으니 다른 물건을 달란다. 반품을 받을 때도 매입장을 반드시 써준다. 그런 것이 없이 기억으로만 서로 주고받는 일은 없다. 조리 있게 말해도 안 된다. 고집이 대단하다.

전화가 온다. 악을 쓴다. 보내라는 것은 안 보내고 엉뚱한 걸 보냈다고 난리다. 어떤 분은 몇 번 빨아서 입으려 해도 싫어질 옷을 가져와서 배상하란다. 세일로 산 물건을 정품으로 가져갔다고 다른 품목으로 바꿔 달란다. 동시에 이상한 일들이 벌어진다.

난 멍청해진다. 그런 내 모습에 손님들은 사입할 물건을 빨리 싸 달라고 야단친다. 나는 참기가 어렵다. 기가 상승한다. 머리가 아프다. 눈에는 빙의가 든 것처럼 열기가 나가는 것이 보인다. 가슴이 뛴다. 숨이 막혀 버티기가 힘들다. 나는 그만 아차! 하고 정신을 차려 본다.

나는 지금 무소유처 수련 중이고 단전이 예전과 다르다. 화가 나도 기가 머리로 상승하고 조금만 마음을 써도 심장의 작동이 보통 사람과 다르다. 좋은 것이든 나쁜 일이든 모든 생각을 단전으로 몰아넣어야 한다는 것을 깨달았다. 정말 이것은 엄청난 일이다.

우리가 살고 있는 이 사바세계에 이 지구촌의 대한민국에서 지금껏 일체의 것들에 잘 길들여져 왔는데 이제 또 다른 세계에 들어가 길들여져야 하는 과정과 같다. 하늘이 날 또 다른 세계로 길들이고 있는 것 같은 기분이 든다. 내 밖의 것이 모두 스승이란 말이 새삼 느껴진다.

2007년 7월 2일

기맥을 타고 내려오는 머릿속의 이물질들이 대충 빠져나왔는지 목에 붉은 반점들이 없어지면서 몹시 가렵다. 그동안 머리의 안개도 대충 없어지므로 맑은 정신으로 돌아온 것으로 보아 머릿속의 모든 물질들이 본자리로 돌아간 것 같은 기분이다. 그러나 난 아직 내 본면목을 보지 못했다. 마음과 몸이 원인이니 하늘의 가피를 바랄 뿐인가?

2007년 7월 3일

잠에서 눈을 뜨자마자 자동적으로 상체가 벌떡 일어나진다. 내 나이 69세 답지 않는 움직임이다. 그와 동시에 단전의 기운이 인당혈 우측 눈썹 쪽으로 몰린다. 내 얼굴이 반쪽인 것은 여기가 문제인 것 같다. 그 눈썹에는 콜드 마사지하는 방향으로 기의 흐름이 막혔고 눈썹에서 귀로, 눈썹에서 눈 아래로 막혀 있다.

내 단전은 불쌍하다. 잠에서 깨어나는 즉시 자동적으로 병의 근원부터 공격하고 계시니 내 공부는 언제나 힘써 주시겠나. 이럴 때는 도육 선배님이 생각난다. 선생님 앞에서 5, 6, 7, 8회 화두수련을 동시에 인가를 받는 것을 보았기 때문이다.

2007년 7월 8일

일요일 많은 도우들과 선생님 앞에 앉아 있으려니 선계 스승님들께서 보내 준 힘으로 기맥과 혈이 터지는 소리가 '툭툭' 난다. 단전은 용광로같이 용솟음친다. 감당하기 힘들다. 지난밤 화면들을 말씀드리려고 했으나 어쩐지 도우들에게 미안한 생각이 든다.

선생님은 8선을 넘지 못하는 내가 안되었는지 한 방편을 주신다. 대주천을 한 사람만이 할 수 있는 일인데 건강에 이상이 있을 시 행하는 비상수단이다.

선생님 말씀이 끝나자 나는 지난밤에 있었던 화면에 대하여 말씀드렸다. 밤새도록 화면이 나타나지 않으므로 나는 오감을 동원해 보았다. 두 손바닥을 서로 마주 보게 하고 우측은 좌측으로, 좌측은 우측으로 기를 보내면서 빙글빙글 돌려 보았다. 온몸에 전율이 온다. 천문과 천목혈과 피부호흡과 위아래로 모두 기를 모으는 마음의 작업을 시작해 본다. 물론 천문에서 기가 쏟아진다.

달마 대사가 나타나서 그건 그만하라 하신다. 나는 돌리던 손바닥을 멈추고 말았다. 내가 하는 행동이 잘못되어 그만하라는 것으로 알고 정좌해 버린다. 달마 대사는 빙그레 웃으시더니 우리 선생님 모습으로 변한다. 머리는 곱슬머리에 약간 장발인데 그 못난 달마 대사의 얼굴이 우리 선생님 모습인데 아주 미남이다.

대충 말씀드리자 선생님께서는 화두가 끝났다는 것이란다. 나는 내 면목을 못 본 것 같은데 하늘에서 봐주신 것으로 알고 있다. 지금 몸 상태로는 힘들 것 같은 기분이다. 6회에서는 곤충, 동물, 흑인, 우리나라 왕자 모습 순으로 보였는데, 7회에서는 거꾸로다.

산꼭대기 벼랑에 5층 건물이 있고 포대화상 같은 분이 나타나서 맘껏 웃으신다. 나는 저렇게 웃을 수 있다면 얼마나 좋을까 생각해 본다. 그 다음 물개가 생선을 물고 물에서 노닐고 있었고, 그 다음 개미다. 그 다음 곤충 메뚜기다. 산에서 폭포가 몇 줄기 쏟아진다. 안개를 일으키면서

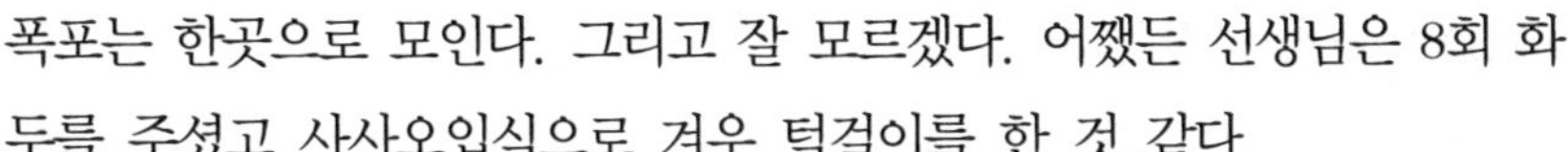

폭포는 한곳으로 모인다. 그리고 잘 모르겠다. 어쨌든 선생님은 8회 화두를 주셨고 사사오입식으로 겨우 턱걸이를 한 것 같다.

2007년 7월 10일 비비상처(非非相處)

8회의 기운은 아주 특이하다. 7회는 강해서 머리위로 쏟아 붓는 느낌이었는데 8회는 아주 부드럽고 고요하다면 표현이 좀 이상하다. 기운이 들어오지 않는 듯 포근하고 연한 기운이다. 기운이 들어온다 안 들어온다가 아니라 그 기운 자체가 감싸 안는 기분이다.

은은한 미소 같은 '기'는 구름 속 같은 그런 기운이라 할까? 내가 3년 전 선생님을 뵙고 돌아온 그 이튿날 이런 기분이었다. 나는 그때 선생님의 기운에 전염이 되어 2일 동안 엄마의 젖 속에 파묻힌 아기의 기분이 이랬을까?

2007년 7월 11일

부드럽고 연한 기운은 역시 그 도수가 너무 강해서 다시 온몸을 치료하기 시작한다. 온몸을 소금물에 절인 그런 느낌이다. 좌측, 우측 모두 함께 치료한다. 전에는 나누어서 기가 알아서 좌측으로 치료하는 시간이 있고, 기가 우측 쪽으로 시쳇말로 오야 맘대로 움직여 주었는데 이번에는 동시에 치료해 준다.

명현 현상도 심해서 몸을 주체하기가 힘들다. 이 글을 쓰는 나 자신이 부끄럽다. 이렇게 좋은 기운을 공부보다 치료에 쓰다니 참으로 아깝다.

2007년 7월 14일

다시 목 부분에 붉은 반점이 나타났으나 갈비뼈를 다친 곳은 괜찮다. 뼛속까지 다 치료된 것 같다. 명현 현상이 너무 심해 일요일 선생님을 뵐 수 있을지 모르겠다.

2007년 7월 15일

겨우 정신을 가다듬고 선생님 앞에 앉았다. 역시 선생님 앞에서는 모든 병들이 녹아내리는 듯 툭툭 소리가 난다. 박종칠 선배님과 장국자 선생님도 오랜만에 오셨는데 아주 날씬하다. 장국자 선생님은 콧날만 보일 정도로 날씬하다. 부럽다. 과연 선생님의 제자인지라 선생님같이 날씬하다. 두 분 모두 선도에 목숨을 건 사람 같다.

요즈음 체중이 늘어난 것 같다. 바쁘게 몇 시간 동안 뱅뱅 돌다 보면 생식 두 끼에 직원 아가씨에게 사 준 김밥 몇 쪽을 얻어먹다 보면 그것이 살로 가는 것이 보일 정도이다. 아예 먹는 것을 놔야 하는데 그것이 안 된다. 엄마 젖떼기가 그리 쉬운가?

2007년 7월 16일

명현 현상에서 좀 벗어나자 어지럽다. 구토가 난다. 몸에서 탁기가 나온다. 대단하다. 11가지 호흡과 비슷하다. 온몸에 기가 가득차 있는 기분이다. 치료에도 굉장한 진전이 있겠으나 어쩐지 단전이 허해지는 것 같다. 어지럽고 눈은 내려오고 수련 전에는 삼가야 할 것 같다.

2007년 7월 19일

이 나이에 사랑니가 난 곳이 쑤신다. 그동안 가끔 피가 나고 고약한 냄새가 났지만 약으로 달래면서 현묘지도 수련 후 뽑기로 결심하고 아플 때만 약을 먹었으나 이번에는 그것이 아니다. 단전에서 솟아오르는 '기' 기둥의 힘으로 더욱 고통이 솟아오른다. 8번째 화두의 강한 기는 몸 속에 있는 고름을 밀어내려고 온갖 힘을 다 쓰는 것 같다. 내 몸의 모든 불순물을 내 강한 기는 용납을 못 하는 것 같다.

전화로 며느리에게 허락을 받고 약 두 봉을 먹었으나 30분이 지나면 또 아프다. 며느리에게 다시 전화를 걸어 좀더 강하게 해서 약국으로 처방전을 보내라고 지시하고 나머지 한 봉을 더 먹고 잠깐 잠을 자고 난 후 저녁 8시 30분 출근하면서 택시에 내려서 약국의 약을 타서 먹었으나 소용이 없다. 약 한 봉의 효과는 30분이다. 또 먹어 본다. 역시 그렇다.

나의 강한 기는 약의 독소(효과)를 그대로 녹여 버린다. 그러면서 잇몸 속의 고름을 내쫓으려고 한말로 말해서 용을 쓴다. 며느리에게 약이 잘못된 것이 아니냐고 물었다. 그동안 약이 내성이 생긴 것 같아 다른 약으로 강하게 지었노라 한다. 고통으로 장사를 할 수가 없다. 비비상처를 마칠 것을 기대해 왔는데 이것은 보통 일이 아니다.

선배님 중 치통을 이를 악물고 참았다는 『선도체험기』의 현묘지도 체험 기록을 보고 참으려 했으나 나의 기 기둥은 고름 있는 곳으로 몰려와서 고름을 녹이려는지 밀어내려는지 온갖 고통을 다 준다. 할 수 없이 그 강한 약을 세 번 먹고 나서 가게에서 잠깐 잠을 청했다. 손님에게 찡그린 모습을 보이기가 죄송하다. 나를 먹여 살리려고 비가 오나 눈이 오나 내게 오신 분께 내 모습은 정말 죄송한 일이다.

2007년 7월 20일

귀가 후 샤워를 하고 아들 내외의 의원으로 갔다. 며느리는 약이 듣지 않으니 주사로 달래라는 것이다. 소염제를 복용하고 주사를 맞으면 곧 통증이 없어질 것이란다. 간호사가 주사를 가져오자 나는 엉덩이 어느 곳에 찌를 것이냐고 물었다. 간호사가 가리킨 곳은 다행히 기맥이 통하지 않는 곳 같았다. 환자가 오히려 주사할 곳을 선택하다니 이것이 잘하는 것인지 잘못된 것인지 모르겠다.

주사 후 통증이 좀 덜하여 앉아 쉬면서 수련을 앞두고 걱정이 태산이다. 그런데 이게 웬일인가. 또다시 통증이 온다. 20분이 경과한 뒤다. 며느리는 당황한다. 아들은 이상하다고만 하고 대책이 없단다.

다시 링겔을 맞기로 한다. 작은 링겔인데 소염제와 진통제를 강하게 넣었단다. 링겔을 맞는 와중에도 통증은 계속되었고 간호사의 부축으로 화장실에서 소변을 봤다. 무척 많이 나온다. 다시 침대에 누워 본다.

계속 아프다. 좀 있으려니 다시 화장실을 가고 싶다. 모두 바쁜데 미안해서 내가 링겔병을 든 채로 화장실에 갔다. 그런데 또 소변량이 많다. 도대체 알 수가 없다. 다시 침대로 왔으나 통증은 계속된다. 다시 화장실에 간다. 세 번이다. 링겔병의 약이 모두 몸속으로 들어간 후 통증이 덜하여 조금 살 만하다. 화장실을 가니 다시 소변량이 많다. ???

나는 여기서 곰곰이 관해 본다. 통증이 덜하니 깊이 생각할 수 있다. 내 몸에 들어오는 모든 소염제와 진통제를 내 소변으로 내쫓은 것을 알았다. 다시 통증이 온다. 며느리도 아들도 포기한다.

나는 집으로 와서 전화기를 들었다 놓았다 안절부절이다. 마지막으로 선생님께 여쭈어보아야 하는데 도저히 용기가 안 난다. 그보다 선생님께서는 가장 안전한 쪽으로 선택할 것이고 그러면 8번째 화두를 마치는 것은 올해를 넘길지도 모른다.

나의 기가 모든 약을 녹여 버리면 잇몸 속의 통증을 진정시킬 길이 없다. 그렇다고 통증을 참고 8번 화두를 마칠 수도 없다. 잠도 못 자고 수련할수록 기의 기둥은 병든 잇몸으로 몰린다. 눈물이 난다. 병든 몸을 이끌어 선생님과 하늘이 8번 화두까지 오게 했는데 마지막 길에서 이게 웬일이란 말인가.

『선도체험기』의 기록에 송시열 조상님께서 사약을 받고도 죽지 않아 사약을 가져온 분이 책임 관계상 얼굴이 노랗게 질리자 옷을 찢어 몸의 구멍마다 다 막아서 죽음을 선택했다는 기록이 있는데 몇 권에 있는지 기억이 없다. 하여튼 그런 기록이 있다.

나는 그때 그 기록을 보고 설마 조금 과장된 글이겠지 하고 별생각이 없었는데 나는 체험으로 알고 보니 참으로 묘한 세계에 온 것 같다. 송시열 그분이 혹시 내 조상님이라서 당신이 당하신 걸 내게 증명해 보이신 게 아닌가 하고 생각해 본다. 어쨌거나 모든 약이나 주사는 내게 소용이 없다. 8회 화두수련은 이렇게 위대하다.

할 수 없이 며느리에게 전화를 걸어서 이를 뽑기로 결심했다. 나는 며느리와 친분이 있는 부부 치과의사에게 갔다. 며느리가 나에 대해 대충 이야기했지만 나로서는 또 요구 사항이 있으니 무엇인가 설명을 해야 하는데 무엇부터 이야기해야 할지 모르겠다. 할 수 없이 나는 손을 내밀고 악수를 청했다.

"손이 꽤 따뜻합니다."

증거가 있으니 나는 설명할 길이 생긴다. 대충 이야기하고 나서 모든 진통제가 30분이면 녹아 버리는데 마취도 그렇지 않겠느냐고 말하자 치과의사는 웃으시면서 금방 뽑을 것이라서 괜찮다고 하셨다.

마취주사를 세 군데 놓았는데 마지막 부분에서는 기맥으로 통하는 부분 같다. 그러나 때는 늦었다. 귀밑으로 올라가는 기맥이다. 어쩔 수 없다. 미리 이야기 안 한 잘못이지. 한참 후 입안이 얼얼하다. 감각이 없다. 마취제가 녹기 전에 빨리 빼라고 말하고 모든 것을 하늘에 맡기고 『천부경』을 외우기 시작했다.

만일의 사태를 생각해서 부부치과 의사가 모두 동원됐고 며느리도 자신의 환자를 기다리게 하고 대기했다. 이는 무사히 뽑았다. 빠른 속도로 고름을 빼고 꿰매 버린다. 결국 선생님 허락 없이 나는 일을 저질러 버린 것이다.

2007년 7월 21일

내일은 선생님을 뵙기 위해 일찍 자고 일어나서 밤 12시에 일어나 정좌해 본다. 이리저리 살펴도 괜찮다. 운동도 못 하고 앉아 있으려니 수련이 좀 느리다. 그러나 계속 노력해 본다. 이상이 없다. 한참 수련에 빠지자 소리가 들린다.

"금을 다시 찾았다!"라는 소리가... 알 수 없다. 다시 수련을 해도 상관없고, 수련의 본궤도에 들어왔다는 뜻인지 알 수 없다.

2007년 7월 22일 일요일

선생님께 인사드리고 가만히 앉았다. 그동안 수련을 못 해서 기 기둥은 좀 약해진 것 같다.

치통으로 화두가 헷갈렸을 것 같아 아예 적어 달라고 했다. 선생님께 치과 치료에 대해서 결국 말씀을 못 드렸다. 결국 난 선생님을 속인 셈이다.

2007년 7월 23일

그동안 있었던 사실을 말씀드릴 용기가 없다. 그래서 지금껏 있었던 일을 현묘지도 일기로 고백하는 것이 좋을 듯해서 그동안 써내려간 일기를 정리하기 시작했다. 일기를 정리하다 보니 공부보다도 투병기와 같았다. 누가 읽어도 지루할 것 같아 많이 삭제했다. 장사는 비철이라 좀 한가하지만 정리하는 데 시간이 꽤 걸린다. 8회 화두수련을 마치지 못했는데 이것을 선생님께 보내도 되는 건지 모르겠다.

2007년 7월 29일

밤새껏 수련한 덕으로 단전에 기둥이 서 있다. 마치 악어 입에 막대기를 세워서 입을 닫지 못하게 하는 그런 기분이다. 입천장까지 솟구치는 기 기둥은 선생님 앞에 오니까 더 심하다. 수련 중 "금을 다시 찾았다!"라는 말을 들었다고 말씀드렸다. 선생님께서는 그리고 어떤 느낌이 없었느냐고 물으신다.

나는 잘 모르겠다고 말씀드렸다. 선생님께서 이상하다고 말씀하신다. 선생님 앞에서 남은 한 시간 동안 수련하던 중 마음의 희열이 계속 일어난다. 4번이다. 입이 저절로 벌어지는 것을 선생님 앞이라 억지로 참는다. 7회 화두수련에서 보였던 포대화상 같은 분이 맘껏 웃으시는 것을 보고 나도 저렇게 웃을 수 있다면 얼마나 좋을까 했던 것이 기억난다.

옛날 생각이 난다. 절에 열심히 다닐 때다. 한참 바쁘다가 아무 생각 없이 쉬고 있는데 어디서 오는 것인지 가슴에 희열이 쏟아져 들어왔다. 가슴에서 나오는 것인지도 모른다. 지금과 똑같다. 그때 아는 스님께 말씀드렸다.

"그 희열은 어디서 오는 것인가요? 내 가슴에서 나오는 것인가요?"

스님은 솔직하셨다. 대답을 못 하셨다. 오늘의 희열은 선생님께서 보내신 것을 난 알고 있다. 누군가가 나에게 아름다운 꽃다발을 한아름 안겨 준다. 눈을 뜨고 선생님께 말씀드리자 끝났다는 뜻인데 일주일 동안 더 수련하라고 하신다. 그때까지 더 화면이 보이지 않으면 마치자고 하셨다.

2007년 7월 30일

한의사인 아들에게 지금껏 쓴 기록을 워드프로세서로 입력해서 선생님께 보내 달라고 부탁을 했다. 8회 화두수련을 마쳤으니 이제 컴퓨터를 익혀야 할 것 같다. 아들은 내 글을 보고 치통 부분에서 냉정한 지적을 했다. 그 부분을 너무 신비스럽게 작성했다는 것이다. 치통 환자의 경우 가끔 진통제로도 통증이 멎지 않을 때가 있다고 했다. 나는 알았다고 했다.

그러나 그렇지 않다. 솔직히 말해서 그동안 고백 못 한 것이 있다. 사랑니 통증 때문에 난 계속 며느리(양의사)에게 약 처방을 부탁했었다. 근 일 년간 복용했던 약이 갑자기 그렇게 약효가 없어진 것은 8번째 화두수련의 기 때문이다.

선도의 현묘지도는 이렇다. 화두를 받으면 화두를 깰 때까지 엄청난 기운을 하늘에서 내려 준다. 그 기운을 타고 화두를 깨야 한다. 보통 기를 보내는 것과 다르다. 1회와 2회... 8회까지 모두 다른 기운이다. 이것은 체험이다. 69세 나이에 밤 장사를 하면서 모든 이의 도움으로 얻은 체험이다. 체험자만이 이 글을 쓸 수 있다. 마음이 하늘인데 부채로 하늘을 가리겠는가?

끝으로 저를 소개하자면 48세부터 남대문에서 도매업을 하는 장돌뱅이입니다. 불교는 40세부터 믿기 시작했고, 안국선원에서 2년간 참선을 했으며, 경신날만 모이는 천의선도에서 3년... 별로 신통치 않아 그만두다가 선생님을 만났습니다. 참으로 먼 길을 돌아 돌아서 왔습니다.

사실은 선생님과는 지난날 한국일보에서 같은 사장님의 녹을 먹고 살았습니다. 그때 서로가 모르고 지냈으니 내 복이 그 정도란 걸 알았습니다. 60, 70년대는 만화 출판사업이 호황이라 순정만화 작가로 활동을 하던 저는 아동만화 출판을 갓 시작한 소년한국일보에 좋은 대접을 받고 스카웃될 수 있었고, 70년대 중반부터 80년대 초반까지 소년한국일보 만화출판부에 적을 두고 바쁘게 창작활동을 했었습니다.

그러나 좋은 세월이 지나 장기영 사장님은 세상을 떠났고, 청소년 문제만 발생하면 언론에서 "만화를 보고 흉내를 내서 그렇다"라고 마녀사냥을 하니 검열이 너무 심해져서 "도둑놈 잡아라!"가 아니라 "도둑 잡아라!"라고 해야 심의를 통과할 지경이 되어 만화는 교과서보다 더 재미가 없어져 버렸습니다.

그 틈을 타서 유령 출판사들이 등장해 일본만화를 번역한 불법 출판물이 만화시장에 범람하니 국내 만화작가는 모두 전직을 해야 하는 실정이 되었습니다. 저도 더이상 할 수가 없어서 마루펜을 던지고 불교에 귀의하다가 시장에 나왔습니다.

선생님을 뵐 때까지 저는 『선도체험기』가 있었던 사실도 몰랐으니 제

바쁜 생활이 선도와의 인연을 어렵게 했습니다. 그때부터 읽기 시작한 『선도체험기』와 저는 같이 달리고 있습니다. 『선도체험기』의 현묘지도가 나올 무렵 저는 백회가 열렸고, 지금까지 병은 덤으로 치료를 받고 있습니다. 현재 완전한 완치는 아니지만 지금 상태로 보아 올해 안으로 해결될 것 같습니다.

늘 방문객을 맞이하시는 사모님! 매우 감사합니다. 방문객을 계속 맞이한다는 게 보통 스트레스가 아니라는 것을 누구나 알 것입니다. 만일 지금의 선생님께서 이루신 모든 업적에서 사모님의 내조가 절반이라 평한다면 당연히 저는 섭섭하게 느낀다고 말할 것입니다.

같이 공부하는 선배님들 감사합니다. 열심히 따라가겠습니다. 혹시 제가 미련하여 뒤처질지 모르니 횃불을 높이 들고 가 주십시오. 제가 길을 잃을 때 횃불을 찾겠습니다. 제 뒤를 따라오는 젊은 분들 용기를 내십시오. “폐차는 물럿거라!” 하시며 따라오십시오. 파이팅~~~

【필자의 논평】

스물세 번째 현묘지도 통과자를 내보낸다. 나보다 7세 연하이신 1939년생이시고, 40대 이후 불교에 심취했고, 1970, 80년대에 한국일보에서 순정만화 작가로 활약하신 경력이 있으며, 지금은 의류회사를 경영하시는 여성 기업인인 송순희 님이 삼공재에 처음 나타나신 것은 2005년 6월 25일이었다.

그해 11월 25일에 대주천 수련을 마치고 이듬해인 2006년 1월 2일 현묘지도 화두수련에 돌입할 정도 수련 속도가 쾌속이었다. 송순희 님의 현묘지도 수련 체험기는 3년 전 『선도체험기』 88권에 이미 나갔어야 했는데, 그러지 못했다. 이유는 그 내용에는 적어도 초견성 과정은 포함이 되어야 하는데, 꼭 치열한 투병기를 읽는 것 같아서 보류해 두고 다시 생각해 보기로 한 것이다.

그런지 어느덧 3년이라는 세월이 흘렀다. 송순희 님은 그동안 기업인으로서 그 바쁜 생활 속에서도 정기적으로 삼공재에 빼놓지 않고 나와서 열심히 수련을 하셨는데 최근 아무 소식도 없이 몇 개월 동안 보이지 않았다.

벌써 20여 년 동안 삼공재를 운영해 오면서 하도 많이 경험해 온 일이라, 그분도 혹시 수련을 중단한 것이 아닌가 생각했다. 송순희 님과 유난히 다정했던 집사람도 무슨 일일까 걱정이 태산 같았다. 전화 연락을 해 보고 싶어도 만약에 수련을 그만두기로 작정했다면 쑥스러워하실 것 같아서, 나는 이런 경우 늘 그래 왔듯이, 그냥 더 기다려 보기로 했다.

하긴 현묘지도를 마친 사람들 중에도 나에게 아무 기별도 없이 삼공재 출입을 그만둔 사람들이 한둘이 아니니까. 그러나 현묘지도 수련을 마쳤다고 해서 수련이 일단락된 것이라고 생각하면 오산이다. 현묘지도 통과는 이제 막 본격적인 선도수련의 시작에 불과한 것이다.

평소에 나는 입이 닳도록 이것을 강조했건만 건성으로 듣는 분들이 많은 것 같아서 늘 한심하고 안타깝게 생각해 온 터다. 그런데 뜻밖에도 며칠 전에, 송순희 님으로부터 메일이 왔는데, 다리의 반달 관절이 찢어져서 수술을 하느라고 그동안 못 나왔다면서 생식을 택배로 보내 달라고 했다.

대주천과 현묘지도 수련까지 마치신 분이 수술을 하지 않을 수 없었다면 내가 사전에 알았다고 해도 별 도움이 되지 못했을 것이다. 그것을 알기 때문에 나에게 알리지 않고 수술을 단행하셨을 것이다. 메일을 읽고 나는 그 송순희 님이 수련에 대한 열의가 조금도 식지 않았음을 확인할 수 있었다. 그 무엇보다도 반가운 일이었다.

나는 불현듯 보류해 두었던 3년 전에 씌어진 송순희 님의 현묘지도 수련 체험기를 다시 읽어 보았다. 추호의 수사(修辭)도 없는 정직하고 솔직한 기록에 깊은 감명을 받았다. 송순희 님에게는 투병기 자체가 진솔한 수련 체험기임을 알게 되었다. 병든 몸을 이끌고도 조금도 굽히지 않고 사업과 수련과 일상생활을 치열하고도 무리 없이 조화해 나가는 자세가 과연 생활 선도인의 귀감이 아닐 수 없었다. 부디 하루속히 쾌유되기 기원한다. 선호는 도상(道商).

〈99권〉

다음은 단기 4343(2010)년 5월 1일부터 단기 4343(2010)년 7월 31일 사이에 있었던 필자의 수련 과정과, 필자와 수련생들 사이에 오고간 수련과 인생에 대한 대화 그리고 필자와 독자 사이의 이메일 문답을 수록한 것이다.

현묘지도 수련 마치고 해야 할 일

2010년 6월 12일 토요일, 19~24℃ 비

오후 4시 반경 삼공재에 모인 13명의 수행자들의 수련이 거의 끝나갈 무렵 재작년, 2008년 6월 6일에 현묘지도 수련을 시작하여 2년여의 적지 않는 세월이 흐른 뒤에 이제 마무리 단계에 들어간 박순미 씨가 말했다.

"선생님, 질문이 하나 있습니다."

"어서 말씀하세요."

"현묘지도 화두수련을 마치면 그 다음에는 무슨 수련을 또 해야 합니까?"

"삼공재에 나오는 것 자체가 수련의 연속입니다. 어떤 사람들은 현묘지도 화두수련을 마치면 수련이 다 끝난 것으로 아는데 그렇지 않습니다. 현묘지도 수련을 마치는 사람에게 내가 아무리 그것을 강조해도 수련자들 중에는 이 말을 내가 별 의미 없이 으레 하는 말이거니 생각하고 대수롭게 여기지 않는 분들이 있는데 행여나 그렇게 생각하면 안 됩니다. 현묘지도 화두수련은 선도수련의 두 번째 문턱을 겨우 넘은 데 지나지 않습니다. 본격적인 선도수련은 지금부터입니다."

"현묘지도 수련 마친 분은 지금까지 몇 명이나 됩니까?"

"현묘지도 수행 체험기를 쓴 사람이 지금까지 23명 나왔습니다."

"그럼 그 23명은 지금도 삼공재에 계속 나오십니까?"

"그렇지는 않습니다. 그중에서 한 명은 이미 작고했습니다. 그분까지 합쳐서 7명은 이미 1년 이상 나에게 아무런 연락도 없이 삼공재에 나오지 않습니다."

"그런 분들의 차후 수련은 어떻게 됩니까?"

"물론 혼자서 자기 나름으로 열심히 수련을 하시는 분들도 있을 것이고 혹은 수련을 중단한 분들도 있을 겁니다. 그러나 나에게 아무 기별도 없이 1년 이상 아무런 소통이 없으면 그 사람은 이미 나에게서 수련을 받는 관계는 아닙니다.

자가발전(自家發電)이 가능하고 자정능력(自淨能力)이 충분한 분이라면 괜찮겠지만 그렇지 못한 분이 삼공재 수련을 중단했을 때는 심정이 좀 착잡합니다. 그렇다고 해서 계속 나오라고 한다고 해서 일단 내 품을 떠난 사람이 다시 나오는 것도 아니니 벙어리 냉가슴 앓듯 하다 맙니다. 가는 사람 잡지 않고 오는 사람 막지 않는 것이 내 방침이니까요.

교사는 교실에 출석한 제자에게만 가르침을 베풀 수 있는 것처럼 나 역시 삼공재에 나오거나 나와 이메일 교신이라도 하지 않는 한 나에게서 수련을 지원받을 수는 없게 됩니다. 어떤 수행자는 『선도체험기』를 40권까지 읽고 대주천 수련까지 마치고 나서 문지방이 닳도록 드나들던 삼공재에 갑자기 발길을 딱 끊습니다.

그로부터 11년이란 세월이 흐른 뒤에 돌연 나타나서 모처에 수련원을 하나 개설했는데 『선도체험기』에 좀 선전을 해 달라고 부탁을 해 왔습니다. 그래서 나는 『선도체험기』는 몇 권까지 읽었느냐고 물었습니다. 그러자 대주천 수련을 할 무렵에 이미 40권까지 읽었다고 하면서 그만큼 읽었으면 많이 읽은 것이 아니냐고 반문이라도 하려는 듯한 눈치였습니다."

"그래서 선생님께서는 뭐라고 말씀하셨습니까?"

박순미 씨가 물었다.

"그러면 11년 전에 삼공재에 발길을 끊었을 때 당신과 나의 사제 관계는 이미 끝난 사이라고 대답했습니다. 그 후 11년 동안 그가 무슨 수련을 어떻게 해 왔는지 그리고 무슨 생활을 해 왔는지 아무것도 모르는데 이제 와서 갑자기 내 앞에 나타났다고 해서 그 11년 동안의 공백기가 일시에 메워지는 것은 아니니까요.

박순미 씨도 마찬가지입니다. 박순미 씨가 지금 현묘지도 수련을 마쳤다고 해도 오늘부로 삼공재 출입을 중단한다면 나와의 사제지간은 오늘로 끝나는 겁니다. 물론 그렇다고 해서 과거 2년 동안 나와 사제지간이었다는 과거지사까지 말소되는 것은 아니지만."

"저는 절대로 그런 일은 없을 겁니다."

"그걸 어떻게 장담합니까? 누구나 다 말은 그렇게 합니다만 실제 행동은 말과는 다른 것을 하도 많이 보아 왔으니까 하는 말입니다. 그러니까 절대로 그런 일은 없을 것이라고 단언은 하지 말고 그런 일이 없도록 부단히 노력하겠다고 말하는 것이 오히려 더 신뢰성이 있습니다. 적어도 자립 능력을 가질 때까지는 말입니다. 사람의 일이란 한 치 앞을 내다볼 수 없으니까요."

"현묘지도 수련자는 그렇다고 치고 대주천 수련자는 지금까지 몇 명이나 배출되었습니까?"

"1990년 8월 30일부터 2010년 6월 2일 현재까지 451명이 삼공재에서 대주천 수련을 받았습니다."

"그럼 그분들 중에서 지금까지 선생님과 꾸준히 연락이 닿는 분은 몇이나 됩니까?"

"451명 중에서 10프로 정도밖에는 안 됩니다. 내가 수련생에게 대주천 수련을 시켜 준 지가 올해로 꼭 20년이 되었는데 그 10프로 외에는 대부분이 10년 이상 나와는 연락이 완전히 두절된 상태로 있습니다."

"그럼 어디서 무엇을 하는지 전연 모르신다는 말씀이십니까?"

"그럼요. 그래서 모 업체에서 대주천 수련을 마친 사람 중에서 특정 전문 인력을 한 사람 추천해 달라는 부탁을 해 와도 연락할 길이 없습니다. 대주천 수련할 당시의 주소와 전화번호는 알고 있지만 그곳에 아무리 연락을 해 보아도 연락이 안 됩니다. 주소도 전화번호도 다 바뀌어 버렸기 때문입니다."

"저는 선생님께서 살아 계시는 한 절대로 선생님 옆을 떠나지 않을 겁니다" 하고 박순미 씨가 결연하게 말했다.

"어디 두고 봅시다. 그 결심이 얼마나 가는지."

"그건 그렇고요. 저처럼 현묘지도 수련이 끝난 뒤엔 어떻게 해야 되죠?"

"가능하면 지금처럼, 사는 곳이 부산이니까, 한 달에 한 번씩이라도 꾸준히 삼공재에 나와서 수련을 하십시오. 현묘지도 화두수련은 현행 교육제도와 비교할 때 박사학위 과정과도 같습니다.

초등학교, 중학교, 고등학교, 대학교(학사 학위 과정), 대학원(석사 학위 과정), 박사 학위 과정의 여섯 단계를 하나하나 마칠 때마다 세상 보는 눈이 조금씩 달라집니다. 세상 보는 눈이 달라진다는 것은 의식이 그만큼 향상되었다는 뜻입니다.

의식은 그 사람의 마음가짐 그 자체입니다. 그 마음가짐이 바로 그의 인격입니다. 그의 인격이야말로 그의 현주소입니다. 의식이 바뀐다는 것은 마음의 단계가 달라진다는 뜻입니다.

한 단계씩 올라갈 때마다 지식이 많아지므로 세상 보는 안목이 그만큼 높아지고 세련되기 때문입니다. 선도수련을 여기에 비유하면 초등학교는 기문이 열리는 단계, 중학교는 축기하는 단계, 고등학교는 기방(氣房)이 형성되는 단계, 대학교는 소주천이 형성되는 단계이고 대학원은 대주천, 박사 학위 과정은 현묘지도 단계와 같습니다.

이 여섯 단계의 교육을 다 마치려면 보통 20년 이상이 걸리지만 선도수련은 빠른 사람은 단 1년 안에 마칠 수도 있습니다. 그러나 그렇다고 해서 수련이 완성된 것은 아닙니다.

현묘지도 과정에 통과한 것은 마치 문인(文人)이 신춘문예나 문예지 공모에 당선된 것과 같습니다. 당선자는 일단 문인 대우를 받기는 하지만 계속 글을 발표하여 좋은 반응을 받지 못하면 문학인으로서의 그의 생명은 끝나는 것과 같습니다. 그러므로 구도자 역시 평생 동안 숨을 거두는 그 순간까지 수련을 계속해야 합니다."

"그런데 초, 중, 고등, 대학교 과정에 해당되는 다시 말해서 기문이 열리는 단계, 축기하는 단계, 기방이 형성되는 단계, 소주천 단계까지는 선생님께서 수련생이 직접 알게 어떤 조치도 취해 주시지는 않으셨습니다. 그건 어떻게 되는 겁니까?"

"그 과정은 수련생이 삼공재에 나와 앉아서 수련하는 동안에 자동적으로 이루어지게 되어 있습니다."

"자동으로 이루어지게 되어 있다는 것은 무슨 뜻입니까?"

"삼공재에 나와 앉아서 호흡 수련을 하는 동안에 소주천까지는 수련생들이 알게 모르게 자동적으로 공부하게 되어 있다는 뜻입니다. 지상(地上)의 선도 수련자들을 위해서 특별히 배려하시는 선계(仙界)의 스승님들의 교단(敎團)이 있어서 그분들의 선택에 따라 수련이 베풀어지는데 지상에서의 일은 내가 그분들의 대리인 역할을 하고 있습니다."

"그것을 무엇으로 입증할 수 있습니까?"

"지금까지 451명의 대주천 수행자와 23명의 현묘지도 화두수련 수행자가 배출된 것만 보아도 알 수 있습니다. 이들 대주천 및 현묘지도 수련은 나 혼자만의 힘으로 되는 것이 아닙니다. 선계의 스승들과 나와 수행자 여러분이 삼위일체가 되어 이루어지는 것입니다."

"그럼, 선생님, 현묘지도 수련의 목적은 무엇입니까?"

"수행자 자신이 자립하여 자가발전(自家發電)하고 자정(自淨)할 수 있는 능력을 키워 주고, 각자의 고유의 관(觀)하는 능력을 키워 주자는 것입니다. 그래서 현묘지도 수련은 대부분 화면을 통해서 수련자들이 자기 자신의 존재의 실상과 진리를 스스로 깨닫도록 유도합니다.

따라서 현묘지도 화두수련을 끝낸 수행자는 그전보다 관하는 능력이 몰라보게 향상되었다는 것을 깨닫게 되어 있습니다. 깨달음을 얻는다든가 견성성불하고 생사해탈을 하는 것 역시 관하는 능력이 그만큼 향상되어 의식이 바뀌었다는 것을 말합니다."

"그렇게 관(觀)하는 능력을 키워서 수행자들이 얻는 요체(要諦)는 무엇입니까?"

"여러분이나 나나 이 지구상에 태어난 것은 어떤 인과로 인하여 생로병사의 윤회의 함정 속에 굴러떨어졌기 때문입니다. 그로 인해 우리는 꼼짝없이 시간과 공간 그리고 물질이라는 감방 속에 갇힌 신세가 된 것입니다. 그래서 우리는 영원과 무한을 그토록 절규하여 온 것입니다. 우리는 본래 영원하고 무한한 존재였기 때문입니다.

그 시공의 감방에서 벗어나는 길은 다시는 생로병사의 윤회의 함정 속에 굴러떨어지지 않을 수 있는 지혜의 눈을 뜨는 겁니다. 그래서 관하는 능력이 수승(殊勝)하여 큰 깨달음을 얻게 되면 우리는 그만큼 눈이 밝아져서 윤회라는 함정 근처에도 다시금 가까이 가는 일이 없게 될 것입니다.

그 깨달음이 쌓이고 쌓이면 선계의 스승, 세상의 스승 그리고 사형(師兄)과 도반(道伴)들이 모두가 인정하는 구도자로 성장하여 제자들을 가르치는 위치에 오르게 될 것입니다. 현묘지도 수련을 마친 사람들이 걸어가야 할 길입니다. 그렇게 될 때까지 잠시도 쉬지 말고 용맹정진해야 될 것입니다. 이것이 바로 구도자가 가야 할 상구보리 하화중생하는 길입니다."

"거기까지는 관념으로 받아들여도 될 것 같습니다. 그런데 문제는 실제로 일상생활에서 무엇을 해야 하느냐 하는 것이 문제입니다."

"내가 늘 일상생활에서 강조하는 세 가지 공부는 아십니까?"

"몸공부, 마음공부, 기공부 말입니까?"

"그것 외에 또 무엇이 있을 텐데."

"바르고 착하고 지혜롭게 살아나가는 것 말인가요?"

"그렇습니다. 그 삼공(三功)과 정선혜(正善慧)가 완전히 체질화되어 일상생활에서 무슨 일을 당해도 조건반사적으로 자기도 모르게 손발이 움직여야 합니다. 마치 운전자가 차를 몰고 가다가 철없는 아이가 차로로 뛰어들 때 자기도 모르게 오른발이 급브레이크를 밟듯이 말입니다. 이렇게만 되면 적어도 다음 생에 윤회의 함정 속으로 다시 굴러떨어지는 일은 없게 될 것입니다."

【이메일 문답】

모든 것에 감사드립니다

스승님 안녕하시지요. 안동의 이재철입니다. 이제 이곳도 날씨가 여름을 향해 가고 있는지 한낮은 30도를 넘어서고 있습니다. 지난 1월에 삼공재를 다녀온 후 4월 중순경부터 저의 현묘지도 수련은 중지 중입니다. 현묘지도 수련으로 3단계까지의 화두를 받았고 스승님의 지도에 따라 2단계까지의 화두를 암송하였지만, 사실 현묘지도 수련이 진행은 되고 있는지는 알 수 없는 지경이었습니다.

수련의 진도가 미진함에 대하여 스승님께서는 처음 빙의령이 수련을 하지 못하도록 방해한다는 말씀이 있으셨고, 수련의 성과에 대하여 자성에게 물어보라시며 자성이 답해 줄 거라고 하셨지요. 그러나 그동안 자성에게 물어보아도 특별한 답이 없었고, 현묘지도 화두를 1단계부터 다시 해 보라시는 스승님의 말씀을 따라 처음부터 다시 해 보아도 별다른 변화는 없었습니다.

뭐 수련의 근기나 인연이 모두 같을 수 없으니 되는 사람이 있는 반면 더딘 사람도, 그 수련법으로는 진도가 나가지 않는 사람도 있을 것이라 생각하니 아쉽기는 하나 별로 마음의 동요는 일지 않았습니다. 현묘지도 화두를 처음 암송하기 시작하였을 때는 백회로 들어오는 기운도 다르고 화두를 계속 암송하다 보니 무슨 화면 같은 것도 보이는 듯도 하였으나,

2단계 화두를 암송하고 몇 달 뒤부터 백회로 들어오는 기운도 느낄 수 없었습니다.

오히려 화두를 암송하지 않는 일상생활 중에 백회에 시원한 기운을 느끼는 경우가 자주 있었지요. 또한 이전에 정좌 수련 중 뭔가 보인 듯한 것은 실제인지, 생각으로 인하여 그런 것인지 확신이 서지 않는 상태입니다. 게다가 화두를 암송하고 나서부터 부쩍 늘어난 편두통으로 진득하게 수련에 임할 수 없었는데, 스승님께서 말씀하시는 것이나 다른 사람들의 경우를 볼 때 빙의 현상인 듯하여 꾸준하게 관을 하였으나 올해 들어서는 잦은 편두통으로 인하여 일상생활까지 힘들어지기 시작하였습니다.

그러나 이도 빙의령이라는 짐작일 뿐 영안이 열리지 않아서 아무리 관을 놓지 않아도 내 눈으로 직접 이 빙의령을 볼 수 없었으니 뭐가 사실인 것이다라고 말할 수는 없을 듯합니다. 제가 제 눈으로 제 능력으로 직접 보고 경험하였다면 좋았을 것이나 아직 저는 어떤 영적인 체험도 경험도 없었지요.

1월에 스승님을 뵈었을 때 선계의 스승님들께서 저의 인내를 시험하려 그러시는지도 모르니 일단은 해 보는 데까지 해 보고 안 되면 수련법과 인연이 아니거나 아직 때가 되지 않았을 수도 있으니 중단하는 것도 어쩔 수 없다고 말씀하셨습니다.

그날 삼공재에서 내려오며 화두수련의 확실한 진척이 있은 후에 삼공재에 다시 들리겠다는 결심을 하였으며 이후 삼공재에 가 보지 못하고 있네요. 화두수련을 하기 전에는 한 달에 한 번 정도 오던 편두통이 화두수련 초창기에 두 달에 한번 정도로 줄었다가 어느새 다시 여성의 달거리처럼 한 달을 즈음으로 계속 반복되고 있었습니다.

2009년 말부터는 더욱 자주 생기기 시작하였는데, 심지어 매주 금요일부터 일요일까지 두통으로 고생하며 관을 잡다가 주말을 보내고 월요일 출근길에서야 다시 잠잠해지기도 하였고, 어떤 때는 오른쪽을 3일 견디고 나서 하루 쉬고 나니 다음날 다시 왼쪽이 이틀 오고 하는 등 한 달 중 근 보름 동안 두통으로 지긋지긋한 나날을 보내기도 하였습니다.

아무리 두통이 있어도 매일매일 화두를 암송하였으나 다른 도우들이 경험한 것과 같은 수련의 진척은 일어나지 않았습니다. 사실 두통을 관하느라 화두가 제대로 잡히지 않았을 수도 있을 것입니다. 그러다 이건 뭔가 이상하다는 생각이 들어 일단은 화두 암송을 중단해 보자는 생각을 하게 되었습니다. 2010년 4월 중순부터 혹시나 하는 생각에 화두수련을 중단하였는데 이상하게도 그 무렵부터 마음이 편안해지고 다른 이들로부터 험한 일을 당해도 별로 화도 나지 않고 되려 그들이 불쌍하다는 생각이 들기 시작하더군요.

화두수련을 중단한 후부터 지금까지 그렇게 나를 괴롭히던 심한 편두통도 일어나지 않은 채 지냈습니다. 한 번은 두통 기운이 살짝 오려고 한 것을 느낀 적은 있으나 그냥 산책을 한 번 하고 나니 개운해지더군요. 96년 『선도체험기』를 보고 단전에 따뜻한 기운을 느꼈고 97년 삼공재를 처음 출입하고 기운이 점점 강화되어 99년 즈음에 백회가 시원해짐을 느낀 후 그냥저냥 지내다가 2008년 5월 스승님께서 벽사문을 백회에 설치해 주셨고 동시에 화두수련을 시작하게 되었습니다.

하지만 사실 기 수련의 진도는 엄밀하게 보아 99년 수준에 비해 현재가 크게 진보된 것이 없는 듯합니다. 그때나 지금이나 영안도 트이지 않았다는 점도 동일하고요. 그리고 사실 마음공부도 한다고 하였지만 솔직하게 평가해 보면 처음 삼공재를 출입할 당시나 올해 초까지도 별반 차이가 없다고 생각됩니다.

눈감고 가만히 수련에 임하면 마음이 고요해지고 황홀하고 몸도 기운이 돌아 청량해지니 마치 곧 신선이 될 듯 초탈함을 느끼고 내가 대단한 존재가 되어 가는 듯하였습니다. 그러나 번잡하고 시끌벅적한 일상생활 중 억울하다 싶은 일을 당하거나 가족의 곤란함 등을 접하면, 가라앉은 내 안의 티끌은 어느새 다시 일어나 제 속에 부유하여 수련으로 얻은 청량함을 흐려 놓고 마음은 다시 어지러워진 것이 솔직한 상황이었습니다.

수련한다는 놈이 이래서야 될까 하여 참아 내는 것일 뿐 내 마음 바닥엔 여전히 가라앉은 탐진치가 떠오르길 기다리고 있음을 알 수 있었습니다. 그동안의 수련이 참아 내는 인내심은 키워 주었을 테지만 원천적으로 내안의 티끌을 한 점도 없애 주지 못한 것이라 여겨졌습니다.

수련 시간 중 청량함을 몸과 마음이 느끼는 것은 다만 아무 짓도 하지 않고 고요한 시간을 가짐으로써 티끌이 가라앉은 것이지, 티끌이 없어지는 것은 아니라는 생각에 과연 이러한 수행이 깨달음을 얻는 진정한 방법인가라는 의심이 일었습니다.

이미 일상이 되어 버린 단전호흡은 여전히 생활 속에서 되고 있지만 2010년 4월 중순 경부터 정좌 수련도 화두 암송도 중단하였는데, 오히려 이 후부터 번잡한 생활 중에도 상대에게 심한 욕을 들어도 별로 마음이 흔들리지 않습니다.

그동안 수많은 시간을 성욕에 사로잡혀 있었으나 그마저도 이제 그저 그런 상태로 별다른 유혹을 느끼지 않는 것은 내가 가장 크게 느끼는 변화 중 하나입니다. 요즈음은 수련보다 바르게 사는 것에 대한 생각들이 마구 일어나고 있으며 몇 가지는 이전에 메일을 드린 적도 있습니다.

깨달음은 수련으로 오는 것만은 아니라는 느낌도 듭니다. 단전호흡이라는 것을 처음 접한 85년 이후 20년 이상, 그리고 삼공재를 출입한 지 10여 년 이상에도 얻을 수 없었던 바른 생각들이 특별하게 수련이라고 여기지 않는 아침 운동 중, 일상생활 중 자꾸 쏟아지고 있습니다.

공교롭게도 화두수련을 중단할 즈음부터 그렇습니다. 대체 제게 무슨 일이 일어나고 있는 것일까요? 물론 이러한 물음도 제 자신에게 물어야 하거나 별로 물을 필요도 없는 것일지도 모르겠습니다. 이러한 마음의 변화가 옳은 것들이라면 그 또한 그동안 스승님의 지도에 따라 해 온 수행의 누적으로 일어난 것이리라 여기고 있습니다.

스승님께 오래 찾아뵙지 못해 죄송하고 앞으로도 얼마나 더 오래 뵙지 못하게 될지도 모르는 점도 죄송합니다. 또한 스승님의 지도대로 받은 수행의 진행 사항이 아닌 전혀 엉뚱한 방향으로 저의 진도가 나가고 있는 것은 아닌가 하는 점도 죄송합니다. 그러나 설사 제가 현묘지도와 인연이 없더라도 진정한 깨달음을 얻기 위한 노력은 계속할 것을 스승님께 약속드립니다. 지금까지 저의 모든 것은 모두 스승님의 가르침 덕분임을 알기에 더욱 감사드립니다. 오래 동안 뵙지 못하더라도 스승님과 사모님 늘 여여하시고 건강하십시오.

2010년 6월 5일

안동에서 이재철 올림

【필자의 회답】

현묘지도 화두수련만이 전부가 아니니까 조금도 걱정할 필요는 없습니다. 부디 자기 자신만의 길을 찾아보시기 바랍니다. 그리고 깨달음은 반드시 수련 중에만 오는 것도 아닙니다. 때가 되면 흔히 일생생활 중에 아무 때든지 문득 찾아오는 수가 더 많습니다.

그러나 『선도체험기』가 강조하는 세 가지 공부만은 금생에서 숨이 다 하는 그 순간까지 계속한다는 각오로 임한다면 언젠가는 반드시 대각을 거머쥘 날이 있을 것입니다. 그날이 올 때까지 무소뿔처럼 용맹정진하시기 바랍니다.

말씀 명심하겠습니다

네, 스승님의 말씀 명심하여 끝까지 정진한다는 구도심만은 절대로 포기하지 않겠습니다. 포기하지 않으면 언젠가 어디선가 또 다른 기회가 오고야 말테니까요. 뵙기가 죄송스러워 메일로 말씀드렸습니다만 현묘지도 수련을 중단 중임을 스승님께 알리고 나니 죄송한 마음과 더불어 저의 수련에 대한 방향성을 어찌해야 할까 조금 멍한 상태인 듯합니다. 그러나 곧 극복해야하겠지요. 죄송하고 또 감사합니다.

2010년 06월 07일

안동에서 이재철 올림

【필자의 회답】

앞으로 어떻게 수련을 해야 할 것인가를 화두로 삼아 관을 하시기 바랍니다. 자성으로부터 반드시 좋은 회답이 올 것입니다.

믿기 어려운 기감

삼공 선생님 전 상서

늘 가르쳐 주심에 깊은 감사를 드립니다. 그동안 안녕히 계셨는지요? 오래간만에 인사를 드립니다만, 수련에는 별 진전은 없으나 운동만은 꾸준히 하여 몸무게는 67kg으로 안정을 보이고 있으나 다음주 1주일 정도 단식을 하여 65kg 이하로 안정점을 낮출 예정입니다.

그리고 지난달에는 서울에 있는 모 대학의 교수 공채에 응모를 하였으나, 발표 기회도 부여받지도 못하고 예선 탈락을 하였습니다. 객관적인 업적에서나 경력에서 보면 적어도 발표 기회는 주어지리라 생각했으나 아예 싹마저 잘려 버리는 상식 이하의 일이 벌어졌습니다. 즉 짜고 치는 고스톱 판에 기웃거리는 형상이 된 것입니다.

그러나 이번 응모를 하면서 좀 색다른 기감을 같이하고 있으며 아직도 지속되고 있습니다. 즉 응모한 대학은 공동연구 등으로 여러 차례 방문한 적도 있는 탓에 연구실의 위치를 알고 있는 탓일까 보호령과 신령들이 터를 닦고 저를 맞이할 준비를 하고 있으며, 이는 한 달여 전의 응모 서류를 준비하는 시기부터 이루어지고 있으며, 예선 탈락을 한 지금도 보호령 등이 그 연구실에서 기다리고 있는 형상입니다.

물론 제 마음 또한 기감 때문일까 응모 시부터 안 된다는 생각은 해본 적이 없고 예선 탈락을 한 지금도 마음의 동요는 전혀 없이 발표는 영어로 해야 하기에 그 준비를 계속하고 있습니다. 이런 상황을 무명중생의 관점에서 보면 제가 느끼고 그리고 하고 있는 것이 비상식적일 것입니다만, 이것 외에 저의 언행에는 변화가 없으며 지금의 일련의 일들은 선계에서 주도하고 있는 듯합니다.

즉 제가 꼭 그 대학에 가야 한다는 집착이 강하다면 일시적으로 환상에 들 수도 있으나, 현재는 제가 그 대학에 가게 된다면 그 대학에는 큰 도움이 된다는 생각이 일고, 특히 저는 늘 평상심을 유지하고 있으니 좀 특이한 체험들을 하고 있는 것은 틀림이 없습니다.

그러나 단지 중생들의 일에까지 선계에서 참견을 하게 해야 하는 문제에 대하여 제 자신에 물어봅니다만, 이것은 저의 집착에 의해 이루지는 것이 아니니 그냥 선계의 판단에 맡기고 발표 준비며 생업에 전념하라는 메시지가 옵니다. 아무튼 아무런 동요 없는 제 모습에 감사할 따름이지만 이것이 정말 있을 수 있는 일인지에 대하여는 처음이라 확신은 서지 않는 것이 솔직한 심정입니다. 그리고 종종 메일을 드리도록 하겠습니다.

2010년 6월 6일

나요로에서 제자 도육올림

【필자의 회답】

오래간만입니다. 이왕 선계의 동정이 나타난 이상 굿이나 보다가 떡이나 얻어먹는 심정으로 끝까지 조용히 지켜보시기 바랍니다.

진인사대천명(盡人事待天命)

삼공 선생님 전상서

늘 가르쳐 주심에 깊은 감사를 드립니다. 보내 주신 답장은 감사히 받았습니다. 이번 체험이 어떤 식으로 결론이 나든, 적어도 지금 현생에서 이루어지는 일들은 모두 천계에서 주관하고 있다는 사실을 알려 주는 계기라는 생각이 듭니다.

그러니 모든 일의 실마리는 진인사대천명에서 시작이 되니 망설일 것도 두려워할 것도 없이 지금 주어진 테두리 안에서 내가 할 수 있고 그리고 나만이 할 수 있는 일에 전력투구하는 것이로구나 하는 생각이 듭니다. 아무튼 이번의 체험을 통하여 선계에 대한 존재 인식을 확실히 느꼈고, 아마도 다시 수련에도 박차를 가해야 할 시기라는 신호인 것 같습니다. 앞으로도 끊임없는 지도와 편달을 부탁드리며 간단히 감사의 메일을 올립니다. 안녕히 계십시오.

2010년 6월 7일

나요로에서 제자 도육 올림

【필자의 회답】

하늘은 열심히 노력하는 것만큼 반드시 보답한다는 신념으로 만사에 임하시기 바랍니다.

하단전만이 우주를 품을 수 있는 것 아닌가?

삼공 선생님 전 상서

늘 이끌어 주심에 깊은 감사를 드립니다. 우선 초심으로 돌아가기로 하였습니다. 즉 오로지 하단전에 모든 중심을 놓고 생활하는 것이 주위의 환경에 휘둘리지 않고 묵묵히 갈 수 있다는 것입니다. 현재까지는 상단전에 의식을 두고 상의하며 결정하였습니다만 결국 마음이 편치 않으며, 이것저것 세속사에 마음을 상하니 1보 전진하다 2보 후퇴하는 형상이 되어 버리는 것입니다. 이러한 수련의 답보 상태의 영향인지 오늘은 새벽 1시반경에 잠에서 깨이기에 누운 상태에서 단전호흡을 하였습니다.

그러자 하단전이 제가 태어난 마을을 품더니 대한민국, 일본과 미국 그리고 북미, 남미, 유럽 대륙에 이어 지구를 품더니 우주를 품는 것이었습니다. 이는 결국 하단전이 몸의 중심이요 마음의 중심이라는 것을 전해 주는 가르침의 장면인 것이었습니다.

앞에서 언급한 것과 같이 상단전에 의식을 두고 상의하고 결정을 하게 되는 것은 세속사에서 벗어나지 못하며, 설사 사심 없이 판단한다 하더라도 그 한계를 벗어나지 못한다는 것이었습니다. 그러니 일일이 참견하고 싶어 하고 손이 안으로 굽듯이 마음이 점점 작아진다는 것을 느꼈습니다.

지금 이치를 깨닫고 단전으로 중심을 옮기니 다시 이전의 평화로움이 찾아오고 있습니다. 오늘부터 1주일은 학생실습으로 현장에 나갑니다만,

하단전을 면밀히 관찰해 볼 생각입니다. 그럼 늘 건강하시고 하시는 모든 일이 잘 이루어지시기를 기원합니다. 안녕히 계십시오.

2010년 6월 21일
나요로에서 제자 도육 올림

【필자의 회답】

선도 수련자에게는 하단전은 인체의 중심인 동시에 우주의 중심이기도 합니다. 이론보다는 실체험으로 깨닫게 되어 다행입니다. 그래서 행주좌와어묵동정(行住坐臥語默動靜) 염념불망의수단전(念念不忘意守丹田)하라는 것입니다. 여기서 말하는 단전은 물론 상단전이 아니고 하단전을 말하는 것입니다. 계속 용맹정진하기 바랍니다.

세속사에는 바보가 되어도!

삼공 선생님 전 상서

늘 이끌어 주심에 깊은 감사를 드립니다. 그리고 서서히 돌파구가 근접해 오고 있는 것 같습니다. 즉 상단전에서 이루어지는 세속적인 이벤트에 대하여는 숙맥이요 바보 소리를 들어야 정상인 것 같습니다. 즉 돌

부처가 되어 아무리 흔들려고 해도 무대응으로 지금 내가 하고 있는 일에만 전념하는 것입니다. 그렇다고 그것에 무슨 의미까지 둘 필요는 없다는 것입니다.

즉 내가 하루라도 일을 하지 않으면 밥을 먹지 않는다는 단순한 개념으로 세속적인 일을 정리해야 할 것 같습니다. 주어진 일이라고 하는 것은 단지 수련의 승화를 위한 장소와 장면의 제공이니 그의 변화에 춤을 추어서도 안 되는 것으로 생각합니다. 아무튼 상단전에서 이루어지는 모든 것들은 아무리 미사여구를 써서 객관화하려 해도 이는 이미 주관에 사로잡혀 있기에 모든 것이 허상이라는 것을 알았습니다.

이는 요즘 상단전에서 벌어지는 이벤트들을 하단전에 옮겨오면, 즉시 사라져 버리고 마니 모두 허상이었다는 것을 알았습니다. 그러나 한 가지 아직 정리가 되지 않는 것이 있습니다만, 개발도상국에 가까우면 가까운 나라일수록 학연이나 지연에 의해 한때 벌어 놓은 것으로 평생 호의호식이 가능한 병폐가 전체를 지배하고 있으나, 선진국일수록 다가오는 과정에서 늘 역전의 기회가 주어진다는 것입니다.

지금까지 모국에서 벌어지는 일련의 일들 즉 대통령이 되면 국민을 위한다는 명분 아래 그동안에 진 빚을 갚기 위한 코드 인사를 일삼고, 공직을 부정 축재를 위한 수단으로 삼는 병폐가 사회 전반에 만연되었고, 개인의 능력을 최우선으로 해야 할 스포츠에까지 무슨 협회라든가 인맥에까지 눈치를 보아 가며 선수 선발을 해야 하는 사회가 모국의 현주소인 것입니다.

그러나 이것을 하단전에 가져가도 사라지지 않고 흥분은 되지만 달아오르니 허상이 아닌 것만은 틀림이 없습니다. 허나 현재로서는 너나 잘

하슈 하고 하단전에 묶어 두고 있습니다. 아마도 당분간 위의 매듭 풀기에 시간이 필요할 것 같습니다. 즉 세속사에 바보가 되어야 하는 저만의 기준점을 찾아야 할 것 같습니다.

그럼 사모님과 선생님의 건강이 늘 함께 하시기를 바라며, 이만 줄이겠습니다. 안녕히 계십시오.

2010년 6월 21일 오후 10시
나요로에서 제가 도육 올림

【필자의 회답】

하단전에 항상 의식을 두고 사고(思考)를 하면 상단전에 과부하가 걸리지 않습니다. 몸과 마음의 중심인 하단전에 좌정한 의식이 두뇌 작용을 원격 조정할 수 있기 때문입니다. 그러나 의식이 두뇌 즉 상단전에 가 있으면 두뇌는 냉정을 잃게 되므로 금방 과부하가 걸리게 되어 있습니다. 온몸의 기혈이 두뇌로 몰려들게 되기 때문입니다. 따라서 상체는 뜨겁고 하체는 차게 됩니다. 이것은 병적인 현상입니다.

의식이 하단전으로 내려간다는 것은 이기심에서 이타심으로 의식을 바꾸는 것을 말합니다. 무명중생들은 이타행을 생활화할 수 없으므로 항상 머리에 과부하가 걸리지 않을 수 없게 되어 있습니다. 그래서 선도 수행자는 평생 하단전에 의식을 두어야 합니다. 이것이 바로 지감 조식 금촉의 기본입니다.

이 기본에 충실해야 수승화강(水昇火降)이 저절로 이루어져 머리는 늘 시원하고 아랫배와 손발은 항상 따뜻하게 됩니다. 머리가 언제나 시원해야 매사에 냉철한 관을 할 수 있고 이기심에 빠지지 않을 수 있습니다. 이타심이 생활의 중심이 될 때 마음과 몸 전체의 균형과 조화를 최상의 상태로 유지할 수 있습니다.

그냥 묻어두기

삼공 선생님 전 상서

늘 가르쳐 주심에 깊은 감사를 드립니다. 오늘은 어제의 하단전에 내려놓는 숙제를 의식하며 조깅을 하였습니다. 그러자 지금까지 상단전에서만 보이던 보호령이 하단전에 나타나면서 단전이 푸근해지는 것이었습니다. 그러니 현재 숙제로 여기는 일련의 것들은 하단전을 돌보고 있는 보호령에 맡기는 심정으로 그냥 굿이나 보고 떡이나 먹는 형상이 된 것입니다. 즉 모든 것은 하단전에 내려놓고 맡기는 심정으로 묻어두는 것입니다.

설사 세속사에 참견해야 할 상황이 온다고 해도 이는 상단전으로 오는 것이 아니라 자연히 하단전에서 장면이 온다는 것을 알았습니다. 그리고 선생님께서 가르쳐 주신 하단전의 의식이 상단전으로 전해지는 것을 느끼게 되고 세속사들은 우선 하단전에서의 필터링을 거친 후 상단전에 전해지니 이들의 결과가 바로 이타행을 행하는 일련의 과정인 듯합니다.

아마도 조금 빠른 생각이 될지는 모르지만 이제야 수련의 기본 틀이 잡혀 가는 것 같고 현재까지의 삶에 대한 2차원의 의식이 3차원의 세계로 바뀌어 가는 것을 느끼고 있습니다. 아무튼 이번의 체험은 저를 탈바꿈시키려는 뜻이라는 느낌이 이니 전력투구해야 할 것 같습니다. 왜냐하면 기회라는 것은 그리 흔하지 않다고 생각되기 때문입니다. 그럼 늘 끊임없는 지도와 편달을 부탁드립니다. 안녕히 계십시오.

2010년 6월 22일
나요로에서 제자 도육 올림

【필자의 회답】

욕심과 이기심은 항상 짧은 호흡에서 나옵니다. 짧은 호흡은 또 흉식(胸式) 호흡에서 나옵니다. 흉식호흡은 두통을 유발한다는 것은 체험으로 증명되었습니다. 그러나 남을 나보다 먼저 생각하는 사람은 언제나 마음의 여유가 있으므로 자연적으로 그 호흡이 길 수밖에 없습니다. 긴 호흡은 단전호흡에서 나옵니다. 단전호흡은 자연히 수승화강(水昇火降)을 하게 함으로써 머리는 항상 시원하고 손발은 언제나 따뜻하게 만듭니다. 이것이 바로 건강의 요체입니다.

요컨대 이기심은 짧은 호흡이고 이타심은 긴 호흡에서 온다고 보면 틀림없습니다. 이 이치를 이론이나 관념이 아니고 실체험으로 깨닫게 된 것이 중요합니다. 결국은 호흡 방법이 구도자를 만들기도 하고 무명중생을 만들기도 하는 것입니다. 진리는 이처럼 간단명료합니다. 계속 용맹정진하시기 바랍니다.

축기는 완성되었는지요?

안녕하십니까, 선생님. 울산의 제자 최성현입니다. 내일 학원을 하루 쉬어서 삼공재를 방문하고자 미리 메일을 드립니다. 내일을 생각하면 기분이 설레면서 한편으로 좀더 자주 방문해야 되는데 그러지를 못하는 제 자신을 바라봅니다.

좀더 관찰을 통해 지혜를 발휘하여 삼공재를 자주 방문할 수 있도록 노력하겠습니다. 지금도 수련은 제게 최우선 순위지만 더욱더 노력하도록 하겠습니다. 이번에 방문하면 거의 3주만에 방문하는 것 같습니다.

수련의 상황을 말씀드리기 전에 먼저 선생님께 감사의 인사드립니다. 지금까지 사춘기가 시작되면서 제게 있어서 정말 큰 고민이었던 몽정이라는 병의 고삐를 선생님 덕분에 제가 잡은 것 같습니다. 저번에 4월 30일 날 이후로 길어도 2주에 한 번 정도는 있었던 몽정이 안 나타나고 있습니다.

저번 몽정이 거의 20일 만에 나타났고 그 이후로 지금 현재 한 달 하고도 열흘이 지났지만 몽정을 안 하고 있습니다. 그래서 예전처럼 1~2주 정도 수련하고 몽정으로 다 날려 버리는 허탈감에서 벗어나서 제가 수련에 시간을 들인 만큼 정이 쌓여 나가고 있음이 느껴집니다. 이번 생에 있어서 커다란 난제를 해결한 기분입니다. 다 선생님 덕분입니다. 다시금 감사드립니다.

현재 수련은 선생님의 조언대로 밤에 가능한 일찍 자고 아침에 일찍 일어나서 조깅을 50분 정도 하고, 샤워하고 50분 정도 정좌해서 수련하고 아침을 먹고 출근하고 있습니다. 그리고 출근해서 3~40분 정도 『선도체험기』를 읽고 나서 업무에 임하고 있으며, 집에 와서는 20분 정도 정좌수련 후 방석 숙제를 10분 정도 하고 있습니다.

그날그날 수련할 때 느끼는 기감은 좀 유동적입니다. 단전에 기운은 잘 느껴지며 등 쪽으로 기운이 느껴질 때도 있고 안 느껴질 때도 있습니다. 그리고 예전에는 등 쪽이 더운 기운이 느껴졌다면 이제는 기운이 잘 느껴질 때는 좀 시원한 기운이 느껴지며 턱과 코밑 인중에서 시원한 느낌이 듭니다.

『선도체험기』를 볼 때도 기운의 느낌이 좀 시원하게 느껴질 때가 있습니다. 그리고 『선도체험기』에 있던 몸살림 운동의 책을 찾아보면서 방석 숙제를 하게 되었는데 시작한 지는 얼마 안 되었지만 많이 도움이 되는 것 같습니다. 특히 정좌 시에 예전과 달리 안정된 자세를 취하고 있음이 느껴집니다. 수련 시에는 예전에 호흡이 너무 빠른 것 같아서 좀 더 천천히 하려고 노력하고 있으며 무엇보다도 단전에 축기가 되도록 노력하고 있습니다.

선생님, 어떻게 제 수준이 축기는 완성이 된 건지요? 아니면 아직 기운의 방을 만들지 못했는지요? 제 스스로가 더 많이 노력을 해야 됨을 알지만 현재 수준이 궁금해서 이렇게 질문을 드립니다. 지금까지 읽어주셔서 감사합니다. 선생님. 그럼 내일 뵙도록 하겠습니다.

2010년 6월 10일

울산의 제자 최성현 올림

【필자의 회답】

우선 몽정을 안 하게 된 것은 참으로 잘된 일입니다. 그러나 지금부터 축기는 시작되는 단계에 접어들었습니다. 단전호흡을 할 때는 말할 것도 없고 하지 않을 때는 항상 단전이 따뜻해질 정도가 되어야 합니다. 단전에 이물감(異物感)이 생기면서도 계속 달아올라야 합니다. 그렇게 되면 대맥(帶脈)이 열리게 될 것입니다. 계속 용맹정진하시기 바랍니다. 6월 11일 오후 3시에 기다리겠습니다.

[수련 체험기] 깊은 업장이 하나씩 벗겨지다

신 성 욱

1942년 1월생으로 70세가 내일모레다. 기운이 하루하루 다르다. 작년에는 서울역에서 남산 팔각정까지 770여 계단으로 걸었는데, 올해는 무릎도 신통치 않고 기운도 줄어 도로를 따라 걷고 있다.

결혼 전 위궤양, 폐결핵, 만성 간염으로 줄곧 6년간을 투병했다. 지금도 폐에 자국이 있고 폐활량은 적다. 감기 다음에는 꼭 호흡 곤란이 찾아온다. 독한 폐결핵 약을 3년 이상 복용하니 다음에는 만성 간염이 온 것이다. 이 폐결핵과 만성 간염은 이후 나의 진로와 희망을 앗아갔다. 결혼하고 6년 후 2차 만성 간염으로 무려 12년을 투병했다.

인생의 황금기를 이렇게 지나고 보니 미련과 아쉬움이 남아 있지만 이 모두가 나의 업장인 걸 어찌하랴. 근무 환경도 체력을 뒷받침해 주는 운동과는 거리가 멀었다. 철도청 직업 공무원으로서 본청 시설국에 근무하게 되면서 출퇴근 시간 외에 걸을 시간도 없고 의지(意志)도 부족하고 체력 또한 따라 주지 못했다.

나이 50이 되자 운동 부족으로 허리 디스크가 오고 목 디스크까지 위협했다. 등산을 하기로 마음먹었다. 처음 코스는 도선사에서 백운대까지를 20번 쉬어 올라갔다. 그러나 다음 4일 동안은 꼼짝을 못 했다. 그래도 운동의 효과는 무엇으로 대신할 수 없도록 소중했다.

1999년 3월 XX선원에 등록을 하고 열심히 다녔다. 그러나 뜻하지 않게 석 달 뒤 갑상선 호르몬이 과다하게 생산되어 갑상선 기능항진증으로 체중이 6kg나 빠져서 그만두었다. 2003년 4월 또다시 XX선원에 등록하고 재도전했다. 건강을 위하여 운동과 단전호흡이 내 몸에 맞는 것 같았다. 그러나 이번에도 불청객이 찾아왔다. 무릎 관절이 아프다 보니 연골 보강 및 관절염 치료 주사를 1달에 한 번씩 5개월간 맞았으나 크게 나아진 게 없었다.

2005년 3월 혼자서 단전호흡을 시작했다. 예비체조 30분, 단전호흡 30분, 뒷체조 및 절 수련 10분을 했다. 그러나 2개월 뒤 고혈압이 찾아와서 투약하기 시작했다. 2006년 8월 단전호흡 시간을 2배로 늘리기로 하고 아침저녁으로 매일 2번씩 했다.

2007년 3월부터 하루 4시간을 단전호흡에 열중하기로 했다. 즉 아침 2시간, 저녁 2시간이다. 예비체조 및 뒷체조와 절 수련을 빼면 순수한 단전호흡 시간은 아침 1시간, 저녁 1시간이었다. 수련 덕분에 고혈압이 없어져 2008년 5월부터 고혈압 약을 중단했다. 요즈음도 혈압은 100/70 전후이므로 오히려 저혈압 때문에 일어설 때 어지럽다.

2006년 10월 난청이 왔다. 처음에는 좌측에 2007년 5월에는 우측에도 찾아왔다. 좌우 귀에 보청기를 착용했다. 먼 곳의 소리는 잘 들리나 큰 소리와 어떤 사람의 전화는 보청기를 끼면 더 안 들린다. 요즈음은 안 낀다. 금년 3월 퇴직 이후 나 혼자 있으니 낄 필요가 없게 되었다. 이와 같이 내 전생에 진 빚을 금생에 많이 갚은 것 같아 기쁘다.

2010년 5월 3일

오행생식 XX지점 XXX 원장님께 맥을 보고 생식 처방을 받은 다음, 내 수련을 한 단계 올리기 위해 삼공 선생님께 가야겠다고 하니 좋다고 했다. 그는 나보다 나이는 적으나 1996년 7월부터 1997년 3월까지 우연히 같은 공장 내 사무실에서 서로 만나 알게 되었다.

그때 그가 오행생식, 단전호흡, 삼공 선생님에 대한 이야기를 들려주었다. 자기는 삼공 선생님에게 수련하여 백회도 열었고 벽사문도 달았다고 했다. 그 후 그는 오생생식 대리점을 경영하게 되었고, 나는 2000년 6월부터 그곳에서 생식을 하게 되었다. 근 10년 동안 3개월에 한 번씩 찾아가서 맥을 보고 생식 처방을 받았으므로 많은 아쉬움이 남았지만 나로서는 수련을 위해 더이상 미룰 수 없는 처지가 됐다.

이제 전심전력을 기울여 삼공 선생님 앞에서 많은 기를 받아 나의 적은 기와 융합하여 수련을 빠르게 진척시키지 않으면 금생에는 도를 이루지 못할 것 같다. 특히 『선도체험기』 57권과 68권에서 하단전이 따뜻해지지 않으면 다른 곳에 아무리 기가 많이 들어와도 소용이 없다는 말에 정신이 번쩍 들었다.

실제 단전호흡 1시간 동안 90%는 잡념이요 10%만 하단전과 기의 흐름에 집중한 것 같다. 집안일, 친구, 업무 관련 뉴스에 나온 사건 등 단전호흡만 시작하면 기다렸다는 듯이 머릿속으로 뛰어 들어온다. 차단막을 쳐도 넘어서 들어온다. 그리고 이것이 일상화되어 버렸다. 이제 삼공 선생님의 가피력으로 집중률을 90%로 높이고 잡념을 10%로 줄여 나가고 난청이 해소되기를 1차 목표로 삼아 정진해 보련다.

2010년 6월 13일

삼공 선생님께 수련 요청 e-mail을 19:00 시 처음 발송했다. 그날 저녁 집에서 예비체조 도중 선생님의 기운줄이 내 백회에 내리꽂히면서 엄청난 기운이 쏟아져 들어오고 얼굴에 경련이 일어난다. 예비체조 끝나고 본수련 1시간 동안 계속 기운이 잘 들어왔다.

아마 선생님이 내 메일을 열어 보고 기운을 보내 주셨구나 하고 컴퓨터에 들어가 보니 선생님은 메일을 열어 보시지도 않았다. 이상하다 어디서 그런 기운이 쏟아져 들어오는지 알 수 없는 일이다.

2010년 6월 15일

처음 삼공재 가는 날이다. 선릉 전철역에서부터 맑은 기운이 세게 들어온다. 삼공재 수련하는 동안 다리는 아팠으나 기운은 맑고 세차다. 특히 오후 네 시부터 정신집중이 잘되고 기운이 엄청 세게 들어와서 겁이 났다. 선생님이 나의 맥을 보았다. 평상시는 꼭꼭 찌르는 구맥이었는데 단전호흡 1시간 뒤의 맥은 평맥이었다. 좋은 일이다.

돌아올 때 선생님이 나의 빙의령은 곧 천도될 테니 걱정 말라고 하신다. 선릉역까지 걸어오는 도중 함안에서 올라온 도우를 만나 인사를 나누고 휴대폰 전화번호를 적어 두었다. 그러나 뭘 물어 보고 싶어도 전화는 안 걸었다. 나한테 들어 온 빙의가 전화기를 타고 그쪽으로 간다는 『선도체험기』 내용을 읽던 중이었으므로 전화는 안 하기로 했다.

2010년 6월 17일

올해 3월말 회사를 그만두고 하루 한 시간이라도 걷는 것이 일과가 되어 버렸다. 오전 조계사에 갔다가 막내딸 내외와 점심 먹고 남산을 올라가던 중 갑자기 꿩의 울음소리(실제 남산에 꿩이 살고 있는 것은 처음 보았음)를 듣고 깜짝 놀랐다.

그 울음소리가 아직도 무명에서 깨어나지 못했느냐는 소리 같다. 『선도체험기』 1권에서 35권까지는 약 5년 전에 다 읽었고, 36권부터 97권까지는 6개월 전부터 시작하여 지금 95권을 읽고 있으니 마음공부는 좀 되어서 그런가 하는 생각이 들었다. 몸공부, 기공부는 유치원생이요, 마음공부는 초등학교 5학년인가.

2010년 6월 18일

한성대 입구에서 북악골프장까지 걷고 집으로 오는 버스 안에서 옆에 앉은 40대 남성에게 계속 기를 빼앗기고 있다. 이런 일은 생전 처음이다. 그 남자의 표정을 몇 번 보았으나 기운을 일부러 빼어갈 인상은 아니어서 강력하게 차단막을 치고 보호령을 불러 기를 못 나가도록 했으나 소용이 없었다. 그 승객이 종로 2가에서 내린 다음 내 하단전을 만져보았다. 평상시 같이 싸늘하지만 더 싸늘하다는 느낌은 없었다.

2010년 6월 20일

내일 삼공재에 가겠다고 선생님께 전화로 말씀드리고 난 다음 바로 빙의가 들어온 것 같다. 눈앞이 캄캄하고 어지럽다. 삼공 선생님이 제자에게 빙의령을 보낼 리는 없지 않는가? 조금 있다가 괜찮아졌다. 저녁 단전호흡 시 기운은 전보다 많이 들어왔다.

2010년 6월 21일

삼공재에 가려고 선릉역을 나서자 백회로 엄청 많은 기가 들어온다. 많은 빙의령과 같이 들어오는 게 아닐까 겁이 난다. 삼공재 안에서 수련 시 마음이 가라앉는다. 나는 왜 몸 전체로 삼공 선생님의 기를 다 받지 못하고 겁이 나 도망갈 생각을 하는지 참 답답하다. 크게 기운 받고 기몸살 한 번 크게 하면 될 걸. 마음이 그것밖에 안 되는 걸 어떻게 하나.

2010년 6월 22일

기몸살로 집에 있었다. 삼공재에서 기의 우물물을 마음껏 퍼 담아 가라고 했지만 큰 대야로 못 받고 손바닥만한 종지로 받으면서 기몸살을 했으니 억울하다. 그릇 탓하지 말고 마음을 확 여는 방법이 없을까?

2010년 6월 28일

오늘이 삼공재 방문 3번째다. 선릉공원 중간쯤으로부터 기가 세게 들어왔다. 수련 중 기도 잘 들어오건만 하단전은 역시 차다. 수련 끝나고 선생님께 하단전 계속 차다고 하니까 삼공재에 와서 일주일에 2시간씩 계속 수련하라고 하신다.

2010년 6월 29일

집에서 저녁 수련 시, 눈을 반개하고 기에 취해 정신이 몽롱한 상태에서 내 앞에 삼공 선생님이 앉아 수련 지도를 해 준다. 손으로 임, 독맥을 하나하나 짚으시면서 기를 따라 돌려 보라고 한다. 따라 했다. 기가 전보다 훨씬 세차게 잘 돌아간다. 이번에는 손바닥을 내 단전에 댄다. 순간 내 단전이 자석처럼 삼공 선생님의 손바닥에 달라붙는다. 그때 단전을 앞으로 잡아당기면서 숨을 깊이 더 많이 쉬라고 하신다.

따라 했다. 참 신기했다. 단전호흡 중이라도 반쯤은 정신이 있는 것 아닌가. 아 이것이 천백억화신(千百億化身)이구나 하는 생각이 들었다. 조금 뒤 머리 위에 두꺼운 천이 얹어진다. 약간 묵직하고 시원했다. 기분이 나쁘지 않는 것으로 보아 사기는 아닌 것 같다. 계속 관을 하면서 무엇이냐고 물었으나 대답이 없었다.

2010년 6월 30일

저녁 가부좌하고 단전호흡 중 무식(武息)호흡으로 하단전에 의식을 집중했다. 오른쪽 발바닥은 20분 뒤, 왼쪽 발바닥은 50분 뒤 따뜻해졌다. 작년 말 가부좌하고 50분 후 발바닥이 따뜻해진 후 6개월 동안은 차가웠는데 오늘에야 따뜻해졌으니 얼마나 오랜만이냐. 수련 1시간 중 아무리 정신을 집중해도 50%는 잡념이 들어온다.

2010년 7월 2일

저녁 단전호흡 시 머리가 쭈뼛하고 하단전에 쇳조각이 계속 쌓인다.

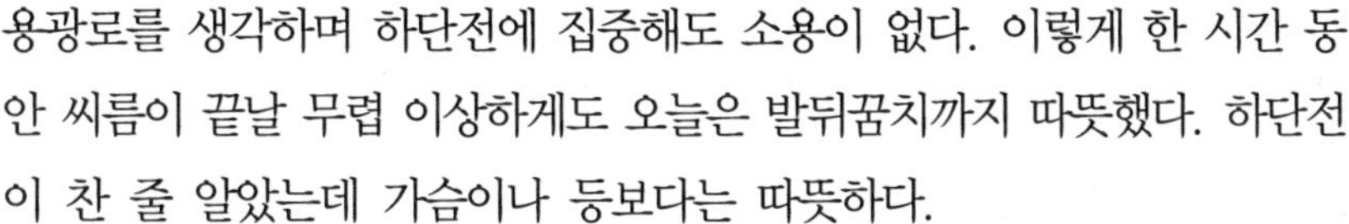
용광로를 생각하며 하단전에 집중해도 소용이 없다. 이렇게 한 시간 동안 씨름이 끝날 무렵 이상하게도 오늘은 발뒤꿈치까지 따뜻했다. 하단전이 찬 줄 알았는데 가슴이나 등보다는 따뜻하다.

2010년 7월 3일

하단전에 정신을 집중하고 무식호흡을 하자, 30분 만에 용천 및 발뒤꿈치까지 따뜻하다. 이제 제일 따뜻한 곳이 발바닥이고 두 번째가 장심이다. 장심은 4년 전부터 따뜻해졌고 바늘로 찌르듯 따끔따끔했다.

세 번째 따뜻한 곳이 하단전이고 그 다음이 등과 가슴이다. 이상한 것은 머리는 시원한데 장심과 머리와 얼굴의 온도 차는 없다. 수승화강(水昇火降)하면 머리가 차다는 말이 있는데 내가 잘못하고 있는지 모르겠다.

2010년 7월 5일

삼공재 수련 중 선생님이 도우들과 수련에 관한 이야기를 하고 계시는데 나는 하나도 안 들린다. 수련이 끝나고 나에게 수련의 진척을 물으신다. 수련이 잘되고 있고 진척 사항을 e-mail로 보내 드리겠다고 약속했다.

삼공 선생님께 내 어두운 귀를 하루빨리 뚫어 달라고 부탁했다. XX선원에서 수련 시 허리 디스크 있는 사람은 안 된다고 하고, 삼공 선생님은 생식, 조깅, 등산 안 하는 사람은 따라오지 말라고 하셨으나 남들이 토끼처럼 뛰어갈 때 나는 다리 아파 기어가는 거북이가 될지라도 끝까지 가겠다고 말씀드렸다.

【필자의 논평】

철도청 기술직 공무원으로 일하다가 금년 3월에 만 68세에 퇴직한 필자는 삼공재에 찾아오는 대부분의 중장년 수련생들에 비해 고령자다. 게다가 위궤양, 폐결핵, 고혈압, 만성 간염 등의 난치병을 앓아 온 데다가 작년에는 상처까지 했다.

그동안 1남 2녀를 얻었으나 모두 다 장성하고 결혼하여 집을 떠나고, 홀로 살아야 하는 신세가 되었으니 보통 노인들 같으면 우울증에 걸렸을 나이다. 그러나 위의 체험기에서 본 바와 같이 그는 수련에 대한 열정이 젊은이 못지않다. 아니 오히려 젊은이들이 본받아야 할 정도라고 본다. 수련에서는 결코 나이의 제한이 없음을 웅변으로 말해 주는 좋은 실례가 아닐 수 없다. 바로 이런 열정 때문에 그의 수련은 일취월장(日就月將)하고 있는 것이다.

시행착오와 함정

오 경 상

존경하는 선생님께

오경상입니다. 『선도체험기』를 통하여 선생님의 담백함과 묵묵한 지킴의 투지를 알게 되었고, 수련과 삶에 대한 대안과 인생행로의 해법처럼 일목요연하게 제시해 주시는 내용에 깊은 감화를 받았습니다.

불과 얼마 전까지만 해도 저는 제 자신의 실패담과 좌절을 이렇게 글로 옮길 수 있는 마음의 여유조차 없었습니다. 고혈압과 뇌출혈로 쓰러져(2009년 1월) 중환자실에서 수저질도 못 하고 걷지도 못하며 발음도 안 되는 극도의 허탈과 무기력에 삶을 통째로 빼앗기고 있었으니까요. 방향 감각을 상실한 생명력은 미래의 불확실성에 짓눌려 수치감과 책임감이 맞물려 짜증과 이상한 자포자기의 행태를 연발했습니다.

이러했던 제가 지금은 『선도체험기』를 열심히 읽으며 추스르는 마음과 긍정의 서신을 저항감을 줄이며 주고받을 수 있을 만큼 빠른 속도로 새로워지고 있습니다. 영적으로는 누구나 같은 뿌리임을 너무도 친절하게 알려 주시는 방향 제시는 저를 비롯한 많은 이들이 삶의 실체에서 시험에 빠지지 않고 올바른 선택을 할 수 있게 해 주시는 것으로 사료됩니다.

저는 아직 구상유취(口尙乳臭)를 벗어나지 못하는 초심자이기에 말없이 수련에만 정진해야 되는 줄 알고 있사오나 선생님의 제안과 말씀에 따르고 행하는 일관성을 원하는 한편 부족한 부분에 대하여 준엄한 지도를 바라는 심정으로 졸필을 들었습니다. 아울러 이만해도 얼마나 다행스러운지를 깊이 깨닫고 선생님과 인생의 오묘한 인연에 감사를 드립니다.

저는 충청도 시골에서 허약한 약골로 태어났습니다. 빈혈과 만성 피로는 의지력의 약화로 이어졌고 무엇 하나 제대로 잘할 수 있는 것이 없었습니다. 그래서인지 어려서부터 늘 무술인(武術人)이 되어 건강만 하다면 더이상 소원이 없겠다고 생각했습니다.

사람은 마음먹은 대로 된다는 말이 있듯 합기도 체육관 사범 생활을 하게 되었는데 수련을 시키는 중 수련생의 팔이 부러지는 사고가 있었고, 친구의 동생이 쌍절곤을 가르쳐 달라고 보채서 가르치면 싸움을 하여 뇌수술을 하게 만들어 놓는 등 이건 아니다 싶은 일들이 연속 일어나 스스로 무술계를 떠나, 형님이 하시는 전자 사업에 몸을 담았습니다.

그 후 합의금을 빌려 달라는 친구의 부탁으로 친구에게 돈을 빌려주었는데 잘못되어 대신 갚아 주는 고초를 겪었고, 보증을 서 주어 집이 경매를 당하는 일 등으로 집사람과 제 자신을 힘들게 하는 어리석음으로 심한 두통에 시달렸습니다.

회사의 부도로 보증을 선 십수억과 개인 빚 수천만 원을 끌어안고 파산 신고를 하게 되었고 몸이 안 좋아 카이로프랙틱 시술을 받던 중 단기 코스 교육을 받았고, 생활을 찾기 위한 일환으로 시술자의 길을 걷게 되었습니다.

황소가 뒷걸음치다가 쥐를 잡은 격인지 희귀성의 난치병들이 손만 대면 낫았다며 사람들이 몰려들었습니다. 그 즈음 20대 중반부터 중국 연변 등으로 의술 공부를 하고 다니던 친구가 스페인에 있어 그곳에 가게 되었고 친구의 침술과 비방을 전수받았습니다.

어느 날 친구는 제게 수기요법을 받던 중 갑자기 의통이 열렸다며 삼배를 받으라는 것이었습니다. 저는 어안이 벙벙하여 나를 실컷 가르쳐 놓고 무슨 소리냐며 나는 그런 것 모른다고 했더니 친구는 그 후 무안할 정도로 아무것도 모르는 저를 극진히 대해 주었습니다.

함께 귀국한 우리는 늘 함께였습니다. 주는 것 없이 받기만 하는 제 자신이 늘 미안하기만 하였습니다. 그러던 중 친구는 캐나다로 갔고 그 먼 곳에서도 가끔씩 전화를 하며 제게 부족한 부분을 일깨워 주곤 하였는데, 통화 시간이 어느 땐 한 시간이 넘기도 하다 보니 집사람이 동성연애를 하느냐고 핀잔을 주기도 할 정도였습니다. 그는 제 인생에 있어 만물을 소생시키는 봄기운처럼 활력과 희망을 준 친구였습니다. 지금도 그 친구의 정성을 생각하면 꿈을 꾸듯 희망적일 수 있는 신선한 감회에 젖어들곤 합니다.

적지 않은 사람들이 찾아들었습니다. 일용할 양식이 해결될 수 있다는 것은 가정의 평화를 이어 주는 구름다리와 같다는 의미를 담고 있습니다. 항상 시술자로서 부족함을 느끼기에 뭔가를 찾아야 되는 아쉬움이 연속되었습니다. 정통 역학(易學), 관상학(觀相學), 한의학, 침구학, 풍수지리, 서예, 클래식 기타, 요가나 퍼스널 트레이닝 지도자 교육 등등을 해 보아도 늘 뭔가 채워질 수 없는 허탈감에서 벗어날 수 없었습니다.

많은 사람을 시술하고 나면 극심한 손기 현상도 일어나고 있었습니다. 대략 가늠해 보니 12, 3년 동안 2만 회 이상 시술을 한 것 같으며 인덕은 있었는지 좋은 사람들을 만났던 것 같습니다.

어느 날 사람들이 물었습니다. 당신은 무엇으로 사람을 시술하느냐는 것입니다. 예를 들어 대상자의 손목을 잡거나 피부에 손바닥을 대고 있으면 손에 느껴지는 촉감과 영감이 교차하는 그 어떤 시점에서 십수 년 전의 정신 성향이나 오랜 세월 양약에 중독된 피부로부터 전해져 오는 느낌이 다릅니다.

아픈 부위에 손을 대면 그 부위에서도 느낌은 다릅니다. 어느 땐 포도 알갱이를 풀어 놓은 것처럼 뭉클뭉클하고 어느 땐 본드를 풀어 놓은 것처럼 흐물흐물하기도 합니다. 형이하학적인 부분의 접근은 이렇게 하고 형이상학적인 정신적인 부분은 폐첨(肺尖) 호흡으로 인한 숨소리나 맥을 보면 초조하고 긴장되어 있고 체온이 기준치에서 벗어나 있으므로 차가운 열기나 더운 열기를 느낄 수 있습니다.

그때는 마음의 병인만큼 한풀이하듯 맺혀 있는 가슴의 소리를 들어주어 설움이 담긴 물방울을 터트려 쏟아내게 하고, 한숨을 크게 몰아쉬게만 해도 이미 순환의 고리는 열리게 되어 있습니다. 바닷물이 하루에 한 번씩 간만의 차가 있듯 인체도 밀물과 썰물이 있습니다.

양의학적으로 뇌수와 척수가 일주일에 한 번 주기로 바뀐다는 것입니다. 그 바뀌는 통로를 개척해 주면 면역 체계의 증가로 치유의 효과가 이뤄집니다. 자율신경계는 교감신경과 부교감신경이 길항의 법칙으로 주고받는데 그 치우침의 향방에 정신을 집중해 보면 보이는 것이 있습니다. 생체 조절이 어떤 규칙을 가지고 주기를 만들어 내고 있는 것입니다.

제왕절개 수술이나 대수술 등을 하여 임맥이나 독맥이 끊어진 사람들은 심장의 에너지가 하초로 다 가지 못하고 상초에 남아 있다가 신경을 쓰거나 화를 내면 그 작용력이 위로 쉽게 솟구치듯 치받게 됩니다. 만성적인 병증은 이렇게 하여 조장되어 불치병으로 되는 예가 많습니다. 마치 댐을 막아 물이 상류에 범람하여 상하의 단절로 생태계가 파괴되는 현상과 같다고 생각되었습니다.

사람들의 칭찬과 격려와 의존도가 지나치면 마음공부가 제대로 안 된 시술자는 그 안에 안주하게 됩니다. 마음공부가 부족한 상태에서 에너지의 용처도 모르고 그저 떠밀려 사는 듯한 몽매함이 세속적인 유혹을 항상 뿌리치지 못하는 지경에 이르게 되는 것입니다

저는 아내와 7년간 200여 통의 편지를 주고받다가 결혼을 하게 되었습니다. 저의 어머니와 아버지께서 오랜 투병 끝에 돌아가시고 집안이 어수선한 상태의 혼란기가 있었습니다. 간호학을 한 집사람은 아무런 능력도 없이 빌빌대는 소인배에 불과한 저를 선택하였습니다. 저의 자기관리 능력의 부실은 사회인이 되어 여러 곳에서 나타났고 이런 저 때문에 두통으로 시달리던 아내는 머리에 종양이 생겨 뇌수술을 받아야 했습니다.

그 후 불면증에 시달리는 아내는 여러 가지로 힘들어 했습니다. 그런 아내가 어느 날 상한 과일을 얻어다가 아이들에게 먹이는 모습을 목격하게 되었습니다. 무능이 넘쳐 한심한 지경에 이른 저 자신을 발견하고 도둑질과 강도짓 빼고는 무엇이든 하여 가족을 부양해야 된다는 결심을 하는 계기가 되었습니다.

저는 능력이 준비되지 않은 상태에서 죽어가는 암환자의 역한 냄새에 속이 미식거리고 울렁거리다 헛구역질이 나도 가족을 위해 할 수 있다는 사실만으로 어쩔 수 없는 일이 아니냐며, 웬만하면 참아 내야 한다고 다짐하면서 살았습니다. 제 자신의 부족함에 비해 좋은 분들을 참 많이 만났습니다.

힘은 들고 언제 쓰러질지 몰라도 삶이 다 그럴 수밖에 없다는 애절함

을 끌어안고 지냈습니다. 시간이 흐를수록 저 자신도 손기 현상으로 힘들어지면서 몸을 추스르기가 점점 힘들어졌습니다. 어디론가 도망이라도 가고 싶은데 방법은 없었습니다. 그렇다고 몸이 성치 않은 아내 앞에서 어렵다는 표현을 할 수도 없었습니다.

사람들이 자신과 가족의 문제 등을 물어 왔고 나는 모른다고 대답을 피했습니다. 그러나 그러면 그럴수록 더 물어 왔습니다. 그래서 명리학을 공부하게 되었고 어떤 부분은 귀신이 곡할 정도로 잘 맞으니 제 자신도 운명론에 치우쳐 거론을 하게 되는 습이 생겼습니다. 제 자신의 좋지 않은 운명도 마음에 걸렸습니다.

그중에 오랜 지병으로 저를 찾아오던 한 부인의 남편께서 의사 면허를 빌려주고 국내 최고의 병원을 차려줄 테니 운영해 보지 않겠느냐는 제안을 했습니다. 저 자신이 갖고 있던 샘물은 바닥나고 있는데 폐를 끼치는 일이 되어서는 안 되겠기에 저는 능력도 안 되고 하니 마음만 감사히 받겠습니다 했더니 그 이튿날 오셔서 혹시 내가 어떤 말실수한 것은 없냐며 묻는 것이었습니다. 제가 이 세상에 태어나 평생 한 번 들을까 말까 하는 고마운 말씀을 들었는데 제가 어찌 기쁘지 않겠습니까? 그런데 사람을 잘못 보셨기에 서로 난처해지지 않으려고 거절한 겁니다. 사실 제 몸이 지금 많이 망가져 있습니다 하고 이해를 바란다는 뜻을 분명하게 밝혔습니다.

그 후 부인은 제게 더 잘 대해 주셨고 집안의 많은 문제점을 물어 왔는데 신통하게 잘 들어맞았습니다. 그러면 그럴수록 부인의 저에 대한 의존도는 더 깊어졌는데 사실 저는 지금 생각해 보면 그것이 돌이킬 수 없는 마군의 시험에 빠지는 과정임을 미처 몰랐던 것이었습니다. 부인은 앞으로 남편의 회사가 어떻게 되겠느냐고 물었습니다. 내가 그런 것까지 알면 이렇게 이런 꼴로 살겠느냐고 말했습니다. 부인은 자꾸 물어 왔고 회사에는 지금 도둑이 넘치고 있다고 말해 주었습니다.

누구냐고 묻기에 아주 가까운 사람이라고 했더니 그것을 어떻게 아느냐고 했습니다. 남편의 기운에서 그렇게 느낀다고 했는데 그러면 어떻게 하면 되느냐는 겁니다. 이미 손쓰기 힘든 지경이라고 했습니다. 쓸데없는 요설을 늘어놓게 되는 저 자신이 자꾸만 마음에 걸렸는데 이상한 것은 그 부인이 뭣을 부탁하면 안 들어 줄 수도 없고, 어느 땐 저 자신이 자발적으로 나서기까지 하게 되었습니다. 사람과 사람이 만나 그렇게 편하고 푸근한 경우는 일생일대에 제 자신도 믿기 힘들 만큼 깜짝 놀랄 일이었습니다.

어느 날 부인이 수표 4억을 가지고 왔습니다. 집사람한테 그 수표를 주면서 한 번 잘살아 보라고 하면서 나중에 자기가 힘들면 그때 자기를 도와 달라는 것입니다. 자기가 돈을 그냥 드려야 하는데 그럴 여유는 없고, 맘 편히 쓰다가 갚을 수 있을 때 갚으면 된다는 것이었습니다.

집사람은 눈물을 흘리며 이거 정말 받아도 되는 거냐며 울먹였습니다. 부인이 돌아간 후 나는 집사람에게 100일을 그대로 가지고 있다가 도로 달라고 하면 돌려주소. 사람 마음이 어떻게 될지 모르는 일이라고 하였습니다.

얼마 후에도 다음과 같은 통화가 있었습니다. 정말 돈 괜찮습니까? 걱정 마시고 쓰세요. 그 대신 아주 드린 것은 아니고 빌려 드린 것이니 주실 수 있을 때 주시면 됩니다. 얼마나 믿음이 가면 차용증 하나 없이 드렸겠습니까?

고심하던 중에 다자녀 가구로 아파트를 분양받으면 그래도 괜찮을까 싶어 분양을 받았습니다. 그런 일이 있은 지 얼마 후 전화가 왔습니다. 다 죽어가는 부인의 목소리. 이거 어떻하면 좋지요? 남편이 오른팔처럼 생각하는 사람이 횡령을 했는데, 그 액수가 25억 정도라고 합니다.

남편은 국산차 에쿠스를 타면서도 직원은 벤츠를 타게 해 줄 정도로 아끼고 존중해 주었는데, 구치소에서도 혐의를 부인하며 관련자들에게 자기를 구명하지 않으면 다 불어 버리겠다는 반협박을 하니 담당자들이 남편을 찾아와 똥이 무서워서 피하냐며 용서해 주자고 한다며 남편도 사람들의 배신감에 심한 정신적 충격을 겪고 있다는 것입니다

그러니 돈을 돌려 달라는 것입니다. 아내한테 말했더니 아내는 그럼 아파트 중도금하고 어떻게 감당하느냐며 난처해했습니다. 저는 원래 우리가 받지 말아야 할 것을 받은 것은 우리 잘못이라 하였습니다. 부인과 통화 시에, "제가 지금 점검해 보니 중도금 예치해 놓은 것 회수하면 2억 뿐입니다" 했더니 "그것만이라도 돌려받을 수 없을까요?" 하기에 "너무 걱정 마시고 구좌번호 알려 주세요."

그 후 4차례에 걸쳐 5천만 원씩 2억을 돌려준 후 우리집은 비상이 걸렸습니다. 아파트 중도금을 빌려야 했기 때문이었습니다. 다행이 적금을 깨서 빌려주는 이도 있고 하여 위기를 넘기고 있었는데 부인이 어느 날 다시 왔습니다. 자신이 커다란 실수를 했다는 것이었습니다. 3억을 주며 다시는 같은 일을 반복하는 일이 없을 거라며 자신의 경솔한 행동을 용서해 달라고 했습니다. 저는 우리처럼 못사는 사람 곁에서 있으면 힘든 일 생기는데 돈을 주면서도 그런 말씀 마시라며 오히려 우리가 송구해 할 일이라 하였습니다.

그런지 몇 달 후 다시 일이 터졌습니다. 딸을 결혼시켜야 되는데 돈이 필요하다는 것이었습니다. 그때는 실로 난감했습니다. 아내는 돈을 가지고 사람을 놀린다며 울먹였습니다. 저는 아내에게 모든 권리증을 다 돌려주자고 했습니다. 아내와 부인의 실랑이 가운데 이쪽 말을 들으면 이쪽이 맞고 저쪽 말을 들으면 저쪽 말이 옳았습니다.

저는 세상이 갑자기 귀찮아졌고 서서히 침몰해 갔습니다. 그리고 쓰러져 병원의 중환자실에서 무지몽매한 자신을 보았습니다. 여기까지란 말인가? 하는 체념이 들었습니다. 설상가상으로 아들의 투신사고까지 일어났습니다. 온몸의 뼈가 시리고 칼로 도려내는 듯한 통증이 점점 심해졌고 아무것도 할 수 없는 몽롱함이 저를 못 견디게 했습니다. 바닥을 엉금엉금 기어 다닐 힘도 없었고 유서를 쓰려고 해도 손가락에는 글 쓸 힘이 없었습니다. 가장이 쓰러지니 아이들도 제정신들이 아닌데 아내만 유독 강한 모성애 때문인지 모질 만큼 잘 버텨내 주고 있었습니다.

여러 과정이 덧없이 지나갔고 몸부림도 치다 보면 그 마저도 잠잠해지는 때가 오는가 봅니다. 아파도 아픔을 얘기하고 싶지 않는 시기가 오고, 세상일에 무반응의 불감증이 자리잡아 갈 즈음에 송순희 보살님이 보내 주신 열다섯 권의 『선도체험기』를 읽게 되었습니다.

『선도체험기』를 읽으며 저는 참 엄살도 심하다는 것을 알았습니다. 저는 적절치 못한 삶의 언저리에서 넋두리를 얘기하고 싶지는 않습니다. 분명 잘못된 선택을 여러 차례에 걸쳐 수정될 수 있음에도 알아차리지 못한 어리석음을 계기로 저를 다시 보았고, 세상을 다시 조율하는 디딤돌을 찾아야 한다는 것을 예시 받았습니다.

앞으로도 저는 적지 않은 시행착오와 애로를 느낄 것입니다. 더 깊은 상처를 입을 수도 있을 것입니다. 그러나 그들은 모두가 제게 은인들인 것을 알았습니다. 허접하고 별 볼 일 없는 제게 어느 누구에게도 주고받지 못할 믿음을 주는 이들이 많았었으나 저는 그 안에서 제 자신을 통제하고 정화시키지 못하였습니다. 이렇게 쓰러져 사경을 헤맨 일이 어쩌면 제게 반드시 필요했는지도 모릅니다.

3~4번의 끔찍한 자살 시도는 그마저 제 것이 아니었음도 알았습니다. 그때마다 들려온 소리는 분명 네가 그 정도밖에 안 되었냐는 분명한 호통소리였습니다. 모두가 제 몫이라는 것을 알았습니다. 제가 치뤄야 될 것은 제 것이지 누구도 대신해 줄 수 없다는 것이었습니다.『선도체험기』는 제게 삶의 방향을 제시해 주었습니다. 초월할 그 무엇이 이 세상에 존재하고 있음은 한번 생을 걸어 볼 만한 일이라 여겨집니다.

어린 시절부터 저는 벽 보고 앉아 명상을 하곤 하였습니다. 단전호흡이나 최면술에도 관심이 있었으나 단전호흡을 하면 심한 상기가 되어 심취하지 못한 기억을 가지고 있습니다. 그래도 단전호흡을 하면 장거리 운전을 해도 힘들지 않고 이상한 힘이 뻗쳐 좋은 스승님을 만나면 청춘을 걸어 볼 만한 일이라는 생각을 늘 마음 한켠에 두고 지냈습니다.

다행히『선도체험기』를 읽으며 생식을 하면서 뼛속이 시리고 저린 것이 없어졌습니다. 사타구니에 생기던 가려움증이 허물을 벗으며 없어졌고 돋보기를 안 쓰게 되었고 호흡 중에 어지럼증과 토악질을 하며 두 번씩이나 정신을 잃고 병원에 실려 갔다 나오면서도 이를 악물고 어지럼증 약과 고혈압 약을 모두 끊게 되었습니다.

금단현상인지 다리가 후들거리고 천정이 빙빙 돌아도 혈압기로 혈압을 재려고 하는 아내의 시도에 손사래를 치며 참고 견뎌냈습니다. 단전에서는 파스를 바른 것 같은 박하향이 번져나가 하체가 없어진 것처럼 느껴지던 경험이 두 번 있더니 4~5일 후에는 명문 근처까지 훈훈해져 왔습니다. 물론 입 꽉 다물고 앞으로의 공부 열심히 하라는 메시지 정도로 알고 있습니다.

저는 여러 가지 궁금증이 일 때마다 선생님께 묻지 않아야 한다고 생각합니다. 이런 식의 표현과 글도 부끄러움의 소치요 행동과 결과로 보여 주기 전에 너무 소란스럽게 요란을 떠는 일이 될 테니까요. 또한 인고의 세월을 보내시면서 인생의 통로를 개척하신 선생님의 힘겨운 싸움에 비하면 후학들은 그냥 거저먹기가 아닌가 싶은 양심의 소리 때문이기도 합니다. 저는 행운을 통째로 받은 사람이라 여깁니다. 이제는 이 행운마저도 태워 아무런 흔적을 남기지 않을 수 있을 여여함의 참나를 찾아야 될 줄 믿습니다.

선생님, 저는 준비되지 못하였습니다. 세속적인 유혹을 뿌리치지도 못하였습니다. 그렇다고 가정을 잘 지키고 자녀를 잘 훈육하지도 못하였습니다. 엉터리 인술인으로 떠받들려지는 것도 모른 척 넙죽넙죽 받아먹은 혹세무민을 저질렀습니다. 돌을 무더기로 맞아 돌무덤 안에 가두어져도 할 말이 없을 팔불출입니다.

모든 것을 태우든지 버리든지 하여 거듭날 수 있는 제가 되어야 될 줄 믿습니다. 그때 받은 돈으로 운영하는 헬스장은 주인이 중병으로 빌빌대자 엉망이 되어 뭉그러져 있습니다. 그래도 전쟁 통에 사선을 넘나드신 선생님에 비하면 조족지혈과 같아 엄살이라 여깁니다. 이런 저를 내치지 않으신 것만으로도 이미 넘치는 사랑을 받은 것으로 미력하나마 수련에 진력할 것입니다.

선생님의 안광을 7월 15일 날 처음으로 느꼈습니다. 먼 옛날 군에 있을 적에 분대를 데리고 북파 공작원을 어느 지점까지 안내해 주었던 일이 있습니다. 그때 마지막 헤어질 때의 그 눈빛은 두려움인지 강렬함인지 모를 애절함 같은 표현할 수 없는 잊기 힘든 눈빛이었습니다. 선생님과 상반되는 두 눈빛을 비교하며 기억에 담은 날이기도 했습니다.

선생님 저는 무학입니다. 학문이 짧다 보니 두서없는 글과 오자와 탈자가 있을까 염려도 됩니다. 그만큼 글을 쓴 지도 오래되었고 선생님께 심려를 끼칠까 조심스럽기만 합니다. 많은 분들이 저의 글을 읽을 것이기에 치부(恥部)와 같아 꼭꼭 감추고 싶은 것이 사실이지만 천태만상의 세상의 삶속에서 저처럼 능력보다 거품으로 부풀려져 허우적거리는 시행착오가 줄고 함정을 비켜갈 수 있는 계기가 된다면 여한이 없겠습니다. 말과 글로 표현할 수 있는 한계로 인하여 이만 줄일까 합니다. 감사합니다.

2010년 7월 19일
오경상 드림

【필자의 논평】

위 체험기를 쓴 오경상 씨가 삼공재에 처음 나타난 것은 금년, 즉 2010년 6월 2일이었다. 그는 나에게 삼배를 했다. 처음 찾아온 수련생들 중에는 간혹 그런 분이 있으므로 그러려니 했었다. 그런데 일주일에 한 번씩 찾아오는 그는 두 번째 왔을 때도 삼배를 하는 것이었다.

나는 절은 한 번만 해도 되고 안 해도 되는데 부디 삼배까지 할 필요는 없다고 말했다. 그런데도 그는 다음에도 또 그다음에도 올 때마다 삼배를 하는 것이었다. 나는 그가 그렇게까지 나오는 데는 기필코 무슨 사연이 있을 것 같은 느낌이 들어서 한 번은 왜 나에게 그렇게 3배씩 하느냐고 물었더니 그는 머뭇거리다가 말했다.

사실은 작년 2009년 1월 28일 고혈압과 뇌출혈로 쓰러져 병원 중환자실에 누워 있었는데 우측마비로 수저질도 못 하고 말도 어눌하고 글씨도 쓰지 못하고 좌절감으로 두세 번 자결할 생각도 했었는데, 현묘지도 수련을 23째로 통과한 송순희 님이 보내 준 1권부터 15권까지의 열다섯 권의 『선도체험기』를 읽으면서 책에서 기운을 받고 기적적으로 몸이 좋아지기 시작했다는 것이었다.

그리고 삼공재에 나오면서부터 이제는 거의 정상에 가까울 정도로 회복되었다는 것이었다. 그렇지만 선생님은 돈을 받지 않으신다니 절을 세 번이 아니라 백 번씩 해도 모자란다고 했다.

그런데 그 자신은 어리석게도 엉터리 인술인으로 남의 병을 좀 낫게 해 주었다고 하여 한때 5억이나 되는 돈을 받았으니 천벌을 받지 않을 수 없었다고 자책하는 것이었다. 그럼 그런 큰돈을 받기 전에는 얼마를 받았느냐니까 한 사람 당 3만 원씩 받았다고 말했다. 하루에 평균 몇 명이나 상대했느냐니까 7, 8명 정도라고 했다.

나는 속으로 사이비 인술인으로서는 대단히 양심적이라고 생각되었다. 그러나 병원에서 치료하지 못하는 난치병 환자들을 치료해 주고 겨우 3만 원을 받아 가지고는 1남 3녀의 6식구 생계를 꾸려 나가기는 어렵겠지만 그는 그래도 그런 원칙을 고수했기 때문에 13년 동안이나 아무런 사고 없이 지낼 수 있었는데, 결국은 5억을 받은 것이 문제였다.

"무고이득천금(無故而得千金) 불유대복(不有大福) 필유대화(必有大禍)" 즉 이유 없이 들어온 큰돈은 큰 복이 아니라 반드시 큰 화를 부른다는 소동파(蘇東坡)의 말이 적중한 셈이다. 그러나 오경상 씨에게는 비록 큰 화를 당하기는 했지만, 마음을 바르게 가졌던 덕분에 결국은 이 일이 도리어 전화위복(轉禍爲福)이 되지 않았나 생각된다. 그의 말대로 참나를 찾을 수 있는 계기가 되었으니 말이다. 나는 오경상 씨가 반드시 구경각(究竟覺)의 목표를 달성할 수 있기를 기원한다. 그리고 그가 나를 찾아오는 한 나는 그의 수련을 도와줄 것이다.

항상 부족함을 인식하며

존경하는 선생님께. 무더위가 기승을 부리는 시절에 선생님의 하화중생과 후학에 대한 배려에 숙연한 마음으로 감사를 드립니다. 일전에 글을 보내 놓고 미흡한 글과 풋내만 물씬 풍기는 내용으로 선생님의 심기를 어지럽히지 않았나 싶어 염려스러웠습니다.

『선도체험기』를 읽기 시작한 지 두 달밖에 안 된 저로서는 이 모든 인연과 변화 앞에서 감사를 드리고 있지만 선생님께서는 한두 사람도 아니고 얼마나 힘이 드실까요. 50이 넘어서도 인생을 헤매듯 살고 있는 저는 이 좋은 계기를 통하여 심기일전하여 미망에 가리운 참나의 지킴이를 꼭 밖으로 키워내 본래면목을 찾고자 합니다.

지난 번 내용이 너무 두서없이 부실한 것도 같고 횡설수설한 것도 같아 편지를 쓴다는 것이 만만치 않음을 느꼈습니다. 아직도 머뭇거려지는 표현의 향방을 제대로 전해 드려야 할 텐데 사실적 표현과 전달하는 사고력이 미흡하여 여운이 남는 것 같습니다.

집사람은 결벽증이 있어서인지 아니다 싶은 주변과 잦은 마찰을 빚습니다. 형수님과 친인척과의 관계도 여러 가지 갈등으로 심한 몸살을 앓았습니다. 돈 빌려주고 못 받고 대신 갚아 주거나 보증 서 주고 집 경매당하고 해결도 못 하면서 일을 저지르는 야무지지 못한 저의 생활력도 아내를 고통스럽게 하는 데 한몫을 하였겠지만, 뇌수술을 받은 후에는 불면증에 시달리는 고통으로 신경이 예민해져 숨을 죽이고 살아야 했습니다.

점점 힘들어하는 모습에 저는 죄책감으로 아내의 뜻에 따르는 생활을 하게 되었습니다. 특히 제가 외출을 하는 것을 힘들어 했고 저하고 친분이 있는 사람들에게는 자기 맘에 들지 않으면 전부 밀어내 버리는 행위는 저를 대인관계에서나 사회적으로 오그라들게 하였습니다.

아내는 불면증으로 몸이 피곤하다 보니 아이들과도 의견 충돌이 잦았고 안될 때는 저에게 호통을 치게 하였습니다. 저를 찾아오는 환자들하고도 저와 금새 친해지는 것 같으면 어떻게 해 주길래 그리 쉽게 가까워지느냐고 의미심장한 눈빛으로 엄포를 놓기도 했습니다.

그렇게 친하고 많은 도움을 제게 준 친구가 아내한테 저에게 물질적으로 도움받은 지난 얘기를 고마운 뜻에서 하게 되었습니다. 그런데 그 후 우리가 어려운 시기에 친구 어머니가 대출받아 빌려주었던 돈을 되돌려줄 때 그 돈의 액수만큼 제하고 준 사실을 뒤늦게 알고 저는 충격을 받기도 했습니다.

예전에 친구가 공부하며 다닐 때 제가 가지고 다니던 비상금을 그저 호의로 좀 준 것을 남편 몰래 받아낼 수도 있는 것이 현실적으로 가능한 일인지 그때는 정말 화가 났었습니다. 어려운 시절에 집 걱정은 안 하고 남 뒷바라지해 준 남편을 믿지 못하겠다는 아내도 이해 못 할 일은 아니지만 남편의 친구를 그렇게 대한 아내는 저를 황당한 지경으로 몰고 가는 것이었습니다.

저는 외출을 삼가고 집에만 박혀 있다가 힘들어하는 아내의 하소연을 뿌리치거나 무시하고 밖으로 나돌기 시작한 연유도 그런 이유가 작용했을 것입니다. 지금 생각하면 옹졸한 제 탓이요 너그럽지 못한 한때의 좁은 소견에서 비롯되었지만 그때는 처세가 잘되지 않았습니다.

적절치 못한 외출로 이어지기도 했고 제 자신도 모르겠다는 심정이었습니다. 마음이 괴로웠지만 집에만 있으면 답답하여 일이 없으면 밖으로만 나가려 하니 아내가 고백을 하였습니다. 친구한테 전화가 와도 바꿔주지 않은 얘기며 남편 몰래 친구 어머니한테 돈 받은 과정을 털어 놓았습니다. 어이없어 하는 저에게 아내는 자신의 입장을 설명하면서 당신은 집식구가 어떻게 살아가는지를 모르는 사람이라고 하였습니다. 저는 아내를 깊이 이해하여야 했습니다. 썰렁한 남자 믿고 시집와서 온갖 고생을 한 것을 생각하면 늘 마음이 편치 않았습니다.

뭔가 아내한테 열심히 사는 모습으로 보상하고 싶었고 아이들은 커가고 걱정은 점점 마음을 무겁게 하였습니다. 내 자신이 바보가 되더라도 아내의 뜻에 따라 숨죽이고 살아 보자. 세월이 지나면서 안정이 될 즈음에 돈을 받게 되는 사건이 발생한 것입니다.

저는 참 이상한 사람입니다. 30대 초반에는 지방에서 작은 사업을 하던 친구가 슬리퍼를 직직 끌고 왔는데 술 한잔 생각나서 왔다는 것입니다. 술을 마시는데 7~8천만 원이 든 통장을 통째로 주면서 자네가 재테크를 해 보라는 것이었습니다.

나는 그런 것 모른다고 하며 친구의 고마운 마음을 깊이 간직하겠다 하고 보냈는데, 그런 일이 있고 난 후 다른 친구가 구속 직전에 있다며 도움을 청하는 전화가 오는 겁니다. 물론 통장을 들고 왔던 친구와 도움을 청하는 친구는 전혀 관계없는 사이입니다.

촌각을 다투는 일이라 통장을 주던 친구가 생각이 났고 전화를 하여 구좌번호 부르며 송금해 주라고 하였는데 그런 일들이 잘못되어 빚더미를 끌어안는 사고로 이어졌습니다. 만나는 사람들마다 모두가 잘해 주고 칭찬을 아끼지 않으니 분수에 넘치는 혼돈에 잘 빠집니다.

저는 돈과 여자와 관련이 되기만 하면 복잡한 문제로 이어집니다. 어느 날부터는 아내에게 모든 경제권을 넘겨주고 돈에 관한 한 일체 간섭을 안 하며 살게 되었습니다. 아내는 경제관념이 투철하고 결벽증에 가까울 정도로 완벽주의자고, 저는 자유분방하고 좋은 게 좋더라고 웬만하면 그냥 넘어가자는 신경이 무딘 사람이라 둘 사이의 의견 대립이 많았습니다.

선생님, 이미 엎어진 물을 담을 수 있기가 힘든 이 상황에서 저는 얼굴이 두꺼운 것은 아닐런지요. 호흡을 하면서 개선되고 있는 부분도 많지만 아직은 중풍이라는 후폭풍이 조금만 무리를 해도 몸과 마음을 휘청거리게 합니다. 중풍이 백병 중의 왕이란 말이 허투로 나온 말이 아니란 것을 실감하지만 더 어렵고 힘든 이들이 있기에 입을 다물고 지냅니다.

주변에서는 겉으로 멀쩡하니 내막을 알 길 없을 것이고 모든 정황은 제 몫이라 여깁니다. 그래도 짧은 기간에 시력이 몰라보게 회복하였고 찬물을 마시면 설사가 심하여 일체 마시지 못하였는데 지금은 많은 양의 물을 마시게 되었습니다.

만성 물변과 설사가 멈추었고 호흡을 하면 대맥을 중심으로 훈훈해져 편안을 느낍니다. 특히 벌컥벌컥 화를 내던 습관이 진정되며 잠잠해졌습니다. 지금도 시술을 받을 수 없느냐며 전화가 가끔 옵니다.

『선도체험기』를 통하여 시술의 길이 제 길이 아님을 알았고 또한 몸과 마음에서도 심한 보호본능 같은 반응이 전해집니다. 빚을 변제할 방법을 모색하는데 방법은 묘연하고 헬스장을 반값에 내놔도 부동산에서 연락이 없습니다.

이 또한 제가 겪어야 될 과정이라 여기고 있으며 그런 제 자신을 지켜보며 집착과 애증으로 변질되지 않도록 심혈을 기울일 겁니다. 염치없는 사람이 되어 버린 상황과 흐트러진 가정의 안정을 찾아야 할 저에게 근심이 불쑥불쑥 밀려오지만 그래도 관하는 힘을 키우며 그런대로 견뎌내고 있습니다. 바닥에 던져지고 말 형편없는 사람이었지만 그래도 저는 이렇게 하소연의 글을 쓸 수 있는 선생님이 계시고 저를 극진히 보살피는 아내가 있으니 행운이 떠나질 않는 복 받은 사람이라 여깁니다.

선생님께서 하라시는 대로 해 보려고 노력합니다. 많이 부끄럽습니다. 정신 나간 이런 사람도 과연 사람 구실할 기회가 있을런지 의구심이 들기도 합니다. 세상의 모든 이들에게 왜 이렇게 미안한지 모르겠습니다. 모든 것을 태워야 하고 놓아야 한다고 생각합니다. 항상 부족함을 인식하며 정진하겠습니다. 부족한 글과 심경 표현에 죄송스럽고 또한 감사드립니다.

2010년 7월 22일

오경상 올림

【필자의 회답】

일전에 보내 주신 체험기는 9월 중순경 『선도체험기』 99권에 나갈 예정입니다. 내가 보기에 오경상 씨는 지금 몸과 마음이 차츰차츰 좋아지고 있습니다. 지금 일어나고 있는 부인과의 갈등은 마음공부가 진행되면서 좋은 해결책이 떠오를 것이라고 생각됩니다.

마음공부란 다른 것이 아니고 사물을 관찰하고 판단하는 능력을 기르는 것을 말합니다. 앞으로 『선도체험기』를 100권까지 읽어 나가는 동안 그 관찰 능력은 계속 향상될 것입니다. 마음공부, 기공부, 몸공부를 꾸준히 계속해 나가신다면 상황은 점점 좋아질 것입니다.

남의 병을 치료해 주는 문제는 지금 생각지 않는 것이 좋겠습니다. 지난번 메일에서도 손기(損氣) 증상을 느꼈다는 얘기가 나왔습니다만 아직은 심신의 건강을 회복하는 것을 무엇보다도 우선해야 할 것입니다. 건강이 완전히 회복되고 나서 소주천, 대주천, 현묘지도 수련을 완성하고 구경각(究竟覺)을 성취하고 나면 불법 시술하는 일이 아니더라도 할 일은 얼마든지 있을 것입니다. 그건 그때 가서 생각해도 늦지 않을 것입니다.

헬스장을 헐값에 팔려고만 하지 말고 경영상 잘못된 점을 고쳐서 이익을 남길 수 있는 길을 차분하게 모색해 보는 것이 어떨까 합니다.

〈100권〉

다음은 단기 4343(2010)년 6월 23일부터 단기 4343(2010)년 11월 30일 사이에 있었던 필자의 수련 과정과, 필자와 수련생들 사이에 오고간 수련과 인생에 대한 대화 그리고 필자와 독자 사이의 이메일 문답을 수록한 것이다.

삼공재는 기 받는 곳인가?

박승호라는 60대 수련자가 삼공재 수련을 마치고 돌아가면서 인사차 말했다.

"선생님, 참으로 기 많이 받고 돌아갑니다."

"기를 많이 받고 돌아가시다니 삼공재가 기 받는 곳이 아닌데요."

"사람들이 그렇게들 말하기에 저도 그대로 따라서 말했을 뿐입니다."

"그렇다면 그렇게 말하는 사람들이 무얼 한참 잘못 알고 말한 것 같습니다."

"저는 삼공재에 출입하면서 선생님 기를 많이 받아서 건강도 좋아지고 기운도 나고 한다고 해서 그렇게 말했는데요."

"그러시다면 더욱더 생각을 바꾸어야 합니다. 삼공재에 와서 기를 받는다고 생각하시지 마시고 박승호 씨의 하단전에 있는, 한 번 불붙으면 영원히 꺼지지 않는 원자로에 불을 붙인다고 생각하여야 합니다. 그렇게 하여야 일단 단전에 점화(點火)가 되면 영원히 꺼지지 않고 가동되는, 박승호 씨 자신의 하단전에 있는 원자로를 스스로 운영하게 될 것입니다. 이처럼 삼공재는 수련자들에게 그들 각자가 가지고 있는 원자로에 불을 붙여 주는 곳이지 그저 막연히 기만을 공급해 주는 곳이 아닙니다.

삼공재가 기 받는 곳이라면 나는 생식을 사가는 대가로 기를 파는 장사꾼밖에는 안 될 것입니다. 어부가 배 타고 바다에 나가 고기 잡아서 어시장에 나가 구매자에게 돈 받고 파는 것과 다르지 않을 것입니다. 나는 고기 잡아서 파는 어부가 아니라 고기 잡는 법을 가르쳐 주는 교사와 같다고 보면 됩니다. 나는 샘을 독차지하고 앉아서 샘물을 파는 물장수가 아니라, 사람마다 누구나 다 가지고 있지만 잊고 있는 영원한 샘을 자기 안에서 스스로 파내는 방법을 전수해 주려는 것입니다.

같은 수련을 하면서도 어떤 생각을 갖고 수행을 하느냐에 따라 수련의 성과에는 크나큰 차이가 있다는 것을 알아야 합니다. 수련할 때의 생각 하나의 차이로 스승에게 돈 주고 기를 사느냐 아니면 스승의 도움을 받아 그 기를 스스로 만들어 내는, 가동이 일시 중단된 자신의 원자로에 불을 다시 붙여 재가동시킴으로써 스승과 같은 능력을 갖게 되느냐의 차이를 낳게 된다는 것을 알아야 할 것입니다."

"선생님, 듣고 보니 제가 아주 경솔한 말을 했습니다. 다시는 그런 일이 없도록 조심하겠습니다."

"조심만 하려고 할 것이 아니라 박승호 씨 자신이 이 우주의 주인이라는 확신을 갖고 지금까지 방법을 몰라 자기 능력을 발휘하지 못했었는데, 이제 뒤늦게나마 어떻게 하면 이 우주의 주인이 될 수 있는가를 깨닫고 이제부터라도 열심히 수련에 임하겠다는 단단한 각오로 새로운 출발을 다짐하시기 바랍니다.

지금부터 10년쯤 전에도 일단의 아주머니들이 이곳 삼공재에 찾아온 일이 있었습니다. 그분들은 어디서 무슨 소문을 들었는지 기 받으러 왔는데 과연 다른 어느 곳보다도 이곳에는 기가 포근하면서도 편안하고 세다면서 계속 좀 기를 받게 해 달라고 간청을 했습니다. 그분들은 의료쇼핑과 기 쇼핑을 하려고 소문난 곳이면 전국 방방곡곡의 인물들을 전문적으로 찾아다니고 있었습니다.

그때도 나는 위에 말한 것과 같은 취지의 말을 했건만 그분들은 무슨 말인지 도무지 알아듣지 못했습니다. 그분들은 결국 번지수를 잘못 찾아온 것을 깨닫고 다시는 찾아오지 않았습니다. 그러나 지금 박승호 씨는 내가 한 말 뜻을 알아들은 것 같아서 기분이 좋습니다. 부디 계속 분발하여 가까운 장래에 한소식하시기 바랍니다."

"선생님 도움 없이야 무슨 성취를 할 수 있겠습니까?"

"내 힘자라는 한 도와드릴 테니 부디 용맹정진하시어 80세에 출가하여 수행에 용맹정진한 끝에 큰 깨달음을 얻은 인도의 협존자(脇尊者)와 같은 훌륭한 성자(聖者)가 되시기 바랍니다."

빙의령과의 대화

2010년 8월 19일 목요일

수십 년 만에 35도 이상의 무더위가 근 한 달 동안이나 맹위를 떨치는 오후 3시경 삼공재에서였다. 하도 더워서 그런지 평소에는 10명 내외가 모이곤 하던 수련생이 고작 4명밖에 모이지 않았다. 마악 좌정들 하고 선정에 들려고 하는데 50대 초반이고 현묘지도 과정을 마친 임성택 씨가 입을 열었다.

"선생님, 수련에 들어가기 전에 한 가지 질문이 있습니다."

"말씀하세요."

"저에겐 지금 빙의령이 여럿 들어와 있는데요. 그중에서 가장 영력이 센 영이 저에게 빙의된 것은 알겠는데요, 다른 소소한 빙의령들은 제 영안에 뜨이는데 그것만은 제 영안에는 도무지 들어오지 않습니다. 왜 그런지 그 이유를 알 수 없습니다. 왜 그럴까요?"

"안과 의사가 환자의 시력을 측정하여 0.5니 0.8이니 1.0이니 하고 시력의 등급을 알려 주듯 영안에도 등급이 있습니다. 이제 좀더 수련이 진행되면 아무리 영력이 강한 빙의령의 모습도 임성택 씨의 영안에 들어올 때가 반드시 올 것입니다."

이렇게 말하면서 내가 임성택 씨 쪽에 주의를 집중하자 방금 그가 말하는 빙의령의 모습이 내 영안에 들어왔다. 훤칠한 체구에 흰 도포에 갓을 쓴 이조 시대 선비 차림의 젊은이였다. 그는 나에게 공손히 허리 굽혀 인사를 했다. 나는 그 빙의령에게 텔레파시(이심전심)로 말을 걸었다.

"당신은 누구요?"

"저는 송이도라고 하는 사람입니다. 전생에 저 사람(임성택 씨)하고는 한 스승 밑에서 동문수학한 사이고 한때는 둘도 없이 친한 친구였습니다."

"그런데, 도대체 무엇 때문에 지금 저 사람에게 들어와 있는 거요?"

"그럴 만한 피치 못할 사연이 있습니다."

"사연이라니 도대체 무슨 사연이요?"

"저는 저 친구를 철석같이 믿고 저의 집에 초대하여 저와 혼약한 처자까지 인사시켰는데, 저 사람은 그러한 저의 지극한 우정을 배신하고 저와 약혼한 그 처자와 눈이 맞아 저와는 파혼을 하게 하고 나서, 번갯불에 콩 구어 먹듯 자기와 혼인을 해 버리고 말았습니다. 저는 졸지에 당한 일이라 하도 기가 막혀 제정신을 잃게 되었습니다. 그 충격에서 벗어나려고 주색잡기에 빠져 허위적대다가 패가망신 끝에 저도 모르게 강물에 빠져 죽어 버리고 말았습니다. 드디어 무주고혼이 되어 버린 저는 의지할 데 없이 구천(九天)을 떠돌면서 저자에 대한 원한을 갚는 데만 앙앙불락하게 되었습니다."

"이제 보니 모두가 자업자득이구만."

"네엣, 자업자득이라뇨?"

"자업자득이 아니고 뭐겠습니까?"

"그럼 선생님께서 제 처지였다면 어떻게 하셨을 껍니까?"

"그 처자와의 나의 인연은 여기까지구나 하고 흔쾌히 단념했을 것입니다."

"그야, 선생님같이 도가 높으신 분이나 할 수 있는 일이죠. 저 같은 무명중생이야 어떻게 언감생심 그럴 수 있겠습니까?"

"그렇지 않아요. 역경을 당했을 때 마음이 흔들리지 않으면 누구나 그럴 수 있습니다."

"마음이 흔들리지 않는다는 것은 무슨 뜻인데요?"

"비록 둘도 없는 막역한 친구에게 약혼녀를 가로채임을 당했다고 해도 원한을 품지 않으면 당신처럼 무주고혼이 되어 구천을 정처 없이 떠도는 일은 없었을 것이라는 뜻입니다."

"그게 말처럼 그렇게 쉬운 일인가요?"

"그야, 맘먹기에 달렸지요. 요컨대 원한만 품지 않았더라면 중음신(中陰神)이나 원귀(寃鬼)가 되어 외롭게 구천을 헤매다가 남에게 빌붙어 들어오는 구차하기 짝이 없는 일은 없었을 것이라는 말입니다. 그러니까 이게 다 당신이 마음을 옹졸하게 잘못 먹은 데서 벌어진 일이니 자업자득이라 한 것이요."

"그렇다면 그 친구에게 그런 끔찍한 배신을 당하고도 원한이나 앙심을 품지 않는 일이 실제로 가능한 일이라는 말씀인가요?"

"가능한 일이고말고요."

"그게 어떻게 가능한 일입니까?"

"비록 믿었던 친구에게 그런 배신을 당했어도 그 친구를 원망하는 대신에 자기 자신의 경솔을 탓했더라면 그런 일은 없었을 것입니다. 그래서 『명심보감』에도 "무슨 일이 일어났을 때 남부터 원망하는 것은 소인이 할 짓이고, 자기 자신부터 탓하는 것은 군자가 당연히 할 짓이다"고 했지요. 반드시 그렇게 해야 참된 사람이 될 수 있고 바르고 착하고 지혜로운 사람이 될 수 있는 것이요."

그와의 대화가 진행되는 동안 다소 우중충했던 그의 모습은 점점 더 밝은 모습으로 탈바꿈되어 가고 있었다. 이윽고 그가 말했다.

"선생님과 대화를 하는 동안 어쩐지 제 마음이 점점 넓어지고 밝아지는 것 같습니다. 왜 그런지 설명 좀 해 주시겠습니까?"

"당신은 지금 도를 공부하는 자장(磁場)에 올라타 있기 때문입니다."

"도를 공부하는 자장이 무슨 뜻입니까?"

"방금, 마음이 넓어지고 밝아지는 것과 같다고 당신이 말한 것은 당신이 공부하는 도장(道場) 즉 자장에 올라타고 있기 때문입니다."

"이제야, 무슨 뜻인지 알 것 같습니다."

이렇게 말하면서 그는 합장을 했고, 빙의령은 나에게 합장하면서 백회를 통하여 하늘로 서서히 날아오르고 있었다.

선도에서 공중 부양 안 하는 이유

이름을 유종현이라고 하는 30대 후반의 수련생이 물었다.

"선생님, 제가 한 보름 동안 중국 여행을 하고 돌아왔는데요. 한 가지 이상한 것은 중국에서는 기공 수행자들 중에 공중 부양을 하는 경우가 많았습니다. 웬만큼 수련 좀 했다는 사람은 보통 1미터에서 5미터까지는 가부좌 자세로 공중에 떠오르곤 했습니다. 그런데 한국에서는 아직은 어느 도장에서도 공중 부양을 하는 광경을 본 일이 없습니다. 그 이유가 어디에 있는지 궁금합니다."

"중국에 가서 공중 부양하는 것만 보고 다른 초능력 시범은 보지 못했습니까?"

"격벽 투시, 병 안에 들어 있는 알약을 손도 대지 않고 꺼내기, 기공자가 전기 곤로에 연결된 두 가닥의 전선을 한 손에 하나씩 쥐고 기를 넣어 주면 곤로에 불이 들어와 그 위에 올려놓은 그릇 속의 물이 팔팔 끓어오르는 것 등을 보았습니다."

"그런 것을 보고 어떤 느낌이 들었습니까?"

"참으로 신기하다는 생각이 들었는데 왜 한국 선도에서는 이러한 초능력 시범을 보여 주지 않는지 의문이 들었습니다."

"유종현 씨는 무엇 때문에 선도수련을 하십니까?"

"건강에 좋고 마음이 편안해진다고 해서 시작했는데, 시작해 놓고 보니 뜻밖에도 기를 금방 느끼게 되어 점점 몰입하게 되었습니다."

“그렇다면 중국에서 보고 온 기공자의 공중 부양 같은 초능력이 건강과 마음의 안정에 도움이 된다고 보십니까?”

“그건 아직 생각해 보지 않았습니다.”

“그런 건 뭐 생각해 보고 말고 할 것도 없이 당장 알 수 있는 일이 아닐까요? 공중 부양하는 것을 아무리 많이 보았다고 해도 신기한 느낌이 들든가 호기심을 만족시킬 수 있을지는 몰라도 나빴던 건강이 좋아지고 불안한 마음이 편안해질 수 있을까요?”

“아무래도 그럴 것 같지는 않습니다.”

“초능력이니 신통력이니 하는 것은 단지 그것을 구경할 때의 감탄이나 환성 그리고 호기심 만족 그 이상도 이하도 아닙니다. 마술사가 손에는 아무것도 없다고 두 손을 쫙 펴 보여 준 바로 그다음 순간에 손바닥에서 파랑새가 두 마리 튀어나올 때의 감탄과 비슷할 것입니다.”

“초능력(超能力)과 마술(魔術)의 차이는 무엇입니까?”

“초능력은 수련자에게서 수행 중에 생겨날 수도 있고 아니면 부단한 노력과 연마로 획득할 수 있지만, 마술은 마술사가 끊임없는 연습으로 관중들의 시각을 속이는 기술을 익힌 결과입니다. 요컨대 초능력이든 마술이든 애초부터 선도가 지향하는 목적과는 하등의 상관이 없는 분야라는 것입니다. 그래서 선도에서는 초능력이니 신통력이니 하는 것을 대수롭게 여기지 않을 뿐만 아니라 기피하기까지 합니다.”

“기피까지 하는 이유는 무엇입니까?”

“수행자가 초능력에 몰입하면 수련을 망쳐 버리는 것은 말할 것도 없고, 돌팔이가 되어 패가망신해 버리기 일쑤이기 때문입니다. 최악의 경우는 사이비 교주가 되어 사회에 큰 폐해를 끼치는 수가 있습니다. 그래서 오랜 옛날부터 도계에서는 초능력과 신통력을 엄금하는 것을 불문율로 삼고 있습니다."

"그런데 중국에서는 초능력자를 특이공능자(特異功能者)라 하여 국가에서 우대를 한다고 합니다. 그건 어떻게 된 것입니까?"

"선도는 원래 상고 시대부터 우리나라에 발원하여 서토(西土) 즉 중국 쪽으로 흘러 들어갔습니다. 중국적 풍토에 적응하면서 착실히 발전되어 오다가 1949년 중국이 공산화되면서 중국 선도는 살아남기 위해서 크게 변질되지 않을 수 없게 되었습니다."

"어떻게 변질되었는데요?"

"우선 선도(仙道)나 단학(丹學)이라는 이름부터 신을 부인하는 변증법적 유물론만을 주장하는 공산주의 이념과는 맞지 않았습니다. 그래서 중국에서는 그전부터 써 오던 선도나 단학이라는 용어도 못 쓰고 그 대신 기공부를 뜻하는 기공(氣功)이라고 이름으로 바꾸지 않을 수 없었습니다.

누구나 다 아는 바와 같이 선도수련의 궁극적인 목적은 성통공완(性通功完)하는 것입니다. 불교식으로 말하면 성통(性通)은 견성(見性)이고 공완(功完)은 해탈(解脫)을 뜻합니다. 이 말은 수행자가 수련을 통하여 자기 존재의 실상을 파악하여 마침내 신선, 도인, 부처가 되는 것을 말합니다.

그런데 이런 개념이나 용어는 공산국가에서는 용납이 될 수 없습니다. 그래서 중국에서는 선도 수행의 근본 목적과 이념은 어느 사이에 증발되어 버리고 고작 선도 수행의 부수적 산물인 초능력에만 관심을 기울이게 되었습니다. 그것이 또한 실용성에 치중하는 중국인의 취향에도 맞아떨어져 국가가 장려하는 특이공능 분야로 인정받게 되었습니다. 그 결과 기공이니 특이공능이니 하는, 정통 선도의 입장에서 보면 세속화되고 타락한 마술 비슷한 것이나 일종의 대안 의술로 변질되어 간신히 명맥을 유지한다고 보아야 합니다."

"그래도 중국에서는 기공을 중국 고유의 수출 산업으로 크게 육성할 태세이던데요."

"그러나 그게 다른 제조업 수출품처럼 그렇게 잘 풀리진 못할 것입니다."

"왜요?"

"이미 과거에 우리나라에도 기공사(氣功師)가 된 조선족 동포들이 들어와서 대주천 수련시켜 주는 3개월 수련 프로그램을 가지고 수련생들을 모집하여 수련을 시킨 일이 있었습니다. 그러나 수련을 해 본 사람은 누구나 다 아는 일이지만 선도수련에는 개인차가 심해서 수련생을 모집하여 일정 기간 수련을 시킨다고 해서 누구나 다 동일한 성과를 올리는 것은 아닙니다. 뜻대로 안 되자 결국은 기공사들이 야반도주하는 통에 천진난만한 수련자들은 수련비만 수백만 원에서 수천만 원까지 날려 버리고 말았죠."

"그 말씀을 들으니 어쩐지 제가 무엇에 잠시 홀렸던 느낌이 듭니다."

"공중 부양을 보고 기공이라는 신기루에 매료되었다가 마침내 제정신을 찾았기 때문일 것입니다. 유종현 씨는 공중 부양하는 묘기가 아무리 신기하다고 해도 그것을 백 번 보는 것하고, 어떤 스승에게서 꾸준히 수련을 받는 동안 건강이 획기적으로 좋아지고 닫혔던 마음이 열려 이 세상의 온갖 근심 걱정에서 벗어나 부동심을 갖게 되는 것하고 어느 쪽이 더 의미가 있다고 보십니까?"

"그야 물론 건강해지고 부동심을 갖게 해 준 것이죠."

"왜 그렇게 생각하십니까?"

"공중 부양이야 아무리 신기하다고 해도 서커스 구경하는 것 이상은 될 수 없는 남의 일이고 몸이 건강해지거나 마음이 편안해지는 것은 수련하는 각자 자신을 변화시키는 일이기 때문입니다."

"이제야 제대로 상황 파악이 되었습니다."

깨달음의 출발점

우창석 씨가 말했다.

"선생님께서는 깨달음을 얻는 출발점은 무엇이라고 생각하십니까?"

"수행자에게 사물을 있는 그대로 정확하게 관찰할 수 있는 능력이 있느냐의 여부가 깨달음의 출발점입니다."

"사물을 있는 그대로 정확하게 관찰할 수 있는 능력이라는 것은 무엇을 말하는지요?"

"말 그대로입니다. 진실을 있는 그대로 관찰하고 그 결과를 그대로 받아들이는 과정입니다. 다시 말해서 미망(迷妄)이나 환상(幻想), 착각이나 이념이나 미신이나 무명이나 오류를 진실이라고 오해하지 말아야 한다는 말입니다."

"실례를 들어 좀더 알기 쉽게 설명해 주실 수 없겠습니까?"

"요즘의 시사 문제를 하나 예로 들겠습니다. 타블로라는 가수가 미국의 스탠포드 대학을 졸업했다는데 그건 거짓말이라는 소문이 인터넷상에 널리 떠돌아 그 가수는 자신의 명예가 크게 손상되었다고 경찰에 고소했고, 경찰은 스탠포드 대학에 조회를 한 결과 그가 그 대학을 정식으로 졸업한 것이 사실로 드러났습니다.

대학 당국이 발행한 졸업증서까지 텔레비전 화면에 공개되었습니다. 이쯤 되면 타블로를 오해했던 사람들도 그 사실을 인정해야 합니다. 그런데도 끝까지 그 가수가 그 대학을 졸업한 일이 없다는 허위 사실을 그대로 믿는 누리꾼들이 있어서 계속 물의를 일으키고 있습니다.

비록 한때 어떤 연유로 타블로의 스탠포드 대학 졸업 사실을 불신했던 사람들도 그것이 사실이 아님이 백일하에 드러난 이상 사실을 사실 그대로 인정해야 합니다. 그런데도 그 사람들은 여전히 그것을 믿지 못합니다.

결국 그들은 사실을 믿는 것이 아니라 자기가 믿고 싶은 환상이나 미망이나 착각만을 고집하는 것입니다. 이런 사람들 중에 수행자가 있다면 그는 십 년이 아니라 백 년이 가도 깨달음을 얻을 수 없습니다. 왜냐하면 깨달음은 있는 사실을 그대로 믿는 데서 출발하기 때문입니다.

미국 쇠고기를 먹으면 광우병에 걸린다든가, 천안함 폭침은 북한의 소행이 아니라든가, 6 · 25는 남침이 아니고 북침이며, 아웅산 테러나 김현희의 KAL기 폭파 역시 북한의 소행이 아니고 한국 정부의 자작극이라든가 하는 잘못된 주장도 그 진상이 명백하게 세상에 드러났는데도 여전히 믿지 못하는 사람들이 있습니다.

중세까지도 지구가 둥글지 않고 평탄하고 태양은 지구의 주위를 돈다고 사람들은 믿었습니다. 그러나 지구는 둥글고 자전과 공전을 거듭하면서 태양의 주위를 돌고 있다는 것이 과학적으로 입증되었습니다. 그런데도 불구하고 지구는 여전히 평탄하고 태양도 여전히 지구의 주위를 돌고 있다고 믿는 사람들이 있습니다.

이 사람들은 진실을 믿는 것이 아니라 자기가 믿고 싶은 것만을 맹신(盲信)하고 광신(狂信)하는 것입니다. 이들은 미국에서 '지구 평탄 협회'라는 단체까지 만들어 그 잘못된 믿음을 확고하게 다지고 있다고 합니다. 진실에 대한 불신이 이 정도로 깊어지면 병적이라고 보아야 할 것입니다.

명백한 사실을 있는 그대로 믿으려 하지 않고 자기만의 집착, 환상, 미망, 미신, 사상, 이념만을 고집하는 사람들은 백 번을 죽었다 다시 환생을 해도, 그 생각을 바꾸지 않는 한 깨달음은 절대적으로 얻을 수 없다고 단언할 수 있습니다. 왜냐하면 깨달음은 이 세상에 존재하는 사실을 정확하게 있는 그대로 믿는 데서부터 출발하기 때문입니다.

따라서 진정한 구도자는 어떠한 일이 있어도, 어두워지는 황혼의 시골 오솔길을 가다가 길가에 떨어진 새끼줄 토막을 보고 기어가는 뱀으로 착각하고 질겁하거나, 고샅길에 떨어진 몽당비를 보고 도깨비로 착각을 하고 그것과 밤새도록 젖 먹던 힘까지 짜내어 죽기 살기로 씨름을 하는 경거망동은 하지 않습니다.

그 대신 있는 사실을 있는 그대로 하나하나 받아들임으로써 모든 존재의 실상을 파악해 들어가는 것입니다. 그런 과정을 통하여 자기 주변의 새로운 사실들을 깨달음으로써 그날그날이 새로워지는 좋은 나날을 맞이하는 환한 기쁨을 맛보게 되는 겁니다."

"그렇게 진실을 파악해 가는 것만으로 그 수행자에게는 어떤 변화가 일어날 수 있을까요?"

"일어나고말고요."

"어떤 변화가 일어납니까?"

"사람이 살아가는 이치와 우주 삼라만상의 존재의 실상을 하나하나 파악해 들어감으로써 그때까지도 그를 감싸고 있던 무명(無明)과 죄업에서 차츰 벗어나게 됩니다. 탐진치(貪瞋癡)와 오욕칠정(五慾七情)에서도 한 꺼풀 한 꺼풀씩 벗어남으로써 수행자 자신의 몸과 마음이 밝아지고 누생의 업장에서 차츰차츰 벗어나지 않을 수 없게 됩니다. 생사윤회의 굴레에서도 차례로 벗어나게 됩니다."

"생사윤회의 굴레에서 벗어난다는 것은 구체적으로 무엇을 말합니까?"

"이제부터는 더이상 죄짓고 나서 그 죄업에 끌려다니는 인생을 살지 않고, 자기 자신의 자유의지에 따라 인생을 살 수 있는 것을 말합니다. 그렇게 되면 자기도 모르는 업력(業力)에 이끌려 여자의 자궁 속에 다시 들어가야 하는 일도 없어지게 될 것입니다. 몸도 건강해지고 마음도 평정을 찾게 될 것입니다. 마침내 그는 눈에 보이는 사물의 현상을 통해서 그것을 있게 한 보이지 않는 실체까지도 직감만으로 감지할 수 있는 경지에 도달하게 될 것입니다.

그의 수련이 그 정도에 이르면 그의 마음은 보이는 사물의 이면에서 작용하는 보이지 않는 진리의 실체까지도 감지할 수 있게 될 것입니다. 이 보이지 않는 실체가 바로 보통 사람의 눈에는 보이지 않는 우주의식이고 하느님입니다. 바로 보이지 않는 실체인 하느님의 구현체가 우리 눈에 보이는 삼라만상입니다.

이 사실을 인식한 수행자는 진리의 실체와 한 몸이 되어가고 있다고 말할 수 있습니다. 이것이 바로 견성해탈이요 성통공완이고 진정한 깨달음입니다. 수련이 이 정도에 도달한 사람은 진리 자체인 우주와 이미 한 몸이 되어 있다고 말할 수 있습니다.

그는 이미 우주를 관장하는 진리의 실체의 눈으로, 보이는 하늘과 보이지 않는 하늘을 한눈으로 꿰뚫어볼 수 있게 됩니다. 그러한 사람이 바로 신선이요 도인이요 부처라고 말할 수 있는 것입니다."

변심한 남편

40대 중반의 양금선이라는 여자 수련자가 물었다.

"선생님, 제 남편이 저 몰래 저보다 열 살 아래인 다른 여자와 사귀어 임신을 시키고는, 아내로서 아무 잘못도 없는 저를 보고 이혼을 하자고 합니다. 그 말을 처음 듣는 순간엔 그야말로 마른하늘에 날벼락을 맞은 것처럼 한동안 멍청하니 정신을 수습할 수 없었지만, 그 후 두고두고 생각할수록 그의 뻔뻔함이 괘씸하고 야속한 배신감에 치가 떨립니다.

결혼식장에서는 친지와 하객들 앞에서 "괴로우나 즐거우나, 성하거나 병들거나 검은 머리가 파뿌리 되어 이 세상을 하직할 때까지 양금선을 아내로 존중하겠다고 맹서합니까?" 하고 주례가 묻자 "예" 하고 대답해 놓고는 이제 와서 그 맹서를 식은 죽 먹듯이 배신을 하다니 도저히 참을 수가 없습니다. 이렇게 말씀드리는 제가 수행자답지 못하다는 것은 잘 알면서도 자꾸만 속에서 치미는 화를 누를 수가 없습니다. 어떻게 하면 좋을까요?"

"결혼한 지는 얼마나 되었습니까?"

"금년이 15년째입니다."

"자녀는 몇이나 됩니까?"

"아이는 양자 합의에 의해 낳지 않기로 해서 없습니다. 그래 놓고는 다른 여자와 사귀어 임신을 시켜 놓고는 이혼을 하자고 합니다. 그런 걸 생각하면 저도 합의 따위는 무시하고 아이를 낳을 것을 그랬나 하고 후회가 됩니다.”

“그렇게 쉽게 변심을 하는 남자라면 아이가 있어도 어느 때건 마음이 변하면 이혼을 하자고 했을 것입니다. 이 모두가 서구에서 들어온 되지 못한 관행입니다. 남편은 무엇 하는 사람입니까?”

“모 대기업체의 임원입니다.”

“이혼 조건은 무엇입니까?”

“법에 규정된 대로 결혼 후에 취득한 자기 재산의 반을 저에게 주고 제가 단신으로 있는 동안은 생활비를 위자료로 지급하겠으니 합의 이혼장에 도장을 찍어 달라고 합니다. 어떻게 하면 좋을까요? 친정 부모와 친지들은 끝까지 찍어 주지 말라고 합니다만 그건 너무 천박하고 속물, 저질 같은 느낌이 들어서 망설이고 있는 중입니다.”

“그렇다고 해서 지금부터 별거를 한다고 해도 이미 변절한 사내를 형식상으로나마 남편으로 삼고 지낼 수는 없는 일이 아닙니까? 구도자는 오는 사람 막지 말고 가는 사람 잡지 말아야 합니다. 그러니 깨끗이 도장을 찍어 주는 것이 좋습니다.”

“그러자니 속에서 부글부글 끓어오르는 배신감과 울화는 어떻게 하죠?”

“그런 남자를 평생의 동반자로 알고 결혼식을 올린 양금선 씨의 어리석음을 스스로 꾸짖어야 합니다. 그리고 남편이 다른 여자에게 넘어가도록 아내로서 남편 관리를 잘못한 책임도 시인해야 할 것입니다. 그리고 제일 중요한 것은 양금선 씨가 결혼 초기처럼 남편을 사로잡을 수 있는 매력을 지금까지 계속 유지하지 못하고 잃어버린 잘못도 인정해야 합니다. 자기 자신의 잘못을 인정하지 않고 계속 상대의 배신행위만을 괘씸하게 생각하는 한 상대에 대한 원한만 끝없이 깊어지고 양금선 씨 자신은 그로 인해 만신창이로 상처만 계속 입게 되어 업장만 쌓게 될 것입니다.

이번 기회에 남녀 사이의 애정은 말할 것도 없고 이 세상만사는 변하지 않는 것은 아무것도 없다는 진리를 뼈저리게 깨달아야 할 것입니다. 제행무상(諸行無常)입니다. 그래야 이번 일을 전화위복의 계기로 삼아 재도약의 발판을 삼을 수 있습니다.

결혼만이 인생의 전부가 아니라는 것도 알아야 할 것입니다. 차라리 이번 일을 그 누구의 구속도 받지 않는 자유로운 구도자로서의 대변신을 꾀할 절호의 기회로 삼는 것이야말로 가장 현실적인 해답이 될 수 있을 것입니다. 양금선 씨는 한 남자의 아내로서는 실패했지만 인간이 도달할 수 있는 지고(至高)의 목표인 자기 존재의 실상에 도달한 구도자가 되는 데는 절대로 누구에게도 양보할 수 없다는 결의를 세우고 거기에 이제부터 남은 인생에 승부를 걸어야 할 것입니다. 그것이야말로 참된 인생을 바르게 사는 길이 될 것입니다."

"부끄럽습니다. 선생님 말씀을 듣다가 보니 제가 만사에 너무나 우둔하고 치졸했다는 것을 알게 되었습니다. 결혼생활을 처음부터 너무나 만만하고 안이하게만 보아 온 저의 어리석음이 허황된 이기적인 집착만을 키워 온 것 같습니다. 이제는 누가 뭐라고 해도 흔들리지 않고 홀로 서서 제 길을 걸어갈 것 같습니다. 선생님 좋은 충고해 주셔서 정말 고맙습니다."

"그렇게 말씀하시니 참으로 다행입니다. 부부가 백년해로를 한다고 해도 결국은 이 세상 떠날 때는 혼자 가게 되어 있습니다. 인생은 결국 혼자서 빈손으로 왔다가 혼자서 빈손으로 떠나게 되어 있습니다. 『법구경』의 다음 구절이 생각납니다.

무소의 뿔처럼 혼자서 가라
소리에 놀라지 않는 사자처럼
그물에 걸리지 않는 바람처럼
구정물에 더럽히지 않는 연꽃처럼
무소의 뿔처럼 혼자서 가라."

"선생님 정말 고맙습니다. 지금의 저에게 꼭 알맞는 경구(警句)입니다. 앞으로 제 책상머리에 써서 붙여 놓고 제 인생의 좌우명으로 삼겠습니다. 그럼 이만 물러나겠습니다."

"안녕히 가십시오."

공통점과 차이점

우창석 씨가 말했다.

"지난 3월 11일 법정 스님이 입적한 후에 그분에 대한 국민들의 추도 열기가 보통이 아닌 것을 보고 저는 평소에 읽지 않았던 그분의 저서들을 구해서 열심히 읽기 시작했습니다. 그 책들을 읽으면서 저는 법정 스님과 삼공 선생님을 저도 모르게 비교하게 되었습니다. 왜냐하면 법정 스님과 삼공 선생님은 몇 가지 공통점과 차이점이 있기 때문입니다."

"그래요. 그 공통점과 차이점이 무엇인데요?"

"첫째 두 분은 출생연도가 똑같다는 것입니다. 두 분 다 1932년생이십니다. 삼공 선생님은 1932년 5월생이고 법정 스님은 10월생이라는 것이 다르고, 법정 스님은 삼공 선생님보다 출생일이 5개월이 늦습니다. 다른 점은 삼공 선생님은 6·25가 발생하자 곧바로 군대에 징집되어 피를 흘리며 전쟁터에서 생사의 고비를 숱하게 넘겼건만, 법정 스님은 전쟁이 일어난 후에 군대에 징집된 일도 없이 24세에 출가를 단행한 후 승려생활로만 일관했다는 것입니다. 그러나 삼공 선생님은 직장생활도 하시고 결혼도 하신 한 가정의 가장이라는 세속인이라는 점이 법정 스님과는 다릅니다.

두 번째는 두 분 다 문필가라는 것입니다. 물론 삼공 선생님은 소설이 전공이고 법정 스님은 수필가였다는 차이가 있을 뿐입니다. 세 번째는 두 분 다 글의 주 내용은 수행에 관한 체험담이라는 것이 공통점입니다.

그런데 제가 정작 큰 의문을 품게 된 것은 저도 수행자의 한 사람으로서 두 분의 저서를 읽으면서 절실히 느낀 것인데 선도 수행에 관한 삼공 선생님의 저서로서 지금까지 99권이 나온 『선도체험기』 시리즈, 『소설 한단고기』 상하권, 『소설 단군』(5권) 등을 읽을 때는 책에서 강한 기운을 느꼈고, 그 기운으로 인해 막혔던 경혈들이 열리는 등 수련에 큰 보탬이 되었는데, 법정 스님의 저서들을 읽을 때는 기를 느낄 수 없었다는 것입니다."

"우창석 씨는 법정 스님의 어떤 저서들을 읽었습니까?"

"『무소유』, 『영혼의 모음』, 『말과 침묵』, 『인도 기행』, 『물소리 바람소리』, 『서 있는 사람들』, 『산방한담』, 『그물에 걸리지 않는 새처럼』, 『맑고 향기롭게』, 『일기일회(一期一會)』, 『한 사람은 모두를 모두는 한 사람을』, 『아름다운 마무리』, 『오두막 편지』, 『버리고 떠나기』, 『새들이 떠나간 숲은 적막하다』 그리고 정찬주 소설가가 쓴 『소설 무소유』 등을 읽었습니다."

"적지 않게 읽었군요. 나 역시 책을 읽을 때 어떤 책에서는 기를 느끼고 또 어떤 책에서는 기를 전연 느끼지 못하는 경우가 가끔 있습니다."

"도대체 그 이유가 무엇일까요?"

"그것은 마치 저 사람은 노래를 잘 부르는데 이 사람은 왜 노래는 못 부르고 춤만 잘 추는가 하고 묻는 것과 같이 어리석은 질문입니다."

"죄송합니다."

"또 이렇게 생각해 볼 수도 있습니다. 높은 산의 정상은 하나인데 그 정상에 올라가는 길은 각 사람의 성격과 취향에 따라 천 갈래 만 갈래, 얼마든지 다를 수 있다는 겁니다. 나는 운기조식(運氣調息)을 중요 수단으로 하는 선도수련 방법을 택했고, 법정 스님은 화두수련을 중요 방편으로 하는 참선(參禪)을 택했다는 점이 다릅니다.

운기조식을 전연 모르는 그가 쓴 저서에서 기가 느껴지지 않는 것은 당연하다고 생각합니다. 따라서 기가 있느냐 없느냐를 비교하는 것은 별 의미가 없습니다. 호랑이의 잣대를 가지고 고래를 잰다는 것은 이치에 맞지 않기 때문입니다.

사람은 각기 자기가 처한 환경 속에서 어떻게 사느냐가 중요한 것이지 그가 무엇을 성취했느냐가 중요한 것은 아니기 때문입니다. 다시 말해서 사람은 그가 바르고 슬기롭게 살아가고 있느냐가 중요한 것이지 그가 지금까지 성취한 사회적 지위가 중요한 것은 아니기 때문입니다. 20평짜리 아파트에 사느냐 아니면 100평짜리 아파트에 사느냐가 중요한 것이 아니고 그가 얼마나 양심적으로 충실하게 자기 삶을 열심히 살아가느냐가 중요하다는 것입니다.

어쨌든 법정 스님은 자신이 수련과 일상생활에서 겪은 일들을 성실하고 유려한 문체로 꼼꼼하고 빈틈없이 표현함으로써 독자들에게 많은 교훈을 주고 깊은 감동을 불러일으켜 준 것은 사실입니다. 바로 이 때문에 그가 타계한 후에도 수많은 독자들이 그의 죽음을 마음속으로 애도한다고 생각합니다.

그리고 끝으로 밝혀둘 것은 법정 스님은 불제자는 말할 것도 없고 가톨릭교도들을 비롯한 일반 국민 속에 광범한 독자층을 형성하고 있고, 언론계가 늘 주목하는 VIP였습니다. 그 때문에 그를 찾는 기자들과 방문객들이 하도 많이 쇄도하여 그들을 도저히 만나 줄 수 없어서, 누구도 찾기 어려운 강원도 깊은 산골의 화전민이 살던 오두막으로 옮긴 뒤 비로소 평안을 찾았을 정도지만, 나는 선도 수행을 하는 극히 제한된 독자층을 가지고 있을 뿐이라는 점입니다. 따라서 독자 수에 있어서 법정 스님과 나는 감히 비교의 대상이 될 수 없다고 보아야 할 것입니다."

"저는 생각이 좀 다릅니다. 그런 차이는 별 의미가 없다고 봅니다. 사람은 사후에 관 뚜껑을 덮은 뒤에야 비로소 제대로 된 평가가 나온다고 봅니다."

"미래의 일입니다. 내가 떠난 뒤의 평가야 그때 사람들에게 맡겨둘 일이고, 내가 정작 중요하게 생각하는 것은 과연 나는 이 세상을 떠나는 날 마음이 한없이 편안하여 더이상 이 세상에 아무런 미련도 집착도 없어서 다시는 윤회에 휘말리지 않을 수 있을까 하는 것입니다."

"그 다음의 관심사는 무엇입니까?"

"내가 숨을 거둘 때까지 우리나라가 비록 남북통일은 못 된다고 해도, 최소한 대만과 중국 본토 주민들처럼, 남북한 동포들도 자유롭게 양쪽을 오가면서 가족과 친지들을 만날 수 있게 되고, 우리나라가 약소민족과 분단국의 설움에서 영원히 벗어나 다시는 강대국의 노예가 되지 않는 막강한 나라로 성장하는 것입니다.

휴전선을 사이에 둔 지척의 거리에 살면서도 어릴 때 헤어진 핏줄들이 60년 동안이나 서로 만나지 못하다가 겨우 그중 극히 일부가 어쩌다가 몇 해에 한 번씩 선심 쓰듯 열리는 금강산 상봉에서 8, 9십 백발노인이 되어 주름투성이 얼굴들을 서로 비비면서 눈물범벅이 되어 끌어안고 울부짖는 처절한 비극은 이 땅에서 다시는 되풀이되지 말아야 할 것입니다."

"그렇게 된 원인이 어디에 있다고 보십니까?"

"물론 북한의 현 세습 독재 체제가 생겨난 지 65년 동안 세계 역사상 외부 세계와의 유례없는 철저한 주민 차단 고립 정책이 빚어낸 비극이지만 그동안 이것을 극복하지 못한 남북한 당사자들에게도 책임이 있고, 한반도를 갈라놓은 강대국들의 책임 또한 막중하다고 하지 않을 수 없습니다. 그러한 의미에선 지구상에서 다시는 강한 나라들이 약한 나라의 운명을 좌지우지하고 지배하고 억압하고 착취하는 폭거는 영원히 사라져야 할 것입니다. 그러자면 강한 나라와 약한 나라가 서로 어울려 평화롭게 살아가는 세상을 만드는 데 우리가 앞장을 서야 한다는 것입니다.

왜냐하면 한국은 지난 100년 동안 강대국들로부터 가장 많은 상처를 입은 나라이기 때문입니다. 그런 막중한 소임을 완수하려면 우리나라가 세계에서 가장 강대한 나라가 되어야 합니다. 힘없이는 아무리 훌륭한 대의명분이 있어도 속수무책이니까 어쩔 수 없는 일이기 때문입니다."

【이메일 문답】

구도자도 돈에 신경을 써야 하나?

안녕하십니까, 선생님. 울산의 최성현입니다. 삼공재를 방문한 지가 벌써 2주가 다 되어 가고 있습니다. 학생들 기말시험이 6월 말부터 7월 초까지 있어서 현재 학원에서는 시험 대비가 한창입니다. 7월 4일까지는 주말에도 시험 대비를 해야 하므로 삼공재에는 7월 11일에 방문할 수 있을 것 같습니다. 근 한 달 만에 방문하는 것이 되겠네요. 뚜렷한 발전을 위해서는 좀더 자주 방문해야 되는데 그러지를 못해서 고민입니다.

그래서 요즘 목표를 세우고 있는데, 당연히 최우선 목표는 소주천을 완성하는 것이고 두 번째로 좀더 경제적인 소득을 높여서 삼공재를 방문하는 것을 자주할 수 있도록 하자는 것입니다. 그런데 선생님 구도자가 돈에 신경을 많이 써도 괜찮은가요? 수련에만 집중을 해야 될지 아니면 좀더 편안한 수련 여건을 위해서 경제적인 부분과 돈에도 신경을 써야 되는지 궁금합니다.

현재 저의 수련 상황을 말씀드리면 일단 빙의가 자주 되고 있습니다. 6일 전에 자고 일어나서 왼쪽 어깨 뒷부분이 결림을 느꼈습니다. 처음에는 잠을 잘못 잤는가 보다 생각했었는데 그 다음날 통증이 더 심해지는 것을 보면서 왠지 단순한 통증이 아니라 빙의 또는 명현 현상임을 느꼈습니다. 운동할 때도 평소보다 더 힘이 들어서 셋째 날에는 몸이 무거운 나머지 아침에 조깅하는 것도 귀찮게 느껴질 정도였습니다.

하지만 늘 뛰던 게 습관이 되어서 달리기 시작했는데 한 30분 넘어서 뛰던 중에 갑자기 몸 아래쪽에서부터 정전기가 이는 것 같더니 머리 위쪽으로 전율감을 느끼면서 빙의령이 천도됨을 느꼈습니다. 그리고 다음날에도 역시 조깅하다가 비슷한 느낌으로 빙의령이 천도되었습니다.

이번 경험을 통해서 조깅 시의 몸 상태를 살펴보면 제가 빙의되었는지 안 되었는지를 나름대로 판단할 수 있게 되었습니다. 특히 좀 심하게 빙의된 경우에는 평소 가벼운 몸 상태가 아닌 무거운 몸 상태가 되어 조깅하는 게 평소보다 힘들게 됨을 알게 되었습니다.

앞으로 몸 상태를 판단하는 데 도움이 될 것 같습니다. 그리고 무엇보다도 몸 상태가 좀 안 좋더라도 세 가지 공부를 꾸준히 밀고 나가는 지구력이 수련 향상에 도움이 됨을 느꼈습니다. 그래서 몸이 많이 아프거나 늘어지더라도 특히 몸공부를 빠지지 말고 할 것입니다.

기공부는 운동하고 정좌 수련을 하기 전에 『천부경』과 『삼일신고』, 『반야심경』, 대각경을 읽고 수련에 임하고 있습니다. 아직도 단전에 집중하는 것이 부족하게 느껴져서 좀더 집중하도록 노력하고 있으며 단전에 기운은 느껴지지만 머리 쪽이 먹먹하고 약간 답답함을 느끼는 것이 빙의가 됐음을 감지하고 있습니다. 조깅하면서 빙의가 천도된 그 다음날부터 계속해서 현재 3일째 빙의된 상태이며, 관을 하고 있지만 수련 내공이 아직 얕아서 천도는 안 되고 있습니다. 더 부지런히 수련하도록 하겠습니다.

그리고 선생님이 저번에 보내 주신 메일처럼 늘 단전에 의식을 두고 생활행공을 할 수 있도록 신경쓰고 있습니다. 부지런히 수련하여 다음에 삼공재를 방문할 때에는 좀더 발전된 모습으로 선생님을 뵐 수 있도록 최선을 다하겠습니다. 부족한 글 읽어 주셔서 감사합니다. 수련에 변화가 있는 대로 메일을 드리도록 하겠습니다.

2010년 6월 23일

울산의 제자 최성현 올림

【필자의 회답】

구도자가 되는 기본 요건은 경제 자립을 성취하는 일입니다. 스스로 돈을 벌어 의식주를 해결해야지 부모, 친지, 이웃에게 손 벌리지 말아야 합니다. 경제 자립을 성취하려면 자기 능력에 알맞은 직업을 가져야 합니다. 제 밥벌이도 못 하면서 부모나 남의 밥을 얻어먹어 가면서 수련을 하려는 것은 구도자가 취할 태도가 아닙니다.

그럼 종교재단의 도움으로 공부도 하고 수련도 하는 것은 어떻게 되는 걸까요? 그것은 나중에 종교 재단이 원하는 성직자가 되어 공짜로 공부한 빚을 갚아야 한다는 암묵적 계약하에 이루어지는 것이라고 보아야 합니다. 종교재단이 요구하는 빚을 갚지 못하면 그것 자체가 업장이 되어 어느 때든지 갚아야 할 심적 부담을 안고 살아가야 합니다.

그런 부담을 지지 않기 위해서라도 구도자는 최우선적으로 경제적 자립을 성취해야 한다는 것을 명심해야 할 것입니다. 빙의령을 천도할 수 있는 초보적인 능력을 갖게 되어 다행입니다. 그러나 문제는 늘 하단전

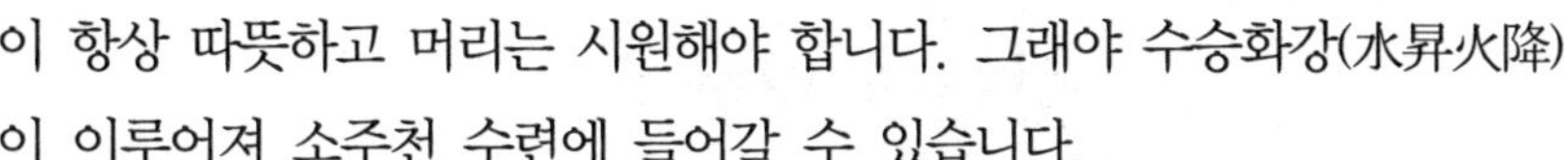

이 항상 따뜻하고 머리는 시원해야 합니다. 그래야 수승화강(水昇火降)이 이루어져 소주천 수련에 들어갈 수 있습니다.

그러기 위해서는 행주좌와어묵동정(行住坐臥語默動靜) 염념불망의수단전(念念不忘意守丹田)해야 할 것입니다. 무슨 일을 하든지 의식이 하단전에서 잠시도 떠나서는 안 된다는 얘기입니다. 그 지극한 정성이 하늘을 감동시킬 수 있어야 합니다.

삼매에 대하여

선생님, 사모님 안녕하십니까? 찾아뵌 지 벌써 3개월이 다 되어 가네요. 그동안 복분자 수확 판매 때문에 찾아뵙지 못했습니다. 사모님께서는 건강이 어떠신지요? 조금이나마 호전이 되셨으면 합니다.

올봄에는 토종벌에 양봉 벌에서 생기던 전염병(석고병)이 생겨서 80여 통의 벌이 전멸해 버렸습니다. 저뿐이 아니라 다른 토종꿀 생산 농가들이 거의 다 그렇다고 들었습니다. 토종벌에서는 나타나지 않았던 일이라 초봄에 서둘러서 대응을 했더라면 조금이나마 살렸을지도 모르겠습니다만 이제 와서 후회해도 죽은 자식 고추 만지기 아니겠습니까. 자성이 저에게 큰 숙제를 내려준 것 같아 올해는 작년에 생산한 꿀 판매하면서 차분히 정리를 해야 할 것 같습니다.

선생님 한 가지 질문이 있습니다. 삼매에 관한 것인데요. 어떤 이는 삼매를 수행의 결과라 하는데 저는 과정이라 생각을 하거든요. 석가모니 부처님께서는 6년 동안 설산 고행 끝에 삼매를 얻으시고도 더 큰 깨달음을 위해 의증을 내시고 마침내 삼매를 뛰어넘는 최고의 깨달음을 얻으셨기 때문입니다. 선생님의 고견을 듣고 싶습니다. 선생님 사모님 안녕히 계십시오.

2010년 7월 27일

광주에서 양정수 올림

【필자의 회답】

집사람은 그런대로 안정기에 접어들어 그럭저럭 지내고 있습니다. 양정수 씨가 염려해 준 덕분이 아닌가 합니다. 80여 개의 벌통이 전멸했다니 상심이 되겠습니다. 그러나 양정수 씨는 그만한 일에 좌절하지 않고 틀림없이 새로운 돌파구를 찾아낼 것이라 확신합니다.

삼매를 포함하여 수련에서 얻어지는 모든 결과는 종착점이 아닙니다. 그 결과라고 생각하는 지점이 바로 새로운 출발점입니다. 따라서 수련에는 영원한 과정만 있을 뿐 결과라는 종착점 같은 것은 없습니다. 수련이란 자전거를 타고 가는 것과 같습니다. 계속 달리지 않으면 자전거는 틀림없이 쓰러지거나 정지하고 맙니다. 어찌 수련뿐이겠습니까? 세상만사가 다 그렇습니다. 생사까지도 하나의 과정입니다. 따라서 죽음도 새로운 삶의 시발점일 뿐입니다.

우주계의 중심

삼공 선생님 전 상서

늘 가르쳐 주심에 깊은 감사를 드립니다. 지난주 학생 실습을 마치고 토요일에는 늘 오르는 산에 올랐습니다. 체중이 줄어든 탓도 있지만 체력적인 면에서도 변함이 없이 가벼웠고 특히, 단전으로 호흡을 하니 숨 가쁨을 전혀 느끼질 않고 오랜만의 산행을 즐겼습니다.

그리고 정상 근처에 오르자 지구가 포함된 태양계의 중심은 태양이지만, 태양계를 포함하고 있는 우주의 중심은? 하는데 하단전을 중심으로 하여 천체의 별들이 감싸져 오고 있는 것입니다. 즉 단전이 우주계의 중심이요 각자가 하단전을 통하여 자기만의 소우주의 중심에 있다는 것을 알았습니다.

그러니 세속사의 각 종교 및 기복 신앙에서 행해지는 하늘을 향하는 것은 넌센스가 아닐까 하는 생각이 이는 것이었습니다. 왜냐하면 천계는 하늘 높이에 존재하는 것이 아니라 바로 하단전에 있기에 단전을 향하여야 옳지 않을까 하는 생각입니다. 즉 세속사에 대한 모든 의문의 답은 밖에서 찾는 것이 아니라 하단전 즉 각자 자아의 중심인 단전에서 찾아야 하는 것이라는 생각입니다. 그럼 늘 건강하시고 많은 지도와 편달을 부탁드립니다. 안녕히 계십시오.

2010년 6월 23일

나요로에서 제자 도육 올림

추신 : 23일 아래와 같은 메일을 보내 드렸는데 답이 없어 혹시 배달 미스일까 해서 첨부합니다.

판단하는 것이 아니라 흐름을 읽는 것

삼공 선생님 전 상서

늘 이끌어 주심에 깊은 감사를 드립니다. 어제 말씀을 드린 3차원으로의 의식 변화라는 것이 천지인의 일치인 듯싶습니다. 즉 X와 Y축으로 이루어진 2차원적인 의식은 중심축이 없으니 이리 쏠리고 저리 쏠리어 세속사에 중심을 잡지 못하고 우왕좌왕이었습니다만, Z축이 더하여진 3차원이 됨으로 해서 어떠한 변화에도 중심을 잃지 않는 안정감을 가지게 되는 것 같습니다.

그리고 하단전에 3차원의 의식이 형성됨으로 해서 푸근하고 한량없이 평화로움이 감지되고 있습니다. 즉 세속사를 정할 때에는 판단에 의한다고 흔히들 말을 하지만 이는 이차원의 세계요, 판단이 아닌 하단전에서 느껴지는 흐름에 의해 따라가는 것이 3차원의 의식인 듯합니다. 그러니 모든 세속사는 방하착이요, 그의 흐름을 읽음으로써 행동으로 옮기는 단순한 과정인 듯합니다.

또한 3차원의 의식이 형성된다고 하는 것은 하단전이 열리는 것이요,

즉 우주와 소통이 되고 있는 것이라는 생각입니다. 아마도 하단전이 열리는 것이 진정한 기문이 열리는 것인 듯하기도 합니다. 요즘은 별다른 세계의 체험을 하고 이를 통해 그동안 선도수련의 한계로 생각하여 오던 벽들이 하나하나 깨져 나가니 한결 선도수련에 대한 묘미를 느끼고 만끽하고 있습니다. 그럼 사모님과 선생님의 건강이 함께 하시기를 바라며 간단히 메일을 올립니다. 안녕히 계십시오.

2010년 6월 23일
나카가와에서 제자 도육 올림

【필자의 회답】

『천부경』과 『화엄경』의 원리를 기공부를 통하여 체험으로 습득한 것 같아 흥미진진합니다. 그리고 23일에 보냈다는 메일도 읽어 보았습니다. 좌우간 남들이 모르는 새로운 경지를 개척하고 있는 듯한 느낌을 받았습니다. 이러한 체험들이 계속 축적되어 잘 정리되면 도우들에게도 좋은 공부가 될 것입니다. 계속 분발하시기 바랍니다.

성격은 유전되는가?

삼공 선생님 전상서

늘 이끌어 주심에 깊은 감사를 드립니다. 오늘은 점심을 하는데 TV에서 혈액형, 대머리 등은 부모로부터의 유전형질과 직접적인 관련이 있지만, 성격은 그리 깊은 관련이 없으며 환경적인 요인 등이 크게 작용한다는 것입니다. 그리고 아이큐 등도 절대적으로 유전형질에 의존하는 것이 아니며 많은 암 그리고 성인병들이 가족 유래로 알려졌으나 유전적 요인은 극히 작다고 하더군요.

즉 방송을 들으면서 자식은 부모로부터 신체는 물려받지만 이를 지배하는 영혼은 별개의 것이라는 생각이 들고 과학적으로도 입증이 되는데 단지 보이지 않으니 무명중생에는 믿기지 않을 뿐이구나 하는 점입니다. 일반적으로 동물의 난자가 정자를 만나 수정이 되는 즉시 생명력을 얻는 것이 아니라 수정란이 생명력을 얻는 데는 일정한 시간이 필요한 것으로 알려졌는데, 이는 생명력은 부모로부터 몸과 동시에 오는 것이 아닌 수정에 의해 이미 만들어진 몸의 토대에 외부로부터 영혼이 유입되는 증거로도 생각이 됩니다.

여기서 유입된 영혼은 업보에 의해 윤회를 거듭하는 일련의 과정으로 인과응보에 부합되며 부모를 만나게 되는 것이기에 부모의 성격과는 별개가 되는 것이지요. 특히 과학에서는 성격 형성과 변화에는 환경적인 요인이 크게 작용한다고들 하지만, 무명중생의 몸을 받은 영혼은 업보의 둘레에서 진화하거나 퇴보하는 과정을 대신 설명하고 있다고 생각합니다.

그러나 일반적으로 성격은 부모를 닮는다고들 하나, 이는 단지 같은 환경의 공간 내에서 생활하는 동안 무의식중의 학습효과에 불과한 것으로 생각됩니다. 비록 오늘 TV의 유전학자의 설명에서는 그러면 왜 성격 등이 부모의 유전형질의 영향을 거의 받지 않는지에 대한 것은 없었습니다만, 이와 같이 과학적으로도 거의 증명이 되어 가는 단순한 생명현상을 무명중생이 알고 사는 것과 모르고 사는 것은 아주 중요한 이벤트일지도 모르겠습니다. 그럼 몸 건강히 안녕히 계십시오.

2010년 6월 28일
나요로에서 제자 도육 올림

【필자의 회답】

요컨대 혈액형과 신체상의 특징, 얼굴 생김새 등은 유전하는 것이 확실한데 성격이나 능력, 재주, 의식, 마음, 사상 같은 반드시 그렇지 않다는 것이 텔레비전 출연자의 설명인 것 같습니다. 또 성격과 의식은 유전일 수도 있고 유전이 아닐 수도 있다는 뜻입니다. 나 역시 그렇게 생각합니다. 진리를 추구하는 구도자가 되는 것 역시 부모의 유전이 아닌 것은 확실합니다. 어떤 사람이 구도자가 되는 것은 유전이 아니라 진리를 마음으로 받아들이느냐 아니냐 하는 선택에 달려 있기 때문입니다.

만약에 유전으로 도인이 될 수 있다면 이 세상은 지극히 불공평한 것이 될 수밖에 없을 것입니다. 왜냐하면 진리를 깨닫기 위해서 공부할 필요도 없이 부모만 잘 만나면 될 것이니까요. 그러나 사실은 누구든지 마음만 굳게 먹고 꾸준히 노력만 하면 구도자도 될 수 있고 도인도 될 수 있다는 것은 노력에 따라 보상을 받는 것이 되므로 지극히 공평무사하다고 말할 수 있습니다.

선녀탕(仙女湯)

삼공 선생님 전 상서

늘 이끌어 주심에 깊은 감사를 드립니다. 그동안 안녕히 계셨는지요? 도육입니다. 오랜만에 메일을 올립니다. 지난 방문 때 삼공재에 들러 선정에 들었을 때의 일입니다만, 삼공재 방안이 도반령들로 가득차 있었음이 감지되었고 죽어서도 생전에 하던 일의 범주 내에서 지내고 있음을 알았습니다.

즉 현재 삶은 개차반이면서도 죽어서는 천당 가고 극락 간다고 이곳저곳 기울이며 호들갑을 떨어 봐야 소용없는 일이요, 밥숟가락 놓는 날까지 주어진 일에 최선을 다하는 일이 바른 삶이며, 단지 생과 사의 차이는 육체에 매여 있느냐 떠나 있느냐에 불과하니 그 차이에는 의미가 없다는 것을 깨달았습니다.

그리고 지난번 모국 방문에서 돌아올 때 홀로 집 지키시는 어머님을 3주 정도 모시고 왔습니다만, 주말에 꽃도 볼 겸해서 온천을 다녀왔으며, 그때 온천탕에 앉아 선정에 들자 탕 안이 선녀들로 가득히 그리고 저를 중심으로 뺑 둘러서 있는 것입니다.

그야말로 단전이 시원하고 선녀들이 제 단전으로 들락날락하는 등 말로만 듣던 선녀탕이 이것이로구나 하는 감이 왔고, 조금 후에는 유체이탈이 되어 선녀들과 같이 오손도손하며 제 육체를 내려다보는 것이었습니다.

그리고 온천을 끝내고 돌아오는 차 안에서 조금 전에 체험한 선녀탕 이야기를 어머님께 해 드리자 남이 들으면 정신 나갔다고 하겠다고 하시면서도 선녀와 나무꾼이야기로 맞장구를 치시는 것이었습니다. 그로부터 지금까지 의식만 하면 유체이탈이 되어 저의 몸뚱아리를 늘 감시하고 단전으로는 선녀들이 들락거리는 것으로 보아 아마도 이번 기회에 연정화기 과정은 졸업을 시키려는가 봅니다.

또한 이번 어머님으로부터의 수확은 저와 같이 계시면서 아침과 저녁 두 끼를 생식을 하셨고, 앞으로도 계속 두 끼만은 생식을 하신다고 하시기에 귀국하실 때 우선 1주일분을 챙겨 드렸습니다. 모국에서는 혼자 식사를 하시니 생식을 하시면 번거롭지 않고, 몸 또한 가벼워지셨다 하시니 아마도 어머님도 계속 생식을 하실 것 같습니다.

아무튼 수련 또한 역동적이지는 않지만 서서히 안정적으로 자리를 잡아 가는 것 같습니다. 앞으로도 많은 가르침을 부탁드리면서 간단히 인사만 드립니다. 그럼 늘 사모님과 선생님 두 분 모두 몸 건강히 안녕히 계십시오.

2010년 8월 18일

나요로에서 제자 도육 올림

【필자의 회답】

현묘지도 과정을 마친 뒤에도 그렇게 꾸준히 수련이 향상되고 있으니 대단히 고무적인 일이 아닐 수 없습니다. 마음에서 수련이 늘 떠나지 않고 있다는 산 증거입니다. 그럴수록 더욱더 박차를 가하여 이승에서 마지막 숨쉬기가 끝나는 바로 그 순간까지 수련의 고삐만은 단 한 찰라라도 놓쳐서는 아니 될 것입니다.

역주행(逆走行)

삼공 선생님 전 상서

늘 가르쳐 주심에 깊은 감사를 드립니다. 최근에 일어나는 일련의 수련 과정은 그간 말로만 듣고 알려졌던 일들을 하나하나 체험하여 터득함으로 해서 완전히 소화해 나가는 과정인 듯합니다. 어떤 이로부터는 과대망상증의 염려라도 들을 법하지만, 또 한 가지 겪었기에 몇 자 적어 봅니다.

현재 늘 의식만하면 자유자재로 유체이탈을 하며, 애틋했던 20대 시절의 모습을 한 혼이 제 모습을 내려다보고 있습니다. 아마도 그때의 모습으로 되돌아가려는가 하는 암시가 오며 이번 이벤트는 10년 정도의 장기전이 될 듯한 느낌입니다.

그리고 불편한 몸 구석이 있으면 강한 기운을 그곳으로 소통시켜 완쾌시키고, 현재 선녀들이 기운줄을 타고 이런 일들을 담당하고 있습니다. 몸의 세포 하나하나를 새로운 것으로 탈바꿈시키는 것이야 별 문제가 없어 보이기는 하나 아마도 이번의 이벤트는 단막극으로 끝낼 것이 아니라 끈질기게 전력투구하여 보리라는 생각과 그래야만 가능하다는 결론입니다. 즉 진인사대천명의 의미를 체득하려는 과정인 듯합니다.

앞으로도 많은 가르침을 부탁드리며 간단히 답장을 드립니다. 그럼 늘 몸 건강히 안녕히 계십시오.

2010년 8월 19일

나요로에서 제자 도육 올림

【필자의 회답】

보통 사람에서 선인(仙人)으로 재탄생하는 환골탈태(換骨奪胎)하는 과정입니다. 계속 용맹정진하시기 바랍니다.

백일 사진

삼공 선생님 전 상서

늘 이끌어 주심에 깊은 감사를 드립니다. 지금은 몸 세포 하나하나에 제 백일 사진의 모습으로 꽉 차 있고 천진난만하고 해맑게 싱글거리고 있습니다. 선생님께서 가르쳐 주신 것처럼 아마도 몸이 변하려는 징후인 것 같습니다.

지금까지 큰 그림으로 보면 평상심은 찾은 것 같아 큰 흔들림은 없을 것 같으니 이번 기회에는 환골탈태라는 화두를 가지고 전력투구해 볼 생각입니다. 그럼 사모님과 선생님 두 분 모두 안녕히 계십시오.

2010년 8월 20일
나요로에서 도육 올림

【필자의 회답】

지켜보겠습니다.

환골탈태(換骨奪胎)란?

삼공 선생님 전 상서

늘 이끌어 주심에 깊은 감사를 드립니다. 어제는 늘 오르던 Mt.비에이다케로 산행을 다녀왔습니다. 산행을 하면서 최근에 벌어지고 있는 환골탈태란 무엇인가?에 화두를 두고 걸었습니다만, 수련의 결론은 마음이 바뀌니 팔자가 바뀌고 몸마저 바뀌더라로 귀결이 되는 것입니다.

그러면 몸은 어떻게 바뀌는가?인데 환골탈태란 한 번의 이벤트에 의해서 완성되는 것이 아니라 양파껍질 벗기듯 몸에 낀 군더더기를 한 꺼풀 한 꺼풀 벗겨 내는 총과정을 한마디로 표현한 것이라는 생각입니다. 지금 제가 체험하고 있는 청년 때의 모습에서 백일 때의 모습으로 돌아가는 일련의 과정을 수도 없이 거침으로 해서 완성된 모습이 나이는 먹을지언정 얼굴은 동안이요 천진난만하고 해맑은 미소를 머금고 몸 또한 어린 시절의 보드라운 피부를 가지게 되는 것으로 생각됩니다.

그러면 저의 경우 언제쯤 환골탈태의 과정을 마칠 것인가? 인데, 일반적으로 사람의 세포의 수명이 15년이라고 하니 60은 넘어야 완성될 것이니 긴 여행길이요, 서두를 필요 없이 그러나 긴장을 늦추지 말고 하루하루에 빈틈없이 충실한 삶을 살아가는 것이라는 생각입니다.

위와 같이 정리하며 산 정상에 올라 잠시 선정에 들자, 제 앉아 있는 몸뚱아리가 정상에 흐르는 안개 바람 속으로 빨려 나가더니 줄을 이어 하염없이 벗겨져 나가는 것이었습니다. 결국 이것이 중생일 때의 몸속에 쌓여 있던 찌든 때요 탁기라는 것을 씻어내는 과정인 듯합니다.

메일을 쓰고 있는 지금도 줄줄이 빠져나가니 아마도 완전히 때가 묻지 않았던 상태가 될 때까지 돌아와야 끝날 것 같습니다. 아무튼 무언가 큰 그림이 그려지니 틀은 완성이 된 것 같고 꾸준히 정진하면 전체가 잡힐 것 같은 감이 듭니다. 그럼 사모님과 선생님 두 분 모두 안녕히 계십시오.

2010년 8월 22일

나요로에서 제자 도육 올림

【필자의 회답】

내 경험에 따르면 세포의 수명이 15년이라고 해서 환골탈태 과정이 꼭 15년이 걸리는 것은 아닙니다. 어떤 기존 관념에도 사로잡히지 말고 수련 과정을 꼼꼼하게 관찰하시기 바랍니다.

환희를 얻는 날

삼공 선생님 전 상서

늘 이끌어 주심에 깊은 감사를 드립니다. 모든 일이 자업자득이고 노력한 만큼의 결실을 맺는 것이니 일생일대의 기회라 생각하고 최선을 다해 볼 생각입니다. 요즘은 해야 할 것도 또한 풀어야 할 것도 겹쳐져 하나하나 풀어야 할 상황이지만 언제나 좋은 일과 그렇지 않은 일들이 같이 오는 것이니 주어진 모든 일에 전력투구하는 것이요 어느 순간 환희감에 흠뻑 젖어들 때 그것이 바로 환골탈태의 종착점이라는 생각입니다. 그럼 사모님과 선생님 두 분 모두 몸 건강히 안녕히 계십시오.

2010년 8월 23일
나요로에서 제자 도육 올림

【필자의 회답】

내 경험에 따르면 환희의 순간은 다음과 같은 때입니다. 당연히 할 일을 하다가 진퇴유곡에 빠져 이러지도 저리지도 못할 역경에 처했을 때도 조금도 실망하거나 좌절하지 않고 마음의 평정을 유지할 수 있고 앞으로 할 일을 차분히 계획할 수 있을 때 같은 때입니다.

또 몇 해에 한 번씩 있는 건강 검진 때 중 노년이 되었는데도 몸에 전연 이상이 없을 때입니다. 또 우연히 등산 시에 바위에 부딪쳐 부상을 입었는데, 그전 같으면 일주일쯤 걸려야 완전히 낫곤 했는데 단 하루이틀 만에 깨끗이 낫는 수가 있습니다. 말하자면 자연치유력이 획기적으로 개선되었을 때입니다.

불면증

삼공 선생님 전 상서

늘 이끌어 주심에 깊은 감사를 드립니다. 우선 역경에 처했을 때 전체적인 상황을 조목조목 따져 마음이 편한 쪽을 택하여 판단하고 있습니다. 그러나 그 판단에 의해 불이익이 온다고 해도 밀어붙이는 고집이 살아나는 것 같습니다. 즉 같이 갈 사람도 없고 혼자 남을지라도 무소의 뿔처럼 한 발 한 발 다가가는 형상입니다만, 그제보다는 어제가, 어제보다는 오늘이 마음이 가벼워지고 있으니 기본 방향은 잘 잡은 듯하고, 이에 익숙해져야 확고한 부동심이 생길 것 같습니다.

그리고 자연치유력에 대해서입니다만, 필요시에는 강한 기를 몸 구석여기저기로 보내고 또한 효과를 느끼고 있으나 아직 확실한 신념은 서지 않습니다. 또한 최근 늘 일어나는 일입니다만, 일찍 잠자리에 들든 늦게 잠자리에 들든 새벽 2~3시경이면 양기가 뻗치는 통에 잠에서 깨고 그때면 머리가 지끈거리기도 하고 또한 그 후에는 설잠이 되어 버립니다.

그러나 새벽 5시경에 조깅을 한 시간 정도 하고 나면 몸이 풀리니 일상생활에 지장은 없으나 깊은 잠에 빠지지 못하는 것은 몸이 현재 정상 운행이 되질 않는다는 생각입니다. 그렇지만 양기가 뻗치는 것을 보면 고질적인 불면증은 아니라는 생각이 듭니다.

내일 아침부터는 새벽 2시든 3시든 간에 눈이 뜨이면 일어나 일을 하든지 수련을 하든지, 다시 눕지는 않으려고 합니다. 아무튼 좋은 징조이든 그렇지 않든 정체되지 않고 있음에 감사할 따름입니다. 이야기가 바뀝니다만, 어제 선생님께서 보내 주신 생식이 도착하였다는 전화를 어머님으로 받았습니다. 어머님은 저와 같이 지내실 때부터 하루 두 끼 생식을 하신 지 1개월이 되어 갑니다만, 몸도 가벼워지시고 가끔 쑤셔대던 잔병들이 없어졌다고 하시면서 열심히 드셔 보시겠다고 하십니다. 아무튼 70 노인이시지만 열심히, 거침없이 매진하시는 것 같아 뭉클함을 느꼈습니다. 그럼 사모님과 선생님 두 분 모두 안녕히 계십시오.

2010년 8월 25일
나요로에서 제자 도육 올림

【필자의 회답】

원래 인시(寅時)인 새벽 3시부터 5시 사이는 지구가 깊은 잠에서 깨어나 양기가 동하는 시간대이므로 모든 생물이 양기를 띄게 됩니다. 마음이 유약한 독신자들은 흔히 자위행위를 합니다만 건강에 좋을 리가 없습니다. 의지가 굳은 수련자들은 이때 잠자리를 박차고 일어나 조깅을 하든가 도인체조를 합니다.

보호막

삼공 선생님 전 상서

늘 이끌어 주심에 깊은 감사를 드립니다. 물론 마음이 유약하여 행하는 행위에서 졸업한 지는 오래 되었고 특히 최근에는 양기가 뻗치면 선녀들이 고환에서 단전으로 펴 나르니 시원할 따름입니다. 아무튼 새벽 3시까지의 짧은 잠이라도 푹 빠지는 단잠이 되어야 할 것 같습니다. 그리고 어제는 온천에서 사우나를 하고 냉탕에 앉아 있는데 다리와 팔의 절반까지만 차게 느끼고 그곳을 기점으로 안쪽으로는 보호막이 형성된 것 같은 것을 느꼈습니다.

즉 종래의 냉탕에서 느꼈던 전체적으로 찬기를 느끼며 조여드는 즐거움이 사라져 버리니 사우나에 대한 즐거움이나 온천탕에서의 나긋나긋함이 또한 사라지니 재미가 없어진 기분입니다. 물론 이러한 현상이 앞으로 어떻게 변할지 지켜봐야 하지만, 몸이 변해 가는 신호일 수도 있겠다는 생각 또한 같이하고 있습니다. 그럼 사모님과 선생님 두 분 모두 안녕히 계십시오.

2010년 8월 27일

나요로에서 제자 도육 올림

【필자의 회답】

연정화기(煉精化氣)가 정착되는 과정입니다. 정액이 기로 바뀜으로써 정액은 더이상 성행위의 에너지가 아니라 수련의 원동력으로 탈바꿈하게 됩니다. 다시 말해서 섹스 에너지에서 수련 에너지로 향상되는 것입니다. 이 과정을 성공적으로 마쳐야 비로소 선인(仙人)의 반열에 올랐다고 할 수 있습니다. 선계의 지원을 받고 있습니다. 부디 이번 수련이 성공하기 바랍니다.

때가 안 밀립니다

삼공 선생님 전 상서

늘 이끌어 주심에 깊은 감사를 드립니다. 또 한 가지 다른 점은 때가 안 밀린 다는 점입니다. 특히 등산 후는 늘 온천에 들러 한국산 이태리 타월로 개운하게 때를 벗겨 내는 것도 하나의 즐거움이었으나 지난주 등산 때도 그리고 어제의 등산 후에도 때가 안 밀리니 몸이 변해 가는 과정은 맞는구나 하는 생각이 들었습니다.

이번 체험이 언제까지 어떻게 진행이 되어 갈지 그리고 선계의 지원을 받고 있다고 말씀하셨습니다만, 결국은 변함없이 철저한 자기 관리만이 필요하다는 생각입니다. 즉 하늘은 모든 생물에 공정하다는 생각이 듭니다. 그럼 사모님과 선생님 두 분 모두 안녕히 계십시오.

2010년 8월 29일
나요로에서 제자 도육 올림

【필자의 회답】

때가 밀리지 않는 현상은 내가 경험한 일이 없어서 뭐라고 꼭 집어 말할 수 없으니 좀 지켜보기 바랍니다. 하늘은 모든 생물에게 공평하다는 것이 진실입니다. 그러나 하늘은 수련을 지극정성으로 하는 사람과 전연 수련을 하지 않는 사람을 동일하게 다루지 않는 것 또한 진실입니다.

조촐한 의식

삼공 선생님 전 상서

늘 변함없이 이끌어 주심에 깊은 감사를 드립니다. 모든 생물에게 공평하다는 뜻은 선생님의 뜻과 일치합니다. 즉 각 생물체가 여러 모습으로 태어나는 것은 각자 생명체의 업연에 의한 것이요, 이는 각자가 어떤 순간을 모면하기 위해 일시적으로 자기 자신을 속일 수는 있어도 하늘은 속일 수가 없다는 것입니다.

다시 말하면 그동안 쌓아온 노력과 행실에 따라 단비도 내려 주고 채찍도 가하는 공정성에는 변함이 없다는 뜻입니다. 인간 사회에서도 이러한 진리에 가까이하는 집단이 크면 선진국이요, 과반을 넘지 못하면 그 집단은 후진국이나 개발도상국 집단이라고도 표현할 수도 있다고 생각합니다.

이야기가 바뀝니다만, 하단전에서 일련의 의식이 진행되었습니다. 즉 조촐한 상이 차려지고 제가 가운데 앉아 있으며 선녀들이 춤을 추고 단상 위에는 신령스런 도인께서 계시는데 일단 일단락 지어졌다는 텔레파시가 왔습니다.

즉 연정화기가 완성되었다는 생각입니다. 지금의 형상은 두 개의 고환 각각에서 관이 하단전으로 뻗어 선녀가 퍼 나르던 수고를 덜고 늘 정액이 단전으로 흡입되니 단전에 은은함을 느끼고 수련에 대하여 한 꺼풀 벗었다는 충실감도 같이하고 있습니다. 그리고 몸의 때가 일지 않는 현상은 얼마 전까지는 일주일에 한두 번씩 깨끗이 닦아 내었건만 최근에는 몸에 변화가 있는 것 같습니다. 앞으로 세심히 관찰해 볼 생각입니다.

그럼 사모님과 선생님 두 분 모두 늘 건강하시기를 기원합니다. 안녕히 계십시오.

2010년 8월 30일
나요로에서 제자 도육 올림

【필자의 회답】

선도 수행자로서 가장 넘기 어려운 고비를 넘긴 것을 축하합니다. 그러나 앞으로도 두 단계가 더 남아 있다는 것을 명심하기 바랍니다. 그 다음 단계가 바로 연기화신(煉氣化神)이고 그 이후가 연신환허(煉神還虛)입니다.

그만한 보답

삼공 선생님 전 상서

늘 이끌어 주심에 깊은 감사를 드립니다. 무엇이든 간에 그만한 보답이 있어야 납득을 하고 따르듯이 연정화기에 대한 보답은 다음과 같습니다. 늘 고환과 단전을 의식하면 연결된 관을 통하여 정액이 단전으로 급히 이동하는데, 마치 절정에 달해 사정할 순간에 느껴지는 쾌감과 같고 고환이 시원해지는 황홀감이 들기도 합니다. 그러니 번거롭게 이성과 직접 몸을 맞댈 필요성이 없어지는 것이라는 생각입니다. 아무튼 계속 지켜볼 생각입니다. 그럼 사모님과 선생님 두 분 모두 안녕히 계십시오.

2010년 8월 30일
나요로에서 제자 도육 올림

【필자의 회답】

고환에서 정액이 섹스나 자위행위로 외부로 사정(射精)되는 것이 아니고 단전으로 회수됨으로써 성(性) 에너지가 수련 에너지로 바뀌는 과정을 연정화기(煉精化氣)라고 합니다. 성욕이 발동하더라도 자신의 의지에 따라 성행위를 하지 않으려 할 때는 수련 에너지로 언제든지 바뀌게 됩니다.

수도자와 비구승들은 수시로 일어나는 성욕을 무리하게 억제만 한 나머지, 전립선염에 걸려 고생하다가 결국은 수술을 받아야 하는 고통을 당합니다. 그것도 한두 번이 아니고 여러 번 겪다가 끝내 더이상 수술도 받을 수 없는 난처한 경우를 당하게 됩니다. 그러나 연정화기를 성취한 구도자는 그런 고통은 당하지 않아도 됩니다.

따라서 구도자가 범하지 말아야 할 간음행위로 복잡한 사회 문제를

야기하는 일도 피할 수 있게 될 것입니다. 평생 독신을 고수하려는 구도자들은 연정화기로 성 문제부터 해결해야 한다는 것이 나의 평소의 지론입니다.

원효 대사는 젊었을 때 요석 공주와 간음하여 설총을 낳았습니다. 그는 이로 인한 자책으로 빈민들과 어울려 밑바닥 인생을 체험함으로써 수행의 깊이를 더하여 전화위복의 계기로 삼았습니다. 마르틴 루터 같은 수도자도 성욕을 참지 못하고 한 수녀와 간음한 뒤에 성직자의 결혼을 주장하다가 가톨릭에서 파문을 당하고 개신교 운동을 벌인 것은 유명한 일화입니다. 그러나 원효도 루터도 연정화기를 일찍이 성취했더라면 간음과 같은 그러한 구차한 짓은 결코 저지르지 않았을 것입니다.

다 들어 주어라

삼공 선생님 전 상서

늘 이끌어 주심에 깊은 감사를 드립니다. 연기화신과 연신환허는 각각 마음이 열리고 지혜가 트이는 것으로 이해하고 있습니다만, 가아인 제 몸이 점점 작아지더니 없어져 버리고 진아만 남았습니다. 즉 자성만이 남았고 그동안 살아오면서 쌓아온 혐오감이며 증오심이며 사랑마저 모두 털어 버리라고 합니다.

오늘은 대학 본부가 있는 삿포로에서 미팅이 있어 출장을 다녀왔습니다만, 미팅 중에도 자성이 상대방의 의견을 다 들어 주라고 코치를 합니다. 기본적으로 혼자 하는 일이 아니니 큰 틀에서만 벗어나지 않으면 상대방의 의견을 우선적으로 배려하라는 이야기입니다. 이렇게 자성과 상의하여 일을 정하여 양보를 하여도 기분이 나쁜 것이 아니라 뿌듯했습니다. 그러나 지금까지는 제 주장이 관철되지 않으면 관철시킬 방법으로 이 궁리 저 궁리에 몹시 짜증스러웠었는데 완전히 바뀐 것입니다.

회의를 마치고 돌아오는 열차 안에서 오늘 체험한 것을 돌이켜보니 그동안 제가 하고 싶은 것 다 했고, 다 가졌으니 이제부터는 주변을 돌아보아야 한다고 귀결이 됩니다. 이제부터는 자성이 하라는 대로 그리고 상의해 가며 일 처리를 할 예정이며, 온 가슴속에 생기가 돌고 기쁨이 피어오릅니다. 아무튼 몸도 마음도 다시 태어난 듯합니다. 그럼 사모님과 선생님 늘 건강히 안녕히 계십시오.

2010년 8월 31일
나요로에서 제자 도육 올림

【필자의 회신】

연기화신과 연신환허는 기본적으로 몸공부와 기공부에 속합니다. 앞으로 이번의 연정화기처럼 그 공부의 징후가 나타나게 될 것입니다. 그리고 몸공부와 기공부가 한 단계씩 향상되면 마음공부 역시 거기에 필연적으로 따르게 되어 있습니다. 연정화기 이후 남을 배려하는 마음이 크게 열린 것은 그것을 말해 주는 것입니다.

혼자만의 이익은 좋지 않을 것입니다

삼공 선생님 전 상서

늘 가르쳐 주심에 깊은 감사를 드립니다. 연기화신은 필요시를 제외하고는 성적 충동에 의한 몸의 반응이 일지 않는 것 즉 성을 완전히 초월하는 것처럼 우선 몸공부가 먼저 이루어지는군요. 그리고 이번 체험을 통해 새로운 사실은 몸공부가 되니 자동으로 마음이 따라간다는 사실입니다. 즉 기존의 몸공부와 기공부를 하다 보면 그 척도에 맞게 마음공부도 자연히 이루어지고 수련의 기초인 몸과 기공부가 튼튼해야 사상누각이 되지 않는다는 이치인 것 같습니다.

그리고 '더불어'라는 의식이 들고, 남을 배려하고 은혜에 보답하기 위한 하루하루의 삶이며 인생이라는 생각이 듭니다. 삶이란 그 이상도 이하도 아닌 것 같습니다. 아무튼 꾸준히 몸과 기공부에 최선을 다하며 세심히 관찰해 보겠습니다. 그럼 늘 건강하시고 안녕히 계십시오.

2010년 9월 1일

나요로에서 제자 도육 올림

【필자의 회신】

연기화신은 연정화기처럼 실제로 그 과정을 체험해야 그 실체를 알게 될 것입니다. 이러한 체험이 그 바탕이 되지 않고는 하화중생을 하려고 해도 독창적인 자기 목소리를 낼 수 없게 될 것입니다. 다음 소식을 기다리겠습니다.

생식(生殖) 공장 폐쇄

삼공 선생님 전 상서

늘 이끌어 주심에 깊은 감사를 드립니다. 요즘은 비교적 밤잠에도 안정을 찾아가고 있습니다. 그리고 오늘 새벽에는 양기가 발동하여 눈이 떠지는데 선녀들과 신명들이 제 고환 주위에 모여 있고 한 신명의 손에는 자물통이 들려져 있는 것입니다.

일어나 조깅을 하면서 계속 지켜보니, 결국 못을 치고 자물쇠로 생식(生殖) 시스템을 걸어 잠그더군요. 즉 당분간이 될지 항구적일지는 모르지만 이로써 생식 공장의 기능은 정지될 것으로 생각됩니다만, 꼭 필요 시에는 신중한 검토 후에 일시적인 가동은 할 수 있다는 텔레파시가 오고 있습니다.

그리고 운동 후 거실에 누워 체조 등을 하는데 하단전이 큰 호수로 바뀌고 모든 생명의 근원인 물 그리고 그저 고요함만이 가득했습니다. 아마도 생명이 잉태하기 전의 본모습으로 돌아가려는 준비 과정인 듯합니다. 아무튼 연기화신의 한 과정인지는 좀더 지켜보아야 할 것 같습니다. 그럼 사모님과 선생님 두 분 모두 몸 건강히 안녕히 계십시오.

2010년 9월 2일

나요로에서 제자 도육 올림

【필자의 회답】

연정화기가 되어 정액이 외부로 사정되는 일이 중단되면 자연히 생식 기능이 정지됩니다. 그러나 양기는 동합니다. 즉 남성이 발기가 된다는 말입니다. 이것은 아직 생식 기능을 수행할 수도 있다는 것을 말해 줍니다.

만약에 지금이라도 아이를 얻기 위해 결혼을 한다면 생식 기능을 다시 회복할 수도 있다는 뜻입니다. 그러나 그럴 의사가 전연 없고 수련을 계속하겠다면 다음 과정으로 이행하게 될 것입니다.

마무리 작업이었군요

삼공 선생님 전 상서

늘 이끌어 주심에 깊은 감사를 드립니다. 결국 연정화기의 마무리 작업이었군요. 선계에서까지 확실히 챙겨 주시니 책임감을 느끼지 않을 수 없습니다. 각자에 로드맵이 깔려 있기는 하지만 어디까지 가야 할 것인지? 물론 마음이 가는 곳에 몸도 가고 기도 가니 마음먹기에 달려 있습니다만, 지금까지는 마음 하나 편해지자고 하다 보니 여기까지 왔는데 말입니다.

그러면 앞으로 연기화신과 연신환허를 진행시킬 것인가?인데, 생식 기능이 회복 불가능 상태로 바뀐다면 잠시 시간이 필요할 것 같습니다. 왜냐하면 혼자만이 아닌 사회이고 내일모레면 50대에 접어들지만 아직 손자를 포기하지 않고 계시는 어머님이 계시니 말입니다.

물론 큰 것을 얻기 위해서는 우선 작은 것을 버리고 비워 나가야 하고, 오는 것 막지 말고 가는 것 잡지 않는다는 생각에는 변함이 없으니 결국은 종착점에는 도달할 것 같습니다만, 잠시 한숨 돌리면서 관찰해 볼 생각입니다. 그럼 사모님과 선생님 두 분 모두 몸 건강히 안녕히 계십시오.

2010년 9월 3일

나요로에서 제자 도육 올림

【필자의 회답】

혈육의 대를 잇는다는 것은 생로병사가 지속되는 세속의 일입니다. 어차피 구도자는 이 세속을 벗어나 내세에는 여자의 몸에서 태어나지 않는, 영원과 무한의 세계로 진입하는 것을 목표로 삼고 있습니다. 윤회가 지속되는 현세에서는 궁극적인 마음의 평화는 바랄 수 없는 일이기 때문입니다. 요컨대 세속인으로 남느냐 구도자가 되느냐를 결정해야 할 중요한 기회이니 신중을 기해야 할 것입니다.

느려진 생체시계?

삼공 선생님 전 상서

늘 이끌어 주심에 깊은 감사를 드립니다. 자주 몸의 때 이야기만 하여서 송구스러운 맘이 들기는 하지만, 어제 등산을 하고 온천에 들러도 여전히 때가 나오질 않습니다. 이것으로 볼 때 지금까지의 평상시로 볼 때 생체순환에 변화가 있는 것은 사실인 것 같습니다.

그리고 지난 1일에는 1년에 한 번 있는 신체검사에서 혈압이 116 / 78이 나오고 평상시에는 최고치가 128~130 정도였는데 비하면 낮아졌습니다. 또한 지난주 등산도 어제의 등산에서도 몸이 무겁다고 할까 아무튼 평상시보다 30분이 더 걸려서야 정상에 오를 수 있었습니다. 체력이 약해질 특별한 일들이 없었으니, 이들을 종합하여 결론을 내려 보면 전체적으로 몸의 생체시계가 느려진 것 같은 생각입니다. 즉 세포 내에서 이루어지고 있는 순환활동 시간이 기존의 24시간이었다면 48 내지 72시간으로 늘어난 것 같습니다.

그리고 연기화신을 더 진행시킬 것인가에 대하여는 급하게 판단한다고 해결될 문제가 아니니 지금까지 해 왔던 것처럼 제가 해야 할 일에만 집중하기로 하였습니다. 아무튼 꾸준히 지켜보는 것이 우선할 일 같기도 하고요. 그럼 사모님과 선생님 두 분 모두 안녕히 계십시오.

2010년 9월 5일

나요로에서 제자 도육 올림

【필자의 회답】

좌우간 지금 여러 가지 수련이 동시에 진행되고 있고 명현반응도 일어나고 있으니 계속 주의 깊게, 그리고 면밀하게 관찰하시기 바랍니다.

명현반응이었군요

삼공 선생님 전 상서

늘 이끌어 주심에 깊은 감사를 드립니다. 등산 시 체력이 떨어졌던 것이 명현반응이었군요? 사실 요즘 아침에 발동되는 양기에도 뻗쳐대던 것이 없어지고 마일드해졌다고 할까 아무튼 순해졌습니다. 그러나 양물과 단전이 분리되어 눈을 뜸과 동시에 의식이 단전에 가 있고 단전에는 여전히 선녀들이 있습니다. 아무튼 지속적으로 작업은 이루어지고 있는 것 같습니다. 앞으로도 꾸준히 지켜보고 큰 변화가 있으면 메일을 드리겠습니다. 그럼 사모님과 선생님 모두 몸 건강히 안녕히 계십시오.

2010년 9월 7일

나요로에서 제자 도육 올림

【필자의 논평】

아직도 연기화신을 위한 개조작업이 하체 부위에서 신명들에 의해 한창 진행되고 있으니 인내력을 갖고 계속 지켜보기 바랍니다.

붙들어 맬 수는 없지만

삼공 선생님 전 상서

늘 이끌어 주심에 깊은 감사를 드립니다. 결국 연기화신에 돌입했군요? 아직 연정화기가 끝난 후 더 진행시킬 것인가에 대한 결론은 보류 상태입니다만, 하늘이 시키는 일이니 지켜보는 방법 외에는 없을 것 같습니다. 아무튼 이전의 메일에서 단전에 물이 고여 연못으로 변했다고 하였습니다만, 연못이 넓은 호수가 되고 온천수가 솟아 펄펄 끓는 형상입니다. 그럼 사모님과 선생님 모두 몸 건강히 안녕히 계십시오.

2010년 9월 7일

나요로에서 제자 도육 올림

【필자의 회답】

다음 소식을 기대합니다.

5년 전 체력으로

삼공 선생님 전 상서

늘 이끌어 주심에 깊은 감사를 드립니다. 몇 년 전 제가 살고 있는 북해도에 본거지를 둔 닛폰햄이라는 프로야구팀의 감독을 맡았던 미국인이었던 힐만 씨는 일본리그 우승을 하고 나서의 인터뷰에서 "믿겨지지가 않아요"라고 해서 한동안 유행어가 된 적이 있었습니다만, 저야말로 인크레더블이었습니다.

오늘도 늘 찾는 토카치다케에 올랐습니다만, 지난주까지의 무기력함이 싹 가시고 가볍게 등산하였습니다. 산행 시는 한 발짝씩 성큼성큼 옮길 때마다 입은 다물고 단전호흡을 하면서 오르고 중간에 쉬는 일 없이 줄곧 정상까지 가는 형태입니다만, 오늘의 한 걸음 한 걸음에는 힘과 기가 실린 등산이 되었습니다.

그리고 다음주 중반부터 있을 3주 정도의 장기 해외 출장과, 금년도 서너 달밖에 남지 않았으니 전체적인 마무리 등을 정리하며 걸었습니다. 그러는데 안구를 감싼 근육으로 기가 뻗치면서 빠근해 오기에 40대 후반이니 이미 초기에 들어간 노안 증세가 역주행하려는가 하는 생각이 일면서 명현 현상이 끝났구나 하는 느낌이 들었습니다.

정상에 올라 시간을 보니 미국에서 돌아와 처음 올랐을 때인 5년 전의 시간보다도 단축이 되었으며 전연 피곤하지 않으니 몸이 달라졌음을 알 수가 있었습니다. 그리고 정상에 앉아 물과 함께 간단히 요기를 하고 잠시 선정에 드니 덕 높은 도사님이 보이고 "너의 자성이니라" 하더군요.

즉 자성은 이미 도인의 반열에 올랐다는 이야기인데 그 자성을 떠올리면서 하산을 하는데 이제는 멍석을 깔아 주어도 도에서 벗어나는 일은 하지 않을 것 같다는 생각이 들었습니다. 또한 보통 때 하산길의 후반부에는 다리가 풀리는데 오늘은 전혀 피로감 없이 도리어 뛰다시피 하여 하산을 하니 평시보다 30분 이상 단축이 되었습니다. 그리고 하산 후에도 산에 다시 갔다 오라고 해도 마다하지 않을 것 같았습니다.

그리고 하산 후 늘 하듯 온천에 들렀고, 사우나에 앉아 정상에서의 자성의 모습을 떠올리니 자성인 덕 높은 도사님이 저의 몸과 일체가 되고 뇌세포부터 차례로 내려오면서 몸 전체의 세포까지도 하나가 되었습니다. 즉 몸과 신이 일체가 되었고, 몸에서 마치 흰색의 광체가 제트 엔진에서 분사되듯 뿜어지는 것이었습니다. 그러니 지금 메일을 쓰고 있는 몸 자체에는 자성 즉 진아만이 남아 있는 것입니다. 그리고 몸의 때를 밀었고 지난주보다는 때가 나왔으나 그전에 비하면 전혀 없는 것이나 다름이 없었습니다. 마지막으로 제 몸을 지배해 왔으나 조금 전에 밀려난 거짓이었던 나를 닦아 내듯 몸 구석구석 발가락까지 말끔히 닦아 내었습니다.

온천 후 두 시간 동안 차를 몰고 집에 돌아왔으나 등산을 다녀왔다는 생각이 안 들 정도로 피로감이 전혀 없으니 저도 지금 믿어지지가 않습니다. 그러나 정말로 가아는 물러나고 진아만 남아 있는지 그리고 오늘의 이벤트가 일순의 호들갑이었는지는 좀더 지켜보아야 할 것 같습니다.

그럼 사모님과 선생님 두 분 모두 안녕히 계십시오.

2010년 9월 12일
나요로에서 제자 도육 올림

【필자의 회답】

연정화기가 정착되면서 몸 밖으로 배출되었던 정액이 수련 에너지로 바뀌면서 몸의 컨디션이 급격히 향상되는 현상입니다. 좌우간 좀더 유심히 지켜보기 바랍니다.

린포체?

삼공 선생님 전 상서
늘 이끌어 주심에 깊은 감사를 드립니다. 그동안 안녕히 계셨는지요? 오랜만에 메일을 드립니다. 우선 돌아가신 지 10년째인 저의 아버님의 이야기입니다만, 생전에 술을 좋아하셨던 분이라 돌아가신 후에도 저를 통하여 술을 즐기시고 베적삼에 지게를 지시고 농사일에 땀을 흘리시기에 생전에 어려운 살림에 고생을 하시더니 돌아가셔도 아직 업연이 풀리시지 않으셨구나 하는 마음에 안쓰러움이 있었습니다만, 이틀 전에 젊으셨을 때의 모습 그리고 어린아이의 모습으로 바뀌더니 하얀 광체와 더불어 소멸되는 것이었습니다.

즉 모든 업연이 다하신 것으로 즉 본래면목을 축하를 해 드렸습니다. 그리고 린포체란 깨달음을 얻어 생사를 여윈 큰스님들로 모든 중생이 성불할 때까지 부처되기를 미루고 중생을 돕고 제도하기 위하여 거듭거듭 인간의 몸을 받아 환생하는 분들을 가리키는 말로, 보석과도 같이 존귀한 분이라는 뜻입니다만, 이어 저의 아버님은 몇 날 며칠 OO도 OO시의 어느 곳이라는 글자가 보이고 생활의 환경은 먹고 사는 데 부족함이 없는 어느 교수를 부모로 두고 환생한다는 화면이 보이더군요. 저와 같이 하셨던 생전에 심덕이 착하셨던 분이라 많은 덕을 베푸시리라 생각하며, 일종의 작은 의미의 아버님의 린포체를 체험하였다는 생각이 들었습니다.

또한 위에서 언급한, 저를 통하여 술을 즐긴다고 하였는데 가끔씩 과음을 하고 나면 아버님이 얼큰히 취하신 모습이 보이곤 했는데 이제부터는 적어도 아버님을 대신해서 술을 먹는 일은 없을 것으로 생각하며, 부모 자식 사이의 인연은 생사를 넘나들며 서로 관여하고 있으니 구도자와 결혼에 대한 작은 실마리를 깨우친 것 같습니다.

그리고 지난 일요일의 등산 시 고환에서 정자가 수도 없이 단전으로 상승하더니 그 정자들이 도력 높은 도인으로 변하여 상승을 계속하는 것이었습니다. 그리고 눈길이라 정상의 중턱에 있는 작은 봉우리를 반환점으로 하여 하산하였고, 크게 단전호흡을 하자 예수며 부처의 모습이 겹쳐지면서 평화로움을 만끽하였습니다.

이어서 현재까지 이런 일련의 체험들의 여운이 함께하고 있으며 제 자신 또한 모든 업연에서 벗어났다는 텔레파시가 들려오고 있으며, 그동안 껄끄럽게 생각했던 주위의 중생들에 대한 감정이 사라지고 전혀 가감이 없이 있는 그대로인 중생의 한 개체에 불과하니 마음에 둘 필요성이 소멸되는 것입니다.

결론적으로 아마도 이제부터는 하는 모든 일에 자유자재로 자신 있게 대처할 수 있을 것이라는 겁니다. 즉 자유를 얻었다고 말씀을 드릴 수 있을 것 같습니다. 아무튼 조금씩입니다만, 후퇴가 아닌 전진이니 앞으로도 면밀히 관찰하여야 할 것 같습니다. 그럼 앞으로도 많은 지도와 편달을 부탁드리며 간단히 인사를 맺겠습니다. 안녕히 계십시오.

2010년 11월 3일
나요로에서 제자 도육 올림

【필자의 논평】

화면만을 너무 과신하지 말고 계속 관을 하여 진실 여부를 확인하는 치밀함을 보여야 할 것입니다.

현묘지도 수련 체험기 (24번째)

박 순 미

저는 현재 부산에서 아들, 딸, 아들 세 아이를 키우고 있는 36세의 평범한 가정주부이고, 지금은 넷째를 임신 중에 있습니다. 2008년 6월부터 2010년 8월까지 2년여의 긴 시간 동안 화두를 잡고 있었습니다.

제가 처음 삼공재를 찾게 된 것은 2006년 겨울, 친구 신지현(현묘지도 수련 9회 통과)을 따라서였습니다. 잠깐 친구인 지현이와의 인연을 소개하겠습니다. 같은 대학 같은 과 동기로 만나 대학 시절부터 관심사와 호기심이 비슷했던 우리들은 금방 절친한 사이가 되었습니다.

한참 철없던 시절, 가정환경이 화목하지 못했던 나는 사주나 역학 같은 것에 관심이 많았었습니다. 혼자 역학책을 보며 '내 사주는 도대체 어떠하길래 다른 사람들은 평범하게 잘사는 것 같은데, 내 주변만 항상 이 모양일까?' 하고 그 당시 나는 굉장히 염세적이고 비관적이었습니다.

심심풀이로 절친한 사이인 지현이의 사주를 봐 주는데 흔하지 않은 귀한 사주를 타고난 것이었습니다. 친하기도 하지만 이 친구와 늘 같이 붙어 다니면 이 친구의 좋은 기운을 받아서 나도 덩달아 운이 좋아질 것 같다는 생각을 한 적도 있습니다.

그렇게 대학 시절을 보내고 각자의 삶을 살다가 지현이가 먼저 결혼을 하고 제가 뒤이어 결혼을 하며 비슷한 시기에 첫아이를 낳고 키울 즈음 돌연 지현이의 이혼 소식을 접했습니다. 부유한 가정환경에 어느 것 하나 인생의 걸림돌이 없을 것 같았던 친구의 이혼 소식은 나에게 적잖은 충격을 주었습니다.

그 즈음 나는 형님네와의 갈등으로 시댁으로 들어와 살게 되었고 시부모님, 형님네와의 얽힌 갈등으로 몸과 마음이 병들어 갔습니다. 그런데 나보다 더 힘든 상황에 있을 친구에게서 도리어 위로와 위안을 받게 되자, 이 친구의 여유는 도대체 어디서 나오는 것인지 궁금해졌습니다.

확실히 친구는 이전에 내가 알던 이미지와는 사뭇 다른 뭔지 모를 안정과 평안이 느껴졌습니다. 그것이 바로 『선도체험기』를 읽게 된 계기가 되었으며, 그 순간부터 내가 접하는 매 순간은 수련이고 시험이라는 생각으로 지금에까지 와 있습니다.

첫 화두 (2008년 6월 6일)

3개월 된 셋째를 들쳐업고, 동생의 도움을 받기로 하고 서울행 기차에 올랐다. 셋째를 임신하고 예정일이 2주 남짓 남았을 때 대주천 수련을 받았었다. 아이를 낳고 나면 서울에 올 여유가 없을 것이라 생각했는데, 어찌되었든 간에 마음만 먹으면 천리도 지척이 될 수 있는가 보다.

스승님께서 첫 화두가 적힌 종이를 내미신다. 첫 화두를 암송한 지 20여 분이 지나자 머릿속에 하얀빛이 소용돌이치며 인당을 비롯해 머리 뒤, 얼굴 쪽으로 개혈(開穴) 작업이 이루어지는 듯하다. 한참 수련이 잘 진행되는데 밖에서 아이의 울음소리를 듣고 중단했다.

첫 화두를 받고 화두수련을 진행하는 동안, 갑작스런 금전적 위기로 분양받아 놓은 아파트를 중도금 상환일이 도래하기 전에 팔아야 하는 위기 상황이 있었다. 부산은 미분양 아파트가 넘쳐나는 데다 부동산 거래가 일시 정지 상태여서 아파트 거래가 거의 이루어지지 않고 있다.

마음의 짐이 무거웠으나 셋째를 무사히 자연 분만한 좋은 일이 있었으니, 이번 일도 잘 해결되리라 믿었다. 그런데 정말 극적으로 집을 사겠다는 사람이 나타나서 적은 손해를 보고 팔게 되었다. 계약서를 쓰러 가는 날 새벽, 엄청난 폭포 같은 기운이 쏟아진다. 그 기운에 깜짝 놀랐다. 그리고 순간, 내 수련을 도우시려는 선계 및 현실의 스승님께서 물심양면으로 도와주시고 계신다는 생각이 들었다. 너무나 감사하고, 보답하는 길은 어쨌거나 주어진 상황에서 열심히 수련하는 방법밖에 없다는 생각이 든다.

수련 중에 내 심연에서 서서히 피어오르는 단어가 있다. '꽃분이'. 이런 느낌은 처음이어서 정말 신기하다. 조선 시대쯤 평민 내지 어느 집 하녀 이름 같다. 물동이를 이고 가는 모습이 보인다. 사립문 밖으로 들판이 보이고 고깔모자를 쓴 아이가 보이는데 한복은 아니고 어떤 나라 전통의상 같은 옷을 입고 있다.

몸이 돌처럼 딱딱하게 굳어진 것 같은 상태에서 흡사 볼록, 오목거울 앞에 섰을 때처럼 내 몸이 늘어나는 느낌이 든다. 분명 내 몸은 딱딱한데 고무줄처럼 늘어난다. 이런 것이 유체이탈의 시초일까?

셋째를 데리고 같이 서울로 올라갔던 동생이 갑자기 이상해져서 신경정신과를 찾았다. 증상이 갑자기 악화되어 입원 치료가 불가피하다고 한다. 멀쩡하던 동생이 갑자기 헛소리를 하자 친정 부모님이 너무 놀라셔서 어찌할 줄 모르신다. 새벽에도 놀란 엄마가 나에게 울먹이며 전화를 하시는데, 이럴 때 우리 부모님은 정말 한없이 약해 보이신다.

놀란 것은 나도 마찬가지이지만, 왜 하필 내가 화두수련을 하자마자 동생이 이런 증상을 보이는지 모르겠다. 호사다마(好事多魔)라고 했던가? 마음이 괴롭고 심란한 상태에서, 막내를 업고 동생을 데리고 계속 신경정신과를 찾아다녔다. 빙의가 장난이 아니다. 그래도 삼공 스승님, 친구 지현이가 음으로 양으로 많이 도와주시어 한결 마음이 놓인다.

이 와중에도 내 수련은 계속 진행이 되고 있다. 웬 서양 여자가 보이는데 '헬렌 켈러'라는 이미지가 텔레파시처럼 뚜렷이 전해진다. 정말 뜨악하다. 이것이 정말 내 전생이란 말인가? 바로 인터넷 검색에 들어갔다. 1880년에 태어나서 1968년에 사망했다. 이것이 내 전생이 맞다면 내가 75년생이니 내 바로 앞의 전생이 되는 셈이다.

수련을 시작하면서 나는 전생에 나쁜 짓을 많이 했었나 보다 생각했다. 동생이 아픈 현실도 내가 감당해야 할 업연이 많다 보니 그런가 보다 했다. 그런데 정말 의아하다. 헬렌 켈러는 또 무슨 업연이 많아서 귀머거리, 장님, 벙어리의 3중고를 안고 태어났으며(물론 좋은 일도 많이 했지만) 왜 지금 상황에서 이런 화면이 뜨는 것일까?

병원에 있는 동생과 통화 후 수련 중에 영화 '스크림'에 나올 듯한 늘어진 얼굴 가면 형상을 한 흉측한 흉물들이 원형 경기장 같은 곳에 가득 메워져 있는 모습이 보인다. 동생 침실 옆에서 하얀 옷의 머리를 푼 여자도 보인다. 완전 호러 영화의 한 장면이다.

얼굴과 온몸에 부처님마냥 금빛 페인팅을 한 여자 부처가 절 같은 곳에 앉아 있는데 인도 같은 분위기가 든다. 액자 같은 사진틀 속에 인물들이 나타나며 수백 가지 얼굴로 변한다. 순간순간 여러 장면들이 오버랩되면서 순간적으로 지나가는 장면이라 잘 모르겠다.

수련 중에 한 인물이 스케치된다. 턱선이 날카롭고 조금은 야윈 듯한 매서운 인상의 서양 남자다. 이름은 '쇼펜하우어'란다. 영국쯤으로 보이는 나라의 왕녀 내지는 여왕 같다. 무슨무슨 여왕으로 불리는 것 같다. 수련 중에 동생의 얼굴이 떠오르길래 내심 빙의로 인한 것이라면 차라리 나에게로 와서 나를 괴롭히는 것이 어떠냐고 소리쳤다. 순간 온몸이 감전된 것처럼 두세 차례 찌릿하다.

어젯밤 일은 잊고 있었는데, 아침부터 몸이 너무 힘들고 짜증나고 입을 열면 욕이 나올 것 같다. 심하게 빙의된 모양이다. 오후에 지현이와 통화할 일이 있었는데 친구 왈 여태껏 빙의령 중에 가장 엽기스러웠다고 한다. 수련 중에 오는 빙의는 내 숙제니만큼 이제 친구에게 전화 통화를 삼가고 그만 폐를 끼쳐야겠다고 생각했다. 친구에게는 미안하고 고마울 따름이다.

수련 중에 "모든 것이 인과다"라는 메시지가 전해진다. 그렇구나... 머리로는 알고 있었지만 가슴으로는 받아들이지 못하고 있었다. 동생과 친정 식구들을 생각하면 늘 가슴이 답답하고 실질적으로 도움이 되지 못하는 내 자신의 한계가 너무 싫었다. 그들의 삶은 그들의 삶대로 내려놓고 지켜봐 주는 것이 내가 할 수 있는 일이라는 생각이 들었다. 내가 안달복달한다고 해서 그들에게 도움이 되는 것이 아니라는 걸 배웠다.

절벽 같은 곳에 새겨진 부처님의 모습이 보이고 그 앞에서 합장하는 여승의 모습이 보인다. 『반야심경』을 외우자 온몸이 감전된 것처럼 전류가 흐르며 발바닥에서 머리 쪽으로 기운이 쏠리며 빙의령이 천도된다.

조선 시대 임금님의 초상화가 보이는데 학교 다닐 적 국사책에서 봤던 그대로다. 성종 임금님이라신다. 상궁들의 모습도 보이고 화려한 의

상에 머리 장식을 한 여인도 보인다. 족두리를 쓰고 시집가는 장면인데 혼례식은 아니고 궁녀들의 인도를 받으며 어디론가 이동하는 모습이다. (이 장면은 수련할 때마다 반복해서 보인다.)

빙의가 너무 심해서 호흡이 잘 안된다. 특히, 장사를 하시는 시어머니에게서 들어오는 빙의가 많다. 『반야심경』을 소리 내서 외면 한결 나아지는 것 같다. 옆얼굴의 서양 남자가 보이는데 키가 작고 다부지게 생겼다. 나폴레옹 같다는 느낌이 드는데 누구냐는 질문에 답은 없다.

아버님의 생신날 식구들이 다 모일 예정이었으므로, 간단한 음식 준비를 하고 아버님께 커피를 갖다 드리려고 2층에 올라가니 오전부터 낮술을 들고 계신다. 내가 놀라서 왜 그러시냐니까, 버럭 소리를 지르시며 아무도 부를 필요 없고, 신경쓰지 말라고 하신다. 평소에 아무 말씀이 없으시고 거의 하루 종일 TV 앞에만 계신 분이어서 심중을 알 수가 없다.

나중에 알고 보니 내가 요즘 동생 때문에 병원에 계속 들락거리고, 아파트 계약 건 때문에 부동산에 이리저리 전화하는 걸 들으시고는 곧 분가할 거라고 오해를 하신 모양이다. 어차피 시댁에 평생 살려고 들어온 것도 아니고 3년쯤 뒤에 나갈 예정이긴 하였지만, 혼자 오해하시고 이런 식으로 가족들 다 모이는 날 며느리를 곤란하게 할 심산이셨나 보다.

어쨌든 아버님의 생신은 아버님의 과다한 음주로 주인공이 빠진 채 객들만 조촐하게 담소를 나누다가 돌아갔다. 앞에 현묘지도 체험기를 쓰신 중년의 여성 도우님께서도 이유 없이 시어머니가 미워지고 섭섭해진다고 하셨는데 나는 시아버님과의 관계가 그러하다. 어머님은 장사를 하시는 분이라 늘 바쁘셔서 부딪힐 일이 별로 없지만 하루 종일 집에서 마주 대하는 아버님은 달랐다.

말씀이 통 없는 분이시니 마음에 안 드는 일이 있어도 속으로 삭히시다 어떤 시점에 감정적으로 분출을 하시는데 그때는 무엇 때문에 그러시는지 잘 알 수가 없다. 나에게 시부모님과 같이 사는 상황은 수련을 시작하는 계기도 되었지만, 더없는 마음공부의 훈련장이다. 아이들과 남편, 우리 식구들만 사는 상황이었다면 어떠했을까?

아마도 나는 지금처럼 수련에 열성을 보이지 못했을 것이다. 내가 의도한 대로 아이들이며 남편을 돌보며 우리 가족만 챙기는 이기적인 엄마가 되었을지 모른다. 배려해야 할 대상이 더 늘어남에 따라 상대의 마음을 헤아리고 배려해야 하는, 어차피 내 마음을 닦아야 하는 여러 상황에 놓이게 된다. 물론 이것이 녹록지 않은 일이어서 역지사지가 늘 잘된다고 말할 수는 없다.

그러나 시간이 흘러 이런 경험들이 하나둘 쌓이다 보면 언젠가는 물 흐르듯 자연스러워지리라. 첫 화두를 잡은 후 집 안팎으로 정신이 없을 정도로 일들이 많았다. 화두에 집중을 못 할 만큼 속상하고 감정적으로 통제가 안 되는 일들도 있었다. 정말 내가 풀어야 할 업연이 산처럼 쌓여 있나 보다.

두 번째 화두 (2008년 8월 8일)

삼공재에서 두 번째 화두를 받았다. 동물들의 형상이 차례로 지나가는데 명확하게 보이지는 않고 희미하게 무슨 동물이라는 감만 온다. 조금 야윈 듯한 얼굴에 대머리의 고승이 보이는데 '사명 대사'라 하신다. 직감적으로 내 지도령님이신 것 같다. 굉장히 매서운 눈초리에 엄하실 것 같은 분위기다.

이어 비녀 꽂은 여인, 무관, 임금의 모습이 보인다. 국사책에서 보았던 또 하나의 초상화 그림이 보이는데 '누르하치'라 한다. 언뜻 누군지 감이 안 왔는데 나중에 찾아보니 청 태조였다. 조선 시대 관리쯤으로 보이는데 '성삼문'이라 한다. 그리고 이어서 '이 몸이 죽어가서 무엇이 될고 하니, 봉래산 제일봉에 낙락장송되얏다가, 백설이 만건곤할 제 독야청청하리라'는 시조 한 수가 저절로 외워진다. 이 시조는 분명 고등학교 국어 교과서에서 배운 기억이 나긴 하지만, 통째로 외워지니 신기할 따름이다.

그 외에 화두 초기부터 지속적으로 나오는 한 여인이 있다. 순간순간 이어지는 드라마 같은 장면이라 다 모으면 사극이 한 편 나올 것도 같다. 화면에 뜰 때마다 누구냐고 물어보지만 답이 없다. 직감적으로는 미천한 신분이었는데 나중에 대단한 권력을 가지게 되는 것 같다. 흡사 TV 드라마 '여인천하'의 난정이 같은 이미지라고나 할까, 아무튼 그 비슷하다.

스승님께서는 답이 안 나와도 집요하게 물어보라고 하신다. 그런데 첫 화두부터 떠오르는 이분들은 '사명 대사'님을 빼고는 내 전생인지 아니면 전생에 인연이 있었던 사람인지 빙의령인지 잘 구분이 안 간다. 하지만 빙의령은 아닌 것 같다.

처음에는, 누구나 들으면 알 법한 유명인들의 이름들이 나와서 이것이 무언가 잘못된 것이 아닌가 크게 혼란스러웠다. 내 배경 지식 혹은 TV 드라마에서 보았던 장면들이 잠재의식에 숨어 있다가 불시에 튀어나온 것이 아닌가 하고 수련 중의 화면들을 부인하기에 이르렀다. 스승님께서는 아무 근거 없는 무의식의 작용은 없다고 하시면서 있는 그대로 받아들이고 넘어가라고 하신다. 그래서 이후로는 전생의 진위 여부를 떠나서 그냥 넘어가기로 했다.

세 번째 화두 (2008년 9월)

별(☆)모양을 비롯한 여러 도형들이 나타난다. '솔로몬'이라는 단어도 들린다. 헬렌 켈러에 관해서 인터넷 검색을 하다가 최근에 공개된 헬렌 켈러의 어릴 적 모습과 앤 설리반 선생님의 사진을 보았다. 설리반 선생님의 사진을 보는 순간, 전기에 감전된 것처럼 찌릿했다. 분명 내 가까이에 있는 누구라는 느낌이 든다. 그 답은 다음날 수련 중에 풀렸다. 현생의 친구이자 도반인 신지현이 설리반 선생님이라는 감응이 왔다. 그리고 실제로도 그렇게 느껴진다.

내가 수련하려는 도심이 싹트는 시점부터 지금까지 친동기 이상으로 나를 챙기고 염려해 주는 스승 같은 친구이다. 내친김에 헬렌 켈러 자서전도 구입하여 읽었다. 내가 알고 있는 상식 이상으로 헬렌 켈러와 앤 설리반은 수족처럼 50년 세월을 함께했다. 그리고 그녀들의 삶 또한 알려진 것처럼 포장된 부분이 다가 아니라 얼마나 파란만장했는지도 알았다.

헬렌 켈러가 앤 설리반 선생님에 관한 글을 쓴 대목에선 주체할 수 없이 눈물이 흐른다. 전생의 스승의 인연을 쫓아 내가 현생에 태어난 것 같다는 느낌도 들었다. 전생에서부터 스승과 제자의 인연으로 은혜만 입어 오고 있는데, 내가 갚을 수 있는 길은 무엇인가 생각해 본다.

"일체고액(一切苦厄) 사리자 색불이공(色不異空) 공불이색(空不異色) 색즉시공 공즉시색." 『반야심경』의 한 구절이 되뇌어지며 가슴에 박힌다. '비무허공(非無虛空)'이라는 천리전음이 전해진다.

수련 중에 하얀색의 진돗개 비슷한 개가 보인다. 이름도 '백구(白狗)'라 한다. 그런데 왜 갑자기 개가 보일까? 생각해 보니 아버님께서 오늘 저녁 밖에서 보신탕을 드시고 오신 것이 떠올랐다. 이 이후로도 아버님

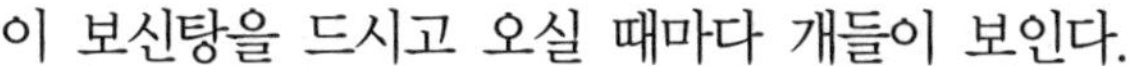
이 보신탕을 드시고 오실 때마다 개들이 보인다.

'사리나', 이집트의 왕녀 같은 느낌이 든다. 조선 시대 선비쯤으로 보이는데 '이인직(李人稙, 이조말 신소설의 선구자)'라 한다.

네 번째 화두 (2009년 6월)

삼공재에서 11가지 호흡이 적힌 종이를 받았다. 저절로 몸이 움직여진다. 정말 신기하다.

수련 초기부터 보이는 비녀 꽂은 미녀(?)의 얼굴이 계속 보인다. 이번에야 말로 답을 얻으리라 결심하고 집요하게 물어보았다. 누구인가? 왜 자꾸 나타나는가? 답이 없다. "누구세요? 이 모습은 제 전생인가요?" 한참 있다가 "장…장 희빈!" 그 이후로 최 상궁이라고 밝힌 빙의령이 천도되고, 상궁으로 보이는 여러 빙의령이 찾아왔다.

다섯 번째 화두 (2009년 6월)

신라 시대의 금관이 보인다. 그리고 뒤이어 두꺼운 철로 된 둥그런 문이 여러 개 깔려 있는데 각 문마다 상형문자가 새겨져 있다. 무슨 글자인지 모르겠고 알만한 것은 '王' 자이다.

다섯 번째 화두를 계속해서 외우자 '선덕 여왕'이라는 감응이 온다. 망설여지는 얘기지만, 솔직하게 쓴다. 다섯 번째 화두수련 중에 나는 중죄를 저질렀다. 임신 사실을 알았고, 내가 하루 이상 고민을 한다면 분명 낳을 것이라는 것도 알았다. 나의 중절 수술은 이번이 처음이 아니다. 앞에서도 똑같은 실수를 반복했다. 그리고 셋째를 나으면서 이런 죄를 더이상 짓지 않으리라 굳게 결심한 바 있었다. 상황이 종료된 후 나는 내가 어떤 짓을 저질렀는지 실감했다. 이것으로 모든 수련이며 지금까지의 노력이 모두 끝이라는 것을 알았다.

이렇게 몸과 마음을 해치고 후회와 죄책감에 몸부림칠 줄 알았다면 하루만 더 생각을 했으면 좋았을 걸, 경솔한 내 자신에 아무리 채찍질하고 미워해 봤자 소용이 없었다. 그 순간부터 며칠간은 모든 것이 지옥 그 자체였다. 이대로는 살 수가 없었다. 그래, 스승님께 가자! 모든 것을 말하고 스승님이 수련을 중단하라고 하시면 그대로 하자. 아침에 눈을 뜨자마자 서울행 기차에 몸을 실었다. 부산에서 서울까지 3시간 동안 끊임없이 눈물이 나왔다.

너무 울어서 퉁퉁 부은 눈과 간밤에 한숨도 자지 못해서 초췌한 몰골로 스승님 앞에 앉았다. 여러 도반들이 앉아서 수련을 하고 있었다. 수련 중에 내가 몹쓸 짓을 한 태아령이 천도되며 나에게 말을 했다. "엄마, 왜 그랬어?" 억장이 무너졌다. "미안하다... 아가야... 정말 미안해... 엄마가 공부가 덜돼서... 너에게 못할 짓을 했구나... 정말 미안해." 여러 도반들이 앉아 있음에도 터져 나오는 울음을 멈출 수가 없었다. 그 길로 울면서 화장실로 달려갔다.

수련생들이 모두 나간 후 스승님 앞에 내가 저지른 짓을 고했다. 스승님은 나의 경솔한 짓을 꾸짖으시고 그런 일이 있으면 혼자서 생각하고 행동할 것이 아니라 스승을 찾아 의논을 해야 할 것이라고 말하시며, 스승은 그때 필요한 것이라 하셨다. 그리고 우선은 중절로 상한 몸부터 추슬러야 한다고 하셨다. 또한 계속해서 후회와 죄책감에 사로잡혀 있으면 더이상 수련이 되지 않을 것이니, 빨리 그 감정에서 벗어나야 한다고 하셨다.

돌아오는 기차 안에서 마음을 추스르고 앞으로 나는 어떻게 해야 할 것인가를 생각했다. 돌아와서 남편과 상의했다. 피임을 철저히 할 것이지만 만약 또 임신이 된다면 하늘이 주신 귀한 인연이니 운명으로 알고 낳을 것이라고 합의를 했다.

삼공재 수련 중에 '용서'라는 단어가 마음에 와 박힌다. 흔하게 접하는 단어임에도 이 단어가 가지는 파워는 엄청났다. 온몸 구석구석이 환해진다. 뜨거운 눈물이 흘러내렸다. 말로만이 아닌 '진정으로 나를 용서하자', '찌꺼기 없이 용서하자.' 나를 용서할 줄 알아야 남도 용서할 수 있다. '용서'라는 말은 '사랑'이라는 말과도 같은 의미를 가지는 것 같다. 나를 사랑할 줄 알아야 남도 사랑할 수 있다. 평범한 진리지만 마음에 와서 박힌다.

여섯 번째 화두 (2009년 8월 20일)

여섯 번째 화두를 받았다. 선형의 빛의 파동이 보이며 정수리를 가운데 지점으로 좌우 8자 모양으로 회전한다. 흡사 볼펜 끝의 볼이 회전하듯 빛의 덩어리가 빠르게 회전하는 것 같다. 안드로메다은하가 보이며 어떤 행성에서 빛을 발하며 인당으로 와서 자리를 잡고 뱅글뱅글 회전한다.

'신공'이라 불리는 분인데 눈썹이 새까맣고 숱이 많으며 매우 강렬한 인상을 지녔다. 삼공 스승님이 머리와 눈썹을 검게 염색하신다면 언뜻 닮아 보일 것 같기도 하다. 누구냐는 질문에 답은 없다. 바다, 흙, 하늘, 공기, 나무의 형상들이 차례로 나타나며 언덕바지에 나무의 모습이 픽업된다. 위에서 나무를 내려다보고 있다. 해가 뜨기 전 안개가 그윽이 깔린 새벽이다.

삼공재 수련 중에 지금의 남편의 모습이 떠오르며 장희빈의 남편(숙종)

과 같이 겹쳐진다. 지금의 남편이 장희빈의 남편이라는 생각에 이르자 사약을 받았을 때의 장희빈의 심정이 되면서 서러움과 원망의 감정이 한꺼번에 복받쳐 오른다. "어떻게 나한테 이럴 수가 있는가?" 딱 이 마음이다. 아무리 왕의 신분으로 왕비와 후궁들을 여럿 거느린 지위라 할지라도 실질적으로 자식을 낳고 부부의 정으로 이어진 것은 필시 나인 것 같은데, 나를 죽음으로까지 내몰고 마는 남편이 한없이 원망스럽다.

무엇보다 아직 어린 자식을 두고 죽어야 하는 에미로서의 애끓는 심정이 느껴진다. 그냥 직감적으로 느껴지기에 장희빈은 자식과 남편에 대한 집착이 굉장했었던 것 같다. 머리도 명석하고 임기응변에도 뛰어났지만 덕이 부족하여 스스로 화를 초래했던 것 같다.

반면, 그 당시 남편은 지금의 남편의 성격과도 아주 흡사했던 것 같은 느낌이 든다. 장희빈이라는 이미지가 떠오른 시점부터 케이블 TV에서 김혜수 주연의 사극 '장희빈'이 한참 재방송 중이다. 그전에는 관심도 없었던 드라마였는데, 연속해서 3~4회를 내리 몰두해서 보게 된다. 장희빈에게 사약을 내리고 밤에 홀로 앉아 오열하는 숙종의 모습은 야사에도 그렇게 기록되어 있다고 하는데, 정말 그랬었을 것 같다.

장희빈의 삶에서나 앞서 언급된 헬렌 켈러의 삶에서 두 여인은 모두 한 남자로부터 온전히 사랑받으며, 아들딸 많이 낳고 평범하게 가정을 꾸리고 살고 싶은 동경을 품은 채 생을 마감했다. 그렇다면 지금에 주어진 내 삶은 전생에서 내가 그토록 바라고 이루고 싶었던 삶의 모습이란 말인가? 바라던 대로 이루어진 셈이다. 매 순간을 최선을 다하지 않을 이유가 없다.

일곱 번째 화두 (2010년 4월)

동생과 함께 삼공재를 찾았다. 동생은 생식도 나보다 더 잘 챙겨 먹고, 『선도체험기』 읽는 것도 열심이다. 이대로 계속 삼공재를 오가며 수련을 하면 몸과 마음이 조금씩 바뀌어 나중에는 흔들림 없는 평상심을 얻게 될 것이라 생각하니 한결 마음이 놓인다. 수련 중에 '다함이 없다'는 메시지가 전해진다.

여덟 번째 화두 (2010년 8월)

삼공재 수련 중에 진동을 하시는 분은 많이 보았지만, 정작 내가 진동을 해 보니 정말 신기하다. 여덟 번째 화두에서부터는 심한 진동이 온다. 스승님께서는 기운을 받기 위해 준비 운동하는 것이라 생각하라고 하신다. 내 몸 구석구석 안 좋았던 부분들이 자연적으로 치유되는 것 같다. 특히 허리 밑으로 골반 쪽이 안 좋았나 보다. '진인사대천명(盡人事待天命)'이라는 메시지가 전해진다.

현묘지도 수련을 마치면서

2년여의 긴 시간 동안 화두수련을 진행하면서 말도 많고 탈도 많았다. 처음에는 체험기를 써야 하는 시점에서 많이 망설여졌다. 내가 과연 체험기를 쓸 만한 자격이 있는가에 대해서 말이다. 내가 얼마나 부족하고 가야 할 길이 무엇인지를 잘 알기에 도리어 앞에 현묘지도 체험기를 쓰신 선배 도우님들께 누가 될까 두려웠다.

앞서 체험기를 쓰신 분들을 보면 이미 준비되어진 분들이 대부분이다.

나의 경우는 『선도체험기』를 읽고, 삼공재를 출입한 지 1년여라는 짧은 시간 안에 대주천 수련을 받고 2년이라는 긴 시간 화두를 잡고 있었다.

마음공부가 안 된 상태에서 2년이라는 시간은 나에게 꼭 필요한 시간이었던 것 같다. 화두수련을 하기 전에는 현묘지도 수련에 대한 환상이 있었다. 하지만 지금은 안다. 끊임없이 자신을 갈고 닦아야만 빛을 발할 수 있다는 사실을 말이다.

부족한 제자를 끝까지 살펴 주시고 끌어 주신 삼공 스승님, 선계 스승님께 3배를 올리며, 긴 시간 동안 끊임없이 독려하고 따끔한 충고를 아끼지 않았던 친구이자 도반인 지현이에게 감사의 인사를 전한다.

【필자의 논평】

스물네 번째 현묘지도 수련 통과자를 내보낸다. 박순미 씨의 체험기를 읽으면서 마음이 좀 착잡하기도 하고 많은 생각을 해 보았다. 그녀는 2남 1녀의 어머니이고 지금 넷째를 임신 중이니 곧 네 아이의 어머니가 될 것이다. 요즘 보통 주부들은 아이 둘만 있어도 도우미를 부른다, 친정어머니를 부른다, 아이 안 본다고 직장 나가는 남편을 달달 볶으면서도 미처 감당을 못 하고 쩔쩔매는 판국이니 수련 같은 것은 언감생심 꿈도 꾸어 볼 수 없었을 것이다.

게다가 남편의 뒷바라지는 말할 것도 없고 시집살이까지 해야 하는 하루하루가 힘겹고 고된 생활의 연속이었다. 더구나 수련 중에 임신중절에다가 넷째 아이의 임신까지 해야 하는 시행착오와 수없는 우여곡절을 겪어야 했다. 그러나 그녀는 일단 시작한 일이 옳다는 것을 안 이상 온갖 난관을 무릅쓰고, 중단하는 일 없이 대주천 수련과 함께 2년 동안의 현묘지도 화두수련까지도, 부산과 서울의 삼공재를 정기적으로 오가면서 끈질기고 옹골차게 끝까지 밀어붙였다. 대단한 인내력이요 지구력이 아닐 수 없다.

그녀는 선도수련이야말로 유일한 삶의 의미라는 집념으로 살아왔고 상당한 성취도 있었다. 그 핵심이 바로 사람의 일은 결국 마음먹은 대로 이루어진다는 진리이다. 선복악화(善福惡禍)요 일체유심조(一切唯心造)다. 착한 사람은 복을 받고 악한 사람은 화를 당하고, 모든 것은 마음먹기에 달려 있다는 것은 누구도 부인할 수 없는 우주의 순환원리이다. 이 진리를 그녀는 관념이나 지식이 아니라 이번 수련을 통하여 온몸으로 체득했으니, 비록 지구의 종말이 온다 해도 생사를 초월하여 그녀의 영혼과 함께 영원할 것임에 틀림없다.

이런 것을 생각하면 사람이 자기 존재의 실상을 깨닫기 위해서 반드시 부모 형제와의 인연을 끊고 세속에서 벗어나 야반에 월장도주(越牆逃走), 출가를 단행해야만 할까 하고 의문을 제기하게 된다. 마음의 문만 열린다면 입처개진(立處皆眞), 즉 자기가 처한 자리가 바로 극락이라는 말이 과연 옳다는 것을 알 수 있을 것 같다.

그러나 그녀의 지금까지의 성취는 단지 선도 수행의 관문을 겨우 통과한 것에 지나지 않는다는 것을 명심해야 할 것이다. 앞으로도 극복해야 할 장애가 수없이 가로놓여 있다. 특히 7단계와 8단계의 수련이 6단계까지에 비해 흡족하지 못한 채 마무리된 것이 아쉽다. 계속 풀어가야 할 숙제로 알고 계속 정진하기 바란다.

무슨 난관에 봉착하더라도 지금 이상으로 의연하게 흔들림 없이 극복해 나감으로써 마음속에 늘 안정과 평안 그리고 부동심과 평상심이 깃들기를 바란다. 선호는 의암(毅巖).

저자 약력

경기도 개풍 출생
1963년 포병 중위로 예편
1966년 경희대학교 영어영문학과 졸업
코리아 헤럴드 및 코리아 타임즈 기자생활 23년
1974년 단편 『산놀이』로 《한국문학》 제1회 신인상 당선
1982년 장편 『훈풍』으로 삼성문학상 당선
1985년 장편 『중립지대』로 MBC 6.25문학상 수상

저서로는 단편집 『살려놓고 봐야죠』(1978년), 대일출판사, 민족미래소설 『다물』(1985년), 정신세계사, 장편 『소설 한단고기』(1987년), 도서출판 유림, 『인민군』 3부작(1989년), 도서출판 유림, 『소설 단군』 5권(1996년), 도서출판 유림, 소설선집 『산놀이』 ①(2004년), 『가면 벗기기』 ②(2006년), 『하계수련』 ③(2006년), 지상사, 『선도체험기』 (1990년~2020년), 도서출판 유림 및 글터, 한국사 진실 찾기(2012), 도서출판 명보 등이 있다.

약편 선도체험기 22권

2022년 8월 10일 초판 인쇄
2022년 8월 17일 초판 발행

지 은 이 김 태 영
펴 낸 이 한 신 규
본문디자인 안 혜 숙
표지디자인 이 은 영
펴 낸 곳 글터
주 소 05827 서울특별시 송파구 동남로 11길 19(가락동)
전 화 070-7613-9110 Fax02-443-0212
등 록 2013년 4월 12일(제25100-2013-000041호)
E-mail geul2013@naver.com

ⓒ김태영, 2022
ⓒ글터, 2022, Printed in Korea

ISBN 979-11-88353-49-1 04810 정가 20,000원
ISBN 979-11-88353-23-1(세트)

* 저자와 출판사의 허락 없이 책의 전부 또는 일부 내용을 사용할 수 없습니다.
* 잘못된 책은 교환해 드립니다.